# Mary Wollstonecraft

## Reivindicação dos direitos das mulheres

O PRIMEIRO GRITO FEMINISTA

Apresentação
Daniel M. Miranda
Bacharel em Direito pelo Mackenzie.
Bacharel em Letras – Grego antigo e Sânscrito pela USP.

Tradução e notas
Andreia Reis do Carmo
Mestre em Ciência Política (USP). Pós-graduada em Ciência Política (UnB). Graduada em Sociologia (UnB) e Ciência Política (USP).

Revisão técnica
Amanda Odelius
Mestre em Urbanização e Desenvolvimento (London School of Economics and Social Science – LSE).

# Reivindicação dos Direitos das Mulheres
## *O primeiro grito feminista*
### Mary Wollstonecraft
#### Tradução e notas: Andreia Reis do Carmo

1ª Edição 2015

© desta tradução: Edipro Edições Profissionais Ltda. – CNPJ nº 47.640.982/0001-40

Todos os direitos reservados. Nenhuma parte deste livro poderá ser reproduzida ou transmitida de qualquer forma ou por quaisquer meios, eletrônicos ou mecânicos, incluindo fotocópia, gravação ou qualquer sistema de armazenamento e recuperação de informações, sem permissão por escrito do Editor.

**Editores:** Jair Lot Vieira e Maíra Lot Vieira Micales
**Produção editorial:** Fernanda Rizzo Sanchez
**Revisão:** Beatriz Rodrigues de Lima
**Projeto gráfico e editoração eletrônica:** Studio Mandragora
**Arte da capa:** Marcela Badolatto | Studio Mandragora
**Imagens da capa:** Club Patriotique De Femmes -Musée Carnavalet / Roger-Viollet / Glow Images

Dados Internacionais de Catalogação na Publicação (CIP)

(Câmara Brasileira do Livro, SP, Brasil)

Wollstonecraft, Mary, 1759-1797.
   Reivindicação dos direitos das mulheres / Mary Wollstonecraft ; tradução e notas de Andreia Reis do Carmo. -- São Paulo : EDIPRO, 2015.

Título original: Vindication of rights of woman.
ISBN 978-85-7283-927-3

   1. Feminismo - Obras antes de 1800 2. Mulheres - Direitos - Obras antes de 1800 I. Título.

15-02579                                              CDD-305.4

Índices para catálogo sistemático:
1. Mulheres : Direitos : Sociologia 305.4

edições profissionais ltda.
São Paulo: Fone (11) 3107-4788 – Fax (11) 3107-0061
Bauru: Fone (14) 3234-4121 – Fax (14) 3234-4122
www.edipro.com.br

# Sumário

Apresentação 7

Para M. Talleyrand-Périgord 19

Nota 24

Introdução 25

Capítulo I • Consideração dos direitos e deveres da humanidade 31

Capítulo II • Discussão da opinião geral do caráter sexual 41

Capítulo III • A continuação do mesmo assunto 65

Capítulo IV • Observações sobre o estado de degradação
a que mulheres são reduzidas e suas muitas causas 83

Capítulo V • Críticas a alguns escritores que tornaram as
mulheres objetos de piedade, beirando o desprezo 117

Capítulo VI • O efeito que uma associação
prematura de ideias tem sobre o caráter 167

Capítulo VII • A modéstia – considerada de forma
abrangente, e não como uma virtude sexual 175

Capítulo VIII • A moralidade minada pelas noções
sexuais da importância de uma boa reputação 189

Capítulo IX • Dos efeitos perniciosos que se originam das
distinções não naturais estabelecidas na sociedade 201

Capítulo X • O afeto paternal 215

Capítulo XI • O dever aos pais 219

Capítulo XII • Da educação nacional 225

Capítulo XIII • Algumas das instâncias das tolices que
a ignorância da mulher gera; com reflexões finais no
progresso moral que uma revolução nas maneiras femininas
poderia naturalmente ser esperada a produzir 251

*apresentação*

# Brevíssima contextualização histórica e biográfica

A época de Mary Wollstonecraft (1759–1797) testemunhou várias revoluções. A Guerra dos Sete Anos (1756-1763), a Guerra de Independência dos EUA (1775-1783) e a Revolução Francesa (1789-1799). O Absolutismo inglês já havia acabado no fim do século anterior com a Revolução Gloriosa (1688-1689) e a destituição do rei católico, Jaime II da dinastia Stuart; substituído pelo protestante Guilherme III, príncipe de Orange, da Holanda. O parlamento aprovou uma Declaração de Direitos (*Bill of Rights*) que proibia que um monarca católico voltasse a reinar. O Absolutismo era um obstáculo para a burguesia e para os proprietários de terra. Sua remoção trouxe grande prosperidade para essas duas classes e possibilitou as rápidas renovações manufatureiras do século XVIII. A Guerra dos Sete Anos envolvia, de um lado, França, Áustria e aliados (Espanha, Rússia, Saxônia e Suécia) e, por outro, Inglaterra, Hanôver, Portugal e Prússia. Em 1763, o Tratado de Paris pôs fim à guerra, mas gerou várias trocas de territórios entre as potências mundiais. O Canadá foi incorporado à Inglaterra e as treze colônias dos EUA começaram a ter conflitos com a metrópole inglesa. Os EUA proclamaram sua independência no dia 4 de julho de 1776. As batalhas continuaram e o país somente recebeu reconhecimento da Inglaterra com o Tratado de Paris em 1783. A Revolução Francesa, aliada às novas ideias iluministas, acabou com o Absolutismo na França. Entre 1789 e 1791, a França viveu o período da Assembleia Constituinte. O primeiro ano da revolução foi marcado por eventos poderosos: a Tomada da Bastilha e a Declaração dos Direitos do Homem e do Cidadão; a Declaração dos Direitos da Mulher e da Cidadã não foi aprovada e Olympe de Gouges, que a elaborou, foi executada, e a marcha em Versalhes obrigou a corte a voltar

# 8 | REIVINDICAÇÃO DOS DIREITOS DAS MULHERES

para Paris. No período da Convenção Nacional, 1792 a 1795, a política passou a ser dominada por Robespierre (jacobino), e teve início o Reino do Terror. Luís XVI foi guilhotinado em 1793. O último período, do Diretório, foi até 1799 com o golpe do 18, de Brumário, e o início da era napoleônica.

A Revolução Francesa criou uma crise na Grã-Bretanha porque, segundo Mcleod (2002)[1], *era um exemplo de revolução do estado e da religião bem-sucedida e porque ela significava uma grande ameaça militar... Tendo em vista que o estado britânico do século XVIII era um dos regimes mais liberais do mundo, seus súditos possuíam bastante liberdade para questionar publicamente as ações do governo, bem como as ordens políticas, sociais e religiosas. Além disso, as críticas eram encorajadas pela propagação das ideias do Iluminismo.* Apesar da modernização da indústria e da rápida urbanização do século XVIII, a agricultura ainda constituía a maior ocupação do país.

Mary Wollstonecraft nasceu em Londres, na segunda metade do século XVIII, momento em que se esperava que as mulheres, de acordo com Ramsbottom (2002)[2], seguissem os ideais da sociedade civil, pelo qual *as esposas deveriam ser economicamente dependentes, ficar confinadas em casa e estar comprometidas intelectualmente e espiritualmente à essa própria subordinação. Ao mesmo tempo, no entanto, as mulheres tinham papéis importantes na busca de dois objetivos que podiam encontrar refúgio na vida da família: o acúmulo de propriedades e a busca do prestígio dentro da sociedade "respeitável".*

O avô paterno de Wollstonecraft deixou uma boa herança, mas, seu pai, Edward John, gastou toda a sua parte da herança. Ele tentou estabelecer-se em Epping como fazendeiro, mudando-se mais tarde para Barking e Beverley. Contudo, fracassou em todos os seus empreendimentos, causando o declínio financeiro e social da família. Além disso, o pai de Mary era alcoólatra, jogador e violento com a esposa, Elizabeth Dickson. Dentre seus irmãos, ela era a segunda de sete, apenas o mais velho, Edward, recebeu educação formal e tornou-se advogado. Grande parte da herança de seu avô foi entregue a ele. Mary ressentia-se da preferência de seus pais pelo irmão

---

1     Macleod, Emma Vincent. The Cises of French Revolution. In: Dickinson, H. T. (ed.). Cap. 9. *A Companion to Eighteenth-Century Britain.* Blackwell: Oxford, 2002.

2     Ramsbottom, John D. Women and the family. In: Dickinson, H. T. (ed.). Cap. 16. *A Companion to Eighteenth-Century Britain.* Blackwell: Oxford, 2002.

mais velho. Durante os primeiros anos, quando ainda estava em Beverley, ela tornou-se amiga íntima de Jane Arden.

Sua própria educação foi razoável, mas sendo de família empobrecida, suas perspectivas estavam muito limitadas. Em 1774, a família mudou-se para Hoxton. Mary, com quinze anos, tornou-se amiga de seu vizinho, o pastor Clare e família, que a ajudaram em sua educação. No ano seguinte, ela conheceu e se tornou grande amiga de Fanny Blood.

A família Wollstonecraft mudou-se para o País de Gales e, um ano depois, voltou para a Inglaterra e se estabeleceu na periferia de Londres, em Walworth.

Aos 19 anos (1778), ela foi para a cidade histórica de Bath, onde trabalhou como dama de companhia para a Sra. Downson. Retornou para Londres em 1781 para cuidar da mãe que estava doente. Depois da morte da mãe, seu pai mudou-se para o País de Gales e casou-se novamente. Mary passou a morar com a família Blood. Em 1783, foi viver com a irmã Eliza, que havia se casado com Meredith Bishop e acabara de dar à luz. Eliza estava deprimida e Mary atribuiu isso à crueldade de Bishop. Mary fugiu com a irmã, deixando a criança, que morreria no fim de 1784.

Em fevereiro do mesmo ano, as duas irmãs fundaram uma escola com a antiga amiga Fanny Blood. Estabeleceram-se em Islington e depois se mudaram para Newington Green, onde Mary conheceu o reverendo Richard Price (1723-1791), filósofo e ministro da igreja dissidente da Inglaterra. Price, um antiescravista, republicano e defensor da revolução francesa, foi muito importante para a carreira de Mary e, por intermédio dele, ela conheceu Samuel Johnson (1709-1784), seu futuro editor. Os *Rational Dissenters* (Dissidentes Racionais) eram republicanos, defensores da igualdade e pensadores radicais. Eles não podiam entrar nas Universidades de Oxford e Cambridge, então Newington Green tornou-se uma espécie de vila universitária, com livros e discussões. Mary pegou livros emprestados dos amigos e ouvia sobre aqueles que não conseguia ler.

Nesse ano, sua outra irmã, Everina, também se mudou para Newington.

Em novembro de 1785, Wollstonecraft foi para Lisboa, onde a amiga Fanny, que havia se casado em fevereiro daquele ano com Hugh Skeys, estava esperando o primeiro filho. A bordo do navio, Mary conheceu um homem que sofria de tuberculose; ela cuidou dele por duas semanas, a duração da viagem. Essa experiência faz parte de seu primeiro romance, *Mary, a fiction* (1788). Ela não gostou do estilo de vida e da sociedade portuguesa, que lhe pareceu muito irracional e supersticiosa. Sua breve estada em Portugal foi, além disso, profundamente infeliz, pois Fanny e o bebê morreram logo depois do parto, no fim daquele mesmo mês.

Ao voltar para a Inglaterra, Wollstonecraft precisou fechar sua escola por problemas financeiros. O adiantamento de Joseph Johnson para seu primeiro livro, *Thoughts on the Education of Daughters* (1787), ajudou-a a aliviar suas dificuldades financeiras. Depois de fechar a escola, ela aceitou o emprego de governanta na casa do Visconde de Kingsborough, na Irlanda. Antes de ir, deixou o manuscrito de *Thoughts on the Education of Daughters* com seu editor. Ao retornar para Londres, em 1787, Joseph Johnson ajudou-a novamente, oferecendo-lhe um emprego na posição de crítica e tradutora. A oportunidade propiciou seu acesso a outros livros. Em 1787, ela também começou, mas nunca concluiu, *The Cave of Fancy*. No mesmo ano, escreveu *Original Stories from Real Life* (1788). Em 1789, publicou *The Female Reader*, utilizando o pseudônimo de sr. Cresswick. No mesmo ano teve início a Revolução Francesa com a queda da Bastilha.

Sua falta de educação formal foi compensada pelas leituras vorazes e pelo talento como tradutora e crítica literária. Ela traduziu *Sobre a Importância das Opiniões Religiosas*, de Jacques Necker (1788), *Elements of Morality for the Use of Children*, do reverendo C. G. Salzmann (1790) e *Young Grandison*, de Madame de Cambon (1790).

Enquanto traduzia, ela também participou das publicações da revista *Analytical Review*, lançada por seu editor em maio de 1788. Suas críticas revelam o grau com que ela e muitos outros moralistas do século XVIII temiam as consequências morais de ler romances, apesar de ela mesma praticar o gênero. Wollstonecraft fazia crítica de poesia, livros de viagens, obras educativas, sermões, biografias, histórias naturais, ensaios e tratados sobre temas como Shakespeare, felicidade, teologia, música, arquitetura etc.

No fim de 1789 seus artigos versavam principalmente sobre natureza moral e estética. No entanto, em dezembro de 1789, ela criticou um discurso feito por seu velho amigo Richard Price, intitulado *A Discourse on the Love of our Country* (1789). O discurso feito em comemoração aos eventos de 1688 fizeram com que Edmund Burke (1729-1797) começasse a compor suas famosas *Reflexões sobre a Revolução na França* (1790).

O ataque de Burke a Price, por sua vez, levou Wollstonecraft, instigada por seu editor, a defender o velho Reverendo. A *Reivindicação dos Direitos dos Homens (A Vindication of the Rights of Men*, publicado em novembro de 1790) foi, quase certamente, a primeira de muitas respostas às reflexões de Burke. Publicada anonimamente no fim de novembro, a segunda edição em meados de dezembro recebeu o nome da autora e marcou uma virada em sua carreira; fazendo-a estabelecer-se como escritora política. Em setembro de 1791, Wollstonecraft começou a escrever *Reivindicação dos direitos das mulheres,* que elaborava uma série de pontos já feitos na obra anterior, ou seja, que, na maioria dos casos, o casamento não era nada além de uma relação de propriedade, e que a educação recebida pelas mulheres apenas garantia que elas não conseguiriam atender às expectativas que a sociedade tinha delas e quase certamente garantia-lhes uma vida infeliz.

Na sequência da publicação, ela foi apresentada ao diplomata francês Charles Talleyrand, que estava em missão em Londres em nome da Assembleia Constituinte, em fevereiro de 1792. Ela dedicou a segunda edição da obra *Reivindicação dos direitos das mulheres* a ele, pois ficou desapontada com as propostas de Talleyrand em relação à educação das mulheres na França. Nesse mesmo ano, Mary apaixonou-se pelo pintor Henry Fuseli, amigo de Johnson. Fuseli era casado e não queria que a amizade se tornasse um romance. Em dezembro de 1792, ela mudou para Paris para observar e documentar a revolução. Durante os três anos em que morou na França, ela conheceu líderes girondinos e ingleses, que concordavam com a revolução, incluindo Helen Maria Williams e Thomas Paine.

O rei Luís XVI foi executado em 1º de fevereiro e a França declarou guerra à Inglaterra. Em Paris, a autora conheceu o comerciante americano Gilbert Imlay. Os girondinos perderam o poder em maio e nessa época teve início o terror. Tendo em vista que os britânicos corriam risco de violência pelo regime Francês, Imlay registrou Wollstonecraft como sua esposa na embaixada americana (eles já eram amantes), a fim de beneficiar-se da segurança desfrutada na época pelos cidadãos americanos. Em 16 de outubro, Maria Antonieta foi executada.

Wollstonecraft teve uma filha com Imlay. Ela nasceu em Le Havre, na Alta Normandia, em maio de 1794 e chamava-se Fanny, em homenagem à antiga amiga, Fanny Blood. Em outubro, terminou o terror na França com a queda de Robespierre. Em Le Havre, ela começou a escrever *An Historical and Moral View of the Origin and Progress of the French Revolution* e a obra foi publicada em dezembro. Mary retornou para Londres em abril de 1795 e, ao descobrir as infidelidades de Imlay, tentou o suicídio pela primeira vez. Em seguida, viajou para a Escandinávia com a filha e a empregada para resolver assuntos comerciais de Imlay. Retornou para Londres em setembro e, deprimida, tentou suicidar-se mais uma vez em outubro, pulando da ponte Putney, no rio Tâmisa. Em janeiro de 1796, ela publicou *Letters Written during a Short Residence in Sweden, Norway, and Denmark*. Ela e Imlay separaram-se em março de 1796 e, em abril do mesmo ano, ela reencontrou William Godwin. Eles tornaram-se amantes naquele verão e casaram-se em março de 1797. No dia 30 de agosto nasceu Mary Wollstonecraft Godwin, futura autora de Frankenstein e esposa de Shelley. Aos 38 anos, Mary Wollstonecraft morreu por causa de complicações relacionadas ao parto, uma infecção causada provavelmente por instrumentos médicos não esterilizados.

Em 1798 Godwin publicou as *Obras Póstumas* de Mary, incluindo *The Wrongs of Woman*, ou *Maria, The Cave of Fancy*, suas *Cartas para Imlay* e outras obras. Godwin também publicou uma biografia de Mary, as *Memórias sobre a autora de reivindicação dos direitos das mulheres*.

As memórias de Goodwin ajudaram a manchar o nome de Mary Wollstonecraft ao revelar seus romances, sua filha com Imlay fora do casamento, suas tentativas de suicídio. Seu nome seria restaurado somente com o movimento sufragista do fim do século XIX. Virginia Woolf na Grã-Bretanha e Emma Goldman nos EUA viam-na como a primeira feminista.

## A Reivindicação: temas

O século XVIII e suas revoluções deram muita atenção aos direitos dos homens. Mesmo que atualmente possamos ver essas lutas iluministas como a busca dos direitos de todos os seres humanos, percebemos pelo texto de Wollstonecraft que esse não era o caso. Por exemplo, a ideia aristotélica de que as mulheres não tinham alma ainda permeava a sociedade ocidental, enquanto Rousseau (1712-1788) acreditava que as mulheres eram incapazes de pensar abstratamente.

Conforme já dito anteriormente, a obra é dedicada a Charles M. Talleyrand-Périgord, cuja opinião sobre a educação feminina em seu Relatório sobre o ensino público à Assembleia Nacional da França – *Rapport sur L'instruction Publique* (1791) – não agradou à autora. Ela queria influenciar Talleyrand a reconsiderar suas ideias a respeito dos direitos das mulheres e da educação nacional (tema do penúltimo capítulo do livro). Eis parte do texto de Talleyrand:

APRESENTAÇÃO | 13

> Qu'on ne cherche donc plus la solution d'un problème suffisamment résolu; élevons les femmes, non pour aspirer à des avantages que la Constitution leur refuse, mais pour connoître et apprécier ceux qu'elle leur garantit:
>
> (...)
>
> Les hommes sont destinés à vivre sur le théâtre du monde. L'éducation publique leur convient: elle place de bonne heure sous leurs yeux toutes les scènes de la vie: les proportions seules sont différentes.
>
> La maison paternelle vaut mieux à l'éducation des femmes; elles ont moins besoin d'apprendre à traiter avec les intérêts d'autrui, que de s'accoutumer à la vie calme et retirée.[3]

Ou seja,

> Não busquemos a solução para um problema já resolvido. Eduquemos as mulheres de tal modo que não aspirem às vantagens que a Constituição lhes nega, mas para que conheçam e apreciem as vantagens garantidas a elas(...) O destino dos homens é viver no palco do mundo. A educação pública lhes convém, pois, desde cedo, ela coloca diante de seus olhos todas as cenas da vida: apenas as proporções são diferentes.
>
> A casa paterna é melhor para a educação das mulheres; elas devem aprender menos sobre a necessidade de lidar com os interesses dos outros e a habituar-se mais a uma vida calma e isolada.

Nesse mesmo ano Olympe de Gouges foi executada.

Na introdução, a autora afirma que não falará detalhadamente sobre as desigualdades sexuais. Ela nota que, depois de vasta leitura sobre educação e por sua experiência pessoal com os pais e com a administração escolar, a fonte dos problemas das mulheres é a negligência da educação oferecida a elas, que são vistas como fracas e vãs. Essa pretensa inferioridade possui

---

3   Talleyrand-Périgord, C. *Rapport sur L'instruction Publique* (1791). Disponível em: <http://www.gutenberg.org/cache/epub/26336/pg26336.txt> Acesso em: 22 abr 2015.

"causas concorrentes", que têm origem na parcialidade da sociedade em favor dos homens. Para ela, os homens são apenas mais fortes. Ela diz no capítulo III: *Admito que a força parece oferecer ao homem uma superioridade natural sobre as mulheres; mas essa é a única base sólida para a construção dessa ascendência sexual.* Ao contrário do que dizia Rousseau, ela diz, nesse ponto em que as criaturas humanas, homens e mulheres, foram postas na Terra para desenvolverem suas faculdades, ou seja, as mulheres devem receber educação para tornarem-se cidadãs. Por outro lado, ela estabelece sua audiência ao dizer que suas críticas são dirigidas à classe média. Ela não acredita que a classe alta tenha "salvação".

O século XVIII ainda discutia sobre a existência de racionalidade nas mulheres, excluindo-as da vida pública. Wollstonecraft precisou, então, provar que as mulheres eram racionais e, portanto, deviam ser educadas para ajudar no progresso da sociedade. Com esse objetivo em mente, ela escreveu, no capítulo I, que precisamos retomar os princípios básicos. Ela estabeleceu os seguintes princípios: todos nós somos superiores aos animais pela **razão**; somos superiores uns aos outros pelas **virtudes**; e, tendo em vista que as paixões são fontes de experiência, e que aprendemos pela experiência, as paixões nos oferecem conhecimento. Razão, virtude e conhecimento distinguem os indivíduos e guiam as leis que os unem em uma sociedade e, além disso, virtude e conhecimento originam-se da razão. Chega-se à virtude por meio da razão.

Assim, a razão é um tema importante para Wollstonecraft. Segundo Sylvana Tomaselli,

> "Wollstonecraft queria que as mulheres desejassem ser cidadãs plenas, mas para merecerem isso, elas precisariam desenvolver a razão. As mulheres racionais perceberiam quais suas verdadeiras obrigações. Elas deixariam de lado o mundo das meras aparências, o mundo dos desejos insaciáveis, que era a base da sociedade do século XVIII, conforme explicado lucidamente por Adam Smith."[4]

Por outro lado, ela ofereceu um argumento teísta para a racionalidade de homens e mulheres: Deus criou o homem e a mulher e deu almas imortais a ambos; ele requer que sejamos virtuosos, mas a virtude

---

4 Tomaselli, Sylvana. Mary Wollstonecraft. *The Stanford Encyclopedia of Philosophy*. (Summer 2014, Edition). Edward N. Zalta (ed.). Disponível em: <http://plato.stanford.edu/archives/sum2014/entries/wollstonecraft/>. Acesso em: 22 abr 2015.

somente pode ser conquistada pela razão e a virtude não foi separada por gênero. Assim, os dois sexos, por meio da razão, devem buscar essa perfeição. Não é "natural" que a mulher não exercite sua razão. As mulheres devem ser virtuosas por meio do desenvolvimento da razão para, no mínimo, serem boas mães e esposas, assim elas devem ser educadas.

> "Esse argumento depende bastante das crenças religiosas de Wollstonecraft. Se Deus criou os seres humanos com uma alma para que pudessem aperfeiçoar-se e se tornarem imortais, então é improvável que metade desses seres fosse criado sem a capacidade de poder desenvolver-se. Afastar das mulheres a capacidade para raciocinar causaria o fracasso do projeto divino de desenvolvimento."[5]

Depois de estabelecer a racionalidade das mulheres, ela detalha as causas da **degradação** das mulheres no capítulo IV. Primeiro relata que, em todos os lugares, os homens percebem e sentem a opressão, mas, tendo em vista a brevidade da vida, eles preferem aproveitar o momento. O mesmo acontece com as mulheres que são *degradadas pela mesma inclinação de aproveitar o momento presente e, por fim, desprezar a liberdade que não conseguem obter, pois lhes falta suficiente virtude para tanto.* As mulheres são, de fato, escravizadas pelos homens, mas recebem tanta atenção que preferem manter-se assim. Elas são ensinadas que sua aparência é extremamente importante e, assim, são levadas a cultivar a fraqueza e aquilo que ela chama de **sensibilidade**.

Sensibilidade, segundo o dicionário (1755) de Samuel Johnson, de acordo com a autora é: *a agudeza da sensação; agudeza da percepção; delicadeza*. Ela tinha repulsa à tolice feminina, que incluía a cultivação da delicadeza física; *a leitura de romances, a música, a poesia e a galanteria [que] levam as mulheres a tornarem-se criaturas da sensação. Dessa forma, o caráter delas é construído na forma da tolice durante o tempo em que recebem sua habilidade final para a sociedade, a única melhoria que são motivadas a adquirir.* A sobreutilização da sensibilidade reduz naturalmente os outros poderes mentais. Alguns anos mais tarde, Jane Austen ofereceria um exemplo da polarização entre razão e sensibilidade com sua personagem sentimental Marianne Dashwood, do romance *Sense and Sensibility* (1811). As mulheres são socializadas para serem escravas de seu corpo e de sua

---

5　Bergés, Sandrine. *The Routledge Guidebook to Wollstonecraft's* A Vindication of the Right of Woman. London: Routledge, 2013. p. 46.

sexualidade. Normalmente, elas não são independentes e não costumam exercer a razão. Elas devem, segundo a sociedade do século XVIII, permanecer escravizadas, idolatradas no lar, preocupando-se somente com suas proclividades "naturais", a saber, modéstia, castidade e beleza.

Por esses motivos, Wollstonecraft desejou inspirar uma *revolução do comportamento feminino*.

No capítulo III ela diz: *Está na hora de fazermos uma* **revolução do comportamento feminino** *– de restaurar sua dignidade perdida – e fazer com que façam parte da espécie humana, elas devem mudar para mudar o mundo. Está na hora de separarmos o comportamento local da moral imutável.* E no capítulo XIII: *Não há como argumentar que as mulheres atualmente são consideradas bobas e más por causa de sua ignorância. E, por isso, existe a probabilidade de que somente haverá consequências benéficas para o desenvolvimento da humanidade a partir de uma REVOLUÇÃO no comportamento feminino.* A revolução envolve os temas já descritos, ou seja, as mulheres, depois de receberem uma educação racional, desenvolverão a razão e, consequentemente, aperfeiçoarão sua virtude. Deixarão de ser apenas brinquedos frágeis dos homens.

Wollstonecraft não via o sexo como o objetivo principal da vida das mulheres, mas percebeu que a razão e o senso comum eram normalmente ignorados em favor da emoção e dos sentimentos; as meninas eram ensinadas desde muito cedo a preocuparem-se apenas com elas mesmas. Como consequência, as mães acabavam mimando ou ignorando os filhos.

Além disso, o **casamento** devia ser mais parecido com a amizade, pois o marido e a esposa deviam ser companheiros e não estar propensos de forma imoderada à paixão sexual; deviam buscar os laços mais profundos que iam além do sexo. De todas as afeições, a **amizade** era tida como a mais sublime (capítulo II). Assim, o casamento ideal era o que possuía as características de uma amizade, cujo *fundamento [da amizade] é a estima* (capítulo XVI) e tinha como *principais pilares... o respeito e a confiança* (capítulo XIII). Marido e esposa deviam ser companheiros, parceiros e terem coisas em comum. A paixão inicial, logo seria transformada em uma amizade profundamente harmoniosa, e o casal devia aprender a aceitar a mudança.

No capítulo VI, ela explica a importância das **associações de ideias** para o desenvolvimento do caráter. As associações podem ser instantâneas ou habituais. Ela afirma que não temos muito poder sobre as associações instantâneas, em oposição, sustenta que a associação habitual é maleável e *produz um grande efeito no caráter moral da humanidade.* Ainda afirma que as associações feitas durante o crescimento são teimosas e raramente difíceis de ser desemaranhadas pela razão. Assim, uma ideia chama a outra e, dessa forma, quando as falsas noções e as primeiras impressões não são temperadas pelo conhecimento, os sentimentos ficam aflorados e seguem, passo a passo, o antigo caminho. *Tudo o que é visto ou ouvido serve para fixar as impressões, retomar as emoções e associar ideias.* Tal situação é mais deletéria para as mulheres que, por estarem mais confinadas que os homens, não têm como minimizar os efeitos de suas associações.

Outro tema importante é a **modéstia**. A modéstia é a *sobriedade da mente que ensina ao homem a não se considerar mais do que realmente é* (capítulo VII). Modéstia e humildade são diferentes, pois esta última é *um tipo de degradação de si próprio* (capítulo VII). Assim, a modéstia é uma virtude, mas a humildade não. As mulheres que mais exercitam a razão são as mais modestas. A moral da mulher fica enfraquecida quando acredita que a reputação é a característica mais importante a ser mantida intacta.

A revolução do comportamento feminino, de acordo com o Capítulo IX, deve incluir a maior **independência financeira** das mulheres, as obrigações e as atividades na esfera pública, a necessidade de serem boas cidadãs e, ao mesmo tempo, boas mães.

Em seguida, nos capítulos X e XI, ela discute as **obrigações dos pais**, repetindo a necessidade de **reformas educacionais** para que as mulheres sejam boas mães, que não tiranizem seus filhos, nem os mimem.

As ideias de Wollstonecraft para a **reforma da educação** estão no capítulo XII. Ela propõe a união entre a educação pública e a privada, bem como uma estrutura educacional participativa e mais democrática.

Ela acreditava que meninos e meninas deveriam receber a mesma educação, independentemente de classe ou sexo, para que pudessem desenvolver suas forças física e mental. No entanto, acreditava que, a partir de certa idade, as crianças de cada classe e de acordo com suas habilidades deveriam ser separadas. Wollstonecraft tinha convicção de que a reforma da educação era importantíssima, especialmente para as mulheres, pois a falta de uma boa educação, segundo ela, era a causa da ignorância e da subordinação de toda mulher. A educação permitiria que as mulheres aprendessem a exercitar a razão e, como consequência, aprimorar a virtude. Desse modo, as mulheres poderiam tornar-se melhores esposas e mães, beneficiando toda a sociedade.

Os argumentos do livro são, por fim, resumidos no último capítulo. Ela detalha as formas com que as mulheres alimentam sua tolice e credulidade por vários meios, a saber, as visitas a médiuns, curandeiros e videntes; a leitura de romances estúpidos e cheios de sentimentalidades, que nada dizem sobre a natureza humana; as rivalidades contra outras mulheres; as preocupações com seus ornamentos externos e comportamentos; o tratamento de ídolo dado aos filhos.

As mulheres, de acordo com Wollstonecraft, somente serão membros verdadeiramente úteis da sociedade quando *seu conhecimento for cultivado em larga escala, para que adquiram uma afeição racional por seu país, com fundamento no conhecimento, pois nós, obviamente, temos pouco interesse por aquilo que não entendemos.*

### Bibliografia

Bergés, Sandrine. *The Routledge Guidebook to Wollstonecraft's a Vindication of the Right of Woman*. London: Routledge, 2013.

Dickinson, H. T. (ed.). *A Companion to Eighteenth-Century Britain*. Blackwell: Oxford, 2002.

Talleyrand-Périgord, C. *Rapport sur L'instruction Publique* (1791). Disponível em: <http://www.gutenberg.org/cache/epub/26336/pg26336.txt> Acesso em: 22 abr 2015.

Tomaselli, Sylvana. *Mary Wollstonecraft, the Stanford Encyclopedia of Philosophy*. Summer 2014, Edition. Edward N. Zalta (ed.). Disponível em: <http://plato.stanford.edu/archives/sum2014/entries/wollstonecraft/> Acesso em: 22 abr 2015.

Wollstonecraft, Mary. *A Vindication of the Rights of Woman with Strictures on Political and Moral Subjects*. London: J. Johnson, 1792. Disponível em: <http://oll.libertyfund.org/titles/126> Acesso em: 18 abr 2015.

_____. *A Vindication of the Rights of Men and a Vindication of the Rights of Woman*. Eds. Janet Todd. Oxford University Press, 1993.

Daniel M. Miranda
Bacharel em Direito pelo Mackenzie.
Bacharel em Letras – Grego antigo e Sânscrito pela USP.

_para M. Talleyrand-Périgord_[6]

# Ex-Bispo de Autun

Senhor,

Havendo lido com bastante prazer o panfleto[7] que o senhor recentemente publicou. Dedico este volume ao senhor, para induzi-lo a reconsiderar o tema, e, com maturidade, avaliar o que eu tenho avançado em relação aos direitos das mulheres e sobre a educação nacional: e eu clamo, com firme apelo humanitário;[8] pois meus argumentos, senhor, são ditados por um desinteresse de espírito – eu suplico pelo meu sexo –, não por mim

---

6     Charles Maurice de Talleyrand-Périgord, príncipe de Benevento (1754-1838), foi Bispo de Autun de 1788 a 1791, quando resignou o cargo para se concentrar em atividades políticas. Foi excomungado passados três meses de sua resignação por continuar a ordenar novos bispos. Ele atuou como administrador do departamento de Paris e prestou serviço aos Estados Gerais, à Assembleia Constituinte, e à Assembleia Nacional, onde apoiou o confisco dos bens da igreja para pagar despesas do governo. Foi enviado pelo governo francês à Grã-Bretanha em 1792, onde conheceu Wollstonecraft. O encontro ocorreu entre a publicação da primeira e segunda edição de _Os Direitos da Mulher_.

7     _Rapport sur l'instruction publique, fait au nom du Comité de constitution a l'Assemblée Nationale_ (1791): o relatório apresenta suas ideias a respeito da educação e de como a Revolução Francesa deve caminhar nesse aspecto específico. Talleyrand defende a educação pública para ambos os sexos e todas as idades, garantindo a liberdade e igualdade entre todos. Para Wollstonecraft, contudo, a visão de Talleyrand alinha-se com a de Rousseau em seu livro _Emílio_ (1762), onde a educação da mulher deve orientar-se a um papel de subserviência.

8     Na primeira edição lê-se: "Em Educação Nacional, eu dedico esse volume a você, a primeira dedicação que eu jamais escrevi, para induzi-lo a ler com atenção; e, como acredito que você me entenderá, o que não creio que ocorrerá com muitos intelectuais impertinentes, que podem ridicularizar os argumentos ao qual eles são incapazes de responder. Mas, senhor, eu levo meu respeito ao seu entendimento ainda mais distante; tão longe, que estou confiante que você não jogará meu trabalho de lado, e que conclua apressadamente que estou errada, por que você não viu o tema sob a mesma luz. – E desculpe minha franqueza, mas preciso apontar que você trata o assunto de forma muito sumária, satisfeito em considerá-lo da mesma maneira como já o vem sendo, onde os direitos dos homens, para não falar do das mulheres, são esmagados como se fossem inalcançáveis. – Eu o invoco, portanto, a pensar o que eu coloco a respeito dos direitos das mulheres, e educação nacional – e eu clamo, com firme apelo humanitário".

mesma. Há muito tempo considero a independência a grande bênção da vida e a base de cada virtude – e independência eu nunca irei obter contrariando os meus desejos, mesmo se eu vivesse em um grande campo estéril.

É, portanto, uma afeição por toda a raça humana que faz com que a minha caneta corra rapidamente para acompanhar o que eu acredito ser a causa da virtude: e a mesma razão me leva a desejar fortemente ver a mulher posicionada em um lugar que ela possa avançar, em vez de retardar, no progresso dos gloriosos princípios que dão substância à moralidade. Minha opinião, de fato, respeitando os direitos e deveres da mulher, parece fluir tão naturalmente destes simples princípios, que eu acredito ser quase impossível, exceto em algumas das grandes mentes que formaram sua admirável constituição,[9] discordar comigo.

Na França há, sem dúvidas, uma difusão mais generalizada do conhecimento em comparação a qualquer parte do mundo europeu, e eu atribuo isso, em grande medida, à relação social que há tempos tem subsistido entre os sexos. É verdade, e eu faço os meus sentimentos serem ouvidos, que, na França, a essência da sensualidade tem sido diminuída para significar, comicamente, a voluptuosidade, e, assim, prevalece um tipo de sentimento lascivo, o qual, em conjunto com o sistema de duplicidade em que todo o caráter de seu governo político e civil foi ensinado, tem gerado um tipo sinistro de sagacidade ao caráter francês, apropriadamente chamado de fineza; da qual naturalmente se origina a polidez das maneiras que prejudica a substância, afugentando a sinceridade da sociedade. – E a modéstia, a mais justa das virtudes!, tem sido brutalmente insultada, mais na França que na Inglaterra, a ponto de suas mulheres tratarem com extremo pudor a atenção à decência, cujos brutos instintivamente observam.

As boas maneiras e a moral têm sido tão intimamente aliadas que são frequentemente confundidas; mas, embora a primeira devesse ser considerada apenas um reflexo natural da última, ainda assim, quando várias causas têm produzido condutas fatídicas e corruptas, que são absorvidas logo cedo, a moralidade se torna um termo vazio. O ato de se reservar pessoalmente e o respeito sagrado pela limpeza e delicadeza da vida doméstica, o qual as mulheres francesas quase desdenham, são os pilares graciosos da modéstia;

---

9    A constituição francesa de 1791 excluía as mulheres de todas as áreas de vida política, considerando cidadãos somente homens acima dos 25. Embora Olympe de Gouges, em Les Droits de la femme (1791) também tenha demandado direitos políticos a mulheres, com intuito de melhorar as questões morais da humanidade, Wollstonecraft aparentemente não a conhecia. O sufrágio feminino só ocorreu na França em 1944.

porém, em vez de desprezá-los, se a chama pura do patriotismo alcançar seus corações, elas deveriam trabalhar para melhorar a moral de seus concidadãos, ensinando aos homens, não só a respeitarem a modéstia das mulheres, como adquiri-la eles mesmos, como sendo a única forma de merecer sua estima.

Lutando pelos direitos das mulheres, meu argumento principal é construído neste simples princípio, que, se ela não for preparada pela educação para se tornar a companhia do homem, ela impedirá o progresso do conhecimento e da virtude; porque a verdade deve ser comum a todos, ou então será ineficaz em relação a sua influência na prática geral. E como se espera que a mulher coopere sem que ela saiba por que deve ser virtuosa? Sem a liberdade que fortalece sua razão, para que ela entenda seu dever e enxergue de que forma esta é conectada com o seu verdadeiro bem? Se as crianças devem ser educadas para entender o verdadeiro princípio do patriotismo, sua mãe deve ser patriota; e o amor à humanidade, do qual um trem ordenado de virtudes emerge, só pode ser produzido considerando a moral e o interesse civil da humanidade; contudo, a educação e a situação da mulher, no presente, a impedem de tal investigação.

Neste trabalho eu produzi muitos argumentos, os quais para mim foram conclusivos, para provar que a noção prevalecente a respeito do caráter sexual subverte a moralidade; e eu tenho lutado, para tornar o corpo e a mente humana mais perfeitos, a castidade deve prevalecer de forma mais universal, e a castidade nunca será respeitada no mundo masculino até que a pessoa mulher não seja, por assim dizer, idolatrada, quando pouco valor ou sentido a embelezam com os grandiosos traços da beleza mental, ou a interessante simplicidade da afeição.

Considere, senhor, desapaixonadamente, estas observações – visto que o vislumbre desta verdade abriu-se diante do senhor quando você observou, "que ver metade da raça humana excluída pela outra de toda a participação no governo é um fenômeno político que, de acordo com princípios abstratos, é impossível explicar".[10] Sendo assim, em que base sua constituição se coloca? Se os direitos abstratos do homem resultarão em discussões e explicações, aqueles da mulher, por uma paridade racional, não sucumbirão ao mesmo teste: embora uma opinião diferente prevaleça

---

10 Trecho retirado de *Rapport sur l'instruction publique*, p. 116. Talleyrand ainda afirma que "Se excluir mulheres de cargos políticos significar para ambos os sexos um aumento de bem-estar mútuo, significa que essa é uma lei que todas as sociedades deveriam reconhecer e consagrar". Tradução livre.

neste país, construída pelos mesmos argumentos que o senhor usa para justificar a opressão da mulher – prescrição.

Considere, me dirijo a sua função de legislador, se, quando os homens lutam por sua liberdade e são permitidos a julgar por si mesmos a respeito de sua própria felicidade, não seria inconsistente e injusto subjugar as mulheres, mesmo que o senhor firmemente acredite que esteja agindo da maneira bem calculada para promover a felicidade dos mesmos? Quem fez o homem o juiz exclusivo, se a mulher compartilha com ele a dádiva da razão?

Dessa maneira, argumentam os tiranos de toda denominação, desde o rei fraco até o fraco pai de família, eles estão todos ávidos para esmagar a razão; mesmo que eles sempre afirmem que usurpam o trono apenas para serem úteis. O senhor não assume o mesmo papel, quando força todas as mulheres, negando-lhes seus direitos civis e políticos, a permanecerem presas em seus grupos familiares, no escuro? Certamente, o senhor não irá afirmar que um dever possa ser obrigatório quando este não é fundado na razão? Se, de fato, esse é o destino das mulheres, argumentos podem ser tirados da razão e, assim, apoiados respeitosamente: quanto mais conhecimento as mulheres adquirem, mais elas estarão ligadas ao seu dever – compreendendo-o – pois, sem entendê-lo, sem que sua moral seja afixada nos mesmos princípios imutáveis dos homens, nenhuma autoridade as poderá fazer cumpri-lo de maneira virtuosa. Elas podem ser escravas convenientes, mas a escravidão sempre terá seu efeito, denegrindo o "senhor" e seu dependente abjeto.

Porém, se as mulheres devem ser excluídas, sem ter voz da participação nos direitos naturais da humanidade, primeiro prove, para impedir a acusação de injustiça e inconsistência, que elas querem a razão – ou então este desvio na sua NOVA CONSTITUIÇÃO[11] sempre mostrará que os homens devem, de certa forma, agir como tiranos, e a tirania em qualquer parte da sociedade ergue sua fronte descarada, sempre solapando a moralidade.

Eu tenho repetidamente afirmado e produzido o que me parece serem argumentos incontestáveis tirados de questões de fato, para provar a minha assertiva de que as mulheres não podem, à força, serem confinadas às preocupações domésticas; pois elas irão, apesar de ignorantes, se envolver em assuntos mais significativos, negligenciando seus deveres privados apenas para perturbar, por meio de artifícios ardilosos, os bem ordenados planos da razão que estão acima de sua compreensão.

---

11 A primeira versão da NOVA CONSTITUIÇÃO incluía no título os dizeres "a primeira constituição fundada na razão".

PARA M. TALLEYRAND-PÉRIGORD | 23

Além disso, enquanto elas são preparadas apenas para alcançar feitos pessoais, os homens buscarão por uma variedade de prazeres, e maridos infiéis farão esposas infiéis; tal seres ignorantes, de fato, serão perdoáveis quando, sem serem ensinadas a respeitar o bem público ou sem nenhum direito civil, elas tentarem fazer justiça pelas próprias mãos através de retaliações.

Uma caixa de injúrias, assim, abriu-se na sociedade, como preservar a virtude privada, a única segurança da liberdade pública e da felicidade universal?

Permita que nenhuma coerção seja *estabelecida* na sociedade, e com a lei da gravidade prevalecendo, os sexos irão posicionar-se em seus devidos lugares. E agora que leis mais igualitárias estão formando seus cidadãos, o casamento poderá tornar-se mais sagrado: seus jovens homens podem escolher esposas por motivos de afeição, e suas donzelas permitirão que o amor se sobreponha à vaidade.

O pai da família não enfraquecerá sua constituição nem degradará seus sentimentos, visitando meretrizes, nem esquecendo, enquanto obedece ao chamado do apetite [sexual], o propósito pelo qual este foi implantado. E a mãe não irá negar às suas crianças a prática da arte do cortejo, quando seu senso e modéstia garantem a amizade de seu marido.

Contudo, até os homens se tornarem atentos aos deveres de pai, é em vão esperar que as mulheres passem este tempo cuidando de suas crianças, quando elas, "astutas em seu mundo",[12] escolheram passar em frente ao espelho; pois este esforço ardiloso é apenas um instinto da natureza que as possibilitam obter indiretamente um pouco deste poder do qual elas são injustamente negadas de partilhar: pois, se as mulheres não são permitidas gozar de direitos legítimos, elas tornarão a si mesmas e aos homens depravados, para obter privilégios ilícitos.

Eu desejo, senhor, elaborar algumas investigações nesta linha que está presente na França; e se estas nos orientarem a uma confirmação dos meus princípios, quando sua constituição for revisada, os Direitos das Mulheres poderão ser respeitados, se for inteiramente provado que a razão clama nesse respeito, e em bom som demanda JUSTIÇA à metade da raça humana.

Com todo seu respeito, senhor,

M. W.

---

12 Referência a Lucas 16:8, "Os filhos deste mundo são mais astutos no trato uns com os outros do que os filhos da luz".

## nota

Quando eu comecei a escrever este trabalho, eu o dividi em três partes, supondo que um volume conteria a discussão completa dos argumentos que me parecem aflorar naturalmente de alguns simples princípios; porém novos cenários se apresentaram enquanto avancei, e agora apresento apenas a primeira parte ao público.

Muitos temas, contudo, os quais eu rapidamente me referi, demandam uma investigação particular, especificamente as leis relativas às mulheres, e a consideração de seus deveres peculiares. Isto irá dar amplo conteúdo para um segundo volume,[13] que, em tempo devido, será publicado, para elucidar alguns dos sentimentos, e completar muitos rascunhos começados no primeiro.

---

13  Esse segundo volume nunca foi publicado.

_____ *introdução* _____

Depois de considerar o panorama histórico e enxergar o mundo dos vivos com grande preocupação, as emoções de indignação mais melancólicas e lamentáveis deprimem meu espírito, e tenho suspirado quando obrigada a confessar que ou a natureza fez uma grande diferença entre cada homem, ou a civilização, que até agora prevalece no mundo, tem sido muito parcial. Eu tenho me debruçado sobre vários livros escritos sobre o tema da educação, e pacientemente observado a conduta dos pais e da administração de escolas; mas qual tem sido o resultado? – Uma convicção profunda de que a educação negligente aos meus semelhantes é a grande fonte da miséria que lamento; e que as mulheres, em particular, tornaram-se fracas e infelizes por uma variedade de causas concordantes, originária de uma conclusão precipitada. A conduta e as boas maneiras das mulheres, de fato, [e] de forma evidente provam que suas mentes não estão em um estado saudável; pois, como as flores que estão plantadas em solo bastante fértil, a força e a utilidade são sacrificadas em nome da beleza; as pomposas folhas, depois de terem saciado o olho meticuloso, desvanecem, ignoradas em seu galho, tempos antes da estação que deveriam chegar à sua maturidade. – Uma causa desse desabrochar estéril eu atribuo a um falso sistema de educação, reunido em livros sobre o tema escritos por homens que, considerando fêmeas como mulheres em vez de criaturas humanas, anseiam mais em torná-las amantes atraentes do que esposas afetuosas e mães racionais; e o entendimento do sexo tem sido tão confundido por este profundo respeito ilusório, que a mulher civilizada do presente século, com algumas exceções, está apenas ansiosa para suscitar amor, quando elas deveriam alimentar uma ambição mais nobre, e por suas habilidades e virtudes exigir respeito.

Em um tratado, portanto, sobre os direitos e as boas maneiras femininas, os trabalhos que têm sido especificamente escritos para o melhoramento das mulheres não devem passar desapercebidos; especialmente quando é afirmado, em termos diretos, que a mente das mulheres é enfraquecida por um falso refinamento; que os livros de instrução, escritos por homens geniais, têm seguido a mesma tendência que produções mais fúteis; e que, no estilo clássico do Maometanismo,[14] elas são tratadas como uma espécie de ser subordinado,[15] e não como parte da espécie humana, quando a razão não comprovada se torna a distinção digna que eleva os homens acima dos seres irracionais, e coloca um cetro natural em mãos débeis.

Contudo, por ser uma mulher, eu não guiaria os meus leitores a supor que intenciono incitar de forma violenta a controversa questão a respeito da igualdade ou inferioridade dos sexos; mas como o tema se coloca em meu caminho, e eu não posso passar sobre o assunto sem submeter a principal tendência do meu raciocínio à desconstrução, eu devo parar um momento para transmitir, em poucas palavras, a minha opinião. – No governo do mundo físico é observável que as fêmeas em relação à força são, em geral, inferior aos machos. Esta é a lei da natureza; e ela não parece estar suspensa ou anulada em favor das mulheres. Um grau de superioridade[16] física não pode, portanto, ser negado – e é uma prerrogativa nobre! Porém, não contentes com sua preeminência natural, os homens se empenham em nos afundar ainda mais, meramente para nos tornar objetos atraentes por um momento; e as mulheres, intoxicadas pela adoração que homens, sob a influência de seus sentidos, prestam a elas, não buscam obter um interesse durável em seus corações, ou de se tornarem amigas de seus semelhantes que encontram deleite em sua sociedade.

Estou ciente de uma inferência óbvia: – em cada esquina tenho escutado exclamações contra as mulheres masculinizadas; mas onde elas estão? Se, por esta denominação, os homens intencionam falar mal de seu ardor em caçar, atirar e jogar, eu devo cordialmente me unir ao coro; mas se for contra a imitação das virtudes masculinas, ou mais apropriadamente falando, a aquisição destes talentos e virtudes, que postos em prática enobrecem o caráter humano, e os quais elevam as fêmeas na escala dos seres animais, quando elas são compreensivelmente taxadas como homens;[17] – todos aqueles que as veem com um olhar filosófico devem, eu penso, desejar comigo que elas deveriam tornar-se cada dia mais e mais masculinas.

---

14   Uma referência à ideia equivocada de Cristãos, de que o Islamismo nega que mulheres tenham alma.

15   Na primeira edição lê-se: "somente consideradas como fêmeas".

16   A primeira edição enfatizava mais a superioridade masculina. Lê-se: "...as fêmeas em relação à força, em geral, são inferiores aos machos. O macho persegue, a fêmea se rende – essa é a lei da natureza...".

17   No original, a escritora usa a palavra *mankind*, que pode significar "gênero humano", "humanidade" ou "os homens".

INTRODUÇÃO | 27

Esta discussão naturalmente divide o assunto. Eu devo primeiramente considerar as mulheres sob a grande luz das criaturas humanas, que, em comum com os homens, são colocadas na terra para desenvolver suas faculdades; e, posteriormente, eu irei especificamente apontar suas designações particulares.

Desejo também evitar um erro no qual muitos escritores respeitáveis têm caído; a instrução, que até então tem sido endereçada às mulheres, é mais aplicável às damas,[18] se o pequeno e indireto conselho, que é disseminado em Sandford e Merton,[19] for desconsiderado; porém, tratando de meu sexo em um tom mais firme, eu presto atenção particularmente àquelas da classe média, pois elas parecem estar no estado mais natural. Talvez as sementes do falso refinamento, da imortalidade e da vaidade, têm sido sempre disseminadas pelos nobres. Seres fracos e artificiais, elevados acima das vontades gerais e da afeição por sua raça, de uma maneira prematura e não natural, corroem o fundamento da virtude e espalham a corrupção por toda a massa da sociedade! Como uma classe da humanidade, eles têm a reivindicação mais forte à piedade; a educação dos ricos tende a torná--los vaidosos e impotentes, e o desdobramento da mente não é fortalecido pela prática destes deveres que dignificam o caráter humano. – Eles apenas vivem para se divertir, e pela mesma lei cuja natureza invariavelmente produz certos efeitos, eles logo apenas alcançam um divertimento infértil.

Contudo, como minha intenção é ver separadamente as diferentes categorias da sociedade, e o caráter moral das mulheres em cada [uma delas], esta pista é, por agora, suficiente; e eu apenas mencionei esta questão, porque ela me parece ser a verdadeira essência de uma introdução para dar um rápido relato dos conteúdos que o trabalho introduz.

Meu próprio sexo, eu espero, irá perdoar-me, se eu as tratar como seres racionais, em vez de lisonjear sua graciosidade *fascinante*, e as enxergar como se estivessem perpetuamente em um estado infantil, incapazes de se posicionarem sozinhas. Eu sinceramente desejo apontar do que a verdadeira dignidade e felicidade humana consistem – desejo persuadir as mulheres a se empenharem a adquirir força, tanto da mente quanto do corpo, e as convencer de que as frases tenras, a susceptibilidade do coração,

---

18  Para escritora mulheres e damas são conceitos distintos.

19  Livro didático para crianças, de Thomas Day, *The History of Sandfort and Merton* (1783-9). Influenciado por *Emílio*, de Rousseau, livro contrasta Merton, rica e mimada, com Sandfort, pobre e honesta.

a delicadeza do sentimento e o refinamento do gosto são quase sinônimos dos epítetos da fraqueza; e que esses seres que são apenas os objetos da compaixão e esse tipo de amor, que tem sido usado como sinônimo, em breve se tornarão objetos de desprezo.

Repudiando, então, estas belas frases femininas, que os homens por condescendência usam para amolecer a nossa dependência escrava, e desprezando esta fraca elegância da mente, sensibilidade requintada e docilidade das maneiras, que supostamente são as características do vaso[20] mais fraco, eu desejo mostrar que a elegância é inferior à virtude, pois o primeiro objetivo da ambição respeitável é obter um caráter como um ser humano, desconsiderando a distinção de sexo; e que as visões secundárias devem ser pensadas sob este simples princípio.

Este é o rascunho bruto do meu plano; e eu devo expressar minha convicção com as emoções energéticas que sinto toda vez que penso no assunto, e assim, os ditames da experiência e a reflexão serão sentidos por alguns dos leitores. Animada por este importante objeto, eu desprezarei o resumo das frases ou o polimento do meu estilo; – eu procuro ser útil, e a sinceridade me tirará a afeição; pois, desejando persuadir pela força de meus argumentos em vez de deslumbrar pela elegância da minha linguagem, eu não irei desperdiçar meu tempo com períodos complexos e eloquentes, ou fabricando a linguagem intencionalmente difícil dos sentimentos artificiais, que, vindos da cabeça, nunca alcançam o coração. – Eu devo trabalhar sobre as coisas e não sobre as palavras! – E, ansiosa para tornar o meu sexo membros mais respeitáveis da sociedade, eu evitarei uma dicção florida que tem deslizado de ensaios para romances, e dos romances para dentro das cartas e conversas familiares.

Estes belos superlativos,[21] que saem levianamente da língua, viciam o gosto e criam um tipo de delicadeza nauseante, que se distancia da simples verdade não adornada; são também um dilúvio de falsos sentimentos e sensações enfatizadas, que sufocam as emoções naturais do coração e tornam os prazeres domésticos insípidos. Servem para adoçar o exercício destes deveres severos, que educam um ser racional e imortal para um campo de ação mais nobre.

A educação das mulheres tem, atualmente, sido mais frequente que antes; no entanto, elas continuam sendo consideradas um sexo frívolo,

---

20  No original: *vessel*.

21  Na primeira edição lê-se: "Nulidades – essas caricaturas da verdadeira beleza da sensibilidade".

e ridicularizadas ou vistas com pena por escritores que se empenham, por sátira ou instrução, a melhorá-las. É reconhecido que elas passam muitos dos primeiros anos de sua vida adquirindo uma pequena parcela de realizações; ao mesmo tempo, o fortalecimento da mente e do corpo são sacrificados em nome de noções libertinas da beleza, no desejo de se estabelecerem – a única forma que as mulheres podem subir no mundo – pelo casamento. Este desejo as torna meros animais quando elas casam, agem como as crianças são esperadas a agir: – vestem-se, pintam-se e colocam apelidos nas criaturas de Deus. – Certamente estes seres fracos só servem para um harém! Podemos esperar que elas governem uma família com discernimento, ou tomem conta dos pobres bebês que elas trazem ao mundo?

Se então podemos razoavelmente deduzir pela atual conduta do sexo, pelo apego predominante por prazer que toma o lugar da ambição e por aquelas paixões mais nobres que abrem e engrandecem a alma; que a instrução que as mulheres têm recebido até agora, com a constituição da sociedade civil, tem apenas pretendido torná-las objetos insignificantes do desejo – meras propagadoras de tolos! – Se for provado que, com o objetivo de adquiri-las, sem o cultivo de seu entendimento, as mulheres são tiradas de sua esfera de deveres, e consideradas ridículas e inúteis quando acaba o desabrochar de sua beleza que tem vida curta.[22] Eu presumo que os homens *racionais* irão desculpar-me por me esforçar em persuadi-las a se tornarem mais masculinas e respeitáveis.

De fato, o mundo masculino é apenas um bicho-papão: há poucos motivos para temer que as mulheres adquiram coragem ou firmeza demais; pois a sua aparente inferioridade em relação à força do corpo, deve torná-las, em certo grau, dependentes dos homens nas várias relações da vida; mas por que isso seria aumentado por preconceitos que dão a um sexo virtude, e confundem verdades simples com fantasias sensuais?

As mulheres são, de fato, tão denegridas por noções equivocadas de excelência feminina, que eu não quero adicionar um paradoxo quando afirmo que esta fraqueza artificial produz uma propensão a tiranizar, e dá à luz esperteza, o oponente natural da força, que as fazem jogar com os desprezíveis ares infantis que solapam a estima mesmo quando elas provocam desejo. Permitem que os homens se tornem mais castos

---

22 Um escritor vívido, o qual não lembro o nome, pergunta o que uma mulher de negócios com 40 anos tem a ver com o mundo? (N.E.)

e modestos, e se as mulheres não se tornarem mais sábias na mesma proporção, ficará claro que elas têm um entendimento mais fraco.[23] Parece pouco necessário dizer que agora falo do sexo em geral. Muitos indivíduos têm mais senso que seus parentes masculinos; e como nada prepondera onde há uma constante luta por equilíbrio, sem isso há naturalmente mais gravidade, algumas mulheres governam seus maridos sem se denegrirem, porque o intelecto sempre irá governar.

---

23  Na primeira edição em vez dessa frase, lê-se: "Não promova esses preconceitos, e eles vão naturalmente cair em seu lugar de subordinação na vida, ainda sim lugar respeitável na vida.".

*capítulo I*

# CONSIDERAÇÃO DOS DIREITOS E DEVERES DA HUMANIDADE

No presente estado da sociedade parece ser necessário voltar aos primeiros princípios em busca das mais simples verdades, e discutir minuciosamente alguns dos preconceitos que prevalecem. Para desobstruir o meu caminho, devo ser permitida a fazer algumas perguntas francas, e as respostas provavelmente aparecerão inequívocas como os axiomas sob os quais a razão é construída; no entanto, quando misturadas com os vários motivos de ação, elas são formalmente contraditas, ou pelas palavras ou pela conduta dos homens.

A preeminência dos homens sobre a criação bruta consiste de quê? A resposta é tão clara quanto como a metade é menos que o inteiro: na Razão.

Qual habilidade exalta um ser sobre o outro? Virtude; nós respondemos espontaneamente.

Para qual propósito as paixões foram implantadas? Para que o homem, ao lutar contra elas, possa alcançar um grau de sabedoria negado aos brutos; sussurra a Experiência.

Consequentemente a perfeição de nossa natureza e a capacidade para a felicidade devem ser estimadas pelo grau da razão, virtude e sabedoria, que distinguem o indivíduo e direcionam as leis que unem a sociedade; e que isto aflora naturalmente do exercício da razão, do conhecimento e da virtude é igualmente inegável, se os homens forem vistos coletivamente.

Os direitos e deveres do homem assim simplificados, parecem-me quase descabida a tentativa de ilustrar verdades que aparentemente são incontestáveis; mesmo assim, tais preconceitos profundamente enraizados têm escurecido a razão, e tais qualidades espúrias têm assumido o nome da virtude, tornando-se necessária a busca pelo curso da razão, já que esta se tornou confusa e envolta em erro, por várias circunstâncias adventícias, comparando o simples axioma com desvios casuais. Os homens, no geral, parecem empregar sua razão para justificar preconceitos, os quais eles absorveram, [e que] dificilmente podem traçar como, em vez de arrancá-los fora. A mente deve ser forte a ponto de formar seus próprios princípios com firmeza; pois um tipo de covardia intelectual prevalece, fazendo com que muitos homens recuem do dever, ou apenas o façam pela metade. Ainda assim, as conclusões imperfeitas assim tiradas são frequentemente plausíveis, porque são construídas sob uma experiência parcial, de visão justa, contudo estreita.

Voltando aos primeiros princípios, afugentando o vício, com todas as suas deformidades inerentes, da investigação rigorosa; mas um grupo de pensadores superficiais está sempre exclamando que estes argumentos provam demais, e que uma parcela de podridão em seu âmago pode ser conveniente. Assim, a conveniência é continuamente contrastada com princípios simples, até que a verdade se perde em uma névoa de palavras; a virtude, em formas, e o conhecimento são transformados em um ressonante nada, pelos preconceitos enganosos que assumem seu nome.

Que a sociedade é formada da maneira mais sábia, cuja constituição é fundada na natureza do homem, coloca em questão, de forma abstrata, qualquer ato de pensar que seja forçado, fazendo parecer uma presunção se aventurar em trazer à luz provas; mas provas devem ser apresentadas, ou o arcabouço rígido da prescrição nunca será forçado pela razão; no entanto, incitar a prescrição como um argumento para justificar aos homens destituídos (ou mulheres) de seus direitos naturais é um dos sofismas mais absurdos que diariamente insultam o senso comum.

A civilização da massa do povo europeu é muito parcial, e não somente isto, pode-se fazer uma pergunta, se eles adquiriram alguma virtude em troca da inocência, [que seja] equivalente à miséria produzida pelos vícios que são encobertos por uma ignorância disforme e à liberdade que é trocada pela escravidão esplêndida. O desejo de deslumbro por meio da riqueza, a preeminência mais certa de que o homem pode obter, o prazer de comandar os sicofantas aduladores, e muitos outros cálculos baixos e complicados da paixão por si mesmo, têm todos contribuído para oprimir a humanidade, e fazer da liberdade uma alavanca para o patriotismo falso. Pois, enquanto a posição e os títulos são considerados de maior importância, dos quais o Gênio "deve ocultar sua face respeitosamente",[24] é, com poucas exceções, muito infeliz para uma nação quando um homem de habilidades, sem posição ou propriedades, se lança em direção à notoriedade. – Ai de mim! Esta miséria nunca vista que faz milhares sofrerem para comprar um chapéu de cardeal para um aventureiro obscuro e intrigante, que ansiava por ser posicionado entre os príncipes, ou se fazer lorde agarrando-se à coroa tripla.[25]

De fato, tal tem sido a desgraça que flui das honrarias hereditárias, das riquezas, da monarquia, que os homens de sensibilidade vívida têm quase blasfemado para justificar a dispensa da providência. O homem tem sido visto como independente do poder que o fez, ou como um planeta sem leis que sai de sua órbita para roubar o fogo celestial da razão; e a vingança dos céus, escondida em uma chama tênue, como Pandora aprisiona suas injúrias,[26] pune sua temeridade satisfatoriamente, ao introduzir o mal no mundo.

Impressionado por esta visão de miséria e desordem que invadiu a sociedade, e cansado de colidir contra os tolos artificiais, Rousseau se tornou enamorado pela solidão,[27] e, sendo ao mesmo tempo um otimista, ele trabalhou com eloquência incomum para provar que o homem é um animal naturalmente solitário. Desorientado por seu respeito à bondade de Deus, que certamente – pois que homem de senso e sentimento poderá duvidar! – deu a vida apenas para transmitir felicidade, ele considera o mal como positivo, e o trabalho do homem; inconsciente de estar exaltando um atributo em detrimento de outro, igualmente necessário para a perfeição divina.

---

24 Referência aos versos de *Paraíso Perdido* (1667), Canto IV, de John Milton: "...Que pareces o Deus do novo Mundo,| A cuja vista todas as estrelas| A própria face ocultam respeitosas...". Tradução de António José de Lima Leitão.

25 Refere-se à coroa papal.

26 Como punição a Prometeu pelo roubo do fogo dos céus, Zeus mandou Pandora, a primeira mulher, para o mundo com sua caixa de onde todos os males saíram, ficando apenas a esperança dentro dela.

27 Tanto no livro *Discurso sobre a origem e os fundamentos da desigualdade entre os homens* (1755) quanto em *Confissões* (1782), Rousseau se refere à solidão.

Apoiado em uma falsa hipótese, seus argumentos a favor do estado da natureza são plausíveis, mas infundados. Eu digo infundados; pois, afirmar que o estado de natureza é preferível à civilização, em todas as suas possíveis perfeições, é, em outras palavras, pôr em dúvida a sabedoria suprema; e a exclamação paradoxal, de que Deus fez todas as coisas certas, e que o erro foi introduzido pela criatura,[28] as quais ele formou, sabendo que o fez, é tão não filosófico como ímpio.

Quando aquele Ser sábio que nos criou e nos colocou aqui concebeu a ideia de justeza,[29] ele quis, através da permissão, que se realizasse, que as paixões desenvolvessem nossa razão, pois ele podia ver que o mal no presente produziria o bem futuramente. Poderia a criatura impotente que ele criou do nada se libertar desta providência e corajosamente aprender a saber o bem praticando o mal, sem sua permissão? Não. – Como esse energético defensor da imortalidade pode argumentar tão inconsistentemente? Se os homens fossem mantidos para sempre sob o estado bruto da natureza, onde nem sua caneta mágica conseguiria pintar um estado em que uma única virtude fosse enraizada, estaria claro, não para o viajante sensível e pouco ponderado, que o homem nasceu para seguir o ciclo da vida e da morte, e para adornar o jardim de Deus por algum motivo que não fosse facilmente reconciliado com seus atributos.

Mas se, para colocar a cereja no bolo,[30] houvesse de existir criaturas racionais criadas, [e] permitidas a se elevarem à excelência pelos poderes implantados para esta finalidade; se a bondade em si for considerada suficiente para a existência de uma criatura acima dos brutos,[31] que poderia pensar e evoluir por si só, por que esta dádiva inestimável deveria, uma dádiva sim, se os homens foram assim criados para terem a capacidade de se elevarem acima do estado onde a sensação causa

---

28 Referente a frase inicial de *Emílio* (1762), v. 1, p. 15: "Tudo está bem, ao sair das mãos do Autor das coisas; tudo degenera entre as mãos do homem:", tradução de Pilar Delvaulx (1990).

29 No original: *fair*.

30 No original: *to crown the whole*. A expressão pode ser entendida como "para alcançar a perfeição".

31 Contrário à opinião dos anatomistas que argumentam por analogia da formação dos dentes, estômago e intestinos, Rousseau não permitirá ao homem ser um animal carnívoro. E, distanciado da natureza pelo seu amor ao sistema, ele debate [em *Emílio*, v. I e II] se o homem é um ser gregário, apesar do longo e impotente estado de infância que parece apontá-lo como particularmente impelido a parear, o primeiro passo em direção ao ato de popular. (N.E.)

um imenso bem-estar, ser chamada, em termos diretos, uma maldição? Uma maldição pode ser considerada, se toda a nossa existência fosse limitada por nossa permanência nesse mundo; mas por que deveria a fonte graciosa da vida nos dar paixões, e o poder de reflexão, apenas para amargurar os nossos dias e nos inspirar com noções equivocadas de dignidade? Por que ele deve nos guiar para longe do amor a nós mesmos e em direção a emoções sublimes que a descoberta de sua sabedoria e bondade despertam, se estes sentimentos não fossem postos para melhorar nossa natureza, da qual eles fazem parte,[32] e nos tornar capazes de gozar de uma felicidade mais semelhante da felicidade divina? Firmemente convencida de que não existe nenhum mal no mundo que Deus não tenha projetado para tomar lugar, eu construo minha crença na perfeição de Deus.

Rousseau se manifesta para provar que tudo *estava* certo originalmente; uma multidão de autores que afirma que tudo *está* certo agora; e eu afirmo que tudo *estará* certo.

Contudo, fiel à sua primeira posição, próxima do estado natural, Rousseau celebra a barbárie, e lecionando à sombra de Fabricius,[33] ele esquece que, ao conquistar o mundo, os romanos nunca sonharam em estabelecer a sua própria liberdade de forma concreta, ou em estender o reino da virtude. Ansioso em apoiar seu sistema, ele estigmatiza, como vicioso, todos os esforços dos gênios; e dando voz à apoteose das virtudes selvagens, ele as engrandece aos semideuses, que eram minimamente humanos – os brutais espartanos que, desafiando a justiça e a gratidão, sacrificam, a sangue-frio, os escravos que se mostraram heroicos para resgatar seus opressores.

---

32    O que você diria a um relojoeiro a quem você pediu para fazer um relógio para apontar a hora do dia, se, para mostrar sua ingenuidade, ele adiciona uma peça para fazê-lo repetir etc., o que tornou perplexo o simples mecanismo; se ele desejar, para se justificar – e você não teria encostado em nenhuma mola, você não saberia nada do assunto, e ele teria se divertido por ter feito um *experimento* sem tê-lo prejudicado: você não seria justo com ele, insistindo que, se ele não tivesse adicionado aquelas peças inúteis e outras molas, o acidente não teria acontecido? (N.E.) Ênfase da escritora. (N.T.)

33    No *Discurso sobre as ciências e as artes* (1750), Rousseau cita Gaius Luscinus Fabricius (275 a.C.), um general romano que incitou seus compatriotas a focarem conquistar o mundo. O autor elogia o regime espartano por banir as artes e critica Atenas por enaltecê-la. Tucídides, em *A História da Guerra do Peloponeso* (431 a.C.), conta como os espartanos testaram a lealdade dos hilotas, servos da Grécia que lutaram contra Atenas. Eles prometeram a quem reivindicasse ter lutado bravamente, que seria declarado homem livre; no entanto, eles massacraram os 2 mil homens que clamaram liberdade, já que isso podia possivelmente causar uma rebelião.

Enojado com as maneiras e virtudes artificiais, o cidadão de Genebra,[34] em vez de peneirar o assunto, descartou o trigo e o joio, sem esperar para questionar se os males, que sua alma ardente se opôs indignadamente, são uma consequência da civilização ou vestígios da barbárie. Ele viu o vício pisoteando a virtude, e o semblante da bondade tomando o lugar da realidade; ele viu talentos serem subjugados pelo poder por propósitos sinistros, e nunca pensou em rastrear o gigantesco prejuízo ao poder arbitrário, às distinções hereditárias que se chocam com a superioridade mental que naturalmente elevam o homem acima de seus companheiros. Ele não percebeu que o poder da realeza, em poucas gerações, introduz o idiotismo ao núcleo da nobreza, e coloca iscas pra tornar milhares indolentes e viciosos.

Nada pode estabelecer o caráter da realeza do ponto de vista mais desprezível que os vários crimes que têm elevado o homem à dignidade suprema. – Intrigas baixas, crimes não naturais, e todo o vício que degrada nossa natureza, têm sido os passos para esta indistinta eminência; mesmo assim milhões de homens têm permitido, indolentemente, que os membros inertes de predadores vorazes descansem silenciosamente em seus tronos ensanguentados na posterioridade.[35]

O que mais pode pairar sobre a sociedade se não um vapor pestilento quando seu diretor chefe é apenas instruído na invenção de crimes, ou pela rotina estúpida de cerimônias infantis? Os homens nunca serão sábios? – Eles nunca cessarão de esperar milho de tiririca, e figos de ervas daninhas?[36]

É impossível para qualquer homem, mesmo quando as circunstâncias mais favoráveis coincidem, adquirir conhecimento e força de mente suficiente para exonerar um rei de seus deveres, confiado em poderes incontroláveis; como então eles podem ser infringidos quando a própria

---

34 Rousseau nasceu em Genebra; após os 16 anos, passou pouco tempo na cidade, mas mesmo assim gostava de usar o termo *citoyen de Genève*.

35 Poderia haver maior insulto aos direitos dos homens que as camas da justiça na França, quando uma criança foi feita como órgão para o detestável Dubois!. (N.E.) *Lit de justice* (as camas da justiça) era o nome dado a sessão formal do Parlamento de Paris. Durante a infância de Louis XV, o Cardial Guillaume Dubois (1656-1723) tinha a autoridade da coroa. Ele foi também o tutor e assessor chefe de Philippe, duque de Orleães, que governou a França entre 1715 e 1723. (N.T.)

36 A planta tiririca é considerada uma erva daninha nas plantações de milho. Essa frase faz referência aos versículos de Mateus 7:16 e Lucas 6:44, "Vocês os reconhecerão por seus frutos. Pode alguém colher uvas de espinheiro ou figos de ervas daninhas?".

CAPÍTULO I | 37

elevação a rei é um impedimento insuperável para o alcance de conhecimento ou virtude; quando todos os sentimentos dos homens são abafados pela bajulação, e a reflexão bloqueada pelo prazer! Certamente é uma tolice fazer o destino de milhares depender do capricho de um indivíduo fraco, cuja própria situação o afunda *necessariamente* abaixo do mais malévolo de seus sujeitos! Mas um poder não deve ser derrubado para exaltar outro – pois todo o poder inebria o homem fraco; e o seu abuso prova que quanto mais igualdade for estabelecida entre os homens, mais a virtude e a felicidade reinarão na sociedade. Mas esta ou qualquer máxima deduzida da simples razão, cria um grito de protesto – a igreja ou o estado estão em perigo, caso a fé na sabedoria da antiguidade não estiver implícita; e aqueles que, instigados pela calamidade humana, ousarem atacar a autoridade humana, são insultados como se fossem inimigos de Deus, e inimigos do homem. Estas são calúnias amargas que, no entanto, alcançaram um dos melhores homens,[37] cujas cinzas ainda pregam a paz, e cuja memória demanda uma pausa respeitável, quando assuntos que pairam perto de seu coração são discutidos.

Depois de atacar a sagrada majestade dos Reis, eu devo causar pouca surpresa ao adicionar minha firme convicção de que toda profissão, na qual grande subordinação de posição constitui o seu poder, é altamente prejudicial à moralidade.

Um exército de prontidão, por exemplo, é incompatível com a liberdade; porque subordinação e rigor são a base da disciplina militar; e despotismo é necessário para dar vigor a empresas dirigidas por uma só pessoa. Um espírito inspirado por noções românticas de honra, um tipo de moralidade fundada na moda da época, só pode ser prestigiado por alguns oficiais, enquanto a maioria deve ser movida por comando, como as ondas no mar; pois o forte vento da autoridade empurra a multidão de subalternos para a frente, eles raramente sabem ou se importam com o porquê, com fúria impetuosa.

Além disso, nada pode ser tão prejudicial para a moral dos habitantes das cidades do interior como a residência ocasional de um grupo de jovens desocupados e superficiais, cuja única ocupação é a galantaria, e

---

37  Dr. Price. (N.E.) Dr. Richard Price (1723-91) era amigo da escritora e famoso ministro dissidente da igreja da Inglaterra em Newington Green, onde Wollstonecraft viveu em 1784. Seu discurso *On the Love of our Country* (1789) foi severamente criticado por Burke, em *Reflections on the Revolution in France* (1790), devido sua celebração à Revolução Francesa. Em resposta a Burke, Wollstonecraft escreveu *A Vindication of the Rights of Men* (1970)]. (N.T.)

cujas maneiras polidas tornam o vício mais perigoso, escondendo sua deformidade sob roupas alegres e ornamentadas. Um ar de moda, que é nada mais que um emblema da escravidão, e prova que a alma não tem um caráter individual forte; intimidam os simples camponeses e os levam a imitar os vícios, quando não conseguem apreender as complicadas e elegantes nuanças da polidez. Todo corpo do exército é uma cadeia de déspotas, que se submete e tiraniza sem o exercício da razão, tornando-se peso morto, no vício e na insensatez, na comunidade. Um homem de posição e de fortuna, certo de ter se elevado por interesse, não tem nada o que fazer a não ser perseguir uma fantasia extravagante; enquanto o *cavalheiro* necessitado, prestes a subir na vida, enquanto espera a mesa virar, por meio de seu mérito, torna-se um parasita servil ou um desprezível alcoviteiro.

Os marinheiros, os cavalheiros navais, caem sob a mesma descrição, só que seus vícios assumem um aspecto diferente e mais grotesco. Eles são mais positivamente indolentes, quando não estão desprezando os cerimoniais de seu posto, enquanto a insignificante comoção dos soldados pode ser chamada de ócio ativo. Mais confinados à sociedade dos homens, os primeiros adquirem uma afeição por truques humorísticos e de mau gosto, enquanto os últimos, misturando-se com mulheres bem-nascidas, aprendem um jargão sentimental. – Porém o intelecto está igualmente fora da questão, independente deles favorecem a gargalhada ou o riso tímido e polido.

Posso me permitir estender a comparação a uma profissão em que mais intelecto é certamente encontrado; pois os clérigos têm mais oportunidades de progresso, apesar da subordinação paralisar suas faculdades quase que da mesma forma? A submissão cega imposta na faculdade às formas de crenças serve de aprendizado ao pároco auxiliar, que deve servilmente respeitar a opinião de seu pároco ou patrão, se ele anseia subir em sua profissão. Talvez não exista contraste mais forte do que entre o andar inferior e servil de um pobre pároco auxiliar e o ar palaciano de um bispo. E o respeito e o desdém que inspiram tornam a execução de suas funções específicas igualmente inúteis.

É de grande importância observar que o caráter de todo o homem é, em certo grau, formado por sua profissão. Um homem de senso só pode ter uma aparência calma, que desaparece à medida que se investiga sua individualidade, enquanto os fracos, homens comuns com raras ou nenhuma característica, a não ser o que pertence ao seu corpo; ao menos, todas as suas opiniões têm sido tão mergulhadas no barril consagrado pela autoridade, que o espírito débil produzido pela uva de sua própria videira não pode ser distinguido.

A sociedade, portanto, na medida em que se torna mais iluminada, deve ter muito cuidado para não estabelecer corpos de homens que necessariamente devem ser feitos de tolices ou vícios pela própria constituição de suas profissões.

Nos primórdios da sociedade, quando os homens estavam apenas emergindo da barbárie, os chefes e padres, tocando nas origens mais poderosas da conduta, da esperança e do medo selvagem, devem ter tido uma influência sem limites. Uma aristocracia, claro, é naturalmente a primeira forma de governo. Contudo, interesses conflitantes logo perdem seu equilíbrio, a monarquia e a hierarquia rompem parceria devido à confusão de projetos ambiciosos unilaterais, e a fundação de ambos é assegurada pela posse feudal. Isto é, aparentemente, a origem do poder monárquico e sacerdotal, e o crepúsculo da civilização. Contudo, tais materiais inflamáveis não podem ser, por muito tempo, contidos; e ganhando abertura em guerras estrangeiras e insurreições internas, as pessoas adquirem algum poder no tumulto, que obriga seus soberanos a maquiar sua opressão com uma amostra de direito. Assim, como as guerras, a agricultura, o comércio e a literatura, expandem a mente, os déspotas são compelidos a cometerem uma corrupção acobertada para assegurarem rapidamente o poder que foi anteriormente tomado pela força deliberada.[38] E esta gangrena venenosa, que até então ficava à espreita, é rapidamente espalhada pela luxúria e pela superstição, os refugos inevitáveis da ambição. O fantoche indolente da corte se torna um monstro lascivo, ou um sensualista melindroso, e então se faz o contágio que seu estado não natural dissemina, um instrumento da tirania.

É a púrpura pestilenta[39] que torna o progresso da civilização uma maldição, e que entorta o conhecimento, até que os homens de sensibilidade duvidem se a expansão do intelecto produz uma grande porção de felicidade ou miséria. Mas a natureza do veneno aponta o antídoto; e

---

38  Os homens de habilidades espalham sementes que crescem e têm grande influência na formação e opinião; e, uma vez que a opinião pública prepondera através do uso da razão, quando a deposição do poder arbitrário não está muito distante. (N.E.)

39  A cor púrpura historicamente é ligada à monarquia. Na expressão *pestiferous purple*, Wollstonecraft coloca os pertencentes à família real como pestes.

se Rousseau tivesse subido mais um degrau[40] em sua investigação, ou se seu olho tivesse se firmado em meio à atmosfera obscura, que ele quase desdenhava em respirá-la, sua mente ativa o teria arremessado para contemplar a perfeição do homem no estabelecimento da civilização verdadeira, em vez de focar seu voo feroz mais uma vez para a noite sensual da ignorância.

---

40  Ver particularmente o *Discurso sobre a origem e os fundamentos da desigualdade entre os homens*, de Rousseau.

*capítulo II*

# DISCUSSÃO DA OPINIÃO GERAL DO CARÁTER SEXUAL

Para explicar e justificar a tirania do homem, muitos argumentos geniosos são trazidos à frente para provar que ambos os sexos, na aquisição da virtude, devem buscar adquirir um caráter muito diferente: ou, para falar explicitamente, as mulheres não são permitidas terem força de intelecto suficiente para adquirir o que realmente merece ser chamado de virtude. No entanto, era de se pensar que, permitindo que elas tenham almas, há somente um caminho apontado pela Providência para guiar a humanidade em direção à virtude ou à felicidade.

Se as mulheres não são uma multidão efêmera de pessoas levianas, por que elas devem ser mantidas na ignorância sob o ilusório nome da inocência? Os homens reclamam, e com razão, das tolices e caprichos do nosso sexo, quando eles não satirizam fortemente as nossas paixões obstinadas e vícios rebaixantes. – Observe com atenção, eu devo responder, o efeito natural da ignorância! A mente sempre será instável se apenas tiver preconceitos para se basear, e esta funcionará com fúria destrutiva quando não houver barreiras para quebrar a sua força. É dito às mulheres desde sua infância, e são ensinadas por meio do exemplo de suas mães, que um pouco de conhecimento da fraqueza humana, corretamente denominada de astúcia, suavidade ou serenidade, obediência *aparente* e uma atenção escrupulosa a um tipo pueril de decoro, trará a elas a proteção de um homem; e, se elas forem bonitas, todo o resto é inútil, por pelo menos vinte anos de suas vidas.

Assim, Milton[41] descreve a nossa primeira mãe fragilizada; embora quando ele nos fala que mulheres são formadas pela suavidade e uma graça atraente e doce, eu não compreendo o seu sentido, a não ser de acordo na verdadeira linha Maometana,[42] ele tenta nos privar de almas e insinua que somos seres constituídas apenas pela nossa doce graça e obediência cega e dócil, para agradar os sensos do homem quando ele não mais puder elevar-se nas asas da contemplação.[43]

Como eles nos insultam grotescamente quando nos aconselham a apenas sermos dóceis, brutos domésticos! Por exemplo, os ganhos suaves tão calorosos, e frequentemente recomendados, que governam por obediência. Que expressão infantil, e quão insignificante é o ser – ele pode ser um imortal? Quem irá dignar-se a governar por meio de métodos tão sinistros? "Certamente", diz Lorde Bacon, "o corpo do homem se parece com o das bestas; e se ele não se parecer com Deus no seu espírito, ele é uma criatura vil e ignóbil!"[44] Os homens, de fato, para mim, parecem agir de maneira não filosófica quando tentam garantir a boa conduta das mulheres, esforçando-se para mantê-las sempre em um estado de infantilidade. Rousseau era mais consistente quando desejava parar o progresso da razão em ambos os sexos, pois se os homens comem da árvore do conhecimento, as mulheres virão para prová-la; mas o cultivo imperfeito que o seu entendimento agora recebe, faz com que elas só adquiram o conhecimento do mal.

As crianças, eu reconheço, devem ser inocentes; mas quando o epíteto é aplicado aos homens, ou mulheres, isto é apenas um termo civil para fraqueza. Pois, se foi permitido que as mulheres sejam destinadas pela Providência a adquirirem as virtudes humanas, e pelo exercício de seu entendimento (estabilidade de caráter é o solo mais firme para apoiar nossas esperanças futuras) elas devem ser permitidas a voltar-se para a fonte de luz, e não forçadas a moldar o seu curso pelo cintilar de um mero satélite. Milton, eu garanto, era de opinião muito diferente; pois ele

---

41 John Milton escreveu *Paraíso Perdido* (1667).

42 Vide nota 14.

43 Refere-se a trecho de *Paraíso Perdido* (1667), Canto IV: "Deles o sexo em cada qual varia:/ Todas se inculcam do varão as formas/ Para o valor e intelecção talhadas;/ Nas feições da mulher tudo respira/ Suavidade, brandura, encantos, graças", John Milton (1667), tradução de Antônio José de Lima Leitão.

44 Tradução livre do trecho extraído de Francis Bacon, capítulo XIV, *Ensaios: Sobre Ateismo* (1625).

só reverencia o indefensível direito da beleza, apesar de que seria difícil tornar duas passagens que eu agora pretendo contrastar, consistente. Contudo, em semelhantes inconsistências, grandes homens são muitas vezes conduzidos por seus sentidos.

> Para quem então Eva com perfeita beleza se adornava.
>
> Meu Autor e Disponente, o que o senhor ofereceu
>
> Sem argumentar, eu obedeço; então Deus ordena;
>
> Deus é a sua lei, então minha: saber não mais
>
> É o conhecimento mais feliz da mulher e seu louvor.[45]

Estes são exatamente os argumentos que eu tenho usado com as crianças; mas eu adiciono, sua razão tem agora ganhado força, e, até ela alcançar um grau de maturidade, você deve me procurar para conselhos – aí você deve *pensar*, e apenas confiar em Deus.

E, então, nas linhas seguintes Milton parece coincidir comigo; quando faz Adão assim postular com o seu Criador.

> O Senhor não me tem tornado aqui seu substituto,
>
> E aqueles inferiores que jazem longe abaixo de mim?
>
> Entre desiguais que sociedade
>
> Pode organizar, que harmonia ou verdadeiro deleite?
>
> Que deve ser mútuo, em proporção devida
>
> Dado e recebido, mas em disparidade
>
> Um intenso, o outro ainda negligente
>
> Não podem combinar-se, mas logo provam
>
> Como o tédio: de companheirismo, eu falo
>
> Assim como eu busco, pronto para participar
>
> Todo o deleite racional.[46]

Em se tratando, então, das maneiras das mulheres, deixe-nos, desconsiderando argumentos sensuais, traçar o que devemos fazer para que elas cooperem, se a expressão não for muito pretensiosa, com o Ser supremo.

---

45 John Milton, *Paraíso Perdido* (1667), Canto IV, tradução de António José de Lima Leitão; ênfase da escritora.

46 Ibid, Canto VIII. Ênfase da escritora.

Por educação individual, quero dizer, já que o sentido da palavra não está definido de forma precisa, uma atenção à criança que lentamente afie os sentidos, forme o temperamento, regule as paixões logo que começam a crescer, e acione o processo de entendimento antes que o corpo chegue à maturidade; para que então o homem apenas tenha que prosseguir, e não começar, o importante dever de aprender a pensar e raciocinar.

Para prevenir qualquer má interpretação, eu devo adicionar, que não acredito que uma educação privada possa fazer os milagres que alguns autores otimistas têm atribuído. Homens e mulheres devem ser educados, em grande parte, pelas opiniões e maneiras da sociedade em que vivem. Em todas as épocas tem havido um fluxo de opinião popular que carrega tudo o que veio antes dela, dando um caráter familiar, como se fosse, para o século. Então, pode ser inferido que, até a sociedade ser constituída de maneira distinta, não podemos esperar muito da educação. Mas é, para o presente objetivo, suficiente afirmar que, seja lá qual for o efeito que as circunstâncias têm sobre as habilidades, todos podem se tornar virtuosos por meio do exercício de seu próprio raciocínio; pois se somente um ser foi criado com tendências viciosas, isto é positivamente ruim, o que pode nos salvar do ateísmo? Ou, se louvamos um Deus, este Deus não é o demônio?

Consequentemente, a educação mais perfeita de todas, em minha opinião, é tanto um exercício do entendimento como é voltada para fortalecer o corpo e formar o coração. Ou, em outras palavras, para possibilitar ao indivíduo que adquira tais hábitos de virtude, pois irão torná-lo independente. Na verdade, é uma farsa chamar qualquer ser de virtuoso, cujas virtudes não resultam do exercício do seu próprio raciocínio. Esta era a opinião[47] de Rousseau em relação aos homens: eu estendo isso às mulheres, e afirmo com afinco que elas têm sido tiradas de sua esfera por um falso refinamento, e não por sua busca para adquirir qualidades masculinas. A deferência real que recebem é tão intoxicante, que, enquanto as maneiras dos tempos não forem modificadas e formadas sob princípios mais razoáveis, será impossível convencê-las de que o poder ilegítimo que obtiveram ao se autodenegrir, é uma maldição, e que elas devem retornar à natureza e à igualdade, se

---

47   Ver *Emílio*, v. 1, livro I, p. 52: "Só a razão nos ensina a conhecer o bem e o mal"; ver também a confissão de fé do vigário saboiano no v. 2, livro iv.

desejarem garantir a satisfação plácida que as afeições não sofisticadas causam. Mas, nesse momento devemos esperar e esperar, talvez, até que reis e nobres, iluminados pela razão, e, preferindo a dignidade real do homem em vez do estado infantil, joguem fora suas armadilhas pomposas e hereditárias: e, se então as mulheres não renunciarem ao arbitrário poder da beleza, elas provarão que têm *menos* intelecto que o homem.

Eu posso ser acusada de arrogância; ainda sim, preciso declarar o que realmente acredito, todos os escritores que têm escrito sobre educação e maneiras femininas, de Rousseau ao Dr. Gregory,[48] têm contribuído para tornarem as mulheres mais artificiais, personagens mais fracas do que seriam em outro contexto; e, consequentemente, membros mais inúteis da sociedade. Eu poderia ter expressado esta convicção em um tom mais ameno; mas temo que isso teria sido o lamento carinhoso, e não a expressão fiel dos meus sentimentos, do resultado claro que a experiência e a reflexão me levaram a chegar. Quando eu chego à esta divisão do assunto, eu devo advertir para as passagens que eu mais particularmente desaprovo, nos trabalhos dos autores que acabei de mencionar; mas é primeiramente necessário observar que a minha objeção se estende a todo conteúdo destas obras, que tendem, em minha opinião, a degradar metade da espécie humana, e tornar as mulheres agradáveis ao custo de toda virtude sólida.

Embora, para raciocinar como Rousseau,[49] se os homens alcançam um grau de perfeição intelectual quando seu corpo chega à maturidade, talvez seja apropriado, para fazer do homem e de sua esposa *um*, que ela confie inteiramente em seu entendimento; e a graciosa hera, enganchando no carvalho que a suporta, formaria uma unidade cuja força e beleza seria igualmente conspícua. Mas – ai de mim! – maridos, assim como seus ajudantes, são frequentemente apenas crianças crescidas; e não somente isso, graças à devassidão precoce, raramente são homens em sua forma exterior – e se os cegos guiam os cegos, ninguém precisa vir dos céus para nos dizer as consequências.

Muitas são as causas que, no atual estado corrupto da sociedade, contribuem para escravizar as mulheres, paralisando seu entendimento

---

48    Ver *Emílio*, v. 2, livro V; e a obra *A father's legacy to his daughters* (1774 – sem tradução para o português), de John Gregory.

49    Ibid, v. 2, livro IV.

e afiando seus sentidos. Um que, silenciosamente, talvez, cause mais dano do que todo o resto é a sua negligência à ordem.

Fazer tudo de maneira ordenada é um preceito muito importante. As mulheres, geralmente, recebem apenas um tipo desordenado de educação e, raramente, são tratadas com o grau de exatidão que os homens, os quais desde a infância são ordenados pelo método, recebem. Este tipo negligente de conjetura – pois qual epíteto pode ser usado para apontar o esforço aleatório do senso comum e instintivo, nunca trazido para o teste da razão? – previne suas generalizações dos fatos em questão; portanto, elas fazem hoje o que elas fizeram ontem, meramente porque fizeram ontem.

O desprezo ao entendimento tão cedo na vida tem consequências mais venenosas do que são comumente supostas; pois o pouco conhecimento que as mulheres de mente forte adquirem é, em várias circunstâncias, de um tipo mais incoerente do que o tipo de conhecimento do homem, e é adquirido mais por observações enviesadas da vida real do que pela comparação do que foi observado individualmente com os resultados da experiência generalizada pela especulação. Guiadas por sua situação dependente e pelo seu emprego mais doméstico dentro da sociedade, o que elas aprendem são fragmentos; e se a aprendizagem é para elas, no geral, uma coisa secundária, elas não buscam nenhuma ramificação com o ardor perseverante e necessário para dar vigor às faculdades e clarear o julgamento. Na situação atual da sociedade, um pouco de aprendizagem é requerido para suportar o caráter de um cavalheiro; e os meninos são obrigados a se submeterem a alguns anos de disciplina. Contudo, na educação das mulheres, o cultivo do entendimento é sempre subordinado ao desenvolvimento de algum atributo corporal; mesmo quando enfraquecido pelo confinamento e pela falsa noção de modéstia, o corpo é impedido de alcançar a graça e a beleza cujos membros parcialmente relaxados nunca exibem. Além disso, na juventude, suas faculdades não são colocadas à frente por emulação; e na ausência de estudos científicos sérios, se elas têm sagacidade natural, esta é voltada bem cedo para a vida e as boas maneiras. Elas habitam entre os efeitos e as modificações, sem rastreá-los de volta a suas causas; e regras complicadas para ajustar o comportamento são um frágil substituto para os princípios simples.

CAPÍTULO II | 47

Como uma prova de que a educação dá essa aparência de fraqueza às fêmeas, podemos citar o exemplo dos homens militares, que são, como elas, mandados para o mundo antes que suas mentes tenham sido armazenadas com conhecimento ou fortificadas por princípios. As consequências são similares: soldados adquirem um conhecimento superficial, roubado aos pedaços de conversas turvas do dia a dia, e, de continuamente se misturarem à sociedade, eles ganham o que é chamado de conhecimento do mundo; e esse conhecimento superficial de maneiras e costumes tem frequentemente sido confundido com o conhecimento do coração humano. Contudo, poderia a fruta verde da observação casual, nunca trazida ao teste do julgamento, formada por comparar especulação e experiência, merecer tal distinção? Soldados, assim como as mulheres, praticam as menores virtudes com polidez meticulosa. Onde está, então, a diferença sexual, quando a educação tem sido a mesma? Toda a diferença que posso discernir ergue-se da vantagem superior da liberdade, que possibilita aos primeiros ver mais da vida.

É divagando sobre o presente assunto, talvez, que farei uma nota política; mas, como foi produzida naturalmente pelo trem das minhas reflexões, eu não devo passar por cima silenciosamente.

Exércitos nunca podem consistir de homens resolutos e robustos; eles podem ser máquinas bem disciplinadas, mas raramente conterão homens sob a influência de fortes paixões, ou com faculdades muito vigorosas. E, para qualquer profundidade de conhecimento, eu me aventurarei a afirmar que é tão raro achar no exército, assim como entre as mulheres; e a causa, eu mantenho, é a mesma. Pode ainda ser observado que oficiais são especialmente atentos às suas pessoas, afeiçoados pela dança, salões cheios, aventuras e ao ridículo.[50] Como para o sexo *frágil*, o negócio de suas vidas é a galantaria. – Eles foram ensinados a agradarem, e só vivem para agradar. Mesmo assim eles não perdem sua posição na distinção dos sexos, pois eles ainda são confiados como superiores às mulheres, embora seja difícil de descobrir em que sua superioridade consiste, além do que eu acabei de mencionar.

---

50  Por que as mulheres devem ser censuradas com acrimônia petulante, por que elas parecem ter uma paixão pelos casacos escarlates? A educação não as tem posicionado mais no nível dos soldados do que qualquer outra classe de homens? [Ver poema de Jonathan Swift, *The Furniture of a Woman's Mind* – sem tradução para o português. (N.T.)]

O grande infortúnio é isto, que ambos adquirem maneiras antes da moral, e um conhecimento da vida antes que eles tenham, através da reflexão, qualquer conhecimento do ideal grandioso da natureza humana. A consequência é natural; satisfeitos com a natureza comum, eles se tornam uma presa dos preconceitos e, tomando todas as suas opiniões como certas, eles se submetem à autoridade cegamente. Pois, se eles têm algum senso, é um tipo de relance instintivo que alcança proporções e decide, por meio das maneiras, mas falha quando argumentos são perseguidos sob a superfície ou as opiniões analisadas.

A mesma observação não pode ser feita às mulheres? Não, o argumento pode ser levado ainda mais longe, já que ambos são retirados de um serviço útil pelas distinções não naturais estabelecidas na vida civilizada. Riquezas e honras hereditárias têm feito das mulheres cifras, para dar consequência à figura numérica; e o ócio tem produzido uma mistura de galantaria e despotismo na sociedade, que leva os próprios homens, que são escravos de suas meretrizes, a tiranizarem suas irmãs, esposas e filhas. Isto só os mantém na posição e em linha, é verdade. Fortaleça a mente feminina expandindo-a, e será o fim da obediência cega; mas como a obediência cega é almejada pelo poder, tiranos e sensualistas estão certos em querer manter as mulheres no escuro, porque os primeiros só querem escravos, e os últimos, brinquedos. O sensualista, de fato, tem sido o tirano mais perigoso, e as mulheres têm se deixado enganar pelos seus amantes, assim como os príncipes por seus ministros, enquanto sonham que reinam sobre eles.

Eu agora me refiro principalmente a Rousseau, pois sua caracterização de Sofia,[51] indubitavelmente, é cativante, apesar de me parecer grossamente artificial; porém não é a superestrutura, mas a fundação do caráter dela, os princípios sob os quais sua educação foi construída, é que eu intenciono atacar; e, mais ainda, apesar de calorosamente admirar o gênio desse capacitado escritor, cujas opiniões eu terei muitas ocasiões para citar, a indignação sempre toma o lugar da admiração, e o rígido olhar franzido da virtude insultada oblitera o sorriso da complacência, que seus períodos eloquentes costumam levantar, quando eu leio este voluptuoso devaneio. É este o homem que, no seu ardor pela virtude, baniria todas as suaves artes da paz, e quase nos levaria de volta à disciplina Espartana? É este o homem que se delicia em pintar

---

51  Personagem idealizada como heroína subversiva no livro *Emílio,* de Rousseau.

as proveitosas lutas da paixão, os triunfos da boa disposição e os voos heroicos que carregam a alma iluminada para fora de si? – Como são estes poderosos sentimentos decrescidos, quando ele descreve o lindo pé e os ares sedutores da sua favorita! Mas, no momento, eu sinalizo o assunto e, em vez de repreender severamente as efusões transitórias da sensibilidade arrogante, apenas observo que aquele que tem olhado a sociedade com bons olhos deve ter frequentemente se gratificado pela visão do amor mútuo e humilde, não dignificado pelo sentimento, ou fortalecido pela união em buscas intelectuais. A insignificância doméstica do dia a dia forneceu recursos para conversas alegres, e carícias inocentes amaciaram a labuta que não requer grande exercício do intelecto ou a força do pensamento: mesmo assim, a visão desta felicidade moderada não estimula mais a ternura do que o respeito? Um sentimento similar ao que temos quando crianças estão brincando, ou animais se divertindo,[52] enquanto a contemplação da nobre luta do mérito sofrido eleva a admiração e carrega os nossos pensamentos àquele mundo onde a sensação dará lugar à razão.

As mulheres são, portanto, consideradas ou como seres morais, ou tão fracas que devem ser completamente sujeitadas às faculdades superiores dos homens.

Vamos examinar essa questão. Rousseau declara que a mulher nunca deve, por um momento, sentir-se independente, que ela deve ser governada pelo medo a fim de exercer sua habilidade *natural*, e feita de escrava provocante para torná-la um objeto do desejo mais fascinante, uma companhia *mais doce* para o homem, seja lá a hora que ele escolha se relaxar. Ele continua os seus argumentos que pretende tirar das indicações da natureza, ainda mais profundamente,[53] e insinua que a verdade e a força, os pilares da virtude humana, devem ser cultivadas com certas restrições, porque, a respeito do caráter feminino, obediência é a grande lição que deve ser estampada com rigor inflexível.

---

52  Sentimentos similares têm sido estimulados na minha mente pela agradável cena de felicidade paradisíaca de Milton [ver *Paraíso Perdido*, Canto IV]; mesmo assim, em vez de invejar o par amável, eu tenho, com dignidade consciente, ou orgulho Satânico, voltado-me ao inferno por objetos mais sublimes. No mesmo estilo, quando olhando algum nobre monumento de arte humana, eu rastreio a emanação da Deidade na ordem que admirava, até que, descendo da altura vertiginosa, eu me surpreendi contemplando a maior de todas as visões humanas; – pois a fantasia rapidamente alocada, em um intervalo solitário, e uma rejeição da fortuna, elevando-se acima da paixão e do descontento. (N.E.)

53  Ver *Emílio*, v. 2, livro IV.

Que absurdo! Quando um grande homem se elevará com força de intelecto suficiente para assoprar a fumaça do fumo espalhada pelo orgulho e a sensualidade sobre o assunto! Se as mulheres são naturalmente inferiores aos homens, suas virtudes devem ser as mesmas em qualidade, se não em grau, ou a "virtude" seria uma ideia relativa; consequentemente sua conduta deve ser fundada nos mesmos princípios, e ter os mesmos objetivos.

Conectadas aos homens como filhas, esposas e mães, seu caráter moral pode ser estimado por sua maneira de satisfazer essas tarefas simples; mas o fim, o grande fim de seu empenho, deve ser o desenvolvimento de suas próprias faculdades e a aquisição da dignidade da virtude consciente. Elas podem tentar tornar a sua estrada mais agradável; mas nunca devem se esquecer, assim como os homens, de que a vida não produz a felicidade que consiga satisfazer uma alma imortal. Não é minha intenção insinuar que ambos os sexos devam se perder em reflexões abstratas e visões distantes, ou para esquecer as afeições e os deveres que estão a sua frente, que são, em verdade, os meios apontados para produzir o fruto da vida; ao contrário, eu calorosamente recomendo a elas, mesmo enquanto eu afirmo, que elas dão maior satisfação quando consideradas sob sua luz da verdade e da sobriedade.[54]

Provavelmente a opinião prevalecente, a de que a mulher foi criada para o homem, pode ter ganhado popularidade por meio da história poética de Moisés.[55] Contudo, poucos, presume-se, que têm dispensado algum pensamento sério sobre o assunto, supuseram alguma vez que Eva era, literalmente falando, uma das costelas de Adão, a dedução deve cair por terra; ou, então [este pensamento] pode ser admitido como prova de que o homem, da antiguidade mais remota, achou conveniente exercer sua força para subjugar a sua companhia; é a sua invenção para mostrar que ela deve se submeter,[56] porque toda a criação foi criada somente para sua conveniência ou prazer.[57]

Que não seja concluído que eu queira inverter a ordem das coisas; eu já reconheci que, da constituição de seus corpos, os homens parecem ser

---

54    Na primeira versão lê-se "subordinação" em vez de "sobriedade".

55    Gênesis, 2:18-22. Gênesis é tradicionalmente atribuído a Moisés.

56    No original: *have her neck bent under the yoke*, refere-se à passagem bíblica Jeremias 27:11.

57    Na primeira versão a última frase lê-se: "Porque ela, tanto quanto a criação bruta, foi criada para dar-lhe prazer".

desenhados pela Providência para adquirir um grau maior de virtude. Eu falo coletivamente do sexo como um todo; mas eu não vejo a sombra da razão para concluir que suas virtudes devem diferir em relação à sua natureza. Na verdade, como eles podem, se a virtude tem apenas um padrão eterno? Portanto, se eu raciocino de modo consequente, devo vigorosamente manter que eles têm a mesma direção simples, assim como existe um Deus.

Segue que a esperteza não deve ser oposta à sabedoria, pequenas preocupações para grandes esforços, ou maciez insípida, envernizada sob o nome de gentileza, a essa firmeza inspirada somente pelos grandes pontos de vista.

Eu posso ouvir que a mulher, então, perderá muitas de suas graças peculiares, e a opinião de um poeta reconhecido pode ser citada para refutar a minha afirmação desqualificada. Pope disse, em nome de todo o sexo masculino,

> Nunca tão certos da nossa paixão por criar
>
> Como quando ela toca a beira do abismo de tudo
>
> que odiamos.[58]

Sob que luz este ataque coloca os homens e as mulheres, eu deixarei o sensato determinar; enquanto isso me contento à observação, que não posso descobrir o motivo, ao menos que sejam mortais, pelo qual as fêmeas devem sempre ser degradadas por se tornarem subservientes ao amor ou ao luxo.

Falar desrespeitosamente de amor é, eu sei, uma alta traição contra os sentimentos e à fina sensibilidade; mas eu desejo falar a simples língua da verdade, e prefiro me direcionar à cabeça e não ao coração. Empenhar-se em retirar o amor do mundo, seria como tirar Quixote Cervantes,[59] e igualmente ofender o senso comum; mas empenhar-se a restringir esta paixão tumultuosa, e provar que não deve ser permitido destronar poderes superiores, ou usurpar o cetro cujo entendimento deve sempre governar com serenidade, aparenta [ser] menos selvagem.

---

58 Tradução Livre de trecho de carta de Alexander Pope, *An Epistle to a Lady: Of the Character of Women* (1735), II, p. 51-2.

59 Livro de Miguel de Cervantes, *Dom Quixote de La Mancha* (1605), um clássico da literatura espanhola e bem popular no século 18, principalmente por aqueles que debochavam das novelas românticas.

A juventude é a temporada do amor para ambos os sexos; porém nestes dias de alegria inconsequente, a provisão deveria ser feita em prol dos anos mais importantes da vida, quando a reflexão toma conta da sensação. Contudo, Rousseau e a maioria dos escritores masculinos que seguiram seus passos, calorosamente inculcaram que toda a tendência da educação feminina deve ser direcionada para um ponto: torná-las agradáveis.[60]

Deixe-me debater com os apoiadores desta opinião (que não têm nenhum conhecimento da natureza humana): eles imaginam que o casamento pode erradicar o hábito da vida? A mulher que apenas foi ensinada a agradar logo descobrirá que seus charmes são raios de sol oblíquos, e que eles não conseguem ter muito efeito no coração de seu marido quando são vistos todos os dias, quando o verão passou e se foi. Ela terá energia suficiente para olhar dentro de si mesma em busca de conforto e cultivar suas faculdades adormecidas? Ou não é mais racional esperar que ela tente agradar outros homens; e, com as emoções arraigadas pela expectativa de novas conquistas, que ela se esforce para esquecer a morbidez que o seu amor ou orgulho receberam? Quando o marido deixa de ser um amante – o tempo inevitavelmente virá, seu desejo por agradar crescerá lânguido, ou se tornará um poço de amargura; e o amor, talvez, o mais efêmero de todas as paixões, dá lugar ao ciúme ou à vaidade.

Eu agora falo de mulheres que são restringidas por princípios ou preconceito; tais mulheres, embora recuem da intriga com repugnância real, ainda, no entanto, desejariam ser convencidas pela homenagem da galantaria, elas que são cruelmente negadas por seus maridos; ou, dias e semanas são gastos sonhando com a felicidade desfrutada por almas congeniais até suas saúdes serem minadas e seus espíritos quebrados pelo descontento. Como então pode a grande arte de agradar ser um estudo necessário? É apenas útil para uma meretriz; a esposa casta, e mãe séria, deve apenas considerar o seu poder de agradar como polimento de suas virtudes, e a afeição de seu marido como um de seus confortos que tornam seus deveres menos difíceis e sua vida mais feliz. – Mas, se for amada ou negligenciada, seu primeiro desejo deve ser de se fazer respeitar e não confiar toda a sua felicidade a um ser sujeito às mesmas enfermidades que ela.

---

60  Ver *Emílio*, v. 2, livro IV.

CAPÍTULO II | 53

O estimável Dr. Gregory caiu em erro similar. Eu respeito seu coração; mas inteiramente desaprovo seu celebrado "Legado a suas Filhas".[61]

Ele as aconselha a cultivar um gosto por roupas, pois gosto por roupas, ele afirma, é natural para elas. Eu sou incapaz de compreender o que ele ou Rousseau querem dizer, quando eles frequentemente usam este termo indefinido. Se eles nos dissessem que, em um estado pré--existente, a alma era apegada ao vestuário e trouxe esta inclinação para seu novo corpo, eu os ouviria com um meio sorriso, assim como frequentemente faço quando escuto o discurso acalorado sobre a elegância inata. – Contudo, se ele apenas quis dizer que o exercício das faculdades produzirá este gosto, eu o nego. Não é natural; mas surge, como a falsa ambição dos homens, do amor ao poder.

O Dr. Gregory vai muito além;[62] ele efetivamente recomenda a dissimulação, e aconselha meninas inocentes a mentirem para seus sentimentos e a não se entregarem por completo à dança, quando a alegria do coração fizer seus pés eloquentes, sem tornar os seus gestos insolentes. Em nome da verdade e do senso comum, por que uma mulher não deve reconhecer que ela consegue se exercitar mais que a outra? Ou, em outras palavras, que ela tem uma constituição sã; e por que, para abafar a vivacidade inocente, falam obscuramente a ela que os homens tirarão conclusões sobre aquilo que ela pouco pensa? – Deixe o libertino inferir o que quiser; mas eu espero que nenhuma mãe sensível restrinja a franqueza natural da juventude incutindo tais cuidados indecentes. Longe da abundância do coração, a boca fala;[63] e um[64] mais sábio que Salomão disse que o coração deve ser limpo, sem cerimônias triviais a observar, o que não é muito difícil de ser cumprido com exatidão escrupulosa quando o vício reina no coração.

As mulheres devem buscar purificar seus corações, mas elas o poderiam fazer se seu entendimento não cultivado as faz inteiramente dependentes do seus sentidos para a ocupação e a diversão, ou quando nenhuma busca nobre as coloca acima das pequenas vaidades do dia, ou quando não as faz capazes de controlar as emoções selvagens que agitam

---

61    Ver nota 48.

62    Ibid.

63    Ver Mateus 12:34.

64    Ver Lucas 11:31-41.

o telhado sob o qual cada pequena brisa que passa tem poder? Para ganhar os afetos de um homem virtuoso, o fingimento é necessário? A natureza deu a mulher uma estrutura física mais fraca que a do homem; mas para assegurar os afetos do seu marido, uma esposa, a quem no exercício de sua mente e de seu corpo enquanto desempenhava os deveres de filha, esposa e mãe, permitiu que sua constituição mantivesse sua força natural, e seus nervos sadios, ela deve, eu digo, concordar com o uso da arte e do fingimento, uma delicadeza doentia, com o objetivo de garantir o afeto de seu marido? A fraqueza pode estimular a ternura, e gratificar o orgulho arrogante do homem, mas os afagos insolentes de um protetor não gratificarão uma mente nobre que pede e deseja ser respeitada. A predileção é um pobre substituto da amizade.

Em um harém, eu concebo que todas estas artes são necessárias; o epicurista[65] tem que ter o seu palato excitado, ou ele irá afundar-se em apatia; mas será que as mulheres têm tão pouca ambição a ponto de se satisfazerem com tal condição? Elas podem passivamente deixar a vida passar à volta do prazer, ou o langor do desgaste, em vez de ratificar o seu clamor pela busca de prazeres sensatos, e se tornarem, elas mesmas, notáveis praticando as virtudes que dignificam o homem? Certamente ela não tem uma alma imortal que pode perder toda sua vida meramente para adornar a sua pessoa, e divertir-se nas horas lânguidas, e suavizar os cuidados a seu semelhante que está disposto a ser animado por seus sorrisos e truques, quando a preciosa vida se acaba.

Além disso, a mulher que fortalece seu corpo e exercita sua mente irá, ao administrar sua família e praticar várias virtudes, tornar-se uma amiga, e não a dependente humilde de seu marido; e se ela, possuindo tais qualidades significativas, merecer sua consideração, ela não necessitará esconder seu afeto, ou fingir uma frieza anormal para excitar a paixão de seu marido. De fato, se revertemos a história, nós acharemos que as mulheres que se distinguiram não foram as mais belas nem as mais gentis de seu sexo.

A natureza, ou para falar com propriedade rigorosa, Deus, fez todas as coisas corretas; mas os homens têm usado de muitas invenções para desconfigurar seu trabalho. Eu agora me refiro à parte do tratado do Dr. Gregory, em que ele aconselha a esposa a nunca deixar que o

---

65  Seguidor do Epicurorismo, que tem como premissa evitar a dor e o sofrimento, visando à valorização da experiência imediata e das sensações.

marido saiba da extensão de sua sensibilidade e afeição.[66] Precaução voluptuosa, e tão ineficaz quanto absurda. – O amor, de acordo com sua própria natureza deve ser transitório. A busca por um segredo que o torna constante é uma busca insana, assim como pela pedra filosofal, ou a grande panaceia: e a descoberta seria igualmente inútil, ou então perniciosa, para a humanidade. O elo mais sagrado da sociedade é a amizade. Foi astutamente dito por um satírico, "por mais raro que seja um amor verdadeiro, é ainda muito mais rara a amizade verdadeira".[67]

Esta é uma verdade óbvia, e a causa que não está muito funda não escapa à qualquer olhadela inquisitiva.

O amor, a paixão comum, cuja sorte e sensação tomam lugar da decisão e da razão, é, em algum grau, sentido pela massa da humanidade; pois não é necessário dizer que, no presente, há emoções que se elevam acima ou abaixo do amor. Esta paixão, naturalmente aumentada por expectativas e dificuldades, desvia a mente do seu estado de costume, e exalta os afetos; mas a segurança do casamento, que permite que a febre do amor se apazigue, a uma temperatura saudável, que é vista como insípida apenas por aqueles que não têm intelecto suficiente para substituir [pela] ternura calma da amizade, da confiança, de respeito, em vez da admiração cega e das emoções sensuais do apego.

Este é, e deve ser, o curso da natureza – amizade ou indiferença inevitavelmente sucedem o amor. – E esta constituição parece perfeita para harmonizar com o sistema de governo que prevalece no mundo moral. As paixões são esporas para as ações, e abrem a mente; porém se afundam em forma de meros desejos e se tornam gratificações pessoais e momentâneas, quando o objeto é ganho, e a mente satisfeita jaz em prazer. O homem que tinha alguma virtude enquanto lutava pela coroa, frequentemente se torna um tirano voluptuoso quando enfeita sua fronte; e quando o amante não está perdido na figura do marido, o tonto, uma presa aos caprichos infantis e afeições ciumentas, negligencia os deveres importantes da vida, e os cuidados que deveriam provocar confiança em suas crianças são desperdiçados na criança mais velha, a sua mulher.

Para executar os deveres da vida, e ser capaz de perseguir com vigor os vários empregos que formam o caráter moral, o mestre e a senhora

---

66  Ver obra *A father's legacy to his daughters* (1774), de John Gregory.

67  Em *Reflexões ou sentenças e máximas morais* (1664), n. 473, de La Rochefoucauld.

da família não devem continuar a se amar com paixão. Quero dizer que eles não devem favorecer estas emoções que perturbam a ordem da sociedade, e monopolizar pensamentos que deveriam ser empregados de outra forma. A mente que nunca foi ocupada por um objeto quer vigor – se ela não cobiça ser assim, é fraca.

Uma educação equivocada, uma mente estreita e não cultivada, e muitos preconceitos sexuais, tendem a fazer as mulheres mais constantes que os homens; mas, neste momento, eu não tocarei nesta parte do assunto. Eu irei mais longe, e avançarei, sem sonhar com um paradoxo, que um casamento infeliz é muitas vezes vantajoso para uma família, e que a esposa negligenciada é, em geral, a melhor mãe. E isso seria quase sempre a consequência, se a mente feminina fosse mais engrandecida; pois parece ser a revelação da Providência que a alegria que ganhamos no presente deve ser deduzida do tesouro da vida, a experiência; e que, quando estamos colhendo as flores do dia e deleitando-se em prazer, as frutas sólidas da labuta e da sabedoria não deveriam ser colhidas ao mesmo tempo. O caminho jaz diante de nós, devemos virar para a esquerda ou direita; e aquele que passar a vida saltando de um prazer ao outro, não deve reclamar se não adquirir nem sabedoria nem respeitabilidade de caráter.

Supondo, por um momento, que a alma não seja imortal, e que os homens fossem apenas criados para o tempo presente, eu acredito que deveríamos ter razão em reclamar que o amor, um apego infantil, cresceu insípido e pálido sobre o sentido. Deixe-nos comer, beber e amar, pois amanhã morreremos; seria de fato a linguagem da razão, a moralidade da vida; e quem, a não ser um tolo, deixaria a realidade por uma sombra passageira? Contudo, se intimidados pela observação dos poderes improváveis da mente, nós a desprezamos para confinar nossos desejos ou pensamentos em um campo de ação comparativamente inferior, que só aparenta ser grandioso e importante, pois é conectado com uma perspectiva sem limites e com esperanças sublimes, qual é a necessidade de uma falsidade de conduta e por que a majestade sagrada da verdade deve ser violada para deter um bem fraudulento que solapa o próprio fundamento da virtude? Por que a mente feminina deve ser contaminada pelas artes da coqueteria para gratificar o sensualista, e impedir que o amor seja substituído pela amizade, ou pela compaixão tenra, quando não há qualidades sob as quais a amizade pode ser construída? Deixemos o coração honesto se mostrar, e a *razão* ensinar a paixão a se submeter à necessidade; ou deixemos a busca digna pela virtude e pelo conhecimento elevar a mente acima dessas emoções que mais amarguram do que adoçam o copo da vida, quando não são restringidas aos devidos limites.

Não intenciono aludir à paixão romântica, que é concomitante à índole.[68] – Quem pode cortar a sua asa? Porém, a grande paixão não proporcionada às insignificantes alegrias da vida é apenas verdadeira ao sentimento, e se alimenta de si mesma. As paixões que são celebradas por sua durabilidade são sempre infelizes. Elas adquirem força pela ausência e melancolia constitucional. – A imaginação tem pairado em torno de uma forma de beleza raramente vislumbrada – mas a familiaridade pode ter tornado a admiração em desgosto; ou ao menos em indiferença, e, assim, permite a imaginação [movida pelo puro lazer] começar um novo jogo. Em perfeita sintonia, de acordo com o seu ponto de vista das coisas, Rousseau faz a dona de sua alma, Heloisa, amar Sto. Preux,[69] quando a vida desvanecia diante dela; mas isto não é prova da imortalidade da paixão.

Na mesma linha é o conselho do Dr. Gregory a respeito da delicadeza do sentimento,[70] quando ele sugere que a mulher não deve adquiri-la, se ela está determinada a se casar. Esta determinação, entretanto, em perfeita coerência com o seu conselho anterior, ele chama de *indelicadeza*, e com vigor convence suas filhas a guardarem-na em segredo, apesar de ela poder governar suas condutas – como se fosse indelicado ter os costumeiros desejos da natureza humana.

Moralidade nobre, e consistente com a prudência cautelosa da alma pequena que não consegue estender sua própria visão além do presente minuto da existência! Se todas as faculdades mentais das mulheres são cultivadas apenas respeitando sua dependência em relação ao homem; se, quando consegue um marido, ela alcança seu objetivo, e de forma mesquinha e orgulhosa se satisfaz com tal moeda insignificante, deixe-a rastejar contentemente, minimamente elevada acima do reino animal

---

68  No original: *genius*. A escritora se refere a "pessoas de gênio", ou seja, aquelas que têm personalidade forte ou inconstante, ou até teimosas. A palavra "geniosidade" não existe na língua portuguesa, contudo seria a tradução mais próxima.

69  *Julia ou a Nova Heloisa* (1761), Rousseau. Em seu leito de morte, Julia, fiel esposa de Wolmar, declara que sua verdadeira paixão sempre foi por seu ex, Sto. Preux.

70  Ver obra *A father's legacy to his daughters* (1774), de John Gregory, p. 119.

por suas funções. Mas se, lutando pelo prêmio de sua vocação, ela olhar além da cena presente, deixe-a cultivar seu entendimento sem parar para considerar que caráter o seu marido pode apresentar, aquele com quem ela está destinada a se casar. Deixe-a apenas decidir, sem muita ansiedade em relação à felicidade presente, a adquirir as qualidades que enobrecem um ser racional, e um marido bruto e sem elegância pode chocar o seu bom gosto sem destruir sua paz de espírito. Ela não irá modelar sua alma para encaixar-se nas fragilidades de sua companhia, mas para suportá-las: seu caráter [do homem] pode ser um peso, mas não um impedimento à virtude.

Se o Dr. Gregory limitou suas anotações às expectativas românticas do amor constante e sentimentos congeniais, ele deveria ter se lembrado de que a experiência irá banir o que o conselho nunca cessará de nos fazer desejar, quando a imaginação é mantida viva a custa da razão.

Acontece com frequência, acredito, que mulheres que nutrem uma delicadeza de sentimentos artificialmente romântica, gastam suas[71] vidas *imaginando* quão felizes elas seriam com um marido que as amasse com uma férvida e crescente afeição todos os dias, e o dia inteiro. Contudo, elas podem também definharem tanto casadas quanto solteiras – e não seriam nem um pouco mais infelizes com um mau marido do que quando ficam almejando um bom. Que uma boa educação ou, para falar com mais precisão, uma mente bem armazenada, capacitaria uma mulher a suportar uma vida de solteira com dignidade, eu garanto! Mas ela deve evitar cultivar o seu gosto, para que seu marido não se abale ocasionalmente, isto é troque a substância pela sombra. Para falar a verdade, eu não sei a utilidade do melhoramento do gosto, se o indivíduo não se torna mais independente das casualidades da vida; se as novas fontes de divertimento, dependentes só das operações solitárias da mente, não estiverem disponíveis. As pessoas de bom gosto, casadas ou solteiras, sem distinção, nunca serão enojadas pelas várias coisas que tocam as mentes não menos observadoras. Nesta conclusão o argumento não deve ser entortado; mas, na soma total do divertimento, o gosto deve ser considerado como uma bênção?

A questão é se isso resulta em mais dor ou prazer? A resposta decidirá a propriedade do conselho do Dr. Gregory e mostrará o quanto é absurdo e tirânico estabelecer assim um sistema de escravidão, ou

---

71 Por exemplo, o rebanho de escritores de novelas. (N.E.)

tentar educar seres morais por quaisquer outras regras do que aquelas deduzidas da pura razão, que se aplicam para toda espécie.

Gentileza nas maneiras, tolerância e longanimidade são qualidades divinas amáveis que, em melodias sublimes e poéticas, foram atribuídas à Deidade; e, talvez, nenhuma representação de Sua bondade está tão fortemente ligada à afeição humana como aquelas que O representam com abundante misericórdia e disposição para perdoar. A gentileza considerada neste ponto de vista carrega em sua fronte todas as características da grandeza, combinada com as graças benévolas da condescendência; contudo, que aspecto diferente isso assume quando é praticado pela conduta submissa da dependência, o suporte da fraqueza que tanto ama, porque quer proteção; e é indulgente, porque deve silenciosamente suportar as feridas, sorrindo sob o chicote, a que não se atreve a reclamar! Abjeto como a cena parece, é o retrato de uma mulher bem-sucedida, de acordo com a opinião recebida da excelência feminina, separada dos razoáveis pensadores da excelência humana. Ou eles gentilmente[72] restauram a costela e fazem um ser moral do homem e da mulher; sem se esquecer de dar a ela "tanta submissão, [...] afagos tantos".[73]

Não nos dizem como as mulheres devem existir neste estado em que há de serem nem casadas, nem dadas em casamento,[74] pois, embora moralistas concordem que o sentido da vida parece provar que o *homem* é preparado por várias circunstâncias para um momento futuro, eles constantemente concordam em aconselhar que as *mulheres* devem prover somente para o presente. Gentileza, docilidade e uma afeição do tipo servil são, nessa base, consistentemente recomendadas como as virtudes cardinais do sexo; e, desprezando a economia arbitrária da natureza, um escritor declarou que é masculino para uma mulher ser melancólica. Ela foi criada para ser o brinquedo do homem, seu cho-

---

72 Ver Rousseau e Swedenborg. (N.E.). Ver *Emílio*, v. 2, livro IV, de Rousseau; e para Swedenborg, ver em especial *Delitiae sapientiae de amore coniugali*, 1768 – sem tradução para o português. O cientista e espiritualista sueco defendia que, para o desenvolvimento pleno do potencial humano, era necessária a capacidade nata da mulher de amar e a sabedoria natural do homem. (N.T.)

73 Refere-se a trecho de *Paraíso Perdido* (1667), Canto IV: "De deleites num mar ele nadando,/ Cativado de tanta formosura,/ De tanta submissão, de afagos tantos,/ Com ar de superior está sorrindo".

74 Ver Mateus 22:30, "Na ressurreição, as pessoas não se casam nem são dadas em casamento; mas são como os anjos no céu"; e também Marcus 12:25 e Lucas 20:35. Ver o fim do único livro completo de Mary Wollstonecraft, *Mary: a fiction*.

calho, e deve fazer barulho aos seus ouvidos quando, dispensando a razão, ele escolhe se divertir.

Recomendar a gentileza, de fato, em bases gerais, é estritamente filosófico. Um ser frágil deve trabalhar para ser gentil. Mas, quando a indulgência se confunde com o certo e o errado, cessa de ser uma virtude; e por mais conveniente que possa ser achá-la em sua companhia – esta companhia sempre será considerada inferior, e apenas inspirará uma ternura insípida, que facilmente irá degenerar-se em desprezo. Ainda sim, se conselhos realmente fizessem um ser gentil, cuja disposição natural não admite conter tal fina polidez, algo em direção ao avanço da ordem seria obtido; mas se, como pode ser rapidamente demonstrado, só a afetação pode ser produzida por este conselho indiscriminado, que se põe como obstáculo no caminho do progresso gradual e da verdadeira melhoria do temperamento; então, o sexo não é muito beneficiado ao sacrificar virtudes sólidas em prol da obtenção de graças superficiais, embora por alguns anos, elas possam alcovitar os poderes régios dos indivíduos.

Como filósofa, eu leio com indignação os epítetos plausíveis que os homens usam para amaciar seus insultos; e, como moralista, eu pergunto o que se quer dizer com tais associações heterogêneas, como "encantadores defeitos", "amável fraqueza"[75] etc.? Se existe apenas um critério de moral, apenas um arquétipo de homem, as mulheres parecem estar suspensas pelo destino, de acordo com o conto vulgar do caixão de Maomé;[76] elas não têm nem o infalível instinto dos brutos, nem são permitidas fixarem o olhar da razão em um modelo perfeito. Elas foram feitas para serem amadas, e não devem almejar respeito, a fim de não serem excluídas da sociedade por serem masculinas.

Mas vejamos a questão sob outra perspectiva. As mulheres passivas e indolentes são as melhores esposas? Limitando a nossa discussão ao momento atual da existência, deixe-nos ver como tais fracas criaturas exercem seu papel. As mulheres que, pelo cumprimento de algumas realizações superficiais, têm reforçado o preconceito já existente, contribuem pelo menos para a felicidade de seus maridos? Elas se utilizam

---

75 Referência ao trecho de *Paraíso Perdido* (1667), Canto X: "Da Natureza encantador defeito"; e da citação errônea, feita por Wollstonecraft, de Pope – *An Epistle to a Lady: Of the Character of Women* (1735), II, p. 51-2.

76 Referência à lenda de origem europeia, do período medieval, em que o caixão de Muhammad levita até o centro de sua tumba.

de seus charmes apenas para diverti-los? E as mulheres, que anterior-mente absorveram noções de obediência passiva, têm caráter suficiente para administrar uma família ou educar crianças? Longe demais disso, depois de avaliar a história da mulher, é inevitável concordar com o satirista mais severo que considera o sexo [feminino] não só o mais fraco, como a metade mais oprimida da espécie. O que a história revela que são marcas de inferioridade, e como poucas mulheres se eman-ciparam da irritante opressão da soberania masculina? – Tão poucas que as exceções me lembram de uma conjetura engenhosa a respeito de Newton:[77] ele provavelmente era um ser de uma ordem superior, aciden-talmente aprisionado em um corpo humano. Seguindo a mesma linha de pensamento, eu tenho sido levada a imaginar que as poucas mulheres extraordinárias que se colocaram em direções excêntricas para fora da órbita prescrita para seu sexo eram espíritos *masculinos*, confinados, por engano, em molduras femininas. Mas, se não for filosófico pensar no sexo quando a alma é mencionada, a inferioridade deve depender dos órgãos; ou do fogo celestial, que serve para fermentar o barro, não obtido em proporções iguais.

Contudo, evitando, como tenho feito até aqui, todas as comparações diretas aos dois sexos coletivamente, ou abertamente reconhecendo a inferioridade da mulher, de acordo com a aparência atual das coisas, eu devo apenas insistir que os homens aumentam esta inferioridade até que as mulheres sejam quase afundadas abaixo do padrão das criaturas racionais. Deixe que suas faculdades tenham espaço para se desenvol-verem, e suas virtudes se fortalecerem, e aí então determine onde o sexo como um todo se posiciona na escala intelectual. Contudo, há de ser lembrado, eu não peço por um lugar entre esse pequeno grupo de mulheres distintas.

É difícil para nós mortais, que temos visão limitada, dizermos a que altura as descobertas humanas e avanços chegarão quando a escuridão do despotismo diminuir, [despotismo este] que nos faz tropeçar a cada passo; mas quando a moralidade for estabelecida em uma base mais sólida, então, mesmo sem a dádiva de um espírito profético, eu me aventuro a predizer que a mulher será ou amiga ou escrava do homem. Não devemos, como

---

77  Essa é provavelmente uma referência ao poema *A Poem to the Memory of Sir Isaac Newton* (1727), de James Thomson: "Pode uma alma/ Com tanto extenso, profundo e tremendo poder,/ Em crescimento ainda, ser mais que um suspiro requintado/ De espíritos dançando em suas narinas por um instante,/ E então para sempre perdido no ar vazio?" Tradução Livre.

acontece atualmente, duvidar se ela é um agente moral, ou do elo que une o homem aos brutos. Contudo, caso posteriormente apareça, que como os brutos elas foram criadas principalmente para o uso dos homens, ele pacientemente as deixará morder as rédeas, e não as caçoará com elogios vazios; ou se sua racionalidade for comprovada, ele não irá impedir seu desenvolvimento meramente para gratificar seus apetites sensuais. Ele não irá, com todas as graças da retórica, aconselhá-las a implicitamente submeterem seu entendimento à orientação do homem. Ele não irá, quando tratar da educação das mulheres, declarar que elas nunca deveriam ter o uso livre da razão, nem recomendar a esperteza e a dissimulação aos seres que estão adquirindo, assim como ele, as virtudes da humanidade.

Certamente só pode haver uma regra do que é correto, se a moralidade tem um fundamento eterno, e qualquer pessoa que sacrifique a virtude, estritamente chamada, para uma conveniência momentânea, ou aquele que tem como *dever* agir de tal maneira, vive apenas em função do aqui agora, e não pode ser uma criatura responsável.

O poeta deveria parar então com seu escárnio quando diz,

> Se mulheres fracas se perdem
>
> As estrelas fazem mais falta que elas.[78]

Que elas estão presas às correntes de adamantino do destino é certo, se for provado que elas nunca poderão exercer sua própria razão, nunca serem independentes, nunca se elevarem acima da opinião, ou de sentir a dignidade da vontade racional que apenas se curva a Deus, e que, com frequência, esquecem que o universo contém qualquer outro ser que não ela própria e o modelo de perfeição cujo olhar ardente mira, a adoração a atributos que, amaciados em virtudes, podem ser imitados, embora o grau oprima a mente extasiada.

Se eu digo, pois eu não impressionaria [ninguém] por meio da declamação quando a Razão oferece sua luz sóbria, que elas são realmente capazes de agir como criaturas racionais, não permita que sejam tratadas como escravas; ou como os brutos que dependem da razão dos homens, quando se associam a eles; ao contrário, permita que cultivem sua mente, dê a elas o controle salutar e sublime do princípio, e deixe-as obter uma dignidade consciente por se sentirem apenas subordinadas a Deus. Ensine-as, em pé de igualdade com os homens, a se submeterem

---

78 Tradução livre do poema *Hans Carvel*, de Mathew Prior (1664-1721).

à necessidade, em vez de dar, tornando-as mais agradáveis, um sexo à moral.

Além do mais, se a experiência provar que elas não conseguem alcançar o mesmo grau de desenvolvimento intelectual, perseverança e força, considerando que suas virtudes sejam do mesmo tipo, apesar de elas talvez lutarem em vão para ter o mesmo nível; e a superioridade do homem será igualmente clara, se não mais clara ainda; e a verdade, pelo fato de ser um princípio simples, que não admite modificações, seria comum aos dois. Não só isso, a ordem da sociedade como é regulada atualmente não seria invertida, já que as mulheres apenas teriam a posição que a razão lhes designou, e as artes não poderiam ser praticadas a fim de trazerem o equilíbrio, muito menos para inverter a situação.

Estes podem ser intitulados sonhos utópicos. – Graças àquele Ser que os marcou na minha alma, e me deu força intelectual suficiente para o desafio de manifestar minha própria razão, até se tornar dependente apenas Dele para o apoio de minha virtude, eu vejo, com indignação, as noções equivocadas que escravizam o meu sexo.

Eu amo os homens como meus companheiros; mas o seu cetro, real ou usurpado, não se estende a mim, exceto se a razão de um indivíduo demanda a minha homenagem; e ainda sim a submissão será à razão, e não ao homem. De fato, a conduta de um ser responsável deve ser regularizada pelas operações de sua própria razão; ou, em que fundação jaz o trono de Deus?

Parece ser necessário discorrer longamente sobre estas verdades óbvias, porque as fêmeas têm sido isoladas, como elas eram; e enquanto têm sido despojadas das virtudes que deveriam vestir a humanidade, elas foram enfeitadas com graças artificiais que as permitem exercer uma tirania de vida curta. O amor, em seus âmagos, que toma o lugar de cada paixão mais nobre, sua única ambição é de ser justa, de criar emoção em vez de inspirar respeito; e este desejo ignóbil, como a servidão em monarquias absolutas, destrói toda a força do caráter. A liberdade é a mãe da virtude, e se as mulheres são, por sua própria constituição, escravas, e não são permitidas a respirar o ar cortante e revigorante da independência, elas deverão definhar como exóticas, e ser reconhecidas como lindas falhas da natureza.

Quanto ao argumento a respeito da sujeição ao qual o sexo tem sempre se mantido, isso rebate aos homens. A maioria tem sempre sido subjugada pelos poucos; e monstros, que raramente mostram qualquer discernimento de excelência humana, têm tiranizado sobre milhares de seus semelhantes. Por que os homens de dom superior se submeteram a tal degradação? Pois, não é universalmente reconhecido que reis, vistos coletivamente, sempre foram inferiores, nas habilidades e nas virtudes, ao mesmo número de homens tirados das massas da humanidade – e ainda sim, eles não têm e não são tratados com um grau de reverência que é um insulto à razão? A China não é o único país onde um homem vivo foi feito seu Deus.[79] Os *homens* se submeteram à força superior para aproveitar com impunidade os prazeres do momento – as *mulheres* têm apenas feito o mesmo, e então, até que seja provado que o cortesão, que servilmente renuncia os direitos do nascimento de um homem, não é um agente moral, não pode ser demonstrado que as mulheres sejam essencialmente inferiores aos homens porque ela [sic] sempre foi subjugada.

A força bruta tem, até agora, governado o mundo; e que a ciência da política está em sua infância é evidente do ponto de vista dos filósofos que têm escrúpulos em dar o conhecimento mais útil ao homem, determinando sua distinção.

Não irei perseguir este argumento mais longe do que o necessário para estabelecer uma inferência óbvia, de que a política sã difunde a liberdade, a humanidade (incluindo as mulheres)[80] se tornará mais sábia e virtuosa.

---

79 Os imperadores chineses são considerados figuras divinas. Ver prefácio de *Novissima Sinica historiam nostri temporis illustratura* (1697 – sem tradução para o português), de Gottfried Leibniz.

80 Na língua inglesa, a palavra usada para definir "humanidade" é *mankind*, ou seja, uma palavra estritamente referente ao masculino. Por isso a autora se utiliza da palavra, mas busca incluir nela as mulheres.

_capítulo III_

# A CONTINUAÇÃO DO MESMO ASSUNTO

A força corporal, antes considerada a distinção dos heróis, afundou-se em tal desprezo sem mérito, de forma que os homens, assim como as mulheres, acreditam ser desnecessária: as últimas, por causa de suas graças femininas e da sua fraqueza amável, que são a fonte de seu poder desmedido; e os primeiros, porque aparenta ser prejudicial ao caráter de um cavalheiro.

Que ambos, partindo de extremos, assemelham-se, pode ser facilmente provado; mas, primeiramente, talvez seja apropriado observar que um erro vulgar obteve certo crédito e deu força a uma falsa conclusão, em que um efeito foi confundido com uma causa.

As pessoas de gênio forte têm, muito frequentemente, debilitado sua constituição [física] pelo estudo ou pela falta de atenção à saúde, e a violência de suas paixões carrega parte do vigor de seus intelectos, a espada destruindo sua bainha se tornou quase proverbial,[81] e observadores superficiais inferiram, a partir disso, que os homens de gênio forte têm geralmente uma constituição fraca, ou para usar uma expressão mais elegante, uma constituição delicada. Na verdade, eu acredito, o fato aparenta ser o contrário; pois, em investigação diligente, eu verifiquei que a força da mente tem, na maioria dos casos, sido acompanhada por uma força corporal superior à saúde natural da constituição –, não aquela tonicidade robusta de nervos e músculos vigorosos, que advém do trabalho corporal, quando a mente é muda, ou apenas direciona as mãos.

---

81    Ver _Confissões_, de Rousseau, p. 216: "A espada gasta a bainha, diz-se às vezes". Tradução de Fernando Lopes Graça.

O Dr. Priestley comentou,[82] no prefácio de seu quadro bibliográfico, que a maioria dos grandes homens tem vivido além dos quarenta e cinco. E, considerando a maneira irrefletida com que eles esbanjam sua força, ao investigarem um campo da ciência preferido, eles gastam a chama da vida se esquecendo da meia-noite; ou quando, perdidos em sonhos poéticos, a fantasia ocupa a cena, e a alma se aborrece, até que a constituição se abala, devido às paixões que a meditação elevou; cujos objetos, o grosseiro substrato da vista,[83] desgastado ante o olho exaurido, deviam ter molduras de ferro. Shakespeare nunca tomou sua adaga rarefeita com mãos controladas,[84] muito menos Milton tremeu quando levou Satã para longe dos confins de sua lúgubre prisão.[85] – Estes não foram os delírios da imbecilidade, a efusão doentia de cérebros destemperados; mas a exuberância da fantasia que, no devaneio "num delírio excelso",[86] não foram continuamente lembrados de suas algemas concretas.

Estou consciente de que este argumento me carregaria mais longe do que se supõe o desejado; mas eu sigo a verdade, e, ainda corroborando com o meu primeiro posicionamento, eu entendo que a força do corpo parece dar aos homens uma superioridade natural sobre as mulheres; e esta é a única base sólida cuja superioridade do sexo pode ser construída. Contudo, eu ainda insisto, que não apenas a virtude, mas o *conhecimento* dos dois sexos deveria ser da mesma natureza, se não em grau, e que as mulheres, consideradas não apenas como criaturas morais, mas racionais, devem empenhar-se na aquisição de virtudes humanas (ou perfeições) pelos *mesmos* meios que os homens, em vez de serem educadas como um tipo de ser (*pela metade*) extravagante – uma das quimeras selvagens de Rousseau.[87]

---

82 Joseph Priestley (1733-1804), *A description of a chart of biography* (1765).

83 Referência à peça *A Tempestade*, cena IV, ato I, p. 65, de Shakespeare. Tradução de Ridendo Castigat Mores.

84 Ver *Macbeth*, cena II, ato I, de Shakespeare.

85 Ver *Paraíso Perdido* (1667), ii, de John Milton.

86 Trecho retirado da peça *Sonho de uma Noite de Verão*, cena V, ato I, p. 88, de Shakespeare, Tradução de Ridendo Castigat Mores.

87 "As pesquisas sobre verdades abstratas e especulativas, os princípios e axiomas da ciência, em resumo, cada coisa que tende a generalizar nossas ideias, não são a região apropriada das mulheres; seus estudos devem ser relativos aos pontos de prática; pertence a elas aplicar aqueles princípios que os homens descobriram; e é parte delas fazer observações, que direciona os homens a estabelecerem princípios gerais. Todas as ideias das mulheres, que não têm a tendência imediata [de se concentrar] nos pontos do dever, devem ser direcionadas ao estudo

Porém, se a força do corpo é, com algumas provas da razão, o orgulho dos homens, por que as mulheres são tão apaixonadas a ponto de se orgulhar de um defeito? Rousseau forneceu a elas uma desculpa plausível, que poderia somente ter ocorrido a um homem, cuja imaginação correu solta, e refinou as impressões obtidas por sentidos raros; – elas podem, na verdade, ter um pretexto para se entregar ao seu apetite natural sem violar as espécies românticas da modéstia, que gratificam o orgulho e a libertinagem do homem.

Mulheres, iludidas por estes sentimentos, às vezes orgulhosas de sua fraqueza, astuciosamente obtêm poder brincando com as *fraquezas* dos homens; e elas bem podem se vangloriar de seu domínio ilícito, pois, como os paxás turcos,[88] elas têm mais poder real que seus mestres: mas a virtude é sacrificada às gratificações temporárias, e a respeitabilidade da vida, ao triunfo momentâneo.

---

do homem, e ao alcance daquelas realizações agradáveis que têm gosto por seu objeto; pois, o trabalho dos gênios está além de sua capacidade, nem elas têm precisão o suficiente ou poder de atenção para ter sucesso nas ciências que requerem acuidade: e quanto ao conhecimento físico, pertence apenas àqueles que são mais ativos, mais inquisidores, que compreendem a maior variedade de objetos: em resumo, pertence àqueles que têm os poderes mais fortes, e a quem os exercita mais, para julgar a relação entre os seres mais sensíveis e as leis da natureza. Uma mulher que é naturalmente fraca, e não leva suas ideias muito longe, sabe como julgar e fazer uma estimativa apropriada dos movimentos que ela estabelece para trabalhar, a fim de ajudar na sua fraqueza; e estes movimentos são as paixões dos homens. O mecanismo que ela emprega é muito mais poderoso que os nossos; pois as suas alavancas são o que movem o coração humano. Ela deve ter a habilidade de nos inclinar a fazer tudo aquilo que seu sexo não a permite fazer sozinha, e o que for necessário e agradável a ela; portanto, ela deve estudar a mente do homem inteiramente, não a mente do homem no geral, abstratamente, mas as disposições daqueles à quem ela está sujeita, ou pelas leis de seu país, ou pela força da opinião. Ela deveria aprender a penetrar em seus reais sentimentos por meio de suas conversas, suas ações, suas aparências e gestos. Ela deveria também ter a arte, por meio de sua própria conversa, ações, aparências e gestos de comunicar aqueles sentimentos que são agradáveis à ela, sem aparentar intencioná-los. Os homens argumentarão mais filosoficamente sobre o coração humano, mas as mulheres lerão o coração do homem melhor que eles. Pertence à mulher, se me é permitida a expressão, formar uma moralidade experimental, e reduzir o estudo do homem a um sistema. As mulheres têm mais juízo, os homens têm mais gênio; mulheres observam, os homens raciocinam: da concorrência de ambos, nós chegamos à luz mais clara e o conhecimento mais perfeito, cuja mente humana é, ela mesma, capaz de adquirir. Em uma palavra, pelo fato de adquirirmos a mais íntima familiaridade, tanto com nós mesmos quanto com os outros, a nossa natureza é capaz; e é então que a arte tem uma tendência constante para aperfeiçoar aqueles dotes cuja natureza tem concedido. – O mundo é o livro da mulher." *Emílio*, de Rousseau. Eu espero que os meus leitores ainda se lembrem da comparação que eu debati, entre mulheres e os oficiais. (N.E.)

88   Título dado aos oficiais de alto escalão. Os paxás era notórios por sua imperiosidade.

Mulheres, assim como déspotas, têm agora, talvez, mais poder do que teriam se o mundo, dividido e subdividido em reinos e famílias, fosse governado por leis deduzidas do exercício da razão; mas obtendo-o, para continuar com a comparação, seu caráter é degradado, e a libertinagem é espalhada por toda a sociedade. Os muitos se tornam pedestal para os poucos. Eu, portanto, me aventuro a afirmar que, enquanto as mulheres não forem educadas de forma mais racional, o progresso da virtude humana e o avanço do conhecimento devem receber verificações contínuas. E se for concebido que a mulher não foi criada meramente para satisfazer o apetite do homem, ou para ser sua primeira serviçal, que provê suas refeições e toma conta de suas roupas, deve seguir que o primeiro cuidado destas mães e pais, que realmente prestam atenção na educação feminina, deve ser, se não para fortalecer o corpo, ao menos, para não destruir sua constituição por noções equivocadas de beleza e excelência feminina; nunca deveria ser permitido que as meninas absorvessem a noção perniciosa que um defeito pode, por qualquer processo químico de raciocínio, tornar-se uma excelência. A este respeito, ficou feliz em achar que o autor de um dos livros mais instrutivos que o nosso país produziu para as crianças, coincide com a minha opinião; eu devo citar suas observações pertinentes para dar a força da sua respeitável autoridade à razão.[89]

---

89 Um homem velho e respeitável dá a seguinte sensível consideração sobre o método que buscava ao educar sua filha. "Eu me esforcei para dar tanto para a sua mente quanto para seu corpo um grau de vigor, que é raramente achado no sexo feminino. Assim que ela estava suficientemente forte para ser capaz de realizar os pequenos labores da economia doméstica e jardinagem, eu a empreguei como minha companhia constante. Selene, pois este era seu nome, logo adquiriu a destreza em todos estes labores rústicos, que eu considerei com igual prazer e admiração. Se as mulheres são geralmente frágeis tanto no corpo quanto na mente, é devido menos à natureza do que à educação. Nós encorajamos uma indolência e inatividade viciosa, que nós falsamente denominamos de delicadeza; em vez de endurecer suas mentes com os princípios severos da razão e da filosofia, nós as criamos para as artes inúteis, que resultam em vaidade e sensualidade. Na maioria dos países que eu visitei, elas não são ensinadas nada de natureza mais superior do que algumas modulações da voz, ou posturas inúteis do corpo; o seu tempo é consumido com a preguiça e com a insignificância, e as insignificâncias se tornam a única busca capaz de interessá-las. Aparentemente esquecemos que é sobre as qualidades do sexo feminino que o nosso conforto doméstico e a educação de nossas crianças dependem. E quais são os confortos ou educação cuja raça de seres, corrompida desde sua infância, e sem familiaridade com os deveres da vida, está pronta para entregar? Para tocar um instrumento musical com habilidades inúteis, para exibir suas graças naturais ou afetuosas aos olhos de jovens homens indolentes e debochados, para dissipar o patrimônio de seu marido em gastos desenfreados e desnecessários, estas são as únicas artes cultivadas por mulheres na maioria das nações polidas que eu vi. E as consequências são tão uniformemente quanto se pode esperar vindo de tal fonte poluída, miséria privada e servidão pública. Mas a educação de Selene foi regulada por diferentes visões, e conduzida de acordo com princípios mais severos; se isto pode

Se provado que as mulheres são naturalmente mais fracas que os homens, donde segue que é natural ela trabalhar para se tornar ainda mais fraca do que a natureza intencionou que seja? Argumentos deste molde são um insulto ao senso comum, e ao sabor da paixão. O *direito divino* dos maridos, como o direito divino dos reis, pode, espera-se nesta época esclarecida, ser contestado sem perigo, e, apesar da convicção não silenciar muitos competidores impetuosos, ainda, quando qualquer preconceito prevalecente for atacado, os sábios considerarão e deixarão os de mentes limitadas discutirem com veemência irrefletida a inovação.

A mãe que deseja dar a verdadeira dignidade de caráter à sua filha, deve, não obstante o escárnio da ignorância, proceder em um plano diametralmente oposto ao que Rousseau recomendou com todos os charmes iludidos da eloquência e dos sofismas filosóficos: pois sua eloquência torna absurdos plausíveis, e suas conclusões dogmáticas confundem, sem convencer, aqueles que não têm a habilidade de refutá-las.

Em todo o reino animal, toda criatura jovem requer exercícios quase constantes, e a infância das crianças, em conformidade com esta indicação, deve ser vivida com cambalhotas inofensivas que exercitam os pés e as mãos, sem requerer um minuto de direção da cabeça, ou a atenção constante da babá. De fato, o cuidado necessário para a autopreservação é o primeiro exercício natural do entendimento, assim como as pequenas invenções para entreter o momento desdobram a imaginação. Mas estes projetos sábios da natureza são contrariados por uma afeição equivocada ou um zelo cego. A criança não é deixada em nenhum momento a seu próprio direcionamento, particularmente a menina, e assim tornam-se dependentes – a dependência é dita natural.

Para preservar a beleza pessoal – a glória feminina! – os membros e as faculdades são apertados com faixas piores que as das chinesas,[90] e a vida sedentária que estão condenadas a viver, enquanto os meninos brincam ao ar livre, enfraquece seus músculos e relaxa seus nervos. – Quanto às observações de Rousseau,[91] as quais desde então têm sido

---

ser chamado de severidade que abre a mente para o sentido da moral e dos deveres religiosos, e mais efetivamente as armas contra a inevitabilidade dos males da vida." Sandford e Merton, v. III, do Senhor Day. (N.E.) Tradução livre de trecho do livro, de Thomas Day, *The History of Sandfort and Merton*, 1791, 6 ed. iii, p. 207-9. (N.T.)

90 Seguindo a tradição chinesa, as meninas tinham seus pés atados e atrofiados para mantê-los pequenos e delicados.

91 Ver *Emílio*, v. 2, Livro V, de Rousseau.

ecoadas por vários escritores, de que elas naturalmente têm, proveniente de seus nascimentos, independente da educação, um carinho pelas bonecas, vestimentas e conversas – elas são tão pueris a ponto de não merecerem uma refutação séria. Que uma menina, condenada a sentar por horas ouvindo à tagarelice inútil de babás fracas, ou a comparecer ao trocador de sua mãe, esforçar-se-á para participar da conversa, isso é, de fato, muito natural; e que ela irá imitar sua mãe ou tias, e se divertir adornando sua boneca sem vida, da mesma forma que fazem quando a vestem (pobre e inocente bebê!), é indubitavelmente a consequência mais natural. Já que os homens de maiores habilidades raramente têm a força suficiente para se elevar sobre a atmosfera; e se as páginas dos gênios sempre foram manchadas pelos preconceitos da idade, algum desconto deve ser feito para um sexo, que como reis, sempre vê as coisas por meios falsos.

Seguindo essas reflexões, o gosto para as vestimentas, conspícuo nas mulheres, pode ser facilmente contabilizado, sem precisar supor que é resultado de um desejo de agradar o sexo do qual são dependentes. O absurdo, resumidamente, de supor que uma menina é naturalmente uma coquete e que seu desejo é conectado com o impulso da natureza para propagar a espécie, deveria aparecer antes até da educação imprópria, que esquenta a imaginação e estimula prematuramente [a ter gosto pela vestimenta]. Isto é tão não filosófico, que um observador sagaz como Rousseau não teria adotado, se ele não fosse acostumado a fazer a razão dar lugar ao seu desejo de singularidade, e tornar verdade o seu paradoxo favorito.[92]

Ainda assim, dar um sexo à mente não foi muito consistente com os princípios do homem que argumentou tão calorosamente, e tão bem, pela imortalidade da alma.[93] – Mas que barreira fraca é a verdade quando se coloca no caminho de uma hipótese! Rousseau respeitava – e quase adorava a virtude –, e mesmo assim ele se permitiu amar com o afeto sensual. Sua imaginação constantemente elaborou combustível inflamável para os seus sentidos inflamáveis; mas, a fim de reconciliar a autonegação, à força, e por aquelas virtudes heroicas, que uma mente como a dele não poderia calmamente admirar, ele trabalha para inverter

---

92    Ibid Livro IV.

93    Ibid, p. 72, no trecho intitulado *Profissão de fé do vigário saboiano*.

a lei da natureza, e adorna a doutrina carregada de injúria e depreciativa ao supremo caráter da sabedoria.

Suas histórias ridículas, que tendem a provar que as meninas são *naturalmente* cuidadosas com suas pessoas, sem mencionar nenhum exemplo do dia a dia, estão abaixo do desprezo. – E que uma pequena senhorita deva ter tal gosto asseado a ponto de negligenciar o divertimento agradável de fazer "Os" meramente porque percebeu que seria uma atitude ingrata,[94] deveria fazer parte das anedotas do porco instruído.[95]

Eu tive, provavelmente, a oportunidade de observar mais meninas durante sua infância do que J. J. Rousseau – posso me lembrar de meus próprios sentimentos, e eu tenho olhado constantemente à minha volta; e mesmo assim, bem longe de coincidir com sua opinião a respeito da primeira alvorada do caráter feminino, eu me aventurarei em afirmar, que uma menina, cujo espírito não foi abatido pela inatividade, ou a inocência manchada pela falsa vergonha, sempre será uma criança travessa, e a boneca não chamará sua atenção a não ser que o confinamento não deixe alternativa. Meninas e meninos, resumidamente, brincariam inofensivamente juntos, se a distinção do sexo não fosse inculcada muito antes da natureza fazer qualquer diferenciação. – Eu vou mais longe e afirmo, como fato indisputável, que a maioria das mulheres, no círculo da minha observação, que agiram como criaturas racionais, ou que mostraram qualquer vigor intelectual, foram eventualmente permitidas a fazer o que quisessem sem impedimentos ou controle – como alguns dos criadores da igualdade dos sexos insinuariam.

A consequência perniciosa que flui da falta de atenção à saúde durante a infância e juventude se estende além do que se supõe – a dependência do corpo naturalmente produz a dependência da mente; e como ela pode ser uma boa esposa e mãe, se a maior parte de seu tempo é

---

94 Uma vez conheci uma jovem que aprendeu a escrever antes de ter aprendido a ler, e começou a escrever com sua agulha antes que conseguisse usar uma caneta. Primeiramente, de fato, ela colocou na cabeça que não faria outra letra que não o 'O': esta letra ela estava fazendo de todos os tamanhos, e sempre do jeito errado. Sem sorte, um dia, e ela era concentrada nesta tarefa, ela se olhou no espelho; quando tomando desgosto da atitude constrangida de se sentar e escrever, ela jogou fora sua caneta, como um outro Pallas, e se determinou contra fazer mais 'Os'. Seu irmão era igualmente avesso a escrever: era o confinamento, portanto, e não a atitude constrangida, que mais o enojava." *Emílio*, de Rousseau. (N.E.)

95 Durante o início da década 1780, na Inglaterra, haviam performances onde porcos adestrados respondiam problemas aritméticos e soletravam palavras. Ver Sarah Trimmer, *Fabulous Histories* (1786), capítulo IX; e James Boswell, *The life of Dr. Johnson* (1791), ii, p. 552.

usada para salvaguardar [sua família] contra doenças ou para suportá-la? Nem pode ser esperado que uma mulher resolutamente vá esforçar-se para fortalecer sua constituição e se abster de indulgências que a debilitam, se as noções artificiais de beleza, e as falsas descrições de sensibilidade foram intrincadas desde cedo com o motivo de suas ações. A maioria dos homens é, por vezes, obrigada a suportar inconveniências do corpo, e aguentar, ocasionalmente, a inclemência dos elementos; mas as mulheres polidas são, literalmente falando, escravas de seu corpo, e gloriosas em sua sujeição.

Uma vez eu conheci uma mulher fraca e fútil, que era mais orgulhosa do que o usual de sua delicadeza e sensibilidade. Ela pensava que um gosto distinto e pouco apetite eram o auge de toda a perfeição humana, e agia de acordo. – Eu vi este ser fraco e sofisticado negar todos os deveres da vida, e ainda sim reclinar com autocomplacência no sofá e se gabar da sua vontade por ter um maior apetite como prova de sua delicadeza que se estendia para, ou talvez surgisse de, sua sensibilidade requintada: por isso é difícil tornar inteligível tal jargão ridículo. – Ainda sim, eu já a vi insultar uma senhora idosa, gentil e de boa família, cujos infortúnios inesperados a fizeram depender de sua generosidade ostentosa, e que, em dias melhores, clamava por sua gratidão. É possível que uma criatura humana tenha se tornado um ser tão fraco e depravado, como os Sibaritas,[96] dissolvidos em luxúria, se tudo semelhante à virtude não tivesse sido desgastado, ou nunca marcado pelo preceito, um substituto pobre, é verdade, para o cultivo da mente, embora sirva como uma barreira contra o vício?

Tal mulher não é um monstro irracional mais do que alguns dos Imperadores Romanos, que foram depravados por um poder sem lei. Mas, uma vez que os reis estão mais sob a restrição da lei, e o freio, apesar de fraco, da honra, os registros da história não estão preenchidos com tais instâncias não naturais de tolices e crueldade, nem o despotismo que mata a virtude e o gênio embrionário paira sobre a Europa com sua explosão[97] destruidora que desola a Turquia e torna os homens, assim como o solo, infrutíferos.

---

96  Habitantes da colônia grega Síbaris, no sul da Itália, conhecidos pelo estilo de vida luxuoso.

97  Refere-se tanto às ferozes tempestades de areia que assolam os desertos africanos e asiáticos durante a primavera e verão, quanto ao notório despotismo do Império Otomano, que existiu até 1908.

Em todos os lugares as mulheres estão neste estado deplorável; pois, para preservar sua inocência, como a ignorância é cortesmente chamada, a verdade é escondida delas, e elas são postas a assumir um caráter artificial antes que suas faculdades adquiram qualquer força. Ensinadas desde a infância que a beleza é o cetro da mulher, a mente se molda ao corpo, e, perambulando ao redor da jaula reforçada, apenas buscam adornar sua prisão. Os homens têm muitos empregos e buscas que engajam sua atenção, e dão um caráter à mente aberta; porém, as mulheres, confinadas em uma [só busca], e tendo seus pensamentos constantemente direcionados à parte mais insignificante delas mesmas, raramente estendem sua visão para além do triunfo do momento presente. Mas, se o seu entendimento alguma vez fosse emancipado da escravidão que o orgulho e a sensualidade do homem e seu desejo míope, como aquela da dominação pelos tiranos, de influência presente, as sujeitaram, nós provavelmente deveríamos ler sobre sua fraqueza com surpresa. Eu devo ser permitida a seguir o argumento um pouco mais adiante.

Talvez, se a existência de um ser mau fosse permitida, e que, na linguagem alegórica das escrituras, ele procurasse quem deveria devorar,[98] ele não conseguiria degradar o caráter humano de forma mais eficaz do que dando ao homem o poder absoluto.

Este argumento se fragmenta em várias ramificações. – Nascimento, riquezas, e cada vantagem intrínseca que exalta o homem acima de seus camaradas, sem qualquer empenho mental, na realidade o afundam abaixo de seus camaradas. Proporcionalmente à sua fraqueza, ele é feito de bobo por homens astuciosos, até que o monstro intumescido perca todos os seus traços de humanidade. E afirmar que as tribos de homens, assim como rebanhos de ovelhas, devem seguir silenciosamente tal líder, é um solecismo que apenas seria realizado por meio do desejo de divertimento no presente e a estreiteza da compreensão. Educados em dependência escrava e enfraquecidos pela luxúria e preguiça, onde deveremos encontrar os homens que irão dar um passo à frente e afirmar os direitos do homem; ou clamar pelo privilégio dos seres morais, que deveriam ter apenas um caminho para a excelência? Escravidão aos monarcas e ministros, de cujo mundo demorará a se libertar, e cujo

---

98 Referência ao versículo 1 Pedro 5:8, "Estejam alertas e vigiem. O Diabo, o inimigo de vocês, anda ao redor como leão, rugindo e procurando a quem possa devorar".

## 74 | REIVINDICAÇÃO DOS DIREITOS DAS MULHERES

alcance letal impede o progresso do intelecto humano, que ainda não foi abolido.

Que não seja permitido que os homens orgulhosos do poder usem os mesmos argumentos que reis tirânicos e ministros venais têm usado, e de maneira falaciosa afirmem que as mulheres devem ser sujeitadas porque sempre foi assim. – Contudo, quando o homem, governado por leis baseadas na razão, aproveita sua liberdade natural, deixe-o desprezar a mulher, caso ela não compartilhe isso com ele; e, até que o glorioso período chegue, em que nos libertemos da ideia de insensatez do sexo, que seja possível que ele não negligencie o seu próprio [sexo].

As mulheres, é verdade, obtendo poder por meios injustos, praticando ou nutrindo o vício, evidentemente perdem a posição que a razão as colocaria, e elas se tornam ou escravas abjetas ou tiranas caprichosas. Elas perdem toda a simplicidade, toda a dignidade intelectual ao adquirir poder, e agem da mesma forma que os homens, quando estes são elevados [ao poder] pelos mesmos meios.

Está na hora de iniciarmos uma revolução das maneiras femininas – está na hora de devolver-lhes a sua dignidade perdida – e torná-las parte da espécie humana, trabalhar para que se reformem e assim reformarem o mundo. É tempo de separar morais imutáveis das boas maneiras locais. – Se os homens forem semideuses, deixe-nos servi-los! E se a dignidade da alma feminina for disputável assim como a dos animais; se a razão delas não tem luz suficiente para direcionar sua conduta enquanto o instinto infalível é negado, elas são, de todas as criaturas, certamente as mais miseráveis! E dobradas sob a mão de ferro do destino, devem se submeter a ser um *defeito justo* da criação. Todavia, para justificar os caminhos da Providência[99] a esse respeito, apontando algumas das incontestáveis razões para tornar uma porção tão grande da humanidade responsável e irresponsável, intrigaria o sofista mais inteligente.

A única fundação sólida para a moralidade parece ser o caráter do supremo Ser; a harmonia que se origina do equilíbrio dos atributos; e, para falar com reverência, um atributo parece implicar a *necessidade* de outro. Ele deve ser justo, porque ele é sábio, ele deve ser bom, porque é onipotente. Pois, para exaltar um atributo em detrimento de outro igualmente nobre e necessário, carrega a marca da razão distorcida do

---

99 Referência ao trecho de *Paraíso Perdido* (1667), Canto I, de John Milton "Justificar o proceder do Eterno/E demonstrar a Providência aos homens".

homem – a homenagem da paixão. O homem, acostumado a se curvar diante do poder em seu estado selvagem, pode raramente se despir dos seus preconceitos bárbaros, até mesmo quando a civilização determina o quão a mente é superior à força corporal; e sua razão fica nublada por essas opiniões cruas, até mesmo quando ele pensa na Divindade. – Sua onipotência é feita para engolir, ou presidir sobre seus outros atributos, e aqueles mortais devem limitar seu poder irreverentemente, pois pensam que deve ser regulado por sua sabedoria.

Eu repudio essa humildade especiosa que, depois de investigar a natureza, para no autor. – Porque assim diz o Alto e o Sublime, que habita na eternidade,[100] sem dúvidas possui muitos atributos que nós não conseguimos conceber; mas a razão me diz que eles não podem se contrapor com aqueles que eu adoro – e eu sou compelida a ouvir a sua voz.

Parece natural aos homens a busca por excelência, ou para rastreá-la no objeto que eles veneram, ou cegamente investida com perfeição, como se fosse uma peça de vestimenta. Contudo, que bom efeito este último modo de veneração pode ter na conduta moral de um ser racional? Ele se reclina ao poder; ele adora uma nuvem negra, que pode abrir para ele um panorama iluminado, ou explodir em raiva, fúria sem lei, na sua cabeça devota – ele não sabe o porquê. E, supondo que a Divindade age por impulso vago de uma vontade não direcionada, o homem deve também seguir o seu próprio [impulso], ou agir de acordo com regras, deduzidas de princípios que ele renuncia como sendo irreverentes. Dentro deste dilema caíram tanto entusiastas quanto pensadores mais moderados, quando trabalharam para libertar o homem das limitações sadias que a justa concepção do caráter de Deus lhes impõe.

Assim, não é ímpio examinar os atributos do Todo Poderoso: de fato, quem, que exercita suas faculdades, pode evitar este exame? Pois, amar a Deus como fonte da sabedoria, bondade e poder, parece ser a única veneração útil a um ser que deseja adquirir ambos: virtude ou conhecimento. Uma afeição cega e inquieta pode, como as paixões humanas, ocupar a mente e aquecer o coração, enquanto, para fazer justiça, amar a misericórdia e caminhar humildemente com o nosso Deus é esquecido. Eu devo prosseguir com esses assuntos mais adiante, quando eu

---

100 Ver versículo Isaías 57:15, "Porque assim diz o Alto e o Sublime, que habita na eternidade, e cujo nome é Santo: Num alto e santo lugar habito; como também com o contrito e abatido de espírito, para vivificar o espírito dos abatidos, e para vivificar o coração dos contritos".

# 76 | REIVINDICAÇÃO DOS DIREITOS DAS MULHERES

considerar a religião sob uma luz oposta àquela recomendada pelo Dr. Gregory, que trata isto como uma questão de sentimento ou gosto.[101]

Para voltar desta aparente digressão, seria desejável que as mulheres cultivassem uma afeição a seus maridos fundamentada no mesmo princípio em que a devoção se baseia. Não há nenhuma outra base firme sob o céu – então as deixe ter consciência da luz falaciosa do sentimento; frequentemente utilizada como um termo mais meigo para a sensualidade. Portanto, segue, creio, que desde sua infância as mulheres devem ou calar-se como as princesas orientais, ou ser educadas de tal maneira que sejam capazes de pensar e agir sozinhas.

Por que os homens hesitam entre duas opiniões e esperam impossibilidades? Por que eles esperam virtudes de escravas, de um ser que, devido à constituição da sociedade civil, tornou-se fraco, se não vicioso?

Embora eu saiba que será necessário um tempo considerável para erradicar os preconceitos firmemente enraizados que os sensualistas plantaram, será também requerido algum tempo para convencer as mulheres que elas agem contrariando o seu interesse real em uma escala ampliada, quando elas apreciam ou assumem a fraqueza sob o nome da delicadeza, e, para convencer o mundo de que a fonte venenosa dos vícios e das tolices femininas, se for necessário, de acordo com os costumes, usar termos sinônimos em um sentido frouxo têm sido a homenagem sensual atribuída à beleza: à beleza dos traços; pois foi observado, astutamente por um escritor alemão, que uma mulher bonita, como objeto de desejo, é geralmente permitido que o seja pelos homens de todas as descrições; enquanto uma mulher fina, que inspira mais emoções sublimes por mostrar beleza intelectual, pode ser diminuída ou observada com indiferença, por aqueles homens que encontram sua felicidade na satisfação de seus apetites. Eu prevejo uma deturpação óbvia – enquanto o homem permanecer um ser imperfeito como até agora tem se mostrado, ele irá, mais ou menos, ser escravo de seus apetites, e aquelas mulheres, obtendo a maioria do poder que gratifica o [outro] predominante, têm o seu sexo degradado por uma necessidade física, se não por uma necessidade moral.

Esta objeção tem, eu admito, alguma força; mas enquanto tais preceitos sublimes existem, como, "Sede vós, pois, perfeitos, como é perfeito

---

101 Referência ao trecho do livro *A father's legacy to his daughters*, de John Gregory, p. 13: "Religião é mais uma questão de sentimento do que de raciocínio". Tradução livre.

o vosso Pai celestial";[102] ao que parece as virtudes do homem não são limitadas pelo ser que sozinho poderia limitá-las; e que ele pode prosseguir independente de ele pisar fora de sua esfera para favorecer tal nobre ambição. Para as ondas selvagens têm sido dito "você chegará até este ponto e daqui não passará. As suas altas ondas pararão aqui".[103] Em vão, portanto, as ondas batem e espumam, restringidas pelo poder que confina os planetas em luta em suas órbitas, a matéria se rende ao grande Espírito governador. – Contudo, uma alma imortal, não restringida por leis mecânicas e em luta para se libertar das correntes da matéria, contribui para, em vez de perturbar a ordem da criação, quando, cooperando com o Pai dos espíritos, tenta se governar pela lei invariável que, em um grau, antes da nossa imaginação desfalecer, regula o universo.

Além disso, se as mulheres são educadas para a dependência, isto é, para agir de acordo com a vontade de outro ser falível, e se submeter, se certo ou errado, ao poder, onde iremos parar? Elas devem ser consideradas subgerentes permitidas a reinar sobre pequenos domínios, e responsáveis por sua conduta por um tribunal mais alto, também sujeito ao erro?

Não será difícil provar que tais delegadas agirão como os homens submetidos pelo medo, e farão suas crianças e serventes suportarem sua opressão tirânica. Pelo fato de se submeterem sem razão, elas serão, por não terem regras fixas para limitar sua conduta, gentis ou cruéis, de acordo com o capricho que o momento direciona; e não deveremos estranhar se algumas vezes, irritadas pelo jugo pesado, elas adquirirem um prazer maligno em repousar em ombros mais fracos.

Contudo, supondo que uma mulher, treinada para obedecer, seja casada com um homem sensível, que direciona seu julgamento sem fazê-la sentir a servidão de sua sujeição, para agir com o máximo de obediência e decoro, com esta luz refletida, a que se pode esperar quando a razão é tomada de segunda mão, no entanto, ela não pode garantir a vida de seu protetor, ele pode morrer e deixá-la com uma família grande.

Um duplo dever a incumbe; educá-los no caráter de ambos, pai e mãe; para formar seus princípios e assegurar sua obediência e decoro. Mas, ai de mim! Ela nunca pensou, muito menos agiu por si só.

---

102 Referência ao versículo Mateus 5:48; ver também 1 João 3:3, "E qualquer que nele tem esta esperança purifica-se a si mesmo, como também ele é puro".

103 Referência ao versículo Jó 38:11.

Ela apenas aprendeu a agradar[104] os homens, a depender graciosamente deles; assim, sobrecarregada com as crianças, como ela poderia obter outro protetor – um marido para suprir o lugar da razão? Um homem racional, pois não estamos tratando em bases românticas, embora ele possa achá-la uma criatura agradável e dócil, ele não escolherá se casar com uma *família* por amor, quando o mundo contém muitas outras criaturas bonitas. O que, então, será dela? Ou ela cai como uma presa fácil nas mãos de algum cruel caçador de fortunas, que defraudará seus filhos da sua herança parental e a tornará miserável; ou se torna vítima da indulgência cega e descontente. Incapaz de educar seus filhos homens,[105] ou imputá-los com respeito; pois não é um jogo de palavras afirmar que as pessoas nunca são respeitadas, mesmo ocupando um cargo importante, se não forem respeitáveis; ela definha sob a angústia do arrependimento inútil. O dente da serpente[106] entra em sua alma, e os vícios da juventude licenciosa a trazem com tristeza, se não com pobreza também, ao túmulo.

Este não é um retrato exagerado; pelo contrário, é um caso muito provável, e algo similar deve ter acontecido sob cada olho atento.

Eu tenho, portanto, levado como certo, que ela era bem-disposta, não obstante, a experiência mostra que os cegos podem facilmente ser

---

104 "Na união dos sexos, ambos perseguem um objetivo comum, mas nenhum da mesma maneira. De sua diversidade, neste quesito, surge a primeira diferença determinante entre a relação moral. Um deve ser ativo e forte, o outro passivo e fraco: é necessário que um tenha tanto o poder quanto a vontade, e o outro deve resistir pouco.

"Este princípio estabelecido, segue que a mulher é expressamente formada para agradar o homem: se a obrigação é também recíproca, e o homem deveria ter sua vez de agradar, isso não é tão imediatamente necessário: seu grande mérito está em seu poder, e ele agrada meramente porque é forte. Isto, eu devo confessar, não é uma das máximas do amor; é, portanto, uma das leis da natureza, antes mesmo do amor.

"Se as mulheres são feitas para satisfazerem e forem sujeitas ao homem, é seu lugar, sem dúvida, tornar-se agradável a ele, ao invés de desafiar sua paixão. A violência de seus desejos depende de seus charmes; é por meio deles que ela deve estimular a aplicação daqueles poderes que a natureza lhe deu. O método de maior sucesso para excitá-los é tornar necessária esta aplicação pela resistência; como, neste caso, amor próprio é adicionado ao desejo, e um triunfa na vitória que o outro o obrigou a adquirir. Portanto, que aumentem os vários tipos de ataque e defesa entre os sexos; a coragem de um sexo e a timidez do outro; e, em uma palavra, este acanhamento e modéstia com a qual a natureza tem armado os fracos, tem a finalidade de vencer os fortes." *Emílio*, de Rousseau. Eu não irei tecer nenhum comentário sobre essa passagem engenhosa, apenas que seja observado que é a filosofia da lascívia. (N.E.)

105 No original: *sons*.

106 Referência a um trecho do texto de Shakespeare *O Rei Lear*, de 1605, que diz: "Mais afiado que o dente da serpente é ter uma criança ingrata". (N.T.)

levados tanto ao fosso como a estrada que todos usam.[107] Mas, supondo (uma conjuntura não muito improvável) que um ser apenas ensinado a agradar deve ainda achar sua felicidade nisso, que exemplo de insensatez, para não dizer vício, ele será para suas inocentes filhas! A mãe estará perdida na coqueteria e, em vez de fazer de suas filhas amigas, olha-as com desconfiança, pois são rivais – rivais mais cruéis que quaisquer outros, porque elas inspiram comparações, e tiram-na do trono da beleza, aquela que nunca pensou em um lugar no banco da razão.

Não é preciso um lápis vívido, ou o esboço discriminatório de uma caricatura, para delinear as misérias domésticas e os vícios mesquinhos que a dona de casa de família dissemina. Ainda sim, ela apenas age como uma mulher deve agir, o que está de acordo com o sistema proposto por Rousseau. Ela nunca poderá ser reprovada por ser masculina, ou por sair de sua esfera; não somente isso, ela até pode observar outra de suas grandes regras e, cuidadosamente preservar sua reputação imaculada e ser reconhecida como um bom tipo de mulher. Contudo, referente a que ela poderia ser chamada de boa? Ela se abstém, é verdade, sem qualquer luta, de cometer grandes crimes; mas como ela executa seus deveres? Deveres! – Na verdade, ela já tem o suficiente para pensar em adornar o seu corpo e manter uma constituição fraca.

Em respeito à religião, ela nunca presumiu julgar por ela mesma; mas conformada, como uma criatura dependente deve ser, com as cerimônias da igreja com as quais ela foi criada, piamente acredita que cabeças mais sábias que a sua estabeleceram este negócio: e não duvidar é o seu ponto de perfeição. Ela então paga o dízimo de menta e cominho;[108] e agradece a Deus porque ela não é como as outras mulheres.[109] Estes são os efeitos abençoados de uma boa educação! Estas são as virtudes da ajudante do homem![110]

---

107 Referência ao provérbio inglês *the beaten road is the safest*, ou seja, "a estrada que todos usam é a mais segura". Tradução livre.

108 Ver Mateus 23:23, "Ai de vós, escribas e fariseus, hipócritas! Porque dais o dízimo da hortelã, do endro e do cominho, e tendes omitido o que há de mais importante na lei, a saber, a justiça, a misericórdia e a fé; estas coisas, porém, devíeis fazer, sem omitir aquelas".

109 Ver Lucas 18:11, "O fariseu, em pé, orava no íntimo: 'Deus, eu te agradeço porque não sou como os outros homens'".

110 "Oh, que amável", exclama Rousseau, falando de Sofia, "é sua ignorância! Feliz é aquele que é destinado a instruí-la! Ela nunca fingirá que é a tutora de seu marido, mas ficará contente de ser sua pupila. Longe de tentar subjugá-lo a seu gosto, ela irá acomodar-se ao dele. Ela será mais estimável a ele do que se fosse educada: ele sentirá prazer em instruí-la." *Emílio*, de Rousseau.*

Devo me aliviar fazendo um desenho diferente.

Deixe a imaginação apresentar uma mulher com uma compreensão tolerável, pois eu não desejo deixar a linha da mediocridade, cuja constituição, fortalecida pelo exercício, permitiu que seu corpo adquirisse seu vigor total; sua mente, ao mesmo tempo, gradualmente se expandindo para compreender os deveres morais, e no que a virtude humana e dignidade consistem.

Formada, assim, pelo cumprimento dos deveres relativos à sua posição, ela se casa pela afeição, sem perder de vista a prudência e, olhando além da felicidade matrimonial, ela garante ao seu marido respeito antes que seja necessário empregar artes maliciosas para agradá-lo e alimentar uma chama prestes a se apagar, que a natureza amaldiçoou a expirar quando o objeto se torna familiar, quando a amizade e a condescendência tomam o lugar da afeição mais ardente. – Esta é a morte natural do amor, e a paz doméstica não é destruída por lutas para prevenir sua extinção. Eu também suponho que o marido seja virtuoso; ou ela irá precisar ainda mais de princípios independentes.

O destino, no entanto, solta suas amarras. – Ela é deixada viúva, talvez sem uma provisão suficiente; mas ela não está desolada! A pontada da natureza é sentida; mas depois de o tempo amolecer a tristeza, tornando-a resignação melancólica, o seu coração se volta para suas crianças com afeição redobrada, e [ela se torna] ansiosa em prover para elas. A afeição dá uma forma sagrada e heroica aos seus deveres maternais. Ela acredita que não apenas o olho [dele] vê seus esforços virtuosos de onde todo o seu conforto flui, e cujo consentimento é a vida; mas a sua imaginação, um pouco abstrata e exaltada pela tristeza, perde tempo com a esperança tola de que os olhos, que ela fechou com mãos trêmulas, podem ainda ver como ela reprime cada paixão geniosa para satisfazer a dupla tarefa de ser o pai assim como a mãe de seus filhos. Criada para o heroísmo pelos infortúnios, ela reprime o primeiro lânguido amanhecer de uma inclinação natural, antes que amadureça na forma de amor, e no decorrer da vida ela esquece seu sexo – esquece o prazer de uma paixão despertada, que poderia mais uma vez ter sido inspirada e retribuída. Ela não mais pensa em agradar, e a dignidade consciente a previne de se orgulhar dos elogios que sua conduta demanda. Suas crianças têm

---

"Eu devo me contentar em simplesmente perguntar, como a amizade pode subsistir, o amor, quando este expira, entre o mestre o seu pupilo?", *Emílio*, de Rousseau.

seu amor, e suas esperanças mais felizes estão além do túmulo, onde sua imaginação frequentemente divaga.

Eu acho que a vejo rodeada por suas crianças, colhendo as recompensas de seu cuidado. O olho inteligente se encontra com os dela, enquanto a saúde e a inocência sorriem nas suas bochechas rechonchudas; e, ao crescerem, os cuidados da vida são diminuídos pelo agradecimento da atenção recebida. Ela vive para ver as virtudes que se esforçou em plantar e fixar princípios e hábitos, para ver seus filhos adquirirem uma força de caráter suficiente para permitir a eles suportar a adversidade sem esquecer o exemplo de sua mãe.

Com o dever da vida cumprido, ela calmamente espera pelo sono da morte, levantando do túmulo, talvez diga: – Senhor, confiaste-me cinco talentos; eis aqui outros cinco talentos que ganhei.[111]

Eu desejo resumir o que acabei de dizer em poucas palavras, pois aqui eu desafio e nego a existência de virtudes sexuais, sem excetuar a modéstia. Pois o homem e a mulher, em verdade, se eu entendo o significado da palavra, devem ser iguais; embora o caráter feminino fantasioso, tão lindamente desenhado por poetas e romancistas, que demanda o sacrifício da verdade e sinceridade, torna a virtude uma ideia relativa, não tendo outro fundamento que a utilidade, e desta utilidade os homens arbitrariamente fingem julgar, moldando-a à sua própria conveniência.

As mulheres, eu aceito, podem ter diferentes deveres a cumprir; mas eles são deveres *humanos*, e os princípios que devem regular a execução deles, eu mantenho firmemente, devem ser os mesmos.

Para se tornar respeitável, o exercício de seu entendimento é necessário, não há outro fundamento para a independência de caráter; eu quero explicitamente dizer que elas devem apenas se curvar para a autoridade da razão, em vez de serem escravas *modestas* da opinião.

Nas posições superiores da vida quão raramente nos encontramos com um homem de habilidades superiores, ou até mesmo aptidões comuns? O motivo me parece claro, o estado em que nascem não é natural. O caráter humano sempre foi formado pelos empregos que os indivíduos ou classes buscam; e se as faculdades não são afiadas pela necessidade, elas devem permanecer obtusas. O argumento pode certamente ser

---

111 Ver Mateus, 25:14-30 sobre a parábola dos talentos.

estendido às mulheres; uma vez que, raramente ocupadas por negócios sérios, a busca por prazer dá esta insignificância ao seu caráter, tornando a sociedade dos *grandes* tão insípida. A mesma vontade de estabilidade, produzida por uma causa similar, força ambos [os sexos] a se jogarem a prazeres barulhentos e paixões artificiais, até que a vaidade tome lugar de todos os sentimentos sociais, e que as características da humanidade dificilmente possam ser discernidas. Tal é a aceitação dos governos civis, pela forma como são organizados atualmente, que a riqueza e a doçura feminina, igualmente, tendem a rebaixar a humanidade, e [ambas] são produzidas pela mesma causa; mas permitindo às mulheres serem criaturas racionais, elas deveriam ser incitadas a adquirir virtudes que elas possam chamar de suas, pois, como um ser racional pode ser enobrecido por qualquer coisa que não é obtida por seus *próprios* esforços?

*capítulo IV*

## OBSERVAÇÕES SOBRE O ESTADO DE DEGRADAÇÃO A QUE MULHERES SÃO REDUZIDAS E SUAS MUITAS CAUSAS

Que as mulheres são naturalmente fracas, ou degradadas por uma confluência de circunstâncias é, eu acredito, claro. Mas essa posição eu devo simplesmente contrastar com a conclusão que ouço com frequência sair da boca de homens sensatos que são a favor da aristocracia: que a massa da humanidade não pode ser coisa alguma, ou os escravos obsequiosos, [se] eles pacientemente permitem serem governados, sentindo sua própria consequência e desprezando suas correntes. Os homens de todos os lugares, observam ainda, submetem-se à opressão, quando precisam somente levantar suas cabeças e se livrar do jugo; porém, em vez de afirmarem seus direitos de nascimento, eles silenciosamente lambem a poeira[112] e dizem, comamos e bebamos, porque amanhã morreremos.[113] As mulheres, eu argumento por analogia, são degradadas pela mesma propensão a aproveitar o momento presente; e por fim desprezar a liberdade que elas não têm virtude suficiente para obter. Contudo, eu devo ser mais explícita.

A respeito da cultura do coração, é unanimemente aceito que sexo esteja fora da questão; mas a linha de subordinação nos poderes mentais

---

112 Referência ao versículo Salmo 72:9, "Seus inimigos beijarão o pó"; ou versículo Miqueias 7:17, "Lamberão o pó como serpentes".

113 Referência ao versículo I Coríntios 15:32, "...Se os mortos não são ressuscitados, comamos e bebamos, porque amanhã morreremos".

nunca deve ser ignorada.[114] Apenas "absoluta em amabilidade",[115] a porção de racionalidade reconhecida à mulher é, de fato, muito escassa; pois, negando sua genialidade e julgamento, é quase impossível adivinhar o que resta para caracterizar o intelecto.

O estame da imortalidade, se me permitirem o termo, é a perfectibilidade da razão humana; pois, fossem os homens criados perfeitamente, como se uma inundação de conhecimento fosse trazida para dentro dele [sic], quando chegasse à maturidade, este erro inevitável, eu duvido se sua existência seria continuada depois da dissolução do corpo. Contudo, no presente estado das coisas, toda a dificuldade em morais que escapa da discussão humana, e igualmente confunde a investigação do pensamento profundo, e o rápido brilho luminoso da genialidade, é o argumento sob o qual eu construo minha crença na imortalidade da alma. A razão é, consequentemente, o poder simples da melhoria; ou, mais apropriadamente falando, de discernir a verdade. Cada indivíduo é neste respeito, um mundo em si mesmo. Pode ser mais ou menos conspícuo em um ser do que no outro; mas a natureza da razão deve ser a mesma em todos, se é realmente uma emanação divina o elo que conecta a criatura com o Criador; pois, pode esta alma ser estampada com a imagem celestial, se não for aperfeiçoada pelo exercício de sua própria razão?[116] Contudo, direcionada à ornamentação com cuidados elaborados, e então adornada para o deleite dos homens, "que com lealdade ele irá amar",[117] à alma da mulher não é permitida ter esta distinção. E os homens, sempre colocados entre elas e a razão, faz com que sejam representadas como se fossem apenas criadas para enxergar por meios grosseiros, e para levar as coisas na base da confiança. Não obstante, dispensando estas teorias

---

114 Em quais inconsistências os homens caem quando argumentam sem o compasso de princípios [?] As mulheres, fracas mulheres, são comparadas a anjos; porém, uma ordem superior de seres supostamente possui mais intelecto que o homem; ou, em que sua superioridade consiste? Na mesma linha, para parar com o sarcasmo, elas são permitidas a terem mais bondade no coração, piedade e benevolência. – Eu duvido do fato, embora trazido à frente cortesmente, a menos que a ignorância seja permitida ser a mãe da devoção; pois eu estou firmemente persuadida de que, em média, a proporção entre virtude e conhecimento é mais proporcional do que usualmente reconhecido. (N.E.)

115 Referência ao trecho de *Paraíso Perdido* (1667), Canto VIII: "Quando dela me aproximo,/Tão amável a julgo, tão perfeita,/Tão ciente de si mesmo".

116 "Os brutos", diz Lorde Monboddo, "Permanecem em um estado cuja natureza os colocou, exceto no caso de seus instintos naturais melhorarem por meio da cultura que *nós* os concedemos."

117 Vide Milton.

fantasiosas, e considerando a mulher por inteiro, deixe ser o que será, em vez de ser uma parte do homem, a questão é se ela tem razão ou não. Se ela tiver, o que por um momento eu entenderei como certo, ela não foi criada meramente para ser o consolo do homem, e sexualidade não deve destruir o caráter humano.

Neste erro, os homens são, provavelmente, levados a ver a educação sob uma falsa luz; não a considerando como o primeiro passo para a formação de um ser que avança gradualmente em direção à perfeição;[118] mas apenas como uma preparação para a vida. Neste erro lascivo, pois eu devo chamá-lo assim, o falso sistema de maneiras femininas tem sido baseado, o que rouba toda a dignidade do sexo, e classifica Brown e Fair[119] como as sorridentes flores que adornam o solo. Esta sempre foi a língua dos homens, e o temor de se distanciar de um suposto caráter sexual tem feito inclusive mulheres de senso superior a adotar os mesmos sentimentos[120]. Assim, o entendimento, estritamente falando, tem

---

118 Esta palavra não é estritamente justa, mas eu não consigo achar uma melhor. (N.E.)

119 A escritora se refere a um mito Irlandês chamado *Fair, Brown and Trembling*, sobre a história de três irmãs. Brown e Fair, as irmãs mais velhas, tentam impedir que Trembling, a mais bela e mais nova, se case antes delas.

120 "O prazer é a porção do tipo inferior;
Mas a glória, a virtude e o Céu desenhado para o homem."
Depois de escrever estas linhas, como pôde a sra. Barbuld escrever a seguinte comparação ignóbil?
"*Para uma dama, com algumas flores pintadas.*
Flores às damas formosas: para você estas flores eu trago,
E me empenho em te cumprimentar com uma primavera prematura.
*Flores DOCES e alegres, e DELICADAS COMO VOCÊ;*
Emblema da inocência e da beleza também.
Com as flores as Graças prendem seus cabelos amarelos,
E grinaldas floridas são usadas por amantes que consentem.
*Flores, a única luxúria que a natureza conhecia,*
Que no jardim puro e inocente de Éden cresciam.
*A nobres formas tarefas mais duras são designadas;*
*O carvalho protetor resiste ao vento tempestuoso,*
*A forte madeira repele o inimigo invasivo;*
*E o pinheiro alto para futuras naves cresce;*
*Mas esta família meiga, de cuidados desconhecidos,*
*Nasceu para o prazer e o deleite SOMENTE.*
Alegre sem labutar, e amável sem arte,
Eles saltitam para COMEMORAR o senso e agradar o CORAÇÃO.
Nem corar, minha dama formosa, para pertencer você os copia;
O seu MELHOR, o seu mais DOCE império é – AGRADAR." (N.E.)
Então, os homens nos falam; mas virtude, diz a razão, deve ser adquirida pela dura labuta e lutas úteis com os cuidados mundiais. [Tradução livre, que não apresenta a musicalidade e

sido negado às mulheres; e o instinto, sublimado pelo juízo e esperteza, para os propósitos da vida, foi substituído em seu lugar.

O poder de generalização das ideias, da elaboração de conclusões compreensivas de observações individuais, é a única aquisição, para um ser imortal, que realmente merece o nome do conhecimento. Meramente observar, sem se esforçar para se responsabilizar por coisa alguma, pode (de uma maneira muito incompleta) servir como o senso comum da vida; mas, onde está o depósito que serve para vestir a alma quando deixa o corpo?

Este poder não apenas tem sido negado às mulheres, mas escritores têm insistido que é inconsistente, com algumas exceções, com o seu caráter sexual. Deixe os homens comprovarem isso, e eu aceito que a mulher apenas existe para o homem. Eu devo observar de antemão, que o poder de generalizar ideias,[121] em qualquer grande extensão, não é muito comum entre homens ou mulheres. Não obstante, este exercício é o cultivo verdadeiro do entendimento, e tudo conspira para tornar o cultivo do entendimento mais difícil no mundo feminino que no masculino.

Eu sou naturalmente levada por esta afirmação ao principal assunto do presente capítulo, e devo agora tentar apontar algumas das causas que degrada o sexo e previne as mulheres de generalizar as suas observações.

Eu não voltarei aos anais remotos da antiguidade para traçar a história da mulher; é suficiente reconhecer que ela sempre foi a escrava ou a déspota, e observar que cada uma dessas situações igualmente retarda o progresso da razão. A grande fonte da insensatez e do vício feminino sempre me pareceu ter sua origem na limitação e preconceito da mente; e a própria constituição dos governos civis tem colocado obstáculos quase insuperáveis no caminho para prevenir o cultivo do entendimento feminino: – entretanto, a virtude não pode ser construída sob outra fundação! Os mesmos obstáculos são jogados nos caminhos dos ricos, e as mesmas consequências são decorrentes.

---

ritmo do poema original, do livro *"Poems"* (1773) de Anna Laetitia Aikin, depois conhecida como Barbauld. Na primeira citação, retirada do poema *"To Mrs. P ---, with some drawings of birds and insects"*, Anna Barbauld se refere aos pássaros como inferior e ao homem de forma genérica. Segundo trecho é o poema *"To a LADY, With some painted FLOWERS"*. Todas as ênfases são da escritora. (N.T.)]

121 Ver John Locke, *Ensaio acerca do Entendimento Humano* (1689), livro II, capítulo XI: "Ter ideias gerais é o que distingue os homens dos brutos". Tradução livre.

CAPÍTULO IV | 87

A necessidade é proverbialmente denominada a mãe da invenção – o aforismo pode ser estendido à virtude. É uma conquista, e um tipo de aquisição cujo prazer deve ser sacrificado – e quem sacrifica o prazer quando está ao alcance? Aquele cujo intelecto não foi aberto e fortalecido pela adversidade, ou pela busca do conhecimento instigada pela necessidade? – Felizes são as pessoas que lutam com os cuidados da vida; pois estas lutas as previnem de se tornarem uma presa de vícios enfraquecedores, meramente por causa da preguiça! Contudo, se de seu nascimento os homens e mulheres fossem colocados em uma zona tórrida, com o sol meridiano do prazer irradiando acima deles, como podem satisfatoriamente seguir suas mentes desprovidas dos deveres da vida, ou então saborear as afeições que os levam para fora de si mesmos?

O prazer é o negócio da vida da mulher, de acordo com a presente modificação da sociedade, e, enquanto continuar sendo assim, pouco pode ser esperado de tais seres fracos. Herdando, em descendência direta do primeiro defeito considerável na natureza, a soberania da beleza, elas têm, para manter seu poder, resignado aos direitos naturais, mesmo se o exercício da razão possivelmente as tenha procurado, e escolheram a vida curta das rainhas em vez do labor para obter os prazeres sóbrios que se originam da igualdade. Exaltadas pela sua inferioridade (isso soa como uma contradição), elas constantemente demandam homenagens por serem mulher, a experiência devia tê-las ensinado que os homens que se orgulham delas com respeito arbitrário e insolente ao sexo, com a exatidão mais escrupulosa, são os que mais tendem a tiranizar, e a desprezar a própria fraqueza que eles tanto estimam. Frequentemente eles repetem os sentimentos do sr. Hume; quando compara o caráter francês e ateniense, ele alude às mulheres. "Contudo, o que é mais singular nesta nação excêntrica, eu digo aos atenienses, é que uma brincadeira sua durante o festival de saturno,[122] quando os escravos são servidos por seus mestres, e com seriedade continuada por eles durante o ano todo, e durante todo o curso de suas vidas; acompanhados também de algumas circunstâncias que aumentam ainda mais o absurdo e o ridículo. O seu passatempo apenas eleva por alguns dias aqueles cuja fortuna[123] jogou para baixo, e que ela também, com este passatempo, pode realmente

---

122 Antigo festival romano em honra a Saturno, deus da agricultura, que durava sete dias no solstício de inverno, período onde se subvertia a ordem social.

123 "Fortuna", nesta frase apresenta o sentido de "sorte", da mesma forma que no texto de Maquiavel, *O Príncipe*.

# 88 | REIVINDICAÇÃO DOS DIREITOS DAS MULHERES

se elevar para sempre acima de você. Contudo, esta nação seriamente exalta aqueles a quem a natureza subjugou a eles, e cuja inferioridade e enfermidades são absolutamente incuráveis. As mulheres, embora sem virtudes, são suas mestres e soberanas".[124]

Ah! Por que as mulheres, eu escrevo com solicitude afetiva, condescendem receber um grau de atenção e respeito de estranhos, diferente da reciprocidade da civilidade cujos ditames da humanidade e a polidez da civilização permitem entre os homens? E, por que elas não descobrem que, quando "ao meio-dia do poder da beleza",[125] são tratadas como rainhas apenas para serem iludidas pelo respeito vazio, até que elas sejam levadas a renunciar, ou a não assumir suas prerrogativas naturais? Confinadas então em gaiolas como a raça emplumada, elas não têm nada o que fazer a não ser se emplumar, e passear lentamente com ar majestoso de poleiro em poleiro. É verdade que elas são providas com alimento e vestuário, pelos quais elas não trabalharam nem teceram;[126] porém saúde, liberdade e virtude são dadas em troca. Não obstante, entre a humanidade, onde é achada força suficiente de intelecto para permitir um ser a renunciar estas prerrogativas adventícias; alguém que, elevando a razão (calma e digna) sobre a opinião, ousa ter orgulho dos privilégios herdados do homem? E esperar isto é em vão, enquanto o poder hereditário sufoca a afeição e queima de frio o botão de flor da razão.

Assim as paixões dos homens colocaram as mulheres em tronos, e, até que a humanidade se torne mais razoável, é para se ter medo, pois as mulheres se aproveitarão do poder que elas adquiriram com o mínimo de esforço, e que é o mais indisputável. Elas irão sorrir – sim, elas irão sorrir, apesar de ouvirem que –

> No império da beleza não há sentido
>
> E a mulher, escrava ou rainha,
>
> Será alvo de escárnio quando não adorada.[127]

---

124 Tradução livre, trecho retirado de *A Dialogue*, do livro *Essays and Treatises on Several Subjects* (1777), de David Hume.

125 Wollstonecraft usou a mesma frase em sua revisão de *Henrietta of Gerstenfeld* (1787, 1788), de Adam Beuvius, publicado no *Analytical Review*, 1 (Junho 1788), aparentemente parafraseando ii, p. 27: "a beleza de Henrietta obscurece a de sua mãe, tanto quanto os esplendorosos meridianos do sol ofuscam a luz da lua". Tradução livre.

126 Referência ao versículo Mateus 6:28, "E por que andais preocupados quanto ao que vestir? Observai como crescem os lírios do campo. Eles não trabalham nem tecem", e Lucas 12:23 e 27.

127 Tradução livre do trecho de *Song V*, II, p. 16-18, do livro *Poems* (1773), de Anna Barbauld.

Mas a adoração vem primeiro, e o escárnio não é antecipado.

Luís XIV,[128] em particular, difundiu maneiras fatídicas, e pegou, de forma plausível, a nação inteira em seu trabalho pesado; pois, estabelecendo uma corrente astuta de despotismo, ele tornou seu trabalho interesse de grande parte do povo, para respeitar sua posição e para apoiar seu poder individualmente. E das mulheres, que ele lisonjeava com uma atenção pueril ao sexo como um todo, obteve em seu reinado aquela distinção do tipo "príncipe" que é tão fatal para a virtude e para a razão.

Um rei é sempre um rei – e uma mulher sempre uma mulher:[129] a autoridade dele e o sexo dela sempre se colocam entre eles e conversas racionais. Com um amante, eu aceito, ela deve ser assim, e sua sensibilidade irá naturalmente levá-la a esforçar-se para estimular a emoção, não para satisfazer sua vaidade, mas seu coração. Isto eu não permito que seja coquetismo, é o impulso sincero da natureza, eu apenas exclamo contra o desejo sexual da conquista quando o coração está fora da questão.

Esse desejo não é restrito às mulheres; "Eu tenho me esforçado", diz lorde Chesterfield, "para ganhar os corações de vinte mulheres, pessoas a quem eu não daria nada de nada".[130] O libertino que, em uma erupção de paixão, se aproveita da ternura sem suspeitas, é um santo quando comparado com este cafajeste insensível; já que gosto de usar palavras significativas. No entanto, apenas ensinadas a agradar, as mulheres estão sempre atentas a isso, e com ardor verdadeiro e heroico se esforçam para ganhar corações meramente para renunciar ou rejeitá-los, quando a vitória é decidida e conspícua.

Eu devo proceder para as minúcias do assunto.

Eu lamento que as mulheres sejam sistematicamente degradadas por receberem atenções triviais, dadas por homens que elas acreditam serem másculos, quando, de fato, eles estão de forma insultante apoiando a sua própria superioridade. Não é condescendência reverenciar a um inferior. Tão cômicas, de fato, estas cerimônias me aparentam ser, que eu raramente sou capaz de governar meus músculos, quando eu vejo

---

128  Luís XIV (1638-1715), rei da França.

129  E a sabedoria é sempre uma sabedoria, deve ser adicionado; pois as bobagens em vão das sabedorias e das belezas, para obter atenção e fazer conquistas, são equivalentes. (N.E.)

130  Referência a trecho do livro *Letters to his Son* (1774), II, de Philip Dormer Stanhope, Conde de Chesterfield, "Minha vaidade me fez, com bastante frequência, sujeitar-me a grandes dores para fazer várias mulheres se apaixonarem por mim, mas se eu pudesse, por essas pessoas eu não daria nenhuma migalha". Tradução livre.

um homem, com avidez e séria solicitude, erguer um lenço ou fechar uma porta, quando a *dama* poderia ter feito ela mesma, se tivesse dado um passo ou dois.

Um desejo maluco acaba de fluir do meu coração para a minha cabeça, e eu não irei suprimi-lo, embora ele possa estimular uma gargalhada. – Eu desejo avidamente ver a distinção do sexo confundido na sociedade, a não ser onde o amor anime o comportamento. Pois esta distinção é, eu estou firmemente persuadida, a fundação da fraqueza do caráter imputado à mulher; é a causa da negligência do entendimento, enquanto objetivos são alcançados com cuidados diligentes: e a mesma causa é atribuída pela preferência da graciosidade às virtudes heroicas.

A humanidade, incluindo cada descrição, deseja ser amada e respeitada por *alguma coisa*; a ralé sempre escolherá o caminho mais curto para alcançar a completude de seus desejos. O respeito dado à riqueza e à beleza é o mais certo e inequívoco; e, é claro, sempre atrairá o olho vulgar da mente comum. Habilidade e virtudes absolutamente são necessárias para elevar o homem da sua posição mediana até que seja notado; e a consequência natural é notória, a posição mediana contém a maioria das virtude e das habilidades. Os homens têm, assim, em uma posição [da sociedade], ao menos a oportunidade de se mostrarem dignos e de se destacarem pelo esforço que realmente melhora a criatura racional; mas o sexo feminino está inteiramente, até o seu caráter ser formado, na mesma condição da dos ricos: pois nascem, eu agora me refiro a um estado de civilização, com certos privilégios do sexo, e enquanto estes são gratuitamente concebidos a eles, poucos irão alguma vez pensar em trabalhos supérfluos, para obter a estima de um pequeno número de pessoas superiores.

Quando ouvimos falar de mulheres que, saindo da obscuridade, clamam de forma ousada por respeito, motivadas por suas grandes habilidades ou virtudes desafiadoras? Onde elas podem ser encontradas? – "Serem observadas, serem servidas, serem percebidas com simpatia, complacência e aprovação, são todas as vantagens que buscam".[131] – Verdade! –, meus leitores masculinos provavelmente irão exclamar; mas deixe-os, antes que tirem qualquer conclusão, recordar que isso não foi originalmente

---

131 Tradução livre do trecho do livro *The Theory of Moral Sentiments* (baseada na edição 1790), I i III 2., p. 122, de Adam Smith. A frase citada termina: "São todas as vantagens que podemos propor para derivar a partir disso".

CAPÍTULO IV | 91

escrito como característica das mulheres, mas da classe rica. Na Teoria da Moral dos Sentimentos, do dr. Smith, eu encontrei um caráter geral das pessoas de posição e fortuna, que em minha opinião pode ser, com toda propriedade, aplicado ao sexo feminino. Eu me refiro, ao leitor sagaz, à comparação integral; mas deve ser permitida a citação de uma passagem para reforçar o argumento que pretendo insistir como o mais conclusivo contra o caráter sexual. Pois se, exceto guerreiros, nenhum grande homem, de qualquer denominação, em algum momento apareceu entre a nobreza, a não ser que possamos inferir que foi justamente sugado por sua situação local, o que produziu um caráter similar àquele da mulher, que está *colocada*, se me for permitida a palavra, pela posição em que está, por *cortesia*? As mulheres, comumente intituladas de Damas, não podem ser contrariadas na presença dos outros, não são permitidas a exercer qualquer força manual; e delas apenas virtudes negativas são esperadas, isso quando qualquer uma é esperada; paciência, docilidade, bom humor e flexibilidade, virtudes incompatíveis com qualquer esforço vigoroso do intelecto. Além disso, morando mais umas com as outras, e estando raríssimas vezes absolutamente sozinhas, elas estão mais sob a influência dos sentimentos do que da paixão. A solidão e a reflexão são necessárias para dar aos desejos a força das paixões, e para permitir a imaginação engrandecer o objeto, e torná-lo mais desejável. O mesmo pode ser dito dos ricos; eles não lidam suficientemente com ideias gerais, coletadas pelo pensamento desprovido de paixão ou pela investigação calma, para adquirir esta força de caráter cujas grandes soluções são construídas. Todavia, escute o que um observador apurado diz dos grandes.

"Os grandes parecem insensíveis ao baixo preço com que eles conseguem adquirir a admiração pública; ou aparentemente imaginam que, para eles, assim como para outros homens, deve ser a compra de suor ou de sangue? Por meio de quais realizações importantes o jovem nobre é instruído a apoiar a dignidade de sua posição, e de se tornar merecedor desta superioridade sobre seus concidadãos, superioridade esta originada na virtude dos ancestrais que lhes criaram? É por meio do conhecimento, da diligência, da paciência, da abnegação, ou da virtude de qualquer tipo? Como todas as suas palavras, todas as suas moções são atendidas, ele descobre uma relação habitual para todas as circunstâncias de comportamento comum, e estuda para exercer todas aquelas pequenas tarefas com o mais exato decoro. À medida que ele é consciente do quanto é observado, e do quanto a humanidade está a seu dispor para favorecer todas as suas inclinações, ele age, sobre as ocasiões mais indiferentes, com aquela liberdade e elevação que só o ato de pensar naturalmente inspira. Seu ar, suas maneiras, sua conduta, todos marcam aquele senso elegante e gracioso de sua própria superioridade, que aqueles nascidos em posição inferior dificilmente podem alcançar. Estas são as artes por meio das quais ele propõe tornar a humanidade submissa à sua autoridade, com mais facilidade, e para governar as inclinações destes indivíduos de acordo com seu próprio capricho: e nisto ele raramente é desapontado. Estas artes, apoiadas pela posição e preeminência, são, sob circunstâncias ordinárias, suficientes para governar o mundo. Luís XIV, durante grande parte de seu reinado, era visto, não apenas na França, mas em toda a Europa, como o mais perfeito modelo de um grande príncipe. Contudo, quais eram os talentos e virtudes por meio dos quais ele adquiriu essa grande reputação? Foi por meio da justiça escrupulosa e inflexível de todos os seus empreendimentos, por meio dos imensos perigos e dificuldades com os quais estes empreendimentos foram atendidos, ou foi pela sua dedicação incansável e impiedosa com a qual os perseguiu? Foi por meio de sua sabedoria extensa, por seu julgamento seletivo ou por seu valor heroico? Não foi por nenhuma destas qualidades. Contudo, ele foi, primeiro de tudo, o príncipe mais poderoso na Europa, e consequentemente era dele o posto mais alto entre os reis; e, então, diz este historiador,

> "Ele superou todos os seus cortesãos na graciosidade de seus moldes, e na beleza majestosa de sua feição. O som de sua voz, nobre e afetuosa, ganhou estes corações que sua presença intimidava. Ele tinha um passo e uma postura que só se encaixavam nele e em sua posição, e que se tornariam ridículos em qualquer outra pessoa. A vergonha que as pessoas sentiam quando falavam com ele, lisonjeava aquela satisfação secreta com a qual ele sentia sua superioridade".[132]

Com essas conquistas frívolas, baseadas em sua posição e, sem dúvida também, por um grau de outros talentos e virtudes, que parece, no entanto, não estarem muito acima da mediocridade, este príncipe estabeleceu na estima da sua própria idade, e conseguiu, até mesmo na posterioridade, um grande respeito por sua memória. Comparada com estas, em sua própria época e na sua própria presença, nenhuma outra

---

132 Tradução livre do trecho do livro de Voltaire *Siècle de Lewis XVI* (1751), ii. 24, p. 22-23, baseada na versão traduzida por Adam Smith.

virtude, aparentemente, pareceu ter qualquer mérito. Conhecimento, diligência, valor e beneficência, tremeram, foram envergonhados, e perderam toda a dignidade perante eles.[133]

Assim a mulher também "tão ciente de si mesma"[134] possuindo todas estas conquistas *frívolas*, muda a natureza das coisas.

> O que ela quer dizer ou fazer
>
> Parece o mais sábio, o mais virtuoso,
>
> o mais discreto, o melhor;
>
> Todo maior conhecimento em sua presença é excluído
>
> Degradado. A sabedoria no discurso com ela
>
> Perde reprovada, e como a Loucura, mostra;
>
> Autoridade e razão a esperam.

E tudo isso é construído na sua amabilidade.

Na porção intermediária da vida, para continuar a comparação, os homens, em sua juventude, são preparados para profissões, e o casamento não é considerado como a grande característica de suas vidas, enquanto as mulheres, ao contrário, não têm outro plano para estimular suas faculdades. Não são os negócios, ou planos extensivos ou qualquer voo de excursão da ambição que prende a atenção delas; não, seus pensamentos estão agora empregados em cultivar estas estruturas nobres. Para se elevar no mundo e ter liberdade de correr de prazer em prazer, elas têm de se casar com vantagem, e em prol deste objetivo seu tempo é sacrificado, e suas pessoas não raro são legalmente prostituídas.[135]Um homem quando embarca em qualquer profissão tem o seu olhar constantemente fixado em alguma vantagem futura (e a mente ganha grande força por ter todos os seus esforços direcionados a um só ponto), e cheio de seus negócios; o prazer é considerado um mero relaxamento, enquanto as mulheres buscam o prazer como o principal propósito de sua existência. Na verdade, da educação que recebem da sociedade, o amor pelo prazer, pode ser dito, governa a todas; mas isto prova que as almas têm sexo? Seria tão racional quanto declarar que os cortesãos

---

133  Tradução livre do trecho do livro *The Theory of Moral Sentiments* (baseada na edição 1790), I i III 2., p. 130-3, de Adam Smith. Wollstonecraft omitiu partes do trecho.

134  Refere-se a trecho de *Paraíso Perdido* (1667), Canto VIII.

135  "Prostituição legal" foi utilizado por Defoe em *Conjugal Lewdness; or, Matrimonial Whoredom* (1727).

na França, quando um sistema destrutivo de despotismo formou o seu caráter, não eram homens porque a liberdade, a virtude e a humanidade foram sacrificadas pelo prazer e vaidade. – Paixões fatais, que sempre dominaram sobre *toda* a raça!

O mesmo amor ao prazer, alimentado por toda tendência de sua educação, confere um viés leviano à conduta das mulheres na maioria das circunstâncias, por exemplo: elas estão sempre ansiosas com coisas secundárias; e atentas para aventuras, em vez de estarem ocupadas com seus deveres.

Um homem, quando realiza uma jornada, tem, em geral, um objetivo em vista. Uma mulher pensa mais nas ocorrências incidentes, nas coisas estranhas que possivelmente ocorrem na estrada; a impressão que ela pode causar em seus colegas viajantes; e, acima de tudo, ela ansiosamente se concentra no cuidado com os ornatos que carrega consigo, que mais do que nunca parte dela mesma, quando for tomar parte em um novo cenário; quando, para usar uma expressão francesa adequada, ela irá produzir uma sensação. – A dignidade da mente pode coexistir com tais cuidados tão triviais?

Em resumo, as mulheres, em geral, assim como os ricos de ambos os sexos, absorveram todas as insensatezes e vícios da civilização, e perderam o fruto útil. Não é necessário que eu estabeleça mais uma vez como premissa, que falo da condição do sexo como um todo, deixando exceções fora da questão. Seus sentidos são inflamados, e seus entendimentos negligenciados, consequentemente elas se tornam presas de seus sentidos, delicadamente chamado de sensibilidade, e são golpeadas por erupção de sentimentos passageiros. As mulheres civilizadas são, portanto, tão enfraquecidas pelo falso refinamento que, em relação à moral, a sua condição está bem abaixo do que seria se fossem deixadas em um estado mais próximo ao natural. Sempre inquieta e ansiosa, sua sensibilidade exercitada além da conta, não apenas as torna desconfortáveis consigo mesmas, mas incômodas, para usar um termo brando, para os outros. Todos os seus pensamentos giram em torno de coisas calculadas para excitar a emoção; e de sentimentos, quando deveriam raciocinar, sua conduta é instável e suas opiniões são oscilantes – não a oscilação produzida pela deliberação ou por pontos de vistas progressivos, mas por emoções contraditórias. Intermitentemente, elas se animam em várias buscas; contudo, esta animação, nunca é concentrada com perseverança, logo se exaure; exaurida por seu próprio calor ou trocada por outra paixão transitória, à qual a razão nunca concedeu nenhuma gravidade específica, seguida de neutralidade. Miseráveis, de fato, devem ser aqueles em que o cultivo da mente tende à inflamação das paixões! Uma distinção deve ser feita entre inflamar e fortalecer. A paixão, assim, mimada, enquanto o julgamento é deixado disforme, produz o que como resultado? – Sem dúvida, uma mistura de loucura e insensatez!

Esta observação não pode ser confinada ao sexo *íntegro;*[136] contudo, no presente, eu apenas me refiro a eles.

Romances, novelas, poesia e galantaria, todos tendem a tornar as mulheres criaturas das sensações, e seu caráter é, assim, formado nos moldes da insensatez durante o tempo em que estão adquirindo habilidades, o único melhoramento a que são estimuladas a alcançar, levando em consideração sua posição na sociedade. Esta sensibilidade superdimensionada naturalmente relaxa os outros poderes da mente e previne o intelecto de alcançar aquela soberania que deve se obter para tornar uma criatura racional útil para os outros, e se contentar com sua própria posição: pois o exercício do entendimento, à medida que a vida avança, é o único método apontado pela natureza para acalmar as paixões.

A saciedade tem um efeito muito diferente, e eu tenho sido violentamente atacada por uma descrição enfática de condenação: – quando o espírito é representado como se estivesse continuamente rodeando o corpo profanado com avidez abortiva, incapaz de aproveitar qualquer coisa sem os órgãos do sentido. Contudo, as mulheres são feitas escravas por meio de seus sentidos, porque é através da sensibilidade que elas obtêm poder no presente.

E os moralistas fingirão afirmar: esta é a condição que metade da raça humana deve ser encorajada a manter com indiferente inatividade e aquiescência estúpida? Instrutores gentis! Para que fomos criadas? Para permanecermos, pode ser dito, inocentes; eles querem dizer, em um estado infantil. – Melhor seria se nunca tivéssemos nascido, a menos que se fizesse necessário sermos criadas para permitir que o homem adquira o nobre privilégio da razão e o poder de discernir o bom do mau, enquanto nós dormimos na poeira de onde fomos tiradas, para nunca mais levantarmos.

---

136 No original: *fair*.

Seria uma tarefa sem fim traçar a variedade das maldades, cuidados e tristezas, nas quais as mulheres estão mergulhadas, pela opinião geral de que foram criadas para sentir em vez de raciocinar, e que todo o poder que elas obtêm deve ser obtido por seus charmes e fraquezas:

"Fina por defeito, e amavelmente fraca!"[137]

E, feita desta fraqueza amável, inteiramente dependente, exceto o que elas ganham influenciando ilicitamente os homens, não apenas por proteção, mas por sugestão, é surpreendente que, negligenciando os deveres que a razão sozinha aponta, e recuando diante de testes calculados para fortalecer suas mentes, elas apenas se esforçam para acobertar os seus defeitos de forma graciosa, o que pode servir para elevar seus charmes aos olhos da volúpia, embora as afunde abaixo da escala da excelência moral?

Frágeis em todos os sentidos da palavra, elas são obrigadas a esperarem dos homens cada conforto. Nos perigos mais levianos elas se agarram em busca de seu apoio, com tenacidade parasitária, piedosamente demandando socorro; e o seu protetor *natural* estende seu braço, ou aumenta o volume de sua voz, para defender sua medrosa amável – do quê? Talvez da cara feia de uma vaca velha, ou do pulo de um camundongo; pois um rato seria um perigo real. Em nome da razão, e até do senso comum, o que pode salvar tais seres do desprezo, mesmo sendo delicadas e formosas?

Estes medos, quando não afetados, podem produzir algumas atitudes bonitas; mas eles mostram um grau de imbecilidade que degrada uma criatura racional de uma forma que as mulheres não têm consciência – pois o amor e a estima são coisas bastante distintas.

Eu estou inteiramente persuadida de que não deveríamos ouvir nenhum desses comentários infantis, se as meninas fossem permitidas a fazer exercícios o suficiente, e não fossem confinadas em quartos fechados até que seus músculos relaxem, e até que seu poder de digestão fosse destruído. Para levar essa história mais a fundo, se o medo criado nas meninas, em vez de ser apreciado, talvez fosse tratado como covardia da mesma maneira que nos meninos, nós deveríamos rapidamente ver mulheres com aspectos mais dignos. É verdade, elas não poderiam, então, com igual propriedade, serem qualificadas como doces flores que

---

137 Tradução livre de trecho da carta de Alexander Pope, *An Epistle to a Lady: of the Character of Women* (1735), 1, p. 44: "Fina por defeito, e delicadamente fraca".

sorriem aos passos de um homem; mas seriam membros mais respeitados da sociedade, e cumpririam os importantes deveres da vida pela luz de sua própria razão. "Tomai o partido de as educardes como se fossem homens", diz Rousseau, "Quanto mais elas se quiserem parecer com eles, menos os governarão, e, nessa altura, é que eles serão verdadeiramente os senhores"[138]. Este é exatamente o ponto em que estou. Eu não desejo que elas tenham poder sobre os homens; mas sobre si mesmas.

Na mesma linha, eu tenho ouvido homens argumentarem contra a instrução dos pobres; pois muitas são as formas que a aristocracia assume. "Ensiná-los a ler e a escrever", eles dizem, "e você os tira da posição nomeada a eles pela natureza". Um francês eloquente os respondeu e eu pegarei emprestado seus sentimentos. Contudo, eles não sabem que, quando tornam um homem bruto, podem esperar vê-lo transformado em uma besta feroz a qualquer instante. Sem conhecimento não pode haver moralidade!

A ignorância é uma base fraca para a virtude! Entretanto, considerar isto a condição pela qual as mulheres foram arrumadas tem sido o argumento usado pelos autores que mais veementemente argumentaram a favor da superioridade dos homens, superioridade não em grau, mas em essência; mas, para flexibilizar o argumento, eles trabalharam duro para provar, com generosidade cavalheiresca, que os sexos não devem ser comparados; o homem foi feito para raciocinar, a mulher para sentir: e que juntos, carne e espírito, eles fazem um inteiro, perfeito, misturando felizmente a razão e a sensibilidade em um só caráter.

E o que é sensibilidade? "Rapidez de sensação; rapidez de percepção; delicadeza". Assim é definido pelo Dr. Johnson;[139] e a definição não me dá nenhuma outra ideia do que o instinto mais perfeitamente polido. Eu não percebo nenhum traço da imagem de Deus na sensação ou na matéria. Refinados setenta vezes sete,[140] eles ainda são matéria; o intelecto não habita lá, nem o fogo nunca fará, do chumbo, ouro.

---

138 *Emílio*, v. 2, Livro V, de Rousseau, p. 188: "Tomai o partido de as educardes como se fossem homens; eles consentirão nisso, de boa vontade. Quanto mais elas se quiserem parecer com eles, menos os governarão, e, nessa altura, é que eles serão verdadeiramente os senhores".

139 Definição do dicionário da lingua inglesa escrito por Samuel Johnson, em 1755. Um dos dicionários mais influentes da atualidade.

140 Ver Mateus 18:21-2.

Eu volto ao meu velho argumento; se for permitida à mulher uma alma imortal, ela deve ter, como função da vida, um entendimento a melhorar. E quando, para tornar o estado presente mais completo (embora cada coisa prove ser uma fração da imensa soma), ela é estimulada pela gratificação momentânea a esquecer seu grande destino, a natureza é contrariada, ou ela apenas nasceu para procriar e apodrecer. Ou, concedendo aos brutos, de todos os tipos, uma alma (mas não uma razoável), os exercícios do instinto e da sensibilidade podem ser o passo, que eles devem tomar, nessa vida, em direção à aquisição da razão para a próxima; assim, por toda a eternidade elas ficarão atrás dos homens, a quem, não sabemos o porquê, foi dado o poder de adquirir a razão em seu primeiro modo de existência.

Quando trato dos deveres específicos da mulher, assim como devo tratar dos deveres específicos de um cidadão ou pai, será identificado que não é minha intenção insinuar que elas devam ser tiradas de suas famílias, falando da maioria. "Aquele que tem mulher e filhos", diz lorde Bacon, "entregou reféns ao destino; é que eles são um obstáculo aos grandes empreendimentos, quer sejam virtuosos ou malformados. Certamente os melhores trabalhos, e aqueles de grande mérito para o público, procederam de homens não casados e sem filhos".[141] Eu digo o mesmo das mulheres. Contudo, o bem estar da sociedade não é construído sob esforços extraordinários; e, se fosse organizado de forma razoável, haveria ainda menos necessidade de grandes habilidades ou virtudes heroicas.

Na manutenção de uma família e na educação das crianças, entender, no sentido não sofisticado, é particularmente necessário: fortalece tanto o corpo quanto a mente; contudo, os homens que, por sua escrita, mais seriamente trabalharam para domesticar as mulheres, têm se esforçado, por meio de argumentos ditados por um grosso apetite, cuja saciedade as tornou melindrosas, para enfraquecer seus corpos e paralisar suas mentes. Todavia, mesmo por meio destes métodos sinistros, eles realmente *persuadiram* as mulheres, trabalhando os seus sentimentos, a ficar em casa e efetuar as tarefas de uma mãe e dona de casa de uma família. Eu devo cuidadosamente me opor a opiniões que levam as mulheres a endireitar sua conduta, fazendo prevalecer nelas a execução de tais importantes tarefas como o

---

141 Tradução livre de *Ensaios* (1625), "Sobre o casamento e a vida de solteiro", de Francis Bacon.

principal assunto da vida, mesmo que a razão seja ofendida. Ainda, e eu apelo à experiência, se negligenciando o entendimento elas seriam mais (não, mais que isso) separadas destas funções domésticas, do que elas poderiam ser por meio da mais séria busca intelectual, embora possa ser observado que a massa da humanidade nunca perseguirá vigorosamente um objeto intelectual,[142] devo me permitir inferir que a razão é absolutamente necessária para habilitar uma mulher a fazer qualquer tarefa apropriadamente, e eu devo novamente repetir que sensibilidade não é razão.

A comparação com os ricos ainda me vem à cabeça; pois, quando os homens negligenciam os deveres da humanidade, as mulheres irão seguir o seu exemplo; uma corrente comum os apressa, em conjunto, com celeridade irrefletida. Riquezas e honras previnem o homem de estender seu entendimento, e debilita todos os seus poderes por reverter a ordem da natureza, que sempre fez do prazer verdadeiro a recompensa do labor. O prazer – um prazer debilitador está, de forma semelhante, dentro do alcance das mulheres sem merecê-lo. Contudo, até que as posses hereditárias sejam espalhadas, como poderemos esperar que os homens tenham orgulho da virtude? E, até que assim seja, as mulheres se governarão pelos meios mais diretos, negligenciando suas tarefas domésticas enfadonhas para capturar o prazer que jaz levemente na asa do tempo.

"O poder da mulher", diz certo autor, "é a sua sensibilidade";[143] e os homens, não conscientes das consequências, fazem tudo o que podem para que este poder engula todos os outros. Aqueles que constantemente empregam sua sensibilidade terão mais: por exemplo, poetas, pintores e compositores.[144] Contudo, quando a sensibilidade é assim aumentada à custa da razão, e até mesmo da imaginação, por que os homens filosóficos reclamam de sua inconstância? A atenção sexual dos homens atua principalmente na sensibilidade feminina, e esta simpatia tem sido

---

142 A massa da humanidade é escrava de seus apetites, em vez de ser de sua paixão. (N.E.)

143 Ver discussão sobre a vergonha em *A father's legacy to his daughters* (1774), p. 27, de John Gregory. "Essa sensibilidade extrema que indica, pode ser uma fraqueza e estorvo no nosso sexo... mas no seu ela é especialmente cativante... A natureza a faz corar quando você não é culpada, e nos força a amar-te porque assim você o faz." Tradução livre.

144 Os homens dessas descrições despejam-na em suas composições para amalgamar a matéria--prima; e, moldando-as com paixão, dão ao corpo inerte uma alma; mas, na imaginação de uma mulher, o amor sozinho concentra estes raios de luz etéreos. (N.E.)

exercida desde sua juventude. Um marido não pode por muito tempo prestar esta atenção com a paixão necessária para estimular emoções vívidas; e o coração, acostumado a emoções vívidas, volta-se para um novo amante, ou definha secretamente, sendo a presa da virtude ou da prudência, quero dizer, quando o coração realmente se tornou suscetível e o gosto formado. Eu estou apta a concluir, a partir do que eu tenho visto na vida moderna, que a vaidade é nutrida com mais frequência que a sensibilidade pelo modo de educação, e o intercurso entre os sexos, o que eu tenho reprovado; e que a coqueteria, mais frequentemente procede da vaidade do que da inconstância, cuja sensibilidade reforçada naturalmente produz.

Outro argumento que tem bastante peso em mim deve, eu acho, ter alguma força em cada coração benevolente e que mostre consideração. As meninas que foram, portanto, educadas com uma educação fraca são frequentemente deixadas de forma cruel por seus pais, sem nenhuma provisão; e, é claro, são dependentes não apenas da razão, mas da generosidade de seus irmãos. Estes irmãos são, para analisar o lado mais justo da questão, bons tipos de homens, e dão como se fosse um favor, o que as crianças de mesmos pais teriam igual direito a ter. Nessa situação humilhante e equivocada, uma fêmea dócil pode ficar algum tempo com um grau de conforto tolerante. Contudo, quando o irmão se casa, uma circunstância provável, em vez de ser considerada a dona de casa da família, ela é vista com um olhar torto, como uma invasora, um encargo desnecessário à benevolência do mestre da casa e de sua nova parceira.

Quem pode recontar a miséria que muitas criaturas desafortunadas, com mentes e corpos igualmente fracos, sofrem em tais situações – incapazes de trabalhar e envergonhadas de implorar? A esposa, uma mulher de coração frio e estreiteza de mente – e esta não é uma suposição injusta, pois o modelo presente de educação não tende a engrandecer o coração mais do que o entendimento –, tem ciúme das pequenas gentilezas que seu marido mostra às suas relações; e sua sensibilidade que não desperta para a humanidade, causa descontentamento por ver que a propriedade de *suas* crianças é dissipada em uma irmã desamparada.

Estes fatos são inegavelmente verdadeiros, e aconteceram diante dos meus olhos repetidas vezes. A consequência é óbvia, a esposa recorre à astúcia para minar a afeição habitual, a que ela tem medo de se opor abertamente; e nem lágrimas ou carícias são poupadas até que a sentinela seja mandada para fora de sua casa, e jogada no mundo, despreparada para as dificuldades; ou mandada, por um grande esforço de generosidade, ou por alguma consideração pela propriedade, com um pequeno estipêndio, e uma mente não cultivada, para a solidão triste.

Estas duas mulheres [a esposa e a irmã] podem estar no mesmo nível, em relação à razão e à humanidade; e, mudando de situação, podem contracenar o mesmo papel egoísta; mas, se tivessem sido educadas diferentemente, o caso também seria bastante diferente. A esposa não teria tido esta sensibilidade, cujo centro é o seu próprio eu, e a razão a teria ensinado a não esperar nem ser lisonjeada pela afeição de seu marido, se isso o levasse a violar seus deveres anteriores. Ela desejaria não amá-lo meramente porque ele a ama, mas por conta de suas virtudes; e a irmã poderia ter sido capaz de lutar por si mesma, em vez de comer o amargo pão da dependência.

Eu estou, de fato, persuadida de que o coração, assim como o entendimento, é aberto pelo cultivo; e o que pode não aparentar claramente, pelo fortalecimento dos órgãos; não estou falando dos momentos transitórios de sensibilidade, mas de afeição. E, talvez, na educação de ambos os sexos, a tarefa mais difícil seja ajustar a instrução para que essa não estreite o entendimento, enquanto o coração é aquecido pelos sumos generosos da primavera; aumentados pela fermentação elétrica da estação; por não secar os sentimentos ao empregar a mente em investigações remotas da vida.

Em relação às mulheres, quando recebem uma educação cuidadosa, elas se tornam damas finas, cheias de sensibilidade, e fervilhando com ideias caprichosas; ou meramente mulheres notáveis. As últimas são frequentemente amigáveis, criaturas honestas, e têm um tipo perspicaz de bom senso em conjunto com uma prudência mundana, que muitas vezes as tornam membros mais úteis da sociedade do que a distinta senhora sentimental, apesar de não possuírem nem grandeza de intelecto, nem gosto. O mundo intelectual é fechado para elas; tire-as de suas famílias e de sua vizinhança e elas ficarão paralisadas; a mente não acharia uma função, pois a literatura proporciona um fundo de entretenimento que elas nunca buscaram saborear, e frequentemente a desprezaram. Os sentimentos e o gosto das mentes mais cultivadas aparentam ser ridículos, até naqueles em que as conexões do acaso e da família os levaram a amar; mas a mera familiaridade as faz pensar que tudo é dissimulação.

Um homem de bom senso apenas pode amar tal mulher por conta de seu sexo, e respeitá-la, porque ela é uma servente confiável. Ele a deixa, para preservar sua própria paz, repreender os serviçais, e ir à igreja vestindo roupas dos melhores tecidos. Um homem com o mesmo entendimento dela não concordaria, é provável, tão facilmente com ela; pois ele poderia desejar usurpar suas prerrogativas, e administrar algumas preocupações domésticas ele mesmo. Contudo, as mulheres, cujas mentes não são engrandecidas pelo cultivo, ou o egoísmo natural da sensibilidade estendido pela reflexão, são inaptas a administrar uma família; pois, por uma extensão de poder desmedida, elas estão sempre tiranizando a fim de apoiar a superioridade que apenas jaz na distinção arbitrária da fortuna. O mal é, às vezes, mais sério; e as domésticas são privadas da indulgência inocente, e postas a trabalhar além de sua força, para permitir a notável mulher manter uma mesa melhor, e se destacar entre suas vizinhas em refinação e pompa. Se ela cuida de seus filhos, é, em geral, para vesti-los de maneira onerosa – e, se esta atenção se origina da vaidade ou da afeição, é igualmente pernicioso.

Além disso, quantas mulheres desta descrição passam seus dias ou, ao menos, suas tardes, descontentes. Seus maridos reconhecem que são boas administradoras e esposas castas; mas deixam suas casas para buscar algo mais agradável – permitam-me usar uma palavra francesa significativa, uma sociedade *piquant* – ;[145] e a escrava [burro de carga] paciente, que cumpre suas tarefas, como um cavalo cego no moinho, é defraudada de sua justa recompensa; pois os salários devidos a ela são os mimos de seu marido, e as mulheres que têm tão poucos recursos em si mesmas não suportam pacientemente esta privação de um direito natural.

Uma senhora distinta, ao contrário, foi ensinada a olhar para baixo com desprezo os empregos vulgares da vida; apesar de ela apenas ser incitada a alcançar realizações que a elevam um grau acima do bom senso; pois até realizações corpóreas não podem ser alcançadas com qualquer grau de precisão, a não ser que o entendimento seja fortalecido pelo exercício. Sem uma fundação de princípios, o gosto é superficial, e a graça deve se originar de algo mais profundo do que a imitação. A imaginação, contudo, é aquecida, e os sentimentos tornados delicados, se não sofisticados; ou um contrapeso de julgamento

---

145 Picante.

não é adquirido, quando o coração ainda se mantém inexperiente, pois se torna muito tenro.

Estas mulheres são, em sua maioria, amáveis; e seus corações são realmente mais sensíveis à benevolência geral, mais vivas aos sentimentos que civilizam a vida, do que os das escravas ignorantes das famílias;[146] mas, querendo uma devida proporção de reflexão e de autogoverno, elas apenas inspiram amor; e são as amantes de seus maridos, enquanto elas têm algum controle sobre seus afetos e sob os amigos platônicos de seus conhecidos masculinos. Estes são os defeitos na natureza; as mulheres que aparentam ser criadas não para aproveitar o companheirismo do homem, mas para salvá-los de afundar na brutalidade absoluta, ao aparar as arestas de seu caráter, e por um galanteio brincalhão que dá alguma dignidade ao apetite que o puxa até elas. – Gracioso Criador de toda raça humana! Tenhas tu criado tal ser como a mulher, quem poderia acompanhar tua sabedoria em teu trabalho, e sentir que tu és sozinho por tua natureza exaltada acima dela, por nenhum propósito melhor? Ela deve acreditar que foi feita somente para se submeter ao homem, seu igual, um ser, que, como ela, foi mandado ao mundo para adquirir virtude? Ela deve consentir em se ocupar meramente para agradá-lo; meramente para adornar a terra, quando sua alma é capaz de se elevar até ti? E ela deve descansar indolentemente dependendo do homem pela razão, quando deveria com ele escalar o precipício árduo do conhecimento?

Contudo, se o amor é o bem supremo, deixem que as mulheres sejam apenas educadas a inspirá-lo, e deixem que cada charme seja polido para intoxicar os sentidos; mas, se são seres morais, deixem que elas tenham uma chance de se tornarem inteligentes, e deixem que o amor ao homem seja apenas uma parte da chama que brilha do amor universal, que, depois de circundar a humanidade, ascende como incenso de gratidão para Deus.

Para cumprir com todas as tarefas domésticas, muita determinação é necessária, e também um tipo sério de perseverança que requer um apoio mais firme do que o provido pelas emoções, independente de quão vivo e verdadeiro à natureza. Para dar um exemplo de ordem, à alma da virtude, alguma austeridade de comportamento deve ser adotada, dificilmente esperado de um ser que, desde sua infância, tem sido feito

---

146 No original: *squared-elbowed family drudge.*

com um maria-vai-com-as-outras de suas próprias sensações. Qualquer um que racionalmente pretende ser útil deve ter um plano de conduta; e, ao realizar as tarefas mais fáceis, somos frequentemente obrigadas a agir contrariamente ao impulso momentâneo de ternura e compaixão. A severidade é frequentemente a mais certa, assim como a mais sublime prova de afeto; e a vontade de ter este poder acima dos sentimentos, e acima daquela eminente e digna afeição, que faz uma pessoa preferir uma gratificação no presente ao bem futuro do objeto amado, é a razão do porquê tantas mães afetuosas mimarem seus filhos, e o que provocou a dúvida se a negligência ou indulgência são os mais danosos: mas eu estou inclinada a pensar que o último faz maior dano.

A humanidade parece concordar que as crianças deveriam ser deixadas sob a administração das mulheres, durante sua infância. Agora, de toda a observação que eu pude fazer, as mulheres sensíveis são as menos aptas para esta tarefa, porque elas invariavelmente serão levadas por seus sentimentos e, assim, mimam o temperamento da criança. A administração do temperamento, a primeira e mais importante parte da educação, requer o olho sóbrio e constante da razão; um plano de conduta equidistante da tirania e da indulgência: porém, estes são os extremos em que as pessoas de sensibilidade caem alternadamente; sempre atirando para além da marca. Eu tenho seguido esta linha de raciocínio mais profundamente, até que concluí que uma pessoa geniosa é a pessoa mais imprópria para ser empregada na educação, pública ou privada. As mentes destas raras espécies veem todas as coisas em magnitude e, raramente, se nunca, têm um bom temperamento.A alegria habitual, chamada bom humor, é talvez tão raramente unida com grandes poderes mentais, como é com fortes sentimentos. E aquelas pessoas que seguem, com interesse e admiração, o voo de um gênio, ou com uma aprovação mais fria sugando a instrução que foi elaboradamente preparada para elas pelo profundo pensador, não devem se enojar se elas acharem a primeira colérica e a última morosa; porque a vividez da fantasia e a compreensão tenaz da mente são pouco compatíveis com aquela urbanidade flexível que leva o homem, no mínimo, a se curvar às opiniões e preconceitos dos outros, em vez de confrontá-las duramente.

Contudo, tratando da educação ou das maneiras, as mentes de uma classe superior não devem ser consideradas, elas podem ser deixadas ao acaso; é a maioria, com habilidades moderadas, que chama por instrução e captura a cor da atmosfera que respira [sic]. Esta respeitável assembleia, eu discuto, de homens e mulheres, não deveria ter suas sensações elevadas na cama quente da indolência luxuosa, à custa de seu entendimento; pois, a menos que exista um lastro que equilibre o entendimento, eles nunca se tornarão nem virtuosos nem livres: uma aristocracia, fundada na propriedade, ou de muitos talentos, sempre vencerá os escravos dos sentimentos que alternam seus estados entre timidez e ferocidade.

Numerosos são os argumentos, para ter outra visão do assunto, apresentados com uma aparente base de razão, por ser supostamente deduzido da natureza, que os homens têm usado moralmente e fisicamente, para degradar o sexo. Eu devo apontar alguns.

O entendimento feminino tem sido frequentemente falado com desprezo, chegando mais cedo à maturidade do que o masculino. Eu não vou responder a este argumento aludindo às provas de uma razão precoce, assim como dos gênios, em Cowley, Milton e Pope,[147] mas apenas apelar à experiência para entender se os rapazes, que são prematuramente introduzidos à companhia (e atualmente exemplos existem em abundância), não adquiririam a mesma precocidade. Tão notório é o fato, que a pura menção disso deve trazer às pessoas (que se misturam no mundo) a ideia de homens como um conjunto de símios valentões, que possuem um entendimento estreitado por terem sido trazidos na sociedade dos homens quando deveriam estar girando um pião ou brincando de bambolê.

Também tem sido afirmado, por alguns naturalistas, que os homens não alcançam o seu crescimento e força inteiramente até os 30; mas que as mulheres chegam à maturidade aos 20.[148] Eu compreendo que eles raciocinam sob falsas bases, desviados pelo preconceito masculino, que determina que a beleza é a perfeição da mulher – a mera beleza dos traços e da aparência, da aceitação vulgar da palavra, enquanto a

---

147 Muitos outros nomes podem ser adicionados. (N.E.) Abraham Cowley (1618-67) produziu sua primeira coleção de poema, *Poetical Bossom*, em 1633, e alegou que um dos poemas foi escrito quando ele tinha somente 10 anos. John Milton (1608-74) escreveu versos em latim e inglês na sua juventude. Com 14 anos, Alexander Pope (1688-1744) escreveu o poema épico, *Alexander*, que ele jogou fora, mas o reescreveu em *An Epistle from Mr. Pope to Dr. Arbuthnot* (1734-35), ll, p. 127-8: "Até agora uma criança, nem por isso um tolo à fama/ balbucie os números, porque os números vieram". Tradução livre. (N.T.)

148 Ver Georges Buffon, *História Natural* (1780), ii, p. 436: "A mulher de 20 anos está perfeitamente formada assim como o homem aos 30". Tradução livre.

beleza masculina é permitida ter alguma conexão com a mente. A força do corpo e esta qualidade do semblante, que os franceses denominam de *physionomie*[149], não são adquiridas pelas mulheres antes dos 30, não mais que os homens. Os pequenos e inexperientes truques das crianças, é verdade, são particularmente agradáveis e atraentes; porém, quando a beleza fresca da juventude se esvai, estas inexperientes graças aparentam ser estudadas, e enojam todas as pessoas de gosto. No rosto das meninas apenas procuramos por vivacidade e modéstia tímida; mas acabadas as marés das luas novas e cheias da vida, nós procuramos por um senso mais sóbrio no rosto e por traços de paixão, em vez da ondulação dos espíritos dos animais; esperando ver individualidade no caráter, o único elemento que prende as afeições.[150] Quando então desejam conversar, e não acariciar; para dar escopo à nossa imaginação assim como às sensações do nosso coração.

Aos 20, a beleza de ambos os sexos é igual, mas o libertinismo do homem o leva a ser distinto, e as coquetes antiquadas compartilham geralmente da mesma opinião; pois, quando elas não podem mais inspirar amor, elas pagam pelo vigor e vivacidade da juventude. Os franceses que permitem mais intelecto em suas noções de beleza, dão preferência às mulheres de 30. O que eu quero dizer é que eles permitem às mulheres estar em seu mais perfeito estado, quando a vivacidade dá lugar à razão, e para essa majestosa seriedade de caráter, que marca a maturidade – ou o ponto de descanso. Na juventude, até os 20, o corpo grita; até os 30, os sólidos alcançam um grau de densidade; e os músculos flexíveis, crescendo diariamente mais rígidos, dão caráter ao semblante; ou seja, eles retratam as operações da mente com a caneta de ferro do destino, e nos dizem não apenas quais poderes estão contidos, mas como têm sido empregados.

É apropriado observar que os animais que chegam lentamente à maturidade são os que vivem mais tempo, e são das mais nobres espécies. Os homens não podem, portanto, clamar por qualquer superioridade originada da grandeza da longevidade, pois a este respeito a natureza não distinguiu o masculino.

---

149 Fisionomia.

150 A força de um afeto tem, geralmente, a mesma proporção do caráter da espécie do objeto amado, o que geralmente é perdido naquele do indivíduo. (N.E.)

CAPÍTULO IV | 107

A poligamia é outra degradação física; e um argumento plausível para um costume, que detona cada virtude doméstica, é retirado do fato bem comprovado que, em países onde é estabelecido, nascem mais mulheres do que homens. Isto aparenta ser uma indicação da natureza, e para a natureza, fornecendo especulações aparentemente razoáveis. Uma conclusão mais profunda também se apresenta: se a poligamia é necessária, a mulher deve ser inferior ao homem, e feita para ele.

A respeito da formação do feto no ventre, somos muito ignorantes; mas me parece provável que uma condição física acidental pode ser a responsável por este fenômeno, provando não ser uma lei da natureza. Eu tenho deparado com algumas observações importantes no "Considerações sobre as Ilhas do Oceano Sul", escrito por Forster,[151] que irão explicar o que pretendo. Depois de observar que, entre os dois sexos dos animais, aquele com a constituição mais vigorosa e quente sempre prevalece e reproduz a sua classe, ele adiciona:

> "Se isto fosse aplicado aos habitantes da África, é evidente que os homens lá, acostumados à poligamia, são debilitados pelo uso de tantas mulheres e, portanto, menos vigorosos; as mulheres, ao contrário, têm uma constituição mais quente, não apenas por conta de seus nervos mais irritadiços, da organização mais sensível, e imaginação mais vívida; mas, da mesma forma, porque são desprovidas em seu matrimônio da parcela de amor físico que, em uma condição monogâmica, seria inteiramente delas; e assim, pelos motivos acima, a maioria das crianças são nascidas fêmeas".[152]

> "Na maior parte da Europa, foi provado pelos registros mais precisos de mortalidade, que a proporção de homens e mulheres é quase igual, ou, se qualquer diferença é percebida, os nascidos masculinos são mais numerosos, na proporção de 105 a 100".[153]

A necessidade da poligamia, então, não aparece; porém quando um homem seduz uma mulher, eu acho que deveria ser chamado de

---

151 No original: *Forster's Account of the Isles of the South-Sea*. Sem tradução em português.

152 John Reinhold Forster, *Observation Made during a Voyage Round the World* (1778), p. 425-6. Tradução livre.

153 Trecho supostamente de Forster.

casamento *canhoto*[154] e os homens deveriam ser *legalmente* obrigados a manter sua mulher e seus filhos, a menos que haja adultério, um divórcio natural ab-rogado pela lei. E esta lei deveria permanecer em vigor até que a fraqueza das mulheres fizesse com que a palavra sedução fosse usada como desculpa de sua fragilidade e vontade de princípios; mais ainda, enquanto dependerem do homem para sua subsistência, em vez de merecê-la pelo empenho de suas próprias mãos e mentes. Mas estas mulheres não deveriam, no sentido integral da palavra relacionamento, serem chamadas de esposas, ou o próprio sentido de casamento seria subvertido, e todas as caridades afetuosas que derivam da fidelidade pessoal e dão santidade ao laço, quando nem o amor ou a amizade unem os corações, derreteriam em egoísmo. A mulher que é fiel ao pai de seus filhos demanda respeito e não deveria ser tratada como uma prostituta; apesar de eu prontamente admitir que, se for necessário para um homem e uma mulher viverem juntos para criarem sua prole, a natureza nunca pretendeu que o homem deva ter mais que uma esposa.

Ainda, por mais que eu respeite o casamento como a fundação de quase todas as virtudes sociais, eu não posso evitar o sentimento de mais vívida compaixão por aquelas fêmeas infelizes que foram excluídas da sociedade e, por um erro, arrancadas de todas aquelas afeições e relações que melhoram o coração e a mente. Frequentemente, nem mesmo merece o nome de erro, pois muitas meninas inocentes deixam-se enganar pela sinceridade, pelo coração afetuoso, e muitas mais são, como pode ser enfaticamente denominado, *estragadas* antes que saibam da diferença entre virtude e vício: – e assim, preparadas pela educação da infâmia, tornaram-se infames. Asilos e asilos de Madalenas[155] não são os remédios adequados para esses abusos. Justiça, e não caridade, que se quer no mundo.

Uma mulher que perdeu sua honra imagina que não pode cair mais fundo, e que recuperar sua situação anterior é impossível; nenhum empenho pode tirar esta mancha. Perdendo, então, cada estímulo, e não tendo nenhuma forma de apoio, a prostituição se torna seu único refúgio, e o caráter é rapidamente depravado por circunstâncias sob as

---

154 No original: *left-handed.*

155 Casas que visavam reabilitar as mulheres renegadas (mães solteiras, com caráter duvidoso, rebeldes, entre outras) de volta à sociedade. No início do século XX, as casas adquiriram um caráter mais punitivo e ficaram mais parecidas com prisões.

quais a pobre miserável tem pouco poder, a menos que ela possua uma porção incomum de senso e superioridade de espírito. A necessidade nunca faz a prostituição o negócio da vida dos homens; embora numerosas são as mulheres que são assim tornadas sistematicamente viciosas. Isto, no entanto, surge, em grande grau, do estado de preguiça em que as mulheres são educadas, que são sempre ensinadas a admirarem os homens procurando [assegurar sua] manutenção, e de considerar suas pessoas como o retorno apropriado para os seus empenhos ao suportá--las. Ares meretriciais, e toda a ciência do querer, têm então estímulos mais poderosos do que o apetite ou a vaidade; e essa observação dá força à opinião predominante, de que com a castidade todo o respeito à mulher está perdido. O caráter dela depende da observação de uma virtude, embora a única paixão fomentada em seu coração – seja o amor. Ainda mais, a honra de uma mulher não é nem feita para depender de sua própria vontade.

Quando Richardson[156] faz Clarissa dizer a Lovelace que ele roubou sua honra,[157] ele deve ter noções estranhas de honra e virtude. Pois, miserável para além de todos os nomes da miséria é a condição de um ser, que pode ser degradada sem o seu próprio consentimento. Este excesso de rigor eu tenho ouvido ser declarado como um erro salutar. Eu devo responder nas palavras de Leibnitz: "Erros são geralmente úteis; mas são comumente para remediar outros erros".[158]

A maioria dos males da vida se origina de um desejo de divertimento no presente que sobrepõe a si mesmo. A obediência requerida das mulheres na situação do casamento vem sob esta descrição; a mente, naturalmente enfraquecida pela dependência da autoridade, nunca exerce seus próprios poderes, e a esposa obediente é assim tornada uma mãe fraca e indolente. Ou, supondo que essa não seja sempre a consequência, um estado futuro de existência é raramente levado ao reconhecimento quando apenas virtudes negativas são cultivadas. Pois, em se tratando das moralidades, particularmente quando as mulheres são aludidas, os escritores têm, mais que frequentemente, considerado virtude em um

---

156 O Dr. Young sustenta a mesma opinião, em suas peças, quando fala do azar que brilhou na luz do dia. (N.E.) Referência ao trecho de Edward Young, *Burisis, King of Egypt* (1719), I i.: "Tão negra a história que é melhor evitar o dia". Tradução livre. (N.T.)

157 Samuel Richardson, em seu livro *Clarissa* (1747-8), verso 250.

158 Gottfried Wilhelm von Leibnitz, *Essais de Théodicée* (1710), prefácio. Tradução livre.

REIVINDICAÇÃO DOS DIREITOS DAS MULHERES

sentido bastante limitado, e tornado a sua fundação *unicamente* de utilidade mundial; mais que isso, uma base ainda mais frágil tem sido dada a esta estrutura estupenda, e os sentimentos caprichosos e flutuantes dos homens têm sido feitos da virtude padrão. Sim, a virtude, assim como a religião, tem sido sujeitada às decisões do gosto.

Isto quase provocaria um sorriso de desprezo, se os absurdos vãos do homem não nos atingisse de todos os lados, ao observar o quão ansiosos são os homens para degradar o sexo de quem eles pretendem receber o prazer superior da vida; e eu tenho frequentemente, com inteira convicção, replicado o sarcasmo de Pope sobre elas; ou para falar explicitamente, parece-me, aplicável a toda raça humana. Um amor pelo prazer ou domínio[159] parece dividir a humanidade, e o marido que ostenta isso em seu pequeno harém pensa apenas em seu prazer e conveniência. A tal ponto, de fato, [que] um amor intemperado pelo prazer leva alguns homens prudentes, ou os libertinos desgastados, que se casam para ter uma parceira segura na cama, a seduzirem suas próprias esposas. – Hymen bane a modéstia, e o amor casto se vai.

O amor, considerado como um apetite animal, não pode se alimentar dele mesmo sem expirar. E a extinção em sua própria chama, pode ser denominada a morte violenta do amor. Mas a esposa que se tornou assim licenciosa, provavelmente irá se esforçar para preencher o vazio deixado pela perda de atenção de seu marido; pois ela não pode ficar contente em se tornar meramente uma servente superior, depois de ter sido tratada como uma deusa. Ela ainda é bela, e, em vez de transferir sua ternura aos seus filhos, ela apenas sonha em aproveitar a alegria da vida. Além do mais, há vários maridos tão destituídos de senso e de afeto paternal que, durante a primeira afeição efervescente e voluptuosa, recusam-se a deixar que suas esposas amamentem seus filhos. Elas apenas estão para se vestir e viver para agradá-los: e o amor – mesmo o amor inocente – logo se afunda em lascívia, quando a execução de um dever é sacrificada em troca da indulgência.

O vínculo pessoal é uma fundação muito feliz para a amizade; embora, mesmo quando dois jovens virtuosos se casam, seria, talvez, feliz se algumas circunstâncias confirmassem sua paixão; se a recordação de

---

159 Alexander Pope, "*An Epistle to a Lady: of the Character of Women*" (1735), ll, p. 207-10: "Nos homens, nós encontramos várias paixões dominantes,/ nas mulheres, duas quase dividem o tipo;/Destes, apenas fixam, o primeiro ou último obedecem,/o amor pelo prazer, e o amor pelo domínio." Tradução livre.

alguma ligação anterior, ou um desapontamento afetuoso, acontecer a um dos lados, ao menos, o casal está fundado na estima. Neste caso, eles olhariam para além do momento presente, e tentariam tornar a vida inteira respeitável, formando um plano para regular a amizade cuja morte apenas deve dissolver.

A amizade é uma afeição séria; a mais sublime de todos os afetos, porque é fundada em princípios, e cimentada pelo tempo. O inverso pode ser dito do amor. Em grande medida, o amor e a amizade não podem subsistir no mesmo peito; mesmo quando inspirado por objetos diferentes, eles se enfraquecem e se destroem, e pelo mesmo objeto só podem ser sentidos em sucessão. Os medos em vão e a afeição ciumenta, os ventos que alimentam a chama do amor, quando judicialmente ou engenhosamente temperados, são ambos incompatíveis com a confidência tenra e o respeito sincero da amizade.

O amor, da forma como a caneta dourada dos gênios registrou, não existe na terra, ou apenas reside naqueles com imaginações fervorosas e exaltadas que esboçaram tais pinturas perigosas. Perigosas porque não apenas geram uma desculpa plausível ao voluptuoso, que distingue a sensualidade desviada sob um sentimento velado; mas porque espalham afetação e tiram a dignidade da virtude. A virtude, como a própria palavra significa, deve ter uma aparência de seriedade, se não de austeridade; e se esforçar para enganá-la com o traje de prazer, porque o epíteto tem sido usado como outro nome para a beleza, é exaltá-la em areia movediça; a maior tentativa insidiosa de acelerar a sua quebra por meio de um aparente respeito. A virtude e o prazer não são, de fato, tão estreitamente alinhados nesta vida como alguns escritores eloquentes[160] têm trabalhado para provar. O prazer prepara a coroa para o seu desaparecimento e a mistura na taça embriagante;[161] mas o fruto gerado pela virtude é a recompensa do trabalho pesado: e sendo vista enquanto amadurece, concede apenas satisfação calma; ainda mais se aparentar ser o resultado de uma tendência natural das coisas, [ela] é raramente observada. O pão, o alimento comum da vida, raramente pensado como uma bênção, suporta a constituição e preserva a saúde;

---

160 Ver *Emílio*, de Rousseau, v. 2, livro IV.

161 Referência ao versículo Isaías 28:1, "Ai daquela coroa situada nos altos de um vale fértil, orgulho dos bêbados de Efraim! Ai de sua magnífica beleza, que agora é como uma flor murcha. Ai dos que são dominados pelo vinho! ".

ainda sim, banquetes encantam o coração dos homens, apesar da doença e até da morte espreitarem no copo ou na iguaria que elevam os espíritos ou fazem cócegas no palato. Da mesma forma que a imaginação quente e vívida, para aplicar a comparação, desenha o retrato do amor, assim como desenha qualquer outro retrato, com as cores brilhantes, cuja mão desafiadora rouba do arco-íris que é direcionado pela mente, condenado em um mundo como este, a provar sua nobre origem pintando em busca da perfeição inatingível; sempre perseguindo o que se reconhece ser um sonho fugaz. Uma imaginação deste molde vigoroso pode dar existência a formas insubstanciais e estabilidade aos devaneios assombrosos cuja mente cai de modo natural quando as realidades são achadas monótonas. Pode então descrever o amor com charmes celestiais, e caducar no grande objeto ideal – pode imaginar um grau de afeição mútua que deveria refinar a alma, e não expirar quando [já] serviu como uma "medida para o divino";[162] e, como uma devoção, fazer absorver cada afeto e desejo maldoso. Nos braços um do outro, como em um templo, com o seu cume perdido nas nuvens, o mundo será calado, assim como cada pensamento e desejo que não alimentem uma afeição pura e virtude permanente. – Virtude permanente! Ai de mim! Rousseau, o respeitável visionário! Seu paraíso[163] logo seria violado pela entrada de alguma visita inesperada. Como o de Milton,[164] só conteria anjos, ou homens afundados abaixo da dignidade das criaturas racionais. A felicidade não é material, não pode ser vista ou sentida! Ainda sim a busca ansiosa desse bem, que cada um molda de acordo com sua própria fantasia, proclama ao homem o lorde de seu mundo inferior, e para ser uma criatura intelectual e não feita para receber, mas para alcançar a felicidade. Eles, então, que reclamam das desilusões da paixão, não se recordam que eles estão exclamando contra uma forte prova da imortalidade da alma.

Porém, deixando que as mentes superiores corrijam a si mesmas, e que paguem caro por sua experiência, é necessário observar que não é contra paixões fortes e perseverantes, mas contra sentimentos

---

162 Referência ao livro *Paraíso Perdido* (1667), Canto VIII, de John Milton: "No bom senso e razão tudo se firma;/Refina o juízo, o coração ilustra;/É caminho por onde erguer-te podes/ Ao prazer eternal do amor divino".

163 Não um paraíso de uma única alma, mas da unidade homem/mulher, que Rousseau considerava a mais alta unidade moral.

164 John Milton, autor de *Paraíso Perdido* (1667).

românticos oscilantes que eu desejo proteger o coração feminino por meio do exercício do entendimento: pois estes devaneios paradisíacos cada vez mais frequentes são devidos ao efeito da preguiça, em vez da imaginação vívida.

As mulheres tem raramente uma ocupação séria para silenciar seus sentimentos; um círculo de pequenos cuidados, ou buscas em vão que fragmentam toda a força da mente e dos órgãos, elas se tornam, então, naturalmente os únicos objetos do sentido. – Em resumo, toda a tendência da educação feminina (a educação da sociedade) direciona o melhor delas para a disposição romântica e a inconsistência; e o que restar, fútil e desprezível. No presente estado da sociedade este mal dificilmente pode ser remediado, eu temo, no mínimo grau; se uma ambição mais louvável ganhasse mais terreno, elas poderiam ser trazidas para mais perto da natureza e da razão, e tornarem-se mais virtuosas e úteis ao crescerem mais respeitavelmente.

Todavia, eu me aventurarei a afirmar que sua razão nunca adquirirá força suficiente para permiti-las regular sua conduta, enquanto "ter uma aparência" no mundo for o primeiro desejo da maioria da humanidade. Para este desejo fraco, as afeições naturais e a virtude mais útil de todas são sacrificadas. As meninas casam meramente para *melhorarem a si mesmas*, e para emprestar um termo vulgar e significativo, e ter tal poder perfeito sobre seus corações para não permitir se *apaixonarem* até que um homem com fortuna superior as peça. A este respeito eu pretendo me prolongar em um capítulo futuro; é apenas necessário deixar uma pista no presente, porque as mulheres são frequentemente degradadas por sofrerem a prudência egoísta da idade para resfriar o ardor da juventude.

Da mesma fonte flui a opinião de que as meninas devem dedicar grande parte de seu tempo ao trabalho de costura; contudo, este emprego encolhe suas faculdades mais do que qualquer outro que pudesse ter sido escolhido para elas, confinando seus pensamentos às suas pessoas. Os homens ordenam que suas roupas sejam feitas, e está resolvido o assunto; as mulheres fazem suas próprias roupas, necessárias ou ornamentais, e continuamente falam delas; e seus pensamentos guiam suas mãos. Não é, de fato, a feitura do necessário que enfraquece a mente; mas a roupagem vistosa, barata e de mau gosto. Pois, quando uma mulher em uma posição inferior na vida confecciona as roupas de seu marido e filhos, ela cumpre a sua tarefa, esta é a sua parte nos negócios da família; porém, quando as mulheres trabalham apenas para se vestir melhor do que conseguiriam pagar, é pior do que a completa perda de tempo. Para tornar os pobres virtuosos eles devem ser empregados, e as mulheres no estágio intermediário da vida, que não imitaram a moda da nobreza e não alcançaram o seu conforto, poderiam empregá-los, enquanto elas mesmas administram suas famílias, instruem seus filhos e exercitam suas próprias mentes. Jardinagem, filosofia experimental e literatura seriam assuntos que as permitiriam pensar e conversar, que em algum grau exercitariam seus entendimentos. A conversa das mulheres francesas, que não são tão rigidamente amarradas às suas cadeiras para dobrar lapelas, fazer laços, é frequentemente superficial; contudo, eu argumento, não é nem metade tão insípido como as conversas das mulheres inglesas que gastam o seu tempo fazendo quepes, bonés e todos os enfeites de mau gosto, para não mencionar o ato de fazer compras, a procura por barganhas etc.; e são as mulheres decentes e prudentes as mais degradadas por estas práticas; pois o seu motivo é simplesmente a vaidade. O libertino, que exercita seu gosto para tornar sua paixão atraente, tem algo a mais em vista.

Estas observações todas se originam de uma mais geral, que eu fiz anteriormente, e que não pode ser suficientemente frisada, pois, falando dos homens, mulheres ou profissões, será descoberto que o emprego dos pensamentos molda o caráter tanto geral quanto individual. Os pensamentos das mulheres sempre pairam em torno de si mesmas, e é surpreendente que suas pessoas sejam reconhecidas como as mais valiosas? Contudo, algum grau de liberdade da mente é necessário até para formar a pessoa; e esta pode ser uma razão do porquê algumas esposas gentis têm tão pouca atração além daquela do sexo. Adicionado a isso, empregos sedentários tornam a maioria das mulheres doentes – e falsas noções da excelência feminina as fazem orgulhosas desta delicadeza, embora seja outro grilhão que, chamando a atenção continuamente para o corpo, causa cãibras na atividade da mente.

As mulheres de qualidade raramente fazem qualquer parte manual de seus vestidos, consequentemente, apenas o seu gosto é exercido, e elas conquistam, pensando menos na fineza, quando os negócios de seu vestuário acabam, o bem-estar, que raramente aparece na conduta das mulheres, que se vestem meramente pelo amor de se vestir. De fato, a observação com respeito à posição intermediária, esta em que os talentos florescem melhor, não se estende às mulheres; pois aquelas de classe superior, por terem absorvido, ao mínimo, um conhecimento superficial de literatura, e conversando mais com os homens sobre assuntos gerais, adquirem mais conhecimento do que as mulheres que imitam sua moda e seus erros, sem compartilhar suas vantagens. A respeito das virtudes, para usar a palavra no sentido mais amplo, eu tenho visto mais na vida inferior. Muitas mulheres pobres mantêm seus filhos por meio do suor de sua fronte, e mantêm famílias juntas em que os vícios dos pais teriam se espalhado para fora de casa; mas as damas são muito indolentes para serem ativas e virtuosas, e são abrandadas em vez de refinadas pela civilização. De fato, o bom senso que me veio, entre as mulheres pobres que tiveram poucas vantagens de educação, e ainda assim agiram heroicamente, fortemente confirmam a minha opinião que trabalhos levianos têm tornado as mulheres levianas. O homem, tomando o seu corpo,[165] deixa a mente a enferrujar; portanto, enquanto o amor físico enfraquecer o homem, sendo ele sua recreação favorita, o homem se esforçará para escravizar a mulher: – e quem pode dizer quantas gerações serão necessárias para dar vigor à virtude e aos talentos da posterioridade liberta de escravos abjetos?[166]

Traçando as causas que, em minha opinião, têm degradado as mulheres, eu confinei minhas observações para tais atos universais sob as morais e as maneiras do sexo como um todo, e para mim parece ser claro que todas nascem de uma vontade de entendimento. Se isto se origina de uma fraqueza física ou acidental das faculdades, somente o tempo pode determinar; pois eu não devo dar muita ênfase ao exemplo de algumas mulheres[167] que, tendo recebido uma educação masculina, adquiriram

---

165 "Eu tomo o corpo dela," diz Ranger. (N.E.) Referência à peça, *The Suspicious Husband* (1747) I.i: Ranger era um libertino, de acordo com William Congreve, em *Poems upon Several Occasions, Works* (1710), iii, p. 193, *Songs*: "Você pensa que ela é falsa, tenho certeza que ela é gentil/ eu tomo seu corpo, você sua mente;/Quem tem a melhor barganha?" Tradução livre. (N.T.)

166 "Supondo que as mulheres sejam escravas voluntárias – a escravidão de qualquer tipo é desfavorável para a felicidade e o melhoramento humano." Ensaios de Knox. (N.E.) Vicesimus Knox, *Essays, Moral and Literacy* (1782), i.5, p. 21. Tradução livre. (N.T.)

167 Safo, Heloisa, Senhora Macaulay, a Imperatriz da Rússia, Madame d´Eon etc. Estas, e muitas mais, podem ser reconhecidas como exceções; e não são todos heróis, assim como heroínas, exceções à regra geral? Eu desejo ver as mulheres nem como heroínas nem brutas; mas criaturas razoáveis. (N.E.) Safo (século 6-7 a.C.), poetisa grega, encabeçou uma escola de poesia

coragem e determinação; eu apenas argumento que os homens, colocados em situações similares, adquiriram um caráter similar – eu falo de corpos de homens, gênios e homens de talento que se iniciaram num sala de aula, na qual mulheres nunca ainda foram colocadas.

---

na cidade de Lesbos. Heloisa (1101-64), francesa de família nobre, casada secretamente com Peter Abelard, intelectual de classe inferior, que foi castrado pelo tio e guardião de Heloisa, ao descobrir relação. As cartas trocadas entre o casal mostra grande força de carácter e devoção abnegada. A história do casal inspirou Alexander Pope, *Eloisa para Abelard, Works* (1717). Catherine Macaulay (1731-91), historiadora liberal e polêmica. Catherine, A Grande (1729-96), depôs seu marido em 1762 para se tornar imperadora da Rússia. Charles de Beaumont, conhecido por Madame d'Eon (1728-1810), agente secreto francês que se disfarçou de mulher. Seu sexo só foi descoberto em sua morte. (N.T.)

*capítulo V*

# CRÍTICAS A ALGUNS ESCRITORES QUE TORNARAM AS MULHERES OBJETOS DE PIEDADE, BEIRANDO O DESPREZO

As opiniões apoiadas de forma enganosa em algumas publicações modernas sobre o caráter e a educação feminina, que têm ditado o tom da maioria das observações feitas, de forma bastante superficial, sobre o sexo, serão examinadas agora.

### Seção I

Eu devo começar com Rousseau, e dar um esboço da sua caracterização da mulher, em suas próprias palavras, intercalando comentários e reflexões. Meus comentários, é verdade, originar-se-ão de alguns princípios simples, e poderão ser deduzidos do que já foi dito; mas a estrutura artificial foi construída com tanta ingenuidade, que parece necessário atacá-la de forma mais circunstancial e fazer a aplicação eu mesma.

Sofia, diz Rousseau, deveria ser uma mulher tão perfeita quanto Emílio é um homem, e para assim torná-la, é necessário examinar o caráter que a natureza deu ao sexo.[168]

Ele então prossegue para provar que a mulher deve ser fraca e passiva, porque ela tem menos força corporal que os homens; e, portanto, infere que ela foi formada para agradar e se sujeitar a ele; e este é o seu dever para tornar-se *agradável* ao seu mestre – sendo este o grande fim de sua existência.[169] Porém, para dar um pouco de dignidade falsa

---

168  *Emílio*, v. 2, Livro V, p. 182, de Rousseau.

169  Já inseri esta passagem, p. 117. (N.E.) Na tradução, passagem se encontra na Nota 104. (N.T.)

ao luxo, ele insiste que o homem não deveria exercer sua força, mas depender da vontade da mulher, quando fosse buscar ter prazer com ela.

> "Portanto, nós deduzimos uma terceira consequência das diferentes constituições dos sexos, que é: o mais forte deveria ser o mestre em aparência, e ser dependente de fato do mais fraco; e isso não por qualquer prática frívola de galanteria ou vaidade de um regente, mas por uma lei invariável da natureza, que, suprindo a mulher com mais facilidade de excitar seus próprios desejos, mais do que ela satisfaz os dos homens, faz do último dependente do bom prazer da primeira, e o compele a se empenhar a agradá-la em troca, para a *finalidade de obter o consenso de que ele deve ser o mais forte*[170]. Nestas ocasiões, a circunstância mais encantadora em que o homem encontra a sua vitória é a dúvida se foi a fraqueza da mulher que produziu sua força superior, ou se suas inclinações falaram em seu favor: as fêmeas são também e geralmente astutas o suficiente para deixar esta questão na dúvida. O entendimento das mulheres condiz, a este respeito, perfeitamente com a sua constituição: longe de ter vergonha de sua fraqueza, elas se glorificam nela; seus músculos tenros não causam resistência; eles aparentam ser incapazes de levantar o menor peso, e seus rostos ficariam corados para que se pensasse serem robustas e fortes. Qual é o propósito de tudo isso? Não meramente pela finalidade de aparentar delicada, mas por meio de uma precaução enganosa: é assim que elas providenciam uma desculpa antes de tudo, e o direito de serem frágeis quando acham ser conveniente."[171]

Eu citei esta passagem para que meus leitores não suspeitem que eu deturpei a razão do autor com o intuito de meus próprios argumentos. Eu já afirmei anteriormente que, na educação das mulheres, estes princípios fundamentais levam a um sistema de astúcia e lascívia.

Supondo que a mulher tenha sido formada apenas para agradar e ser sujeita ao homem, a conclusão é justa, ela deveria sacrificar todas as outras considerações para tornar-se agradável a ele: e deixar este desejo bruto de autopreservação ser a grande origem de todas as suas ações, quando

---

170 Que sem noção! (N.E.)

171 *Emilio*, v. 2, Livro V, p. 184, de Rousseau. Ênfase da escritora.

provado ser a cama do destino feita de ferro,[172] ajustando seu caráter caso este precise ser esticado ou contraído, desconsiderando toda a distinção moral e física. Contudo, se, como eu penso, possam ser demonstrados os propósitos, até desta vida, com uma visão no geral, sendo subvertidos por regras práticas construídas sob esta base ignóbil, eu posso ser permitida duvidar se a mulher foi criada para o homem: e, apesar do choro da irreligião, ou até mesmo do ateísmo, possam ser levantados contra mim, eu simplesmente declararei que, se um anjo do céu me dissesse que a bela e poética cosmogonia de Moisés e as causas da queda do homem[173] fossem literalmente verdadeiras, eu não poderia acreditar que o que a minha razão me disse era derrogativo ao caráter do Ser Supremo: e, não tendo medo do demônio diante dos meus olhos, eu me aventuro a chamar esta uma sugestão da razão, em vez de pousar a minha fraqueza nos ombros largos do primeiro sedutor de meu sexo frágil.

> "Sendo isso demonstrado," continua Rousseau, "que o homem e a mulher não são, ou não deveriam ser, constituídos semelhantemente em temperamento e caráter, segue, é claro, que eles não deveriam ser educados da mesma maneira. Perseguindo as direções da natureza, eles deveriam, de fato, agir de acordo, mas não deveriam ser engajados nos mesmos trabalhos: o fim de suas buscas deve ser o mesmo, mas os meios que devem empregar para alcançá-los e em consequência de seus gostos e inclinações, devem ser diferentes."

> ...............................................................................................................

> "Se eu considero a destinação peculiar do sexo, observe suas inclinações, ou percebam seus deveres, todas as coisas igualmente concordam em apontar o método peculiar de educação melhor adaptado a eles. A mulher e o homem foram feitos um para o outro, mas a sua dependência mútua não é a mesma. Os homens dependem das mulheres apenas por conta de seus desejos; as mulheres dos homens tanto por causa de seus desejos e suas necessidades: nós poderíamos sobreviver melhor sem elas do que elas sem nós."

> ...............................................................................................................

---

172  Referência ao mito grego de Procrustes.

173  Referência a Gênesis 3.

"Por esta razão, a educação das mulheres deve ser sempre relativa ao homem. Para agradar, ser útil, nos fazer amar e estimá-las, para nos educar quando jovens e nos cuidar quando crescidos, para aconselhar, consolar, tornar nossas vidas mais fácil e agradável: estes são os deveres das mulheres em todos os momentos e o que deve ser ensinado na sua infância. Enquanto falhamos em recorrer a este princípio, nós estamos longe de acertar a mira, e todos os preceitos que são dados a elas não contribuem nem para a sua felicidade nem para a nossa própria."

......................................................................

"As meninas, desde sua infância mais precoce, são afeiçoadas à aparência. Não contentes em serem bonitas, elas desejam ser pensadas como tal; nós vemos, por todos os seus pequenos ares, que este pensamento envolve a sua atenção; e elas são dificilmente capazes de entender o que é dito a elas, antes que sejam governadas a questionar o que as pessoas pensariam de seu comportamento. O mesmo motivo, portanto, tornou-se indiscretamente útil para os meninos, mas não tem o mesmo efeito: contanto que sejam permitidos buscar seus divertimentos no prazer, eles pouco se importam com o que as pessoas pensam deles. Tempo e dor são necessários para sujeitar os meninos a este motivo.

Não importa de onde as meninas derivem esta primeira lição, mas é uma muito boa. Quando o corpo é nascido, de uma maneira, antes da alma, a nossa primeira preocupação deveria ser o cultivo da anterior; esta ordem é comum em ambos os sexos, mas o objeto deste cultivo é diferente. Em um sexo é o desenvolvimento de poderes corporais; no outro aqueles dos charmes pessoais: não que a qualidade da força ou a beleza devam ser confirmadas exclusivamente em um sexo; mas apenas que a ordem do cultivo de ambos, a este respeito, é reversa. A mulheres certamente requerem a força suficiente para permiti-las a se mover e agir graciosamente, e os homens, a atitude suficiente para qualificá-los em um agir sossegado."

......................................................................

"As crianças de ambos os sexos têm muitas diversões em comum; e assim elas devem tê-las; e quando crescem também não têm a mesma quantidade? Cada sexo também tem seu gosto peculiar para distinguir neste particular. Os meninos adoram os esportes de barulho e de atividade; para tocar a bateria, para rodar seus piões, e carregar os seus pequenos carrinhos: as meninas, por outro lado, são mais afeiçoadas das coisas de exibição e ornamento; assim como espelhos, bijuterias e bonecas: a boneca é o divertimento peculiar das fêmeas; de onde vemos seu gosto plenamente adaptado ao seu destino. A parte física da arte de agradar jaz na aparência; e isso é tudo que as crianças são capazes de cultivar desta arte."

"Aqui então nós vemos uma propensão primária, firmemente estabelecida, que devemos apenas buscar e regular. A pequena criatura irá, sem dúvida, desejar saber como vestir a sua boneca, fazer laços nas mangas, babados, penteados etc., ela é tão obrigada a recorrer às outras pessoas sobre ela, ter a assistência deles sobre os artigos, que seria mais agradável para ela ser a dona de tudo para sua própria indústria. Portanto, temos uma boa razão para que as primeiras lições que são geralmente ensinadas a estas jovens seja, não o estabelecimento de um dever a elas, mas uma obrigação, instruindo-as no que é imediatamente útil para si mesmas. E, de fato, quase todas aprendem, com relutância, a ler e a escrever; mas muito prontamente se esforçam para o uso de suas agulhas. Elas se imaginam já adultas e pensam com prazer que tais qualificações as capacitará a se decorarem". [174]

Esta é certamente apenas uma educação do corpo; mas Rousseau não é o único homem que tem dito indiretamente que a mera pessoa de uma *jovem* mulher, sem nenhum intelecto, a menos que espíritos animais tenham esta descrição, é bastante agradável. Para torná-las fracas, e o que alguns podem chamar de belo, o entendimento é negligenciado, e as meninas forçadas a se sentarem imóveis, brincarem com bonecas e escutarem a conversas tolas – insiste-se no efeito do hábito como se

---

174 *Emílio*, v. 2, Livro V, de Rousseau, p. 188, 189, 190, 190-1; 192-3; 193, respectivamente.

fosse uma indicação indubitável da natureza. Eu sei que era a opinião de Rousseau que os primeiros anos de juventude deveriam ser empregados para formar o corpo,[175] embora na educação de *Emílio* ele se desvie deste plano; porém, a diferença entre o fortalecimento do corpo, que da força da mente em grande medida depende, e dar-lhe somente movimentos fáceis, é muito grande.

As observações de Rousseau, é apropriado notar, foram feitas em um país onde a arte de agradar foi refinada apenas para extrair o grosso do vício. Ele não voltou à natureza, ou o seu apetite dominante atrapalhou as operações da razão, do contrário, ele não teria chegado a estas inferências cruas.

Na França, meninos e meninas, particularmente as últimas, são somente educadas para agradar, para administrarem a si mesmas e para regular seu comportamento exterior, e suas mentes são corrompidas, em uma idade prematura, pelas precauções mundanas e piedosas que recebem para protegê-las contra a imodéstia. Eu falo de tempos passados. As próprias confissões que simples crianças foram obrigadas a fazer, e as perguntas feitas pelos homens sagrados, eu afirmo que estes fatos sob boa autoridade, foram suficientes para imprimir um caráter sexual; e a educação da sociedade era a escola de coqueteria e arte. Com a idade de dez ou onze, não, muitas vezes mais cedo, as meninas começavam a coquetear e falavam, sem censura, sobre se estabelecerem no mundo pelo casamento.

Em resumo, elas foram tratadas como mulheres, quase desde seu nascimento, e elogios foram escutados em vez de instruções. Em relação a estes, enfraquecendo a mente, a Natureza deveria ter agido como uma madrasta, quando ela formou esta opinião da criação.

Não as permitindo o entendimento, portanto, era mais que consistente sujeitá-las à autoridade independente da razão; e, para prepará-las para esta sujeição, ele dá o seguinte conselho:

> "As meninas devem ser ativas e diligentes; isto não é tudo,
> elas devem também ser sujeitas a restrição antecipadamente.

---

175 Mais precisamente, Rousseau quer que, durante a infância, *Emílio* esteja dedicado à educação do sentido (Ibid, v. 1, livro II, p. 154); a criança deve ser incentivada a desenhar, cantar, e ser articulada. Habilidade intelectual, em particular, serão absorvidas no processo (p. 114): "Tenho quase a certeza de que *Emílio* saberá ler e escrever perfeitamente antes de chegar aos 10 anos, precisamente porque pouco me preocupa que ele só venha a saber fazê-lo quando tiver 15".

Esta infelicidade, se realmente for uma, é inseparável do sexo delas, elas nunca jogam isso fora a não ser para sofrer mais males cruéis. Elas devem ser sujeitadas, as suas vidas inteiras, à restrição mais constante e severa, que é a da decência: é, portanto, necessário acostumá-las desde cedo para tal confinamento, o que depois pode não custá-las demais, e para a supressão de seus caprichos, que elas podem estar mais prontas para se submeter à vontade dos outros. Se, de fato, elas forem afeiçoadas a sempre estarem trabalhando, elas devem ser, às vezes, compelidas a deixá-lo de lado. Devassidão, leviandade e inconstância são falhas que se criam prontamente de suas primeiras propensões, quando corrompidas ou pervertidas demais pela indulgência. Para prevenir este abuso, nós deveríamos ensiná-las, acima de tudo, a se restringirem devidamente. A vida de uma mulher modesta é reduzida, por nossas instituições absurdas, a um conflito perpétuo consigo mesma: não é apenas justo que este sexo deva compartilhar os sofrimentos que se originam dos males que nos causou".[176]

E por que a vida de uma mulher modesta é um eterno conflito? Eu devo responder que este mesmo sistema de educação é responsável por isso. Modéstia, temperança e abnegação são a prole sóbria da razão; mas, quando a sensibilidade é nutrida à custa do entendimento, tais seres fracos devem ser restringidos por meios arbitrários, e serem sujeitados a conflitos contínuos; mas ao dar uso de sua mente uma amplitude maior, as paixões mais nobres e motivações irão governar seus apetites e sentimentos.

"A conexão comum e a consideração de uma mãe, não o mero hábito, torna-la-á amada por seus filhos, se ela não fizer nada para causar a raiva deles. Até mesmo a coação que ela os submete, se bem direcionada, aumentará sua afeição, ao invés de diminuí-la; porque em um estado de dependência sendo natural ao sexo, elas se percebem formadas para a obediência".[177]

---

176  Ibid, v. 2, livro II, p. 194-5.
177  Ibid, p. 195.

**124** | REIVINDICAÇÃO DOS DIREITOS DAS MULHERES

Isto introduz a questão importante; pois a servitude não apenas humilha o indivíduo, mas os seus efeitos parecem ser transmitidos para a posterioridade. Considerando a quantidade de tempo que as mulheres têm sido dependentes, é surpreendente que algumas delas abracem suas correntes e abanem os rabos como os cachorros? "Estes cachorros", observa um naturalista, "primeiramente mantinham suas orelhas eretas, mas o costume superou a natureza, e um sinal de medo está se tornando beleza".[178]

> "Pela mesma razão," adiciona Rousseau, "as mulheres têm, ou deveriam ter, se não pouca liberdade; elas estão aptas a ter indulgência de si mesmas excessivamente no limite que é permitido a elas. Viciada em cada coisa aos extremos, elas são ainda mais transportadas em suas divergências do que os meninos".[179]

A resposta a isso é muito simples. Os escravos e a multidão sempre se deliciaram nos mesmos excessos, uma vez libertos da autoridade. O arco ricocheteia a flecha com violência quando a mão subitamente se relaxa da força imprimida; e a sensibilidade, o brinquedo das circunstâncias exteriores, deve ser sujeita à autoridade, ou moderada pela razão.

> "Daí resulta," ele continua, "destas restrições habituais uma docilidade cujas mulheres têm ocasião para se utilizar durante toda a sua vida, pois elas constantemente permanecem ou sob a sujeição do homem ou às opiniões da humanidade; e nunca são permitidas de se colocarem acima dessas opiniões. A primeira e mais importante qualificação em uma mulher é a bondade ou a docilidade no temperamento: formadas para obedecer a um ser tão imperfeito como o homem, frequentemente cheio de vícios, e sempre cheio de falhas, ela deve aprender rapidamente até a sofrer injustiças, e suportar os insultos de um marido sem reclamar; não é pelo bem dele, mas pelo dela própria, que ela tenha uma disposição moderada. A perversidade e a desagradabilidade das mulheres apenas servem para agravar

---

178 Trecho de *The natural history of the dog* (1762), capítulo IV, de Buffon, associa a orelha caída de certos cachorros com a "gentileza, docilidade, e até... timidez... foram adquiridas por meio da longa e cuidadosa educação concedida a ele pelo homem". Tradução livre.

179 *Emílio*, v. 2, Livro V, de Rousseau, p. 195.

sua própria infelicidade e o comportamento errôneo de seus maridos; elas podem plenamente perceber que estas não são as armas pelas quais elas ganhariam a superioridade".[180]

Formadas para viver com um ser tão imperfeito como o homem, elas devem aprender através do exercício de suas faculdades a necessidade de clemência; contudo, todos os direitos sagrados da humanidade são violados ao se insistir na obediência cega; ou os direitos mais sagrados pertencem *somente* ao homem.

O ser que pacientemente suporta a injustiça, e silenciosamente tolera insultos, logo se tornará injusto, ou incapaz de discernir o certo do errado. Além disso, eu nego o fato, este não é o verdadeiro caminho para formar ou melhorar o temperamento; pois, como um sexo, os homens têm melhor temperamento que as mulheres porque estão ocupados por buscas que interessam a cabeça assim como o coração; e a firmeza da cabeça permite um bom temperamento ao coração. As pessoas sensíveis raramente têm um bom temperamento. A formação do temperamento é o trabalho moderado da razão, quando, na medida em que a vida avança, ela mistura os elementos discordantes com uma arte alegre. Eu nunca conheci uma pessoa fraca ou ignorante que tivesse bom temperamento, embora este bom humor constitucional e esta docilidade, que o medo imprime no comportamento, frequentemente obtêm o mesmo nome. Digo comportamento, pois a humildade genuína nunca alcançou o coração ou a mente, a menos como efeito da reflexão; e esta simples restrição produz um número de humores pecadores na vida doméstica, muitos homens sensíveis irão consentir, os quais acham algumas destas gentis criaturas irritáveis companhias muito difíceis.

"Cada sexo", ele argumenta mais adiante, "deveria preservar seu temperamento e maneiras peculiares; um marido meigo pode tornar a esposa impertinente; mas a suavidade da disposição do lado da mulher sempre trará o homem de volta à razão, a menos que ele seja absolutamente bruto, e irá, mais cedo ou mais tarde, triunfar sobre ele".[181]

Talvez a suavidade da razão possa ter, às vezes, este efeito; mas o medo abjeto sempre inspira desprezo; e as lágrimas somente são eloquentes quando caem de rostos justos.

---

180  Ibid, p. 196.

181  Ibid.

De que materiais este coração pode ser composto, que possa derreter quando insultado, e, em vez de se revoltar contra a injustiça, beijar a vara?[182] É injusto inferir que sua virtude é construída sob pontos de vista limitados e do egoísmo, quando ela consegue acariciar um homem, com maciez verdadeiramente feminina no mesmo momento que ele a trata de forma tirânica? A natureza nunca ditou tal insinceridade; e, embora a prudência deste tipo seja chamada de virtude, a moralidade se torna vaga quando qualquer parte é supostamente baseada na falsidade. Estes são meros expedientes, e expedientes são apenas úteis para o momento.

Deixe que o marido tenha cuidado ao confiar tão implicitamente nesta obediência servil; pois, se sua esposa pode, com docilidade vitoriosa, agradá-lo quando está com raiva, e quando ela deveria estar com raiva (a menos que o desprezo tenha sufocado a efervescência natural), ela poderia fazer o mesmo depois de despedir-se de um amante. Estas são todas preparações para o adultério; ou, deveria o medo do mundo, ou do inferno, restringir o seu desejo de agradar outros homens quando ela não pode mais agradar seu marido, que substituto pode ser achado por um ser que apenas foi formado, pela natureza e pela arte, para agradar o homem? O que poderia corrigir esta privação ou onde ela deve buscar uma função revitalizadora? Onde achar força da mente suficiente para determinar o início dessa busca, quando seus hábitos são fixados, e a vaidade há muito tempo governa sua mente caótica?

Contudo, este moralista parcial recomenda a astúcia sistemática e a plausibilidade.

> "As filhas devem sempre ser submissas; suas mães, portanto, não devem ser inexoráveis. Para fazer uma pessoa jovem ser tratável, ela não deve ser feita infeliz, para construir sua modéstia, ela não deve ser tornada estúpida. Ao contrário, eu não devo ser desagradado por ela, por ser permitida a usar alguma arte, não para aludir a punição no caso da desobediência, mas para se isentar da necessidade de obediência. Não é necessário tornar sua dependência muito pesada de carregar, mas somente para deixá-la senti-la. A sutileza é um talento natural do sexo; e, como sou persuadido, todas as nossas inclinações naturais são corretas e boas nelas

---

182 Vara usada para castigos corporais. No sentido de aceitar uma punição submissamente.

CAPÍTULO V | **127**

mesmas, eu sou da opinião de que isto deva ser cultivado assim como os outros: é requisito para nós apenas prevenir seus abusos".[183]

"Seja lá o que for, é certo",[184] ele então procede triunfalmente para inferir. Admitido. – Embora, talvez, nenhum aforismo jamais tenha contido uma afirmação mais paradoxal. É uma verdade solene com respeito a Deus. Ele, eu digo com reverência, enxerga o inteiro de uma só vez, e observou suas proporções exatas no ventre do tempo; mas o homem, que apenas pode inspecionar partes desconexas, acha muitas coisas erradas; e é uma parte do sistema, é portanto, correto que ele possa se esforçar para alterar o que aparenta a ele ser errado, até mesmo quando ele reverencia à Sabedoria de seu Criador, e respeita a escuridão que trabalha para dissipar.

A inferência que segue é justa, supondo que o princípio seja perfeito.

> "A superioridade de discurso, peculiar ao sexo feminino, é uma indenização bastante igualitária pela sua inferioridade no ponto da força: sem isso, a mulher não seria a companhia do homem; mas o seu escravo: é por meio de sua arte superior e ingenuidade que ela preserva sua igualdade, e o governa enquanto se afeiçoa para obedecer. A mulher tem tudo contra ela, assim como nossas falhas, assim como sua timidez e fraqueza; ela não tem nada a seu favor, exceto a sua sutileza e sua beleza. Não é muito razoável, portanto, ela deveria cultivar ambos?"[185]

A grandeza da mente nunca poderá duelar com a astúcia ou o discurso; pois eu não devo hesitar com as palavras, quando o seu significado direto é insincero ou falso, mas me contento em observar, se alguma classe da humanidade foi criada de tal forma que deva ser necessariamente educada por regras que não são estritamente deduzidas da verdade, a virtude é uma obrigação da convenção. Como pode Rousseau ter a audácia de afirmar, depois de dar seu conselho, que no grande final da existência, o objeto de ambos os sexos deve ser o mesmo, quando ele bem sabia que a mente, formada por suas buscas, é expandida por grandes pontos de vista que,

---

183 *Emílio*, v. 2, Livro V, de Rousseau, p. 196.

184 No original de Rousseau: *Ce qui est, est bien.*

185 Ibid, p. 197-8.

aos poucos, vão engolindo os pontos pequenos, ou então ela se torna em si pequena?

Os homens têm força corporal superior; mas se não fosse por noções equivocadas de beleza, as mulheres adquiririam o suficiente para torná-las capazes de trabalhar pela sua própria subsistência, a verdadeira definição de independência; e de suportar aquelas inconveniências e empenhos corporais que são requisitos para o fortalecimento da mente.

Deixe-nos, então, sermos permitidas a fazer os mesmos exercícios que os meninos, não apenas durante a infância, mas na juventude, para chegarmos à perfeição do corpo, assim nós poderemos saber até onde a superioridade natural do homem se estende. Qual razão ou virtude podem ser esperadas da criatura quando o momento de semear a vida é negligenciado? Nenhuma – os ventos do céu não espalharam casualmente as muitas sementes úteis na terra alqueivada.

> "A beleza não pode ser adquirida pela aparência, e a coqueteria é uma arte adquirida não tão cedo nem tão rápido. Enquanto as meninas ainda são jovens, porém, elas são capazes de estudar gestos propícios, uma modulação agradável da voz, um comportamento e um porte afáveis; assim como de se aproveitarem da adaptação graciosa de sua imagem e atitudes ao tempo, lugar e ocasião. Sua aplicação, portanto, não deve ser somente confinada às artes da indulgência e da costura, quando venham mostrar outros talentos, cuja utilidade já é aparente."

> "De minha parte, eu teria uma jovem britânica para cultivar seus talentos agradáveis, para agradar seu futuro marido, com o mesmo tanto de cuidado e assiduidade que uma jovem circassiana cultiva o seu, para prepará-la para o Harém do sultão Oriental".[186]

Para tornar as mulheres completamente insignificantes, ele adiciona:

> "As mulheres têm a língua flexível; começam a falar mais cedo, com mais facilidade e mais agradavelmente que os homens. Também são acusadas de falar mais que eles: assim deve ser, e eu de boa vontade transformaria essa censura em elogio; nelas, tanto a boca como os olhos têm a mesma

---

186  Ibid, p. 200-1. O povo da Albânia era notário por vender suas jovens filhas para o harém de nobres turcos.

atividade, e pela mesma razão. O homem diz aquilo que sabe, e a mulher diz o que agrada; para falar, o primeiro precisa de ter conhecimentos e a segunda gosto; um deve ter, como objecto principal, coisas úteis, enquanto que a outra, coisas agradáveis. Os seus discursos não devem ter formas comuns, a não ser as da verdade".

"Nós não devemos, então, para restringir as conversas infantis das meninas, da mesma maneira que devemos a dos meninos, com esta questão severa; *para qual propósito você está falando?* Mas por outro, que não é menos difícil de responder, *Como o seu discurso será recebido?* Na infância, enquanto são incapazes de discernir o bom do mau, eles devem observá-lo, como uma lei, nunca dizer nada desagradável àqueles que eles estão falando: o que tornará a prática desta regra ainda mais difícil, é, que ela deve sempre ser subordinada a esta, de nunca falar falsidades ou uma inverdade".[187]

Para governar a língua desta maneira é requerido, de fato, uma grande devoção; e é bastante praticado por homens e mulheres. – Da abundância do coração, como são poucos os que falam![188] Tão poucos, que eu, que amo a simplicidade, felizmente trocaria a polidez por um quarto da virtude que tem sido sacrificada pela qualidade duvidosa que, no melhor dos casos, deve ser apenas o polimento da virtude. Mas, para completar o esboço.

"É fácil ser concebido, que as crianças masculinas que não têm a capacidade para formar qualquer noção verdadeira de religião, estas ideias devem se localizar bem acima da concepção das fêmeas: é por esta razão que eu começaria a falar para elas no início deste assunto; pois se nós formos esperar até que elas tenham capacidade para discutir metodologicamente tais questões profundas, nós correremos o risco de nunca falar com elas sobre isso durante suas vidas. A razão da mulher é uma razão prática, que as capacita ardilosamente a descobrir os meios para alcançar um fim conhecido, mas que nunca as habilitaria a descobrir este fim em si. A relação social dos sexos é, de fato, verdadeiramente admirável: de sua união resulta em

---

187 Ibid, p. 102-3. Ênfase da escritora.

188 Referência ao versículo de Mateus 12:34, "Raça de víboras, como podem vocês, que são maus, dizer coisas boas? Pois a boca fala do que está cheio o coração".

uma pessoa moral, cuja mulher pode ter o lugar dos olhos, e o homem, das mãos, com esta dependência um do outro, vem do homem o que a mulher deve ver, e vem da mulher, o que o homem aprende que deve fazer. Se a mulher pudesse recorrer aos primeiros princípios das coisas assim como o homem, e o homem fosse capacitado para entrar em suas *minúcias* assim como a mulher, sempre independentes de si mesmos, eles viveriam em discordância perpétua, e sua união não poderia subsistir. Contudo, da presente harmonia que naturalmente subsiste entre eles, suas faculdades diferentes tendem a uma finalidade em comum; é difícil dizer qual deles conduz a maior parte: cada um segue o impulso do outro; cada um é obediente, e ambos são mestres."

"Como a conduta da mulher é subserviente à opinião pública, sua fé em termos de religião deveria, por esta mesma razão, ser sujeita à autoridade. *Cada filha deve ter a mesma religião que sua mãe, e cada esposa deve ter a mesma religião que seu marido: pois, se esta religião for falsa, esta docilidade que induz a mãe e a filha para se submeter à ordem da natureza, isto tira, aos olhos de Deus, a criminalidade de seus erros.*[189] Como não estão capacitadas para julgarem por si mesmas, elas devem aceitar e executar a decisão de seus pais e maridos confidentemente assim como as da igreja."

"Da mesma forma que a autoridade deve regular a religião das mulheres, não é tão necessário explicar para elas as razões de sua crença, mas sim as doutrinas em que devem acreditar: pois a crença, que apresenta apenas ideias obscuras para a mente, é a fonte de fanatismo; e o que apresenta absurdos, leva à infidelidade".[190]

A autoridade absoluta e incontrovertida, parece, deve subsistir em algum lugar: mas isso não é uma apropriação direta e exclusiva da razão?

---

189 Qual é a consequência, se a opinião da mãe e do marido *por acaso* não concordarem? Uma pessoa ignorante não pode ser convencida do erro pela razão – e quando *persuadida* a trocar um preconceito pelo outro, a mente se inquieta. De fato, o marido pode não ter nenhuma religião para ensiná-la, embora nestas situações ela terá grande necessidade de um apoio à sua virtude, independente de considerações mundanas. (N.E.) Ênfase da escritora. (N.T.)

190 *Emílio*, v. 2, Livro V, de Rousseau, p. 204-5. Ênfase da escritora.

Os direitos da humanidade têm sido assim confinados à linha masculina de Adão em diante. Rousseau carregaria sua aristocracia masculina ainda mais longe, pois ele insinua que não culparia aqueles que contendem em deixar a mulher no estado de mais profunda ignorância, se esta não fosse necessária para preservar a castidade [da mulher] e justificar a escolha do homem, aos olhos do mundo, para dar a ela um pouco de conhecimento do homem, e dos costumes produzidos pelas paixões humanas; além disso, ela poderia propagar [esses conhecimentos] em casa sem se tornar menos voluptuosa e inocente pelo exercício de seu entendimento: com exceção, de fato, durante o primeiro ano de casamento, quando ela pode empregá-lo para se vestir como Sofia.

> "Seu vestido é extremamente modesto em aparência, e também muito faceiro de fato: ela não mostra seus charmes, elas os oculta; mas escondendo-os, ela sabe afetar a sua imaginação. Todos que a veem dirão, lá está uma menina modesta e discreta; mas enquanto você está perto dela, seus olhos e afeição divagam por toda a sua pessoa, e então você não consegue retirá-los; e você concluiria, que cada parte de seu vestido, simples como aparenta, foi apenas colocado em sua própria ordem para ser rasgado em pedaços pela imaginação".[191]

Isto é modéstia? Isto é uma preparação para a imortalidade? Novamente. – Que opinião formaremos de um sistema de educação, quando o autor fala de sua heroína, "que com ela, fazer as coisas bem feitas, é se não a segunda preocupação; pois a sua principal preocupação é fazê-las de maneira limpa e ordenada".[192]

Secundário, de fato, são todas as suas virtudes e qualidades, pois, respeitando a religião, ele faz os pais dela assim dedicarem-se, acostumada à submissão – "O seu marido irá instruí-la em *tempo considerável*".[193]

Assim, após paralisar a mente da mulher, se, para manter isto justo ele não a esvaziou completamente, ele a aconselha a refletir, pois um homem reflexivo não deve bocejar em sua companhia, quando está cansado de fazer-lhe carícias. – O que ela tem para refletir sobre quem obedece? E não

---

191 Ibid, p. 228.

192 Ibid, p. 229. Ênfase da escritora.

193 Ibid, p. 231. Ênfase da escritora.

seria um refinamento da crueldade abrir sua mente somente para tornar a escuridão e a miséria de seu destino *visível*? Além disso, estas são suas percepções sensíveis; o quão consistente com o que eu já fui obrigada a citar, para dar uma visão mais justa do assunto, pode ser determinado pelo leitor.

"Aqueles que passam suas vidas inteiras trabalhando pelo pão de cada dia, não têm ideias para além de seus próprios negócios ou seus interesses, e todo o seu entendimento aparenta estar na ponta dos dedos. Esta ignorância não é nem prejudicial à sua integridade nem à sua moral; é frequentemente útil para eles. Algumas vezes, por meio da reflexão. Somos levados a chegar a um acordo com os nossos deveres e concluímos substituindo um jargão de palavras, no espaço das coisas. Nossa própria consciência é o filósofo mais iluminado. A não necessidade de ser familiarizado com os ofícios de Tully,[194] para fazer um homem de probidade: e talvez a mulher mais virtuosa do mundo é a menos familiarizada com a definição de virtude. Mas, não é menos verdade que, um entendimento melhorado apenas pode tornar a sociedade agradável; e é algo melancólico para um pai de família, que tem afeição pelo lar, ser obrigado a sempre incorporar a si mesmo, e não ter ninguém equivalente a ele para comunicar seus sentimentos".

"Além disso, como deve uma mulher, vazia de reflexão, ser capaz de educação seus filhos? Como ela pode discernir o que é apropriado para eles? Como ela poderia incentivá-los àquelas virtudes que ela não tem, ou à outro mérito que ela não faz ideia? Ela somente pode suavizar ou repreendê-los, torná-los insolentes ou tímidos; ela os tornará janotas formais, ou cabeças-duras ignorantes; mas nunca os ternará sensíveis ou amáveis".[195]

Como então ela deve, quando o seu marido não está sempre ao alcance para emprestar a ela a sua razão? - Quando eles, ambos e juntos, formam somente um ser moral? Uma vontade cega, "olhos sem mãos", caminharia apenas um caminho curto; e por acaso sua razão abstrata que deveria concentrar os feixes de luz de sua razão prática que estão espalhados, pode ser

---

194  Marco Túlio Cícero (106-43 a.C.) examinou a Virtude em sua obra *Sobre os ofícios*. Em países de língua inglesa, o filósofo é conhecido por Tully.

195  *Emílio*, v. 2, Livro V, de Rousseau, p. 244.

empregado no julgamento do sabor do vinho, contrapondo ao de molhos mais apropriados para tartarugas; ou, mais profundamente concentrado um uma mesa de cartas, ele pode estar generalizando suas ideias enquanto aposta a sua fortuna, deixando toda a minúcia da educação para sua ajudante, ou para a sorte.

Contudo, garantindo que a mulher deva ser bonita, inocente e boba, tornando-a uma companhia mais atraente e indulgente; - para que o seu entendimento é sacrificado? E por que toda esta preparação é necessária apenas, de acordo com a própria opinião de Rousseau, para fazer dela a ama de seu marido, por um curto espaço de tempo? Assim fala o filósofo.

> "Prazeres sensuais são transientes. O estado habitual da afeição sempre perde por sua gratificação. A imaginação que cobre o objeto de nossos desejos, está perdido em fruição. Com exceção ao Ser Supremo, que existe em si mesmo, não há nada bonito que não seja o ideal."[196]

Mas ele retorna aos seus paradoxos ininteligíveis novamente, quando então se direciona à Sofia.

> "Emílio, ao se tornar seu marido, se tornou seu mestre; e clama pela sua obediência. Esta é a ordem da natureza. Quando um homem é casado, portanto, com tal esposa semelhante à Sofia, é apropriado que ele seja direcionado por ela: isto também está de acordo com a ordem da natureza: é, portanto, para te dar o máximo de autoridade possível sobre o coração da mesma forma que o sexo dele o dá sobre a sua pessoa, desta forma eu me torno o árbitro de seus prazeres. Pode te custar, talvez, alguma autonegação desagradável; mas você terá certeza de manter o seu império sobre ele, se você preservá-lo para si – o que eu já observei, também, mostra-me que esta empreitada difícil não supera a sua coragem".

> "Você teria o seu marido constantemente aos seus pés? Mantenha-o com alguma distância de sua pessoa. Você manterá, por muito tempo, a autoridade no amor, se você souber apenas tornar os seus favores raros e valiosos. É, assim,

---

196  Ibid, p. 288.

## 134 | REIVINDICAÇÃO DOS DIREITOS DAS MULHERES

> que você pode empregar até as artes da coqueteria ao serviço da virtude, e aqueles do amor, nos da razão".[197]

Eu vou concluir os meus extratos com somente uma descrição de um casal confortável.

> "E ainda você não deverá imaginar, que até este gerenciamento sempre será suficiente. Qualquer precaução tomada, o divertimento irá, por graus, diminuir as bordas da paixão. Mas quando o amor tinha durado ao máximo possível, um hábito agradável ocupa o seu lugar, e o vínculo de confiança mútua progride ao transporte da paixão. As crianças, geralmente, formam uma conexão mais agradável e permanente entre as pessoas casadas, mais do que o próprio amor. Quando você deixar de ser a ama de Emílio, e você continuará sendo sua esposa e amiga, você será a mãe de seus filhos".[198]

As crianças, ele observa com sinceridade, formam uma conexão mais permanente entre as pessoas casadas que o amor. A beleza, ele declara, não será valorada, ou mesma vista depois do casal viver seis meses juntos, graças artificiais e coqueteria irão cansar os sentidos: por que, então, ele fala que uma menina deveria ser educada para seu marido com o mesmo cuidado como de um harém oriental?

Eu agora apelo dos devaneios da fantasia e da licenciosidade refinada, ao bom senso da humanidade, se o objeto da educação for preparar as mulheres para se tornarem esposas castas e mães sensíveis, o método tão plausivelmente recomendado neste esboço mencionado anteriormente, seria mesmo o mais adequado para produzir este fim? Será permitido que a forma mais assertiva de tornar uma esposa casta é ensiná-la a praticar a libidinosa arte das senhoras, damas e donas de casa, denominada coqueteria virtuosa, pelo sensualista que não consegue mais apreciar os simples charmes da sinceridade, ou saborear o prazer que nasce da intimidade tenra, quando a confiança não é conferida pela suspeição e tornada interessante pelo senso?

O homem que consegue se contentar em viver com uma companhia bonita e útil, sem intelecto, perdeu na voluptuosa gratificação o gosto

---

197 Ibid, p. 325.

198 *Emílio*, de Rousseau. (N.E.) Ibid. (N.T.)

por divertimentos mais refinados; ele nunca sentiu a calma satisfação, que renova o coração ardido, como o orvalho silencioso do céu – de ser amado por alguém que o entende. – Na sociedade de sua esposa, ele continua sozinho, a menos que o homem tenha se afundado no bruto. "O charme da vida", diz um grande pensador filosófico, é a "simpatia; nada nos agrada mais do que observar em outros homens um sentimento recíproco com todas as emoções do nosso próprio peito".[199]

Contudo, de acordo com a linha de raciocínio [que se segue], onde as mulheres são impedidas [de acessar] a árvore do conhecimento, os importantes anos da juventude, a utilidade da idade e as esperanças racionais do futuro, são todos sacrificados para tornar as mulheres objetos de desejo por um *curto* período. Além disso, como pode Rousseau esperar que elas sejam virtuosas e constantes quando a razão não é permitida a ser a fundação de suas virtudes, nem a verdade o objeto de suas inquisições?

Mas todos os erros de Rousseau em seu raciocínio se originaram da sensibilidade, e sensibilidade aos seus charmes as mulheres estão sempre prontas a perdoar! Quando ele devia ter raciocinado, ele se apaixonou, e a sua reflexão inflamou sua imaginação em vez de iluminar o seu entendimento. Até suas virtudes o levaram mais longe e distante de seu caminho; pois, nascido com uma constituição calorosa e uma capacidade de fantasiar vividamente, a natureza o carregou em direção ao outro sexo com afeto tão ávido, que logo se tornou lascivo. Se ele tivesse se entregado a estes desejos, o fogo teria se extinguido de forma natural; mas a virtude, e um tipo romântico de delicadeza, fizeram-no praticar a autonegação; mas, quando o medo, ou a delicadeza ou a virtude o restringiam, ele perverteu sua imaginação, e refletindo sobre as sensações cuja fantasia fortaleceu, ele as traçou nas cores mais brilhantes, e as enraizou profundamente em sua alma.

Ele então buscou por solidão, para não dormir com o homem de natureza, ou calmamente para investigar as causas das coisas sob a sombra onde o senhor Isaac Newton se deliciava em contemplação,[200]

---

199 Tradução livre de trecho do livro *The Theory of Moral Sentiments* (baseada na edição 1790), I i I 2., p. 15, de Adam Smith: "Mas qualquer que seja a causa da simpatia, ou o que quer que a causou, nada nos agrada mais do que observar em outros homens um sentimento recíproco com todas as emoções do nosso próprio peito."

200 Dizia-se que a primeira vez que Newton se questionou sobre força da gravidade foi em 1665, enquanto estava sentado às sombras de uma macieira.

mas meramente para mimar seus sentimentos. E tão calorosamente ele pintou, o que intensamente sentiu, que, interessando o coração e inflamando a imaginação de seus leitores; proporcionalmente à força de suas fantasias, eles imaginam que seu entendimento está convencido quando somente simpatizam com um escritor poético, que habilmente exibe os objetos de sentido, mais voluptuosamente nas sobras ou graciosamente velado. – E assim nos fazendo pensar que estamos raciocinando enquanto sonhamos, deixando conclusões errôneas na mente.

Por que a vida de Rousseau foi dividida entre o êxtase e a miséria? Outra resposta poderia ser dada que não esta: que a efervescência de sua imaginação produziu ambas. Mas se sua fantasia tivesse sido permitida esfriar, é possível que ele tivesse adquirido mais força de intelecto. Além disso, se o propósito da vida é educar a parte intelectual do homem, tudo a seu respeito estará certo; mais ainda, se a morte não o tivesse guiado para um senso mais nobre de ação, é provável que ele tivesse aproveitado uma felicidade mais igualitária na terra, e teria sentido as sensações calmas do homem da natureza em vez de ser preparado por outro estágio de existência, nutrindo as paixões que agitam o homem civilizado.

Mas paz à sua crina! Eu não guerreio com suas cinzas, mas suas opiniões. Eu guerreio somente com a sensibilidade que o levou a degradar a mulher por torná-la escrava do amor.

> Vassalagem amaldiçoada,
>
> Primeiro idolatrada até que o fogo ardente
>
> do amor se acabe,
>
> E então escravas daqueles que
>
> nos cortejaram anteriormente.
>
> *Dryden*[201]

A tendência perniciosa desses livros, cujos autores degradam insidiosamente o sexo enquanto estão prostrados diante de seus charmes pessoais, não poderia ser exposto com tanta frequência ou tão severamente.

---

201 Tradução livre do trecho de *The State of Inocence: and the Fall of Man* (1677), v.1. Dryden. A escritora não colocou na íntegra o primeiro verso: "Vassalagem amaldiçoada de toda minha futura espécie".

CAPÍTULO V | 137

Devemos, meus queridos contemporâneos, elevarmo-nos acima de tais preconceitos estreitos! Se a sabedoria é desejável em sua própria conta, se a virtude, para merecer seu nome, deve ser fundada no conhecimento; devemos nos esforçar para fortalecer as nossas mentes pela reflexão, até que nossas cabeças se tornem uma balança para nossos corações; não devemos confinar nossos pensamentos nas ocorrências insignificantes do dia, ou o nosso conhecimento para se familiarizar com o coração de nossos amantes e maridos; mas permitamos que a prática de cada dever seja subordinada à maior de todas, o melhoramento de nosso intelecto, e preparar as nossas afeições para um estado de maior exaltação!

Estejam atentos então, meus amigos, do sofrimento do coração causado por cada incidente trivial: o junco é soprado pela brisa e morre todo ano, mas o carvalho permanece firme e por eras enfrenta corajosamente as tempestades!

Nós fomos, de fato, criados para passar a nossa hora e morrer – porque então deixarmos a indulgência à sensibilidade, e o riso à severidade da razão. – Mas então, ai de mim! Deveríamos querer o fortalecimento do corpo e da mente, e a vida seria perdida em prazeres febris ou na languidez fatigante.

Mas o sistema de educação, que eu sinceramente desejo ver explodido, parece pressupor o que nunca deveria ter tido como certo, que a virtude nos defende das casualidades da vida; e que a fortuna, tirando suas vestimentas, irá sorrir para uma fêmea bem educada, e levará até a sua mão um Emílio ou um Telêmaco.[202] Enquanto, ao contrário, o prêmio que a virtude promete aos seus devotos é confinado, parece claro, em seus próprios âmagos; e frequentemente eles se contentam com os cuidados mundanos mais vexatórios, e suportam os vícios e humores das relações pelas quais nunca sentiram amizade.

Há várias mulheres no mundo que, em vez de serem apoiadas pela razão e pela virtude de seus pais e irmãos, fortaleceram suas próprias mentes lutando contra seus vícios e tolices; e mesmo assim nunca conheceram um herói, sob a forma de um marido; que pagando o débito que a humanidade lhes devia, poderia dar a chance de devolver a razão

---

202 François Salignac de la Mothe Fénelon, *As Aventuras de Telêmaco – Filho de Ulisses* (1699). Sofia, a heroína de *Emílio*, lê essa obra como parte de seu programa educacional e apaixona-se loucamente pelo herói.

138 | REIVINDICAÇÃO DOS DIREITOS DAS MULHERES

a seu estado dependente natural, e restaurar a prerrogativa usurpada pelos homens de se elevar acima da opinião.

## Seção II

Os sermões[203] do Dr. Fordyce há muito tempo faz parte da biblioteca das mulheres; não apenas isto, as meninas na escola são permitidas a lê-los; mas eu devia imediatamente dispensá-los de minhas pupilas, se desejasse fortalecer seu entendimento, orientando-a a formar princípios sãos em uma base ampla; ou, se eu apenas estivesse ansiosa para cultivar o seu gosto; embora elas devam ser permitidas muitas observações sensíveis.

O Dr. Fordyce pode ter tido um fim louvável em vista; mas estes discursos são escritos com estilo tão afetado, que se fosse apenas por isso, mesmo se eu não tivesse objeções contra os seus preceitos *melífluos*, eu não deixaria que as meninas os seguissem, a menos que eu pretendesse capturar cada faísca de natureza de suas composições, derretendo cada qualidade humana em suavidade feminina e graças artificiais. Eu digo artificial, pois a verdadeira graça se origina de algum tipo de independência do intelecto.

As crianças, despreocupadas em agradar, e só ansiosas para se divertirem, são normalmente muito graciosas; e a nobreza que, em sua maioria, conviveu com seus inferiores, e sempre teve o comando do dinheiro, adquiriu uma graciosa comodidade de postura, que deveria, na realidade, ser chamada de graça habitual do corpo, em vez da graciosidade superior, que é verdadeiramente a expressão da mente. Esta graça mental, não percebida por olhos vulgares, frequentemente reluz sobre os rostos brutos, e irradia cada característica, mostrando simplicidade e independência de intelecto. – É então que lemos um caráter imortal dentro dos olhos, e vemos a alma em cada gesto, embora quando descansados, nem a face, nem os membros podem ter muita beleza para recomendá-los; ou o comportamento, qualquer coisa peculiar para atrair a atenção universal. A massa da humanidade, portanto, procura por uma beleza mais *tangível*; mesmo assim a simplicidade é admirada, quando as pessoas não consideram o que admiram; e poderia haver simplicidade

---

203 Livro *Sermons to Young Women* (1765), de James Fordyce.

sem sinceridade? Porém, o fazendo com observações que são em alguma medida inconstantes, ainda que naturalmente estimuladas pelo sujeito.

Em orações declamatórias, Dr. Fordyce exala a eloquência de Rousseau, e no discurso mais extravagante e sentimental, detalha a sua opinião a respeito do caráter feminino e do comportamento que a mulher deve assumir para se tornar amável.

Ele deve falar por si mesmo, pois assim ele faz a Natureza devotar-se ao homem. "Olhem estas inocentes sorridentes, as quais eu agraciei com os presentes mais belos e me comprometti com sua proteção; olhe-as com amor e respeito; trate-as com ternura e honra. Elas são tímidas e querem ser defendidas. Elas são frágeis; não se aproveitem de sua fraqueza! Deixem que seus medos e suas vergonhas valorizem-nas. Permita que a confiança delas em você nunca seja abusada. – Mas será possível que algum de vocês seja tão bárbaro, tão supremamente malvado, que se abusaria disso? Vocês poderiam achar em seus corações[204] uma forma de privar estas criaturas gentis e confiantes de seu tesouro, ou fazer qualquer coisa para despi-las das vestimentas da virtude? Blasfemado seja a mão ímpia que se atreve a violar a forma imaculada da Castidade! Seu miserável! Seu desordeiro! Reprima-se; não se aventure em provocar a vingança mais feroz dos céus".[205] Eu não conheço nenhum comentário que poderia ser feito seriamente a respeito desta curiosa passagem, e eu poderia produzir alguns bastante similares; e outros tão sentimentais, que eu tenho ouvido homens racionais usarem a palavra indecência, quando eles a mencionam com nojo.

Por toda a parte, há uma exibição de sentimentos frios e artificiais, e este desfile de sensibilidade que meninos e meninas deveriam ser ensinados a desprezar por ser a marca certa de uma mente pequena e vaidosa. Apelos floridos são feitos aos céus e aos *belos inocentes*, as mais formosas imagens do céu aqui em baixo, enquanto o senso sóbrio é deixado para trás. – Esta não é a linguagem do coração, nem nunca irá alcançá-lo, apesar do ouvido poder ser excitado.

---

204 Você pode? – Você pode? Seria o comentário mais enfático, quando dito lentamente em voz de lamento. (N.E.)

205 Tradução livre de trecho de *Sermons to Young Women* (3ª ed. revisada, 1766), I. iii, p. 99-100, de James Fordyce.

Eu devo ouvir que, talvez, o público gostou destes volumes. Verdade, e as Meditações de Hervey[206] ainda são lidas, mesmo que ele igualmente tenha pecado contra o sentido e o gosto.

Eu particularmente me oponho às frases do tipo dos amantes, excitadas com paixão que estão entremeadas em todos os lugares. Se algum dia as mulheres forem permitidas a caminhar sem andadeiras,[207] por que elas devem ser persuadidas a [obter] virtudes através da lisonja artificial e pelos elogios sexuais? – Fale com elas a linguagem da verdade e da sobriedade, e distante do tom das cantigas de ninar de ternura condescendente. Deixem-nas que sejam ensinadas a se respeitarem como criaturas racionais, e não levadas a sentir paixão por suas próprias pessoas insípidas. Exaspera a minha bílis ao ouvir o pastor discursar sobre a aparência e a costura; e ainda mais, ouvi-lo direcionar-se às *britânicas justas, as justas das mais justas*,[208] como se tivessem apenas sentimentos.

Mesmo recomendando piedade, ele usa o seguinte argumento. "Nunca, talvez, um mulher, fina, ataque tão profundamente, do que quando, composta por lembranças pias, e possuindo as mais nobres considerações, ela assume, sem saber, uma dignidade superior e novas graças; para que então a beleza da sacralidade pareça irradiar sobre ela, e os transeuntes são quase induzidos a adorar a sua já venerada imagem juntos a seus aparentados anjos!"[209] Por que então as mulheres são educadas com o desejo da conquista? Esta mesma palavra, usada neste sentido, me dá um enjoo nauseante! A religião e a virtude não oferecem motivos mais fortes, uma recompensa mais iluminada? Elas devem sempre ser aviltadas a precisarem considerar o sexo de suas companhias? Elas têm que ser sempre ensinadas a serem agradáveis? E quando nivelando a sua pequena artilharia no coração do homem, é necessário dizer a elas que um pouco de senso é suficiente para tornar a atenção deles *incrivelmente reconfortante*? "Assim como um pequeno grau de conhecimento entretém uma mulher, então de uma mulher, apesar de ser por motivos diferentes,

---

206 Referência a *Meditation and Contemplations* (1745-7), de James Hervey, que estava na 26ª edição em 1792. A mais popular de todos era o mórbido *Meditation among the tombs*.

207 Cintas que previnem as crianças de caírem quando estão aprendendo a andar.

208 Ver *Sermons to Young Women*, de Fordyce, I. ii e vi. Como Rousseau, Fordyce defende a modéstia na maneira de vestir. Ele repetidas vezes dirige-se ao leitor como "o justo" (em inglês: "the fair").

209 Ibid, II, ix, p. 163.

uma pequena expressão de gentileza encanta, particularmente se ela é bela!"[210] Eu devo supor pelo mesmo motivo.

Por que é dito às meninas que elas se parecem com anjos; apenas para afundá-las abaixo das mulheres? Ou, que uma fêmea gentil e inocente é o objeto, mais que qualquer outro, que mais se aproxima da ideia que formamos dos anjos. No entanto, é dito, ao mesmo tempo, que elas só são como anjos quando são jovens e bonitas; consequentemente, são suas pessoas, não suas virtudes, que dão a elas esta homenagem.

Palavras indolentes e vazias! Onde poderia levar tal lisonja ilusória se não à vaidade e à tolice? O amante, é verdade, tem licença poética para exaltar a sua amada; seu motivo são as borbulhas de sua paixão, e ele não pronuncia falsidades quando toma emprestada a linguagem da adoração. Sua imaginação pode elevar a idolatrada de seu coração, sem culpa, acima da humanidade; e feliz seria para as mulheres, se elas apenas fossem lisonjeadas pelos homens que as amam; digo, que ama o indivíduo, não o sexo; mas deveria o pastor de enterros misturar os seus discursos com tais tolices?

Em sermões ou romances, contudo, a voluptuosidade é sempre verdadeira em seus textos. Os homens são permitidos pelos moralistas a cultivar, como a Natureza orienta, qualidades diferentes e de assumir estas características diferentes, que as mesmas paixões, modificadas quase até infinito, dão a cada indivíduo. Um homem virtuoso, pode ter uma constituição colérica ou sanguinolenta, ser alegre ou sério, sem ser censurado; ser firme até que seja arrogante, ou fracamente submisso, sem que tenha vontade ou opinião própria; mas todas as mulheres têm de ser niveladas, pela brandura e docilidade, em um personagem que produza suavidade e complacência gentil.

Eu usarei as próprias palavras do pastor. "Deixe que seja observado que, no seu sexo, exercícios masculinos nunca são graciosos; que nelas, uma tonacidade e uma imagem, assim como um ar e uma postura, do tipo masculino, são sempre proibidas; e que homens de sensibilidade desejam em toda mulher aspectos suaves, e uma voz fluida, uma forma, não robusta, e uma conduta delicada e gentil".[211]

---

210  Ibid, II. xiii, p. 248.

211  Ibid, p. 224-5.

Não é este retrato conseguinte – o retrato de um bálsamo caseiro?[212] "Estou surpreso com a tolice de muitas mulheres, que ainda estão repreendendo seus maridos por deixá-las em paz, por preferir esta ou aquela companhia à sua, por tratá-las com esta ou aquela marca de negligência ou indiferença; quando, para falar a verdade, elas são, em grande medida, as culpadas. Não que eu justificaria qualquer coisa errada da parte do homem. Mas se você se comportasse em relação a eles com mais *observância respeitosa*, e mais *ternura igualitária; estudando os seus humores, fazendo vista grossa de seus erros, submetendo-se a suas opiniões* de maneira indiferente, passando por pequenas instâncias de desigualdade, capricho ou paixão, dando respostas *suaves* a palavras precipitadas, reclamando o menos possível e fazendo do seu cuidado diário o alívio da ansiedade e a prevenção dos desejos dele, para alegrar as horas enfadonhas e chamar as ideias da felicidade: tivesse você perseguido esta conduta, eu não duvido que você teria mantido ou até aumentado a sua estima, o tanto suficiente para assegurar todo tipo de influência que poderia conduzir a virtude deles, ou a sua satisfação mútua; e a sua casa poderia neste dia ter sido a residência da felicidade doméstica".[213] Tal mulher só pode ser um anjo – ou ela é uma burra –, pois eu não consigo discernir um traço de caráter humano, nem razão ou paixão nesta escrava doméstica, cujo ser é absorvido por aquele do tirano.

Ainda mais, o Dr. Fordyce deve ter muito pouca familiaridade com o coração humano, se ele realmente supôs que tal conduta traria de volta o amor errante, em vez de excitar o desprezo. Não, a beleza, a gentileza etc. podem ganhar um coração; mas a estima, a única afeição duradoura, pode somente ser obtida pela virtude apoiada pela razão. É o respeito pelo entendimento que mantém viva a ternura pela pessoa.

Como estes volumes são colocados tão frequentemente nas mãos dos jovens, eu lhes tenho dado mais atenção, estritamente falando, do que merecem; mas como eles têm contribuído para viciar o gosto e debilitar o entendimento de muitas de minhas semelhantes, eu não poderia passar silenciosamente por eles.

---

212 No original: *house salve*.

213 Trecho de *Sermons to Young Women*, de Fordyce, II. xiv, p. 264-5. Ênfase da escritora.

### Seção III

Tal solicitude paterna permeia o *Legado às suas Filhas,*[214] do Dr. Gregory, o que me faz ter o dever de criticar com respeito afetuoso; mas como este pequeno volume tem muitas atrações que o recomenda à percepção da parte mais respeitável do meu sexo, eu não posso silenciosamente passar por cima dos argumentos que tão especiosamente apoiam opiniões as quais, eu penso, têm tido o efeito mais venenoso nas morais e maneiras do mundo feminino.

Seu estilo fácil e familiar é particularmente apropriado ao tom de seus conselhos, e a ternura melancólica em relação à memória de sua esposa amada se difunde por todo o trabalho, tornando-o desta forma muito interessante; no entanto, há um grau de elegância concisa e conspícua em várias passagens que perturba esta simpatia; e nós deparamo-nos com o autor, quando apenas esperávamos encontrar o pai.

Além disso, tendo dois objetivos em vista, ele raramente adere de forma constante a um deles; pois desejando fazer as suas filhas amáveis, e temendo que a infelicidade devesse ser a única consequência, da instilação dos sentimentos que poderiam tirá-las do caminho da vida comum sem permitirem a elas agir com independência e dignidade correspondente, ele confere o fluxo natural de seus pensamentos, e não aconselha nem uma coisa nem outra.

No prefácio ele lhes diz uma verdade pesarosa, "que elas irão ouvir, pelo menos uma vez em suas vidas, o sentimento genuíno de um homem que não tem interesse em enganá-las".[215]

Mulher infeliz! O que poderia ser esperado de ti quando os seres, dos quais tu és naturalmente dependente pela razão e pela subsistência, têm todo o interesse em te enganar! Esta é a raiz do mal que derramou um bolor corrosivo em todas as suas virtudes; e que adoece o botão da flor de onde abrocham as faculdades, tornou-te a coisa fraca que tu és! É este interesse separado – este estado insidioso de guerra, que arruína a moralidade e divide a humanidade!

Se o amor tornou algumas mulheres miseráveis – quantas mais foram transformadas pelo intercurso frio e insignificante da galantaria

---

214  Tradução livre do *A Father's Legacy to his Daughters* (1774), de John Gregory.

215  Ibid, p. 6. A escritora omitiu parte da frase, Gregory escreve: "...interesse em lisonjeá-las ou enganá-las".

144 | REIVINDICAÇÃO DOS DIREITOS DAS MULHERES

em vazias e inúteis! Todavia, esta atenção impiedosa ao sexo é reconhecidamente tão masculina, tão polida que, até que a sociedade seja organizada de maneira diferente, eu temo, que este vestígio de maneiras góticas não será desfeito por um modo mais razoável e afeiçoado de conduta. Além disso, para despi-lo de sua dignidade imaginária, eu devo observar que nos estados europeus mais incultos, este simulacro de apoio a estas ideias prevalece em um grau muito grande, acompanhado da dissolubilidade extrema das morais. Em Portugal, o país a que eu particularmente aludo, toma o lugar das mais sérias obrigações morais; pois um homem raramente é assassinado quando na companhia de uma mulher. A mão selvagem da rapina é desencorajada por este espírito cavalheiresco; e se o golpe da vingança não pode ser impedido – a senhora é solicitada a perdoar a grosseria e partir em paz, mesmo que suja, talvez, do sangue de seu marido ou de seu irmão.[216]

Eu devo passar por cima de suas críticas severas sobre a religião, porque desejo discutir este assunto em um capítulo separado.

As observações referentes ao comportamento, apesar de algumas delas muito sensíveis, eu desaprovo completamente, porque me parece que se originaram da forma errada. Um entendimento cultivado e um coração afetuoso, nunca irão querer regras formais de decoro – algo mais substancial que decência será o resultado; e, sem o entendimento do comportamento aqui recomendado, seria classificado como afetação. Decoro, de fato, é a coisa mais indispensável! – Decoro é para suplantar a natureza, e banir toda a simplicidade e variedade de caráter do mundo feminino. Mas, que boa finalidade toda essa deliberação artificial pode produzir? É, todavia, muito mais fácil apontar este ou aquele modo de comportamento do que colocar a razão para funcionar; mas quando a mente é armazenada com conhecimento útil e fortalecida pelo uso, o regulamento do comportamento pode ser seguramente deixado às suas orientações.

Por que, por exemplo, deveria a seguinte precaução ser aconselhada, quando todo tipo de arte deve contaminar a mente; e por que

---

216  Ver William Costigan, *Sketches of Society and Manners in Portugal* (1787), I 400-3, que trata da história de dois primos, rivais no amor. Um deles, um viúvo, faz o outro, um oficial, ser açoitado. Mais tarde, o oficial mata o viúvo, que viaja com sua irmã, "isso sendo feito, ele pede milhões de perdões à moça por tê-la incomodado, e implora por saber se ela deseja ser acompanhada". Tradução livre. Wollstonecraft revisou esse livro em *Analytical Review*, 1 (agosto 1788), p.s 451-7.

emaranhar os grandes motivos da ação, que a razão e a religião juntas se unem para impor, com patéticos esquemas mundanos e pequenos truques para ganhar os aplausos dos tolos boquiabertos e sem gosto? "Seja igualmente cautelosa na exibição de seu bom senso.[217] Será pensado que você assume uma superioridade sobre o resto da companhia – mas, se por acaso você tiver algum aprendizado, mantenha isso em profundo segredo, especialmente dos homens que geralmente olham com ciúme e perniciosidade uma mulher de grande papel e com o entendimento cultivado."[218] Se os homens de mérito real, como ele observa posteriormente, fossem superiores a essa mesquinharia, onde está a necessidade do comportamento de todo o sexo ser modulado para agradar os tolos, ou homens, que, tendo pouco direito ao respeito como indivíduos, escolhem se manter próximos de suas legiões. Os homens, na verdade, que insistem em sua superioridade comum, tendo apenas esta superioridade sexual, são certamente muito perdoáveis.

Não haveria finalidade para as regras do comportamento, se fosse apropriado sempre adotar o tom da companhia; pois assim, para cada tecla variante, um *bemol* frequentemente passaria por uma nota *bequadro*.

Certamente seria mais sábio aconselhar as mulheres a se melhorarem até que se elevassem acima das emanações da vaidade; e então deixar que a opinião pública venha – pois onde as regras de acomodação irão parar? O caminho estreito da verdade e da virtude não se inclina nem para a direita nem para a esquerda – é um assunto direto, e aqueles que estão seriamente perseguindo esta estrada, podem saltar sobre muitos preconceitos decorosos, sem deixar a modéstia para trás. Faça o coração limpo e dê emprego à cabeça, e eu me aventuro a prever que não haverá nada ofensivo no comportamento.

O ar da moda, que muitos jovens estão ansiosos em alcançar, sempre me surpreendeu, assim como as atitudes estudadas de algumas pinturas modernas, copiadas com insonsa servilidade a partir das antiguidades; – a alma é deixada de fora, e nenhuma das partes é amarrada pelo que se pode ser apropriadamente chamado de caráter. Este verniz da moda, que raramente fica muito próximo do senso, pode deslumbrar os fracos;

---

217 Deixe que as mulheres adquiram uma vez bom senso – e, se merecer o nome, ensina-las-á; ou para que servirá? Como empregá-lo. (N.E.)

218 Trecho retirado de *A Father's Legacy to his Daughters* (1774), p. 31-2, de John Gregory. Tradução livre.

mas deixa a natureza sozinha, e raramente irá indignar os sábios. Além do mais, quando uma mulher tem senso suficiente para não pretender nada que não entenda pelo menos um pouco, não há necessidade da determinação de esconder seus talentos embaixo do cesto.[219] Deixe que as coisas sigam seu curso natural, e tudo estará bem.

É este sistema de dissimulação, por todo o volume, que eu desprezo. As mulheres devem sempre *parecer* ser isso ou aquilo, ainda que a virtude possa apostrofá-las, nas palavras de Hamlet:[220] Parecer! Eu não conheço "pareces". – Há algo dentro em mim que não parece!

O mesmo tom ainda acontece; pois em outro lugar, depois de recomendar, sem delicadeza suficientemente discriminatória, ele adiciona: "Os homens irão reclamar de sua reserva. Eles irão assegurar que um comportamento mais franco tornaria você mais amável. Mas, confie em mim, eles não são sinceros quando te dizem isso. – Eu reconheço que em algumas ocasiões isso pode te tornar mais agradável como companhia, mas te faria menos amável como mulher: uma distinção importante, que muitas de seu sexo não estão cientes".[221]

O desejo de ser sempre mulher, é a mesma consciência que degrada o sexo. Exceto com um amante, eu devo repetir com ênfase, uma observação já feita – seria bom se elas apenas fossem companhias agradáveis ou racionais. – Mas, a este respeito, o conselho dele é até inconsistente com a passagem que eu desejo citar com a mais notória aprovação.

"O sentimento, onde a mulher pode permitir todas as liberdades inocentes, certificando-se de que sua virtude esteja segura, é tanto grosseiramente indelicado quanto perigoso, e tem-se provado fatal para muitas de seu sexo".[222] Com esta opinião eu concordo plenamente. Um homem ou uma mulher, de qualquer sentimento, deve sempre desejar convencer o objeto amado de que é a carícia do indivíduo, não do sexo, que são recebidas e devolvidas com prazer; e que o coração, em vez dos sentidos,

---

219 Referência a Mateus 5:15, "Igualmente não se acende uma candeia para colocá-la debaixo de um cesto. Ao contrário, coloca-se no velador e, assim, ilumina a todos os que estão na casa". Ver também Marcos 4:21, Lucas 11:13 e Mateus 25:25, "Por isso, tive receio e escondi no chão o teu talento. Aqui está, toma de volta o que te pertence".

220 Referência à peça de Shakespeare, Hamlet, p. 19: "Não parece, senhora, é. Não conheço 'pareces' [...] Mas há algo dentro em mim que não parece".

221 Trecho retirado de *A Father's Legacy to his Daughters* (1774), p. 36-7, de John Gregory. Tradução Livre.

222 Ibid, p. 43-4.

CAPÍTULO V | 147

é movido. Sem esta delicadeza natural, o amor se torna uma gratificação egoísta e pessoal que logo degrada o caráter.

Eu carrego este sentimento ainda mais longe. A afeição, quando o amor está fora de questão, autoriza muitos agrados pessoais que, fluindo naturalmente de um coração inocente, dá vida ao comportamento; mas a relação pessoal de apetite, de galantaria ou de vaidade, é desprezível. Quando um homem aperta a mão de uma bela mulher, que ele nunca viu antes, guiando-a à carruagem, ela irá considerar tal liberdade impertinente à luz de um insulto, se ela tiver qualquer delicadeza verdadeira, em vez de se sentir lisonjeada por esta insignificante homenagem à beleza. Estes são os privilégios da amizade, ou a homenagem momentânea que o coração presta à virtude, quando de repente lança luz sobre a percepção – meros espíritos animais não podem reivindicar a bondade do afeto!

Desejando alimentar os afetos com o que é agora o alimento da vaidade, eu persuadiria, com prazer, o meu sexo a agir a partir de princípios mais simples. Deixe que elas mereçam o amor, e elas o obterão, embora elas talvez nunca tenham sabido disso. – "O poder de uma fina mulher sobre os corações dos homens, dos homens das mais finas partes, está além do que ela concebe".[223]

Eu já observei anteriormente as minuciosas precauções a respeito da duplicidade, da suavidade feminina, da delicadeza de constituição;[224] pois estas são as mudanças que ele enfatiza sem cessar – de forma mais decorosa, é verdade, do que Rousseau; mas tudo acaba no mesmo ponto, e qualquer um que se dê ao trabalho de analisar este sentimento, achará os primeiros princípios não tão delicados como a superestrutura.

O assunto de divertimento é tratado de forma superficial demais; mas com o mesmo espírito.

Quando eu tratar de amizade, amor e casamento, será constatado que nós discordamos de opinião substancialmente; eu não devo então evitar o que tenho a observar sobre estes assuntos importantes; mas restringir minhas notas ao tom geral delas, para a prudência da família

---

223 Ibid, p. 42.

224 Ibid, p. 50-1: "Nós naturalmente associamos a ideia de suavidade e delicadeza feminina com a correspondente delicadeza de constituição que, quando um mulher fala sobre sua grande força, seu apetite extraordinário, sua habilidade de aguentar grande esforço, nós nos recuamos da descrição de uma forma que ela não tem a menor noção".

cautelosa, para os limitados pontos de vista daqueles com afeição parcial e inculta, que exclui o prazer e o melhoramento ao desejar em vão se precaver da tristeza e do erro – e assim ao proteger o coração e a mente, destrói também toda a sua energia. – É bem melhor se decepcionar com frequência do que nunca confiar; desapontar-se no amor do que nunca amar; perder o afeto de um marido do que perder sua estima.

Felizes seriam o mundo e os indivíduos, claro, se toda esta preocupação inútil para se obter a felicidade mundana, em um plano confinado, fosse voltada para um desejo ansioso de melhorar o entendimento. – "A sabedoria é o elemento principal: *portanto,* obtenha sabedoria; e com todos os teus ganhos consiga o entendimento." – "Por quanto tempo, vocês, seres tão simples, amarão a simplicidade e odiarão o conhecimento?" Disse a sabedoria às filhas dos homens![225]

## Seção IV

Não é minha intenção aludir a todos os escritores que escreveram sobre as maneiras femininas – seria, de fato, bater na mesma tecla, pois eles têm, em geral, escrito na mesma linha; mas atacando a prerrogativa ostentante dos homens – a prerrogativa que pode enfaticamente ser chamada de cetro de ferro da tirania, o pecado original dos tiranos, eu me declaro contra todo o poder construído em preconceitos, por mais velhos que sejam.

Se a submissão demandada fosse fundada na justiça – não haveria apelo a poderes maiores – pois Deus é, ele mesmo, a Justiça. Deixe-nos, então, como crianças dos mesmos pais, se não abastardas por sermos os primeiros a nascer, raciocinarmos juntos, e aprendermos a nos submeter à autoridade da razão – quando sua voz é ouvida de forma distinta. Contudo, se for provado que este trono de prerrogativas somente se apoia em uma massa caótica de preconceitos, desprovido de princípios inerentes de ordem para mantê-lo unido, ou em cima de um elefante, uma tartaruga, ou até em cima dos fortes ombros de um filho da terra,[226] eles podem escapar, quem se atrever a enfrentar a consequência, sem qualquer violação dos deveres, sem pecar contra a ordem das coisas.

---

225 Referência ao Provérbio 1:22, "Até quando, ó insensatos, amareis a insensatez? E vós, zombadores, até quando?"

226 De acordo com crenças da antiguidade o mundo tinha o formato de um disco, envolto por água, carregado por uma criatura enorme, uma tartaruga ou um mamute; na mitologia grega, Atlas era quem carregava o mundo em suas costas.

Enquanto a razão eleva os homens acima do rebanho de brutos, e a morte é repleta de promessas, eles sozinhos estão sujeitos à autoridade cega, sem confiança em sua própria força. "Eles são livres – quem será livre!"[227]

O ser que consegue governar a si mesmo não tem o que temer na vida; mas se alguma coisa for mais querida do que seu respeito próprio, o preço deve ser pago até o último centavo. A virtude, como qualquer coisa valiosa, deve ser amada por si só; ou ela não irá permanecer conosco. Ela não irá conceder a paz "que ultrapassa todo entendimento",[228] quando é meramente usada como pernas de pau; e respeitada, com exatidão farisaica, porque a "honestidade é a melhor política".

Que o plano da vida, que nos possibilita carregar algum conhecimento e virtude para outro mundo, seja o melhor traçado a fim de assegurar o conteúdo dentro deste, não pode ser negado; ainda que poucas pessoas ajam de acordo com esse princípio, e embora seja universalmente permitido não haver disputas. Prazeres atuais, ou o poder vigente, carregam antes de si estas convicções sóbrias; e é por dia e não por uma vida, que o homem barganha com a felicidade. Quão poucos!, tão poucos têm presciência suficiente ou resolução, para suportar um pequeno mal no momento presente, para evitar outro maior no futuro!

A mulher, em particular, cuja virtude[229] é construída sob preconceitos mutáveis, raramente se atém a esta grandeza da mente; para então, tornando-se escrava de seus próprios sentimentos, ser facilmente subjugada pelos outros. Assim degradada, sua razão, sua razão obscurecida!, é empregada mais para lustrar do que para arrebentar suas amarras.

Indignadamente eu tenho escutado mulheres argumentar na mesma linha que os homens, e adotar os sentimentos que as brutalizam, com toda a pertinência da ignorância.

Eu devo ilustrar minha assertiva com alguns exemplos. A Sra. Piozzi,[230] que frequentemente repetia por rotina o que não entendia, destaca-se no período Johnsoniano.

---

227 "Ele é o homem livre, a quem a *verdade* torna livre!", Cowper. (N.E.) Trecho de *The Task* (1785), v, p. 733, de William Cowper. Ênfase da escritora. (N.T.)

228 Referência ao livro de Filipenses 4:7, "E a paz de Deus, que ultrapassa todo entendimento, guardará o vosso coração e os vossos pensamentos em Cristo Jesus".

229 Minha intenção é usar uma palavra que compreenda mais do que a castidade, a virtude sexual. (N.E.)

230 Hester Lynch Thrale Piozzi (1741-1821), escritora e amiga de Samuel Johnson. Seu trabalho mais famoso é *Anecdotes of the late Samuel Johnson* (1786).

"Não busque pela felicidade na singularidade; e tema o refinamento da sabedoria como um desvio que leva à loucura." Assim ela dogmaticamente se direciona a homens recém-casados; e para elucidar este exórdio pomposo, ela adiciona,

> "Eu disse que a pessoa da sua senhora não te ficaria mais agradável, mas reze para que ela nunca suspeite que diminuiu: que uma mulher irá perdoar uma afronta ao seu entendimento mais rápido do que um contra a sua pessoa, é bem sabido; nem nenhum de nós irá contradizer esta assertiva. Todas as nossas conquistas, todas as nossas artes são empregadas para ganhar e manter o coração de um homem; e que mortificação poderia exceder o desapontamento, se o fim não for obtido? Não há reprovação por mais apontada, punição por mais severa, que uma mulher de espírito não prefira negligenciar; e se ela conseguir suportá-lo sem reclamar, isto apenas prova que ela tem a intenção de se aperfeiçoar diante dos outros, dos deslizes de seu marido!".[231]

Estes são sentimentos verdadeiramente masculinos. – "Todas as nossas *artes* são empregadas para ganhar e manter o coração do homem." E qual é a inferência?, se a sua pessoa, e se é que alguma vez ela foi uma pessoa, apesar de formada com a simetria Mediciana,[232] não fosse desprezada? Seja negligente e ela se aperfeiçoará em procurar outros homens para agradar. Nobre moralidade! Mas assim é o entendimento de todo o sexo afrontado, e a sua virtude despojada da base comum da virtude. Uma mulher deve saber que a sua pessoa não pode ser tão agradável ao seu marido quanto o era para seu amante, e se ela se ofender por ele ser uma criatura humana, ela pode, na verdade, chorar pela perda de seu coração, ou qualquer outra coisa tola. – E esta mesma vontade de discernimento e raiva irracional prova que ele não poderia mudar seu apego por sua pessoa para a afeição por suas virtudes, ou o respeito por seu entendimento.

Enquanto as mulheres confessam e agem de acordo com tais opiniões, seus entendimentos, ao menos, merecem o desprezo e a maledicência que homens (*que nunca* insultaram suas pessoas) têm dirigido intencionalmente à mente feminina. E é o sentimento destes homens polidos, que não desejam ser sobrecarregados pela mente, que as mulheres fúteis

---

231 Trecho de *Letters to and from the late Samuel Johnson* (1788), carta lxxii, p.s 98-100, de Piozzi.

232 Referência à Vênus de Médici, modelo de beleza feminina do século 18.

adotam impensadamente. Além do mais, deveriam saber que a razão insultada por si só pode espalhar esta reserva *sagrada* sobre a pessoa, que lhes dá afeições humanas, pois as afeições humanas têm sempre alguma base concreta, tão permanente quanto consistente com o grande fim da existência – a obtenção de virtude.

A Baronesa de Stael[233] fala a mesma língua que a senhora citada anteriormente, com mais entusiasmo. Seu elogio a Rousseau foi acidentalmente colocado em minhas mãos, e seus sentimentos, sentimentos de muitas do meu sexo, podem servir como o texto para alguns comentários. "Embora Rousseau", ela observa,

> "Tenha se esforçado para prevenir as mulheres de interferir nos assuntos públicos, e de terem um brilhante papel na arena política; ainda sim falando delas, quanto ele tem feito para a satisfação delas mesmas! Se ele desejava privá-las de alguns direitos estranhos ao sexo, o tanto que ele restaurou a todas, para todo o sempre, os direitos que a elas pertencem! E, em uma tentativa de diminuir a sua influência sobre a deliberação dos homens, quão sagradamente ele tem estabelecido o império que elas têm sobre sua felicidade! Ajudando-as a descer do trono usurpado, ele tem firmemente as colocado no lugar a que estão destinadas por natureza; e mesmo ele estando cheio de indignação quando elas se esforçam para se parecerem aos homens, quando elas vêm diante dele com todos os charmes, fraquezas, virtudes e erros, de seu sexo, seu respeito por suas pessoas chega a ser quase uma adoração".[234]

Verdade! – Pois nunca houve um sensualista que mais homenageou com fervorosa adoração o altar da beleza. Tão devoto, de fato, era o seu respeito pela pessoa, que com exceção da virtude da castidade, por motivos óbvios, ele apenas desejava vê-las embelezadas por charmes, fraquezas e erros. Ele tinha medo de que a austeridade da razão pudesse perturbar a brincadeira suave do amor. O mestre desejava ter uma escrava meretrícia para acariciar, totalmente dependente de sua razão e generosidade; ele não queria uma companhia, a quem deveria ser compelido a estimar, ou uma amiga a quem ele poderia confiar o cuidado da educação de seus

---

233 Germanine, a Baronese de Stael-Holstein (1766-1817), escreveu *Letters sur les écrits et le caractère de J.J. Rousseau* (1788).

234 Ibid, p. 15-6. Ênfase da escritora.

filhos, caso a morte os privasse de seu pai antes de ele ter realizado o dever sagrado. Ele nega a razão à mulher, a exclui do conhecimento e a põe à parte da verdade; mas mesmo assim o seu perdão está garantido, porque "ele admite a paixão pelo amor".[235] Seria preciso alguma ingenuidade para mostrar o motivo por que as mulheres deveriam estar sob tal obrigação a ele a ponto de admitir amor; quando está claro que ele o admite apenas para o relaxamento do homem, e para perpetuar a espécie; mas ele falava com paixão, e este poderoso feitiço agiu na sensibilidade de uma jovem encomiasta. "O que significa isso", prossegue este rapsodista, "para as mulheres, que a sua razão disputa com elas o império, quando o coração dele é devotamente delas".[236] Não é império, mas igualdade com que elas deveriam se contentar. Ainda, se elas desejassem apenas engrossar a sua influência, elas não deveriam confiar inteiramente em suas pessoas, pois, apesar da beleza poder ganhar um coração, ela não poderá mantê-lo, mesmo que a beleza esteja em plena floração, a não ser que a mente tenha, minimamente, alguma graça.

Uma vez que as mulheres estiverem suficientemente iluminadas para descobrir seu interesse real, em grande escala, elas estarão, estou persuadida, mais que prontas para renunciar a todas as prerrogativas do amor, as que não são mútuas, falando delas como prerrogativas duradouras, pela calma satisfação da amizade e pela confiança tenra da estima habitual. Antes do casamento elas não assumirão qualquer ar insolente, ou após se submeterem abjetamente; mas se esforçando para agir como criaturas razoáveis, em ambas as situações, elas não serão derrubadas de um trono para um banquinho.

Madame Genlis[237] escreveu muitos livros interessantes para crianças; e suas "Cartas sobre Educação" proporcionam muitas dicas úteis, de que os pais sensíveis certamente irão se aproveitar; mas seus pontos de vista são estreitos e seus preconceitos tão irracionais quanto fortes.

Eu devo passar por cima de seu argumento veemente a favor da eternidade de futuras punições, porque eu me envergonho de pensar que um ser humano deva, em qualquer circunstância, argumentar veementemente em prol de tal causa, e apenas fazer algumas observações sobre sua maneira

---

235 Ibid, p. 16.

236 Ibid.

237 Stéphanie-Félicité Brulart de Genlis (1746-1830), marquesa de Sillery. Escreveu o livro *Adèle et Théodore, ou Lettres sur l'education* (1782), sem tradução em português.

absurda de fazer a autoridade paterna suplantar a razão. Pois, em todo o lugar, ela inculca não só a submissão *cega* aos pais, mas à opinião do mundo.[238]

Ela conta a história[239] de um jovem envolvido pelo desejo explícito de seu pai por uma moça com fortuna. Antes que o casamento acontecesse, ela é privada de sua fortuna e jogada sem amigos ao mundo. O pai pratica as artes mais infames para separar seu filho dela, e quando o filho detecta sua vileza, e seguindo os ditados da honra, casa-se com a menina, nada além de miséria se segue, porque certamente ele se casou *sem* o consentimento de seu pai. Em que base a religião ou a moralidade podem se estabelecer quando a justiça é assim desafiada? Com a mesma visão ela representa uma jovem educada,[240] pronta para se casar com qualquer um que sua *mamãe* se agradasse em recomendar; e, de fato se casando com o jovem de sua própria escolha, não sentindo qualquer emoção de paixão, porque uma menina bem educada não tem tempo de estar apaixonada. É possível ter muito respeito por um sistema de educação que insulta a razão e a natureza dessa forma?

Muitas opiniões similares ocorrem em sua escrita, misturadas com sentimentos que honram a sua cabeça e coração. Contudo, tanta superstição é misturada com a sua religião, e tanta sabedoria mundana com a sua moralidade, que eu não deveria deixar uma pessoa jovem ler suas palavras, a menos que eu possa, posteriormente, falar sobre o assunto e apontar as contradições.

As Cartas da Sra. Chapone[241] são escritas com tão bom senso e humildade não afetada, e contêm tantas observações úteis, que eu apenas as menciono aqui para pagar um tributo de respeito a essa merecedora autora. Eu não posso, é verdade, sempre coincidir com as opiniões dela, mas eu sempre a respeito.

---

238 Uma pessoa não deve agir desta ou daquela maneira, apesar de convencida de estar certa em fazê-la, porque alguma circunstância equivocada pode levar o mundo a *suspeitar* que se agiu por motivos diferentes. – Isto é sacrificar a substância por uma sombra. Deixe que as pessoas assistam só os seus próprios corações, e que ajam corretamente, até onde elas possam julgar, e elas poderão esperar pacientemente até que a opinião do mundo apareça. É melhor ser direcionado por um motivo simples – já que a justiça tem frequentemente sido sacrificada pela propriedade – outra palavra para conveniência. (N.E.)

239 Em *Theophilus et Olympia*, capítulo III, do livro *Les Veillées du château, ou Cours de morale à l'usage des enfants* (1781), de Genlis.

240 Em *Adèle et Théodore, ou Lettres sur l'education* (1782), de Genlis.

241 *Letters on the Improvement of the Mind* (1773), de Hestor Chapone.

A própria palavra respeito traz a Sra. Macaulay a minha lembrança. A mulher de maiores habilidades, sem dúvida que este país já produziu. – E, apesar disso, esta mulher têm sido condenada a morrer sem o respeito suficiente pago à sua memória.[242]

A posterioridade, no entanto, será mais justa; e lembrará que Catherine Macaulay foi um exemplo de aquisição intelectual supostamente incompatível com a fraqueza de seu sexo. No seu estilo de escrita, de fato, o sexo não aparece, pois tem o mesmo sentido que transmite, forte e claro.

Eu não chamarei o seu entendimento de masculino, porque eu não me permito tal suposição arrogante da razão; mas eu afirmo que era uma razão sã, e que seu julgamento, a fruta madura do pensamento profundo, foi a prova de que uma mulher pode adquirir julgamento, na extensão completa da palavra. Possuindo mais discernimento do que sagacidade, mais entendimento do que fantasia, ela escreve com energia sóbria e proximidade argumentativa; além disso, a simpatia e a benevolência dão um interesse ao seu sentimento, e aquele calor vital aos seus argumentos, que força o leitor a pesá-los[243].

Quando eu primeiramente pensei em escrever estas críticas, eu antecipei a aprovação da Sra. Macaulay, com um pouco de ardor sanguinolento, que tem sido o serviço de minha vida enfraquecer; mas logo ouvi com a apreensão doentia da esperança desapontada; e a seriedade calma do pesar – de que ela não mais era!

## Seção V

Olhando os diferentes trabalhos que têm sido escritos sobre educação, as Cartas do Lorde Chesterfield não poderiam ser silenciosamente deixadas de lado. Não que eu intencione analisar seu sistema desumano e imoral, ou mesmo selecionar qualquer das anotações úteis e sagazes que ocorrem em sua epístola. – Não, eu só intenciono fazer algumas reflexões na tendência declarada por elas – a arte de adquirir desde cedo um conhecimento do mundo. Uma arte, eu me aventurarei a afirmar,

---

242 Catherine Macaulay, historiadora e escritora polêmica, que foi largamente ridicularizada após casar-se aos 47 anos com William Graham, de 21 anos.

243 Coincidindo em opinião com a Sra. Macaulay, relativo às muitas ramificações da educação, eu me refiro ao seu valioso trabalho, em vez de citar seus sentimentos para apoiar os meus próprios. (N.E.)

que consome secretamente, como larva dentro de uma rosa em botão,[244] a expansão do poder, e transforma em veneno o suco generoso que deveria elevar com vigor o esqueleto jovial, inspirando afeto caloroso e grandes resoluções[245].

Para todas as realizações, disse o homem sábio, há um momento certo;[246] – e quem olharia para os frutos do outono durante os meses geniais da primavera? Mas isso é mera declamação, a minha intenção é argumentar com aqueles instrutores imensamente sábios que, em vez de cultivar o julgamento, instilam o preconceito e tornam o coração enrijecido quando a experiência gradual apenas o resfriaria. Um conhecimento desde cedo das fraquezas humanas, ou o que é chamado de conhecimento do mundo, é a forma mais certa, em minha opinião, para contrair o coração e enfraquecer o ardor natural da juventude que produz não só grandes talentos, mas grandes virtudes. Pois a tentativa em vão de produzir o fruto da experiência, antes que a muda de árvore tenha lançado suas folhas, apenas exaure suas forças, e a previne de assumir sua forma natural; assim como a forma e a força de metais em decantação são prejudicadas, quando a atração da coesão é perturbada.

Diga-me, aqueles que estudaram a mente humana, não é um modo estranho estabelecer princípios mostrando aos jovens que eles raramente são estáveis? E como eles poderiam ser fortalecidos por hábitos, quando é provado serem falaciosos por meio dos exemplos? Por que o ardor da juventude, assim, é amortecido e a luxúria da fantasia tornada mais imediata? Esta precaução, seca, poderia, é verdade, proteger o caráter dos infortúnios mundanos; porém irá infalivelmente impossibilitar a excelência na virtude ou no conhecimento.[247] Um obstáculo jogado em todos os caminhos por causa da desconfiança, irá prevenir qualquer

---

244 Referência à peça *Noite de Reis*, ato II, cena IV, p. 68, de Shakespeare: "Ela jamais declarou o seu amor, mas deixou que esse segredo, como larva dentro de uma rosa em botão, se alimentasse de suas rosadas faces". Tradução de Beatriz Viégas-Faria.

245 Que as crianças devam ser constantemente protegidas contra os vícios e tolices do mundo, aparenta, para mim, uma opinião bastante equivocada; pois no curso de minha experiência, e meus olhos viram outros lugares, eu nunca conheci um jovem que, educado desta maneira, tenha absorvido cedo estas suspeitas amedrontadoras, e repetido por força do hábito o hesitante "*se*" da idade, que não provou o egoísmo do caráter. (N.E.)

246 Referência a Eclesiastes 3:1, "Para todas as realizações há um momento certo [...]".

247 Eu já observei, um conhecimento precoce do mundo, obtido de forma natural, por se misturar no mundo, tem o mesmo efeito: a exemplo dos oficiais [soldados] e das mulheres. (N.E.) Ver capítulo II. (N.T.)

esforço vigoroso de genialidade ou benevolência, e a vida será desprovida de seu mais fascinante charme antes de sua tarde calma, quando o homem deveria retirar-se para contemplar o conforto e o apoio.

Um jovem que foi educado com amigos domésticos, e direcionado a armazenar em sua mente o máximo possível de conhecimento especulativo, através da leitura e pela reflexão natural que a ebulição jovial dos espíritos animais e sentimentos instintivos inspiram, entrará no mundo com expectativas calorosas e errôneas. Mas isto aparenta ser o curso da natureza; na moral, assim como nos trabalhos do gosto, deveremos ser observadores de suas sagradas indicações, e não presumir guiar quando deveríamos, sem obséquio, segui-las.

No mundo, poucas pessoas agem por princípio; sentimentos do momento e hábitos prematuros, são o suprassumo:[248] mas como o primeiro poderia ser amortecido e o último tornado um grilhão de ferro corroído, se o mundo fosse mostrado aos jovens assim como ele é; quando nenhum conhecimento da humanidade ou de seus próprios corações, obtidos gradualmente através de experiência, fossem tornados toleráveis? Seus semelhantes não seriam então vistos como seres frágeis; como a si próprios, condenados a lutar com as enfermidades humanas, e algumas vezes mostrando a sua luz, e outras vezes o lado obscuro de seus caracteres, extorquindo sentimentos alternados de amor e desgosto; mas protegidos contra as feras de rapina, até que cada sentimento social engrandecido, em uma palavra – a humanidade –, fosse erradicado.

Na vida, ao contrário, assim como descobrimos as imperfeições da natureza gradualmente, descobrimos virtudes, e várias circunstâncias nos ligam aos nossos semelhantes, quando nos misturamos a eles, e vemos os mesmos objetos, que nunca podem ser pensados como uma forma de adquirir um conhecimento às pressas e não natural do mundo. Nós vemos a tolice inflar-se em vício, a níveis quase imperceptíveis, e lamentamos enquanto culpamos; mas se um monstro horrendo aparecer de repente à nossa frente, medo e desgosto nos tornam mais severos do que os homens deveriam ser, podendo nos levar com um zelo cego que usurpa o caráter da onipotência, e causa a perdição de nossos camaradas mortais, esquecendo-se de que não podemos ler o coração, e que temos sementes dos mesmos vícios espreitando a nós próprios.

---

248 No original: *grand springs*.

Eu já apontei que esperamos mais da instrução do que a mera instrução pode produzir: pois, em vez de preparar jovens para encontrar os males da vida com dignidade, e de adquirir sabedoria e virtude pelo exercício de suas próprias faculdades, preceitos são amontoados em cima de preceitos, e uma obediência cega é requerida, quando as convicções deveriam ser voltas para a razão.

Suponha, por um instante, que um jovem no primeiro ardor da amizade deifique o objeto amado – que prejuízo pode se originar deste vínculo entusiasmado e equivocado? Talvez seja necessário que a virtude primeiramente apareça em uma forma humana para impressionar os corações joviais; o modelo ideal, em que uma mente mais madura e elevada se espelha e se molda, eludiria a sua visão. Aquele que não ama seu irmão, a quem vê, como pode amar a Deus? Perguntam-se os mais sábios dos homens.[249]

É natural para os jovens adornarem o primeiro objeto de sua afeição com todas as qualidades boas, e a emulação produzida pela ignorância, ou para falar com mais propriedade, por inexperiência, traz à frente o intelecto capaz de formar tal afeição, e quando no lapso do tempo, a perfeição não é encontrada dentro do alcance dos mortais, a virtude, abstratamente, é vista como bela e a sabedoria, sublime. A admiração então dá lugar à amizade, apropriadamente chamada de tal, porque é cimentada pela estima; e o ser caminha sozinho apenas dependendo do céu por aquele êmulo ofegante, em busca da perfeição que para sempre brilha em uma mente nobre. Contudo, este conhecimento o homem deve adquirir pelo esforço de suas próprias faculdades; e isto é certamente a abençoada fruta de uma esperança desapontada! Pois Ele, que se delicia em difundir felicidade e mostrar misericórdia às criaturas mais fracas, que estão aprendendo a conhecê-lo, nunca implantou uma boa propensão para ser fogo de santelmo.

Nossas árvores agora são permitidas a se espalhar com luxúria selvagem, nem nós esperamos combinar à força as marcas majestosas do tempo com as graças joviais; mas esperar pacientemente até que raízes atinjam profundidade e afrontem muitas tempestades. – É para a mente então, em proporção que a sua dignidade avança mais devagar em

---

249 Referência a 1 João 4:20, "Se alguém declarar: 'Eu amo a Deus!', porém odiar a seu irmão, é mentiroso; porquanto quem não ama seu irmão, a quem vê, não pode amar a Deus, a quem não enxerga".

direção à perfeição, ser tratada com menos respeito? Para argumentar a partir da analogia, tudo em nossa volta está em um estado progressivo; e quando um conhecimento da vida indesejável produz quase toda a satisfação da vida, e nós descobrimos pelo curso natural das coisas que tudo que se faz debaixo do sol é vaidade,[250] nós chegamos perto do terrível desfecho do drama. Os dias de atividade e esperança acabaram, e as oportunidades que o primeiro estágio da existência proporcionou de avançar na escala da inteligência, devem ser logo somadas. – Um conhecimento neste período de futilidade da vida, ou mais cedo, se obtido pela experiência, é bastante útil, porque é natural; mas quando um ser frágil é exposto às tolices e aos vícios dos homens, ele pode ser ensinado prudentemente a se proteger contra as casualidades comuns da vida, através do sacrifício de seu coração – sem dúvida nenhuma, não é falar de forma rude ao chamá-lo de conhecimento do mundo, contrastando com a fruta mais nobre da piedade e da experiência.

Eu me arriscarei em um paradoxo, e entregarei a minha opinião sem reservas, se os homens apenas nascessem para formar um círculo de vida e morte, seria sábio dar cada passo que a visão pudesse vislumbrar para tornar a vida feliz. A moderação em cada busca seria então a sabedoria suprema; e a volúpia prudente poderia desfrutar de um grau de contentamento, apesar de ele não ter cultivado o seu entendimento nem mantido o seu coração puro. A prudência, supondo que somos mortais, seria a verdadeira sabedoria, ou, para ser mais explícita, conseguiria a maior porção de felicidade, considerando a vida toda, mas o conhecimento além das conveniências da vida seria uma maldição.

Por que deveríamos prejudicar a nossa saúde por estudar profundamente? O prazer exaltado que as buscas intelectuais proporcionam seria escassamente equivalente às horas de langor que se seguem; especialmente, se for necessário levar em consideração as dúvidas e os desapontamentos que obscurecem a nossa pesquisa. A vaidade e a vexação concluem cada inquérito: pois a causa que particularmente desejamos descobrir voa como o horizonte diante de nós à medida que avançamos. Os ignorantes, ao contrário, lembram crianças, e supõem que se pudessem andar em linha reta eles deveriam finalmente chegar onde a terra e as nuvens se encontram. No entanto, desapontados como somos em

---

250 Referência a Eclesiastes 1:14, "Examinei todas as obras que se fazem debaixo do sol e cheguei à conclusão de que tudo é inútil, é como uma corrida sem fim atrás do vento!".

nossas pesquisas, a mente ganha força pelo exercício, suficiente talvez, para compreender as respostas que, em outra etapa da existência, se originaram de perguntas feitas ansiosamente, quando o entendimento de asas frágeis revoava em volta dos efeitos visíveis para mergulhar nas causas escondidas.

As paixões também, os ventos da vida, seriam inúteis, se não prejudiciais, se a substância que compõe o nosso ser pensante, depois de pensarmos em vão, apenas se tornassem o apoio da vida vegetal, e revigorassem um repolho, ou enrubescessem uma rosa. Os apetites responderiam a cada propósito mundano, e produziriam felicidade mais moderada e permanente. Contudo, os poderes da alma que são de pouca utilidade aqui, e que provavelmente perturbam as nossas diversões animais, mesmo quando a dignidade consciente nos torna gloriosos de sua posse, provam que a vida é meramente uma lição, um estado de infância, cujas únicas esperanças que valem a pena serem estimadas não deveriam ser sacrificadas. A minha intenção é, então, inferir que nós devemos ter uma ideia precisa do que desejamos adquirir com a educação, pois a imortalidade da alma é contrariada pelas ações de muitas pessoas que firmemente professam esta crença.

Se é a sua intenção proteger o bem-estar físico e a prosperidade na terra como primeira consideração, e deixar o futuro prover por si mesmo; você age prudentemente dando ao seu filho uma visão precoce da fraqueza de sua natureza. Você não poderá, é verdade, fazer dele um Inkle,[251] mas não imagine que ele se deterá para além da carta da lei, que desde muito cedo absorveu uma opinião mediana da natureza humana; nem pensará ser necessário se elevar muito acima o padrão comum. Ele pode evitar vícios graves, porque a honestidade é a melhor política; mas ele nunca se direcionará para adquirir grandes virtudes. O exemplo dos escritores e artistas ilustrará esta observação.

Eu devo então me aventurar a duvidar se o que tem sido pensado como um axioma das morais pode não ter sido uma declaração

---

251 Ver *Spectator* (1771), de Richard Steele, que conta a história de Thomas Inkle, um jovem que veleja até as Índias Ocidentais (continente Americano) à procura de fazer riqueza. Seu navio é atacado por índios, mas Inkle é salvo pela jovem índia Yarico, que o mantém escondido em uma caverna até ela contatar um navio que está indo para Barbados. Eles viajam juntos, e na chegada Inkle a vende como escrava, aumentando seu preço de venda quando ela diz que está grávida. Wollstonecraft coloca essa história em *The Female Reader*, i, p.s 29-31. Steele se baseia no livro de Richard Ligon, *A True and Exact History of the Island of Barbados* (1657).

dogmática feita por homens que veem a humanidade friamente por meio dos livros, e dizer, em contradição direta a eles, que as regulações das paixões não é sempre a sabedoria. – Ao contrário, deveria parecer que uma das razões dos homens terem julgamento superior e mais firmeza que as mulheres, é sem dúvida isso: o fato de darem um alcance mais livre às grandes paixões, e por se desviarem com mais frequência [acabam por] engrandecer suas mentes. Se então, pelo exercício de sua própria[252] razão eles se fixam em algum princípio estável, eles devem provavelmente agradecer a força de suas paixões, nutridas por *falsas* visões de vida, e serem permitidos a transpor a fronteira que protege o conteúdo. Mas se, na alvorada da vida, nós pudéssemos sobriamente inspecionar as cenas com antecedência, como em perspectiva, e ver tudo em suas cores reais, como as paixões poderiam ganhar força suficiente para desenvolver as faculdades?

Deixe-me agora, a partir de uma eminência, examinar o mundo despido de todo o charme falso e ilusório. A atmosfera clara me permite ver cada objeto em seu verdadeiro ponto de vista, enquanto o meu coração está quieto. Eu estou calma como a perspectiva de uma manhã em que a névoa, dispersando vagarosamente, desvenda silenciosamente as belezas da natureza, refrescada pelo descanso.

E sob que luz o mundo irá agora aparecer? – Eu esfrego meus olhos e penso, por acaso, que eu estou apenas acordando de um sonho vívido.

Eu vejo os filhos e as filhas de homens perseguindo sombras, e gastando ansiosamente seus poderes para alimentar paixões que não têm objeto adequado – se o próprio excesso destes impulsos cegos, mimado pelo guia mentiroso mas que é confiado com frequência, a imaginação, não tornou, ao prepará-los para algum outro estado, tais mortais míopes mais sábios sem [ter contudo] sua própria anuência; ou, o que chega a ser a mesma coisa, quando estariam buscando no presente algum bem imaginário.

Depois de ver os objetos sob esta luz, não seria muito fantasioso imaginar que este mundo era um palco sob o qual uma pantomima é realizada diariamente para o entretenimento de seres superiores. Como

---

252 "Eu acho que tudo não é nada mais que conversa inteligente, mas sem base prática, que quer experiência", diz Sidney. (N.E.) Tradução livre de trecho alterado pela escritora da obra *The Countess of Pembroke's Arcadia* (1590), i, p. 18: "Eu acho, de fato, que tudo não é nada mais que conversa inteligente, mas sem base prática, que quer experiência". (N.T.)

eles se divertiriam ao ver um homem ambicioso se autoconsumindo ao correr atrás de um fantasma, e "buscando a falaz glória na boca dos canhões"[253] que iria explodi-lo completamente: pois quando a consciência é perdida, não importa se montaremos em cima de um redemoinho de vento ou se desceremos com a chuva. E devam eles revigorar compassivamente a sua visão e mostrar-lhe o caminho espinhoso que leva a eminência, que como em areia movediça se afunda enquanto ascende, desapontando suas esperanças quando quase dentro de seu alcance, ele não deixaria aos outros a honra de entretê-los e trabalhar para assegurar o momento presente, embora devido à constituição de sua natureza ele não acharia muito fácil pegar o vapor esvoaçante? Temos que ter esperança e temer tais escravos!

Porém, por mais vazia que seja a busca do homem ambicioso, ele está frequentemente lutando por algo mais substancial do que a fama – isso de fato seria exatamente o meteoro, o fogo mais selvagem que poderia atrair o homem para a destruição. – O quê! Renuncia à gratificação mais leviana para ser aplaudido quando não mais o deveria ser! Para que seria esta luta, se o homem é mortal ou imortal, se esta nobre paixão não o elevasse de fato acima de seus companheiros?

E o amor! Que cenas divertidas não produziria – os truques de Pantaleão[254] devem produzir tolices mais chocantes. Ver um mortal adornar um objeto com charmes imaginários, e então cair e reverenciar o ídolo que ele mesmo criou – que ridículo! Mas que consequências sérias seguem-se, se o homem for roubado desta porção de felicidade, cuja Deidade ao chamá-lo à existência (ou, onde seus atributos podem se sustentar!) indubitavelmente prometeu: todos os propósitos da vida não seriam mais bem saciados se ele apenas tivesse sentido o que tem sido chamado de amor físico? E, a visão do objeto, não visto por meio da imaginação, não seria logo reduzida à paixão e ao apetite, se a reflexão, a nobre distinção do homem, não a desse força, tornando-a um instrumento para elevá-lo acima das impurezas mundanas, ensinando-o a amar o centro de todas as perfeições, a quem a sabedoria aparece mais e mais clara nos trabalhos da natureza, na proporção em que a razão é

---

253  Referência à peça de Shakespeare *Como Gostais*, Ato II, Cena VII: "Que a falaz glória busca/ até mesmo na boca dos canhões".

254  Personagem idoso, comerciante de Veneza, avarento e desonesto, que mesmo com sua posição como fidalgo é sempre enganado. Criado no Século 16, no teatro italiano *commedia dell'arte*.

iluminada e exaltada pela contemplação e pela aquisição daquele amor pelo outro que a luta pela paixão produz?

O hábito da reflexão e o conhecimento adquirido pela nutrição de qualquer paixão podem se mostrar igualmente úteis, embora seja provado que o objeto é igualmente falacioso; pois eles todos apareceriam sob a mesma luz, se não fossem ampliados pela paixão governante implantada em nós pelo Autor de toda a bondade, que chama adiante e fortalece as faculdades de cada indivíduo, e permite que sejam adquiridas todas as experiências que uma criança poderia obter, que faz certas coisas sem saber o porquê.

Eu desço do meu degrau, e me misturando com meus semelhantes, me sinto empurrada em direção à corrente comum; a ambição, o amor, a esperança e o medo, exercem seus poderes de costume, apesar de sermos convencidos pela razão de que suas promessas mais presentes e mais atraentes são apenas sonhos mentirosos; mas se a mão fria da circunspecção tivesse sufocado cada sentimento generoso antes de deixar qualquer caráter permanente, ou fixado algum hábito, o que poderia ser esperado, a não ser prudência e razão egoísta prestes a se elevar acima do instinto? Quem leu a descrição nojenta de Dean Swift dos Yahoos e a outra insípida dos Houyhnhnm[255] com um olhar filosófico, pode evitar ver a futilidade das paixões degradantes, ou fazer com que o homem descanse em contentamento?

O jovem deveria *agir*; pois, se tivesse a experiência das cabeças grisalhas, ele estaria mais apto à morte do que à vida, embora suas virtudes, que residem em sua cabeça em vez de seu coração, não poderiam produzir nada importante, e seu entendimento, preparado para este mundo, não provaria, pelos seus ares nobres, que tem um título para a superioridade.

Além disso, não é possível dar a uma pessoa jovem uma visão justa da vida; ele deve lutar com suas próprias paixões antes que possa estimar a força da tentação que traiu seu irmão ao vício. Aqueles que estão entrando na vida, e aqueles que estão partindo, veem o mundo de diferentes pontos de vista, e raramente pensam de forma semelhante, a menos que a razão do último nunca tenha feito um voo solitário.

---

255 Ver *Travel into Several Remote Nations of the World* (1726), pt iv, de Lemuel Gulliver, pseudônimo de Dean Swift.

Quando escutamos sobre crimes ousados – chega inteiramente sobre nós no tom mais profundo de torpeza, e cria indignação; mas o olho que gradualmente viu a escuridão se adensar, deve observar com mais paciência compassiva. O mundo não pode ser visto por um espectador imóvel, devemos nos misturar na multidão, e sentir como homens se sentem antes de poder julgar os seus sentimentos. Se a nossa intenção é, resumidamente, viver no mundo para nos tornarmos mais sábios e melhores, e não apenas aproveitar as boas coisas da vida, devemos adquirir conhecimento dos outros ao mesmo tempo em que nos tornamos familiarizados com nós mesmos – o conhecimento adquirido de qualquer outro jeito apenas endurece o coração e desorienta o entendimento.

Posso ter ouvido que o conhecimento assim adquirido é, às vezes, comprado por um preço alto demais. Eu apenas posso responder que duvido muito que qualquer conhecimento possa ser adquirido sem trabalho e sofrimento; e aqueles que querem poupar seus filhos de ambos, não deveriam reclamar se eles não são nem sábios nem virtuosos. Eles apenas visaram torná-los prudente; e prudência, cedo na vida, é nada mais que arte cautelosa do amor-próprio ignorante.

Eu tenho observado que os jovens, cuja educação tem sido dada especial atenção, têm, em geral, sido muito superficiais e pretensiosos, e longe de agradáveis em qualquer aspecto, porque eles não têm nem o calor sem suspeitas da juventude, nem a profundeza fria da idade. Eu não posso evitar de imputar esta aparência não natural principalmente a esta instrução rápida e prematura, que os leva presunçosamente a repetir todas as noções cruas que aceitaram com confiança, para que então a cuidadosa educação que receberam os façam escravos dos preconceitos por toda sua vida.

O esforço mental assim como o corporal é, primeiramente, cansativo, tanto que vários se satisfazem em deixar os outros trabalharem e pensarem por eles. Uma observação que eu tenho frequentemente feito irá ilustrar o que quero dizer. Quando em um círculo de estranhos, ou conhecidos, uma pessoa de habilidades moderadas afirma sua opinião com ardor, eu me aventuro em afirmar que, pois eu acompanhei este fato em casa, muito frequentemente, é um preconceito. Estes ecos têm muito respeito para [que haja] o entendimento [por parte] de algum parente ou amigo, e sem entender completamente as opiniões, que estão ansiosos para recontar, eles as mantêm com um grau de obstinação que surpreenderia até a pessoa que o forjou.

Eu sei que um tipo de moda agora predomina, a de se respeitar preconceitos; e quando alguém se atreve a enfrentá-los, embora acionado pela humanidade e armado pela razão, ele é perguntado de forma arrogante se seus ancestrais eram tolos. Não, eu devo responder; as opiniões, primeiramente, de qualquer descrição, foram todas, provavelmente, consideradas, e então fundadas em alguma razão; no entanto e não raro, obviamente, era mais um expediente local do que um princípio fundamental, que seria [considerado] razoável em todos os momentos. Contudo, as opiniões cobertas por limo, assumem a forma desproporcionada do preconceito, quando são adotadas insolentemente apenas porque a idade os deu um aspecto venerável, embora a razão sob os quais foram construídas cessa de ser uma razão, ou não pode ser traçada. Por que amamos os preconceitos, meramente por serem preconceitos?[256] Um preconceito é uma persuasão carinhosa pela qual não podemos dar nenhuma razão; pois no momento que uma razão pode ser dada a uma opinião, ela cessa de ser preconceito, embora possa ser um erro de julgamento: e somos então aconselhados a apreciar opiniões somente para desafiar a razão? Este modo de argumentação, pode ser chamado de argumentação, lembra o que é vulgarmente chamado de razão das mulheres. Pois as mulheres, às vezes, declaram que amam, ou acreditam, em certas coisas, *porque* elas amam, ou acreditam nelas.

É impossível conversar com pessoas para qualquer propósito, quando elas apenas usam afirmações e negações. Antes de conseguir trazê-los para um ponto, para a partir de então começar, você deve voltar para os princípios simples que são antecedentes aos preconceitos abordados pelo poder; e é dez para um, mas você é parado pela assertiva filosófica, que certos princípios são praticamente tão falsos quanto são abstratamente verdadeiros.[257] Mas que isso, pode ser inferido, que a ra-

---

256 Veja o Sr. Burke. (N.E.) Ver livro *Reflexões sobre a Revolução em França* (1790), de Edmund Burke: "Preconceito torna a virtude de um homem seu hábito" e "é de pronta aplicação na emergência". Tradução livre. Burke argumenta que isso é mais uma "sabedoria latente" em um preconceito de longa data, do que na razão do indivíduo. (N.T.)

257 "Convença um homem contra a sua vontade,/Ele não mudará de opinião". (N.E) Frase de Samuel Butler, em *Hudibras* (1678), parte 3: "Um homem convencido contra a sua própria vontade não muda de opinião". Tradução livre. No original: *He that complies against his Will,/ Is of his own opinion still.* (N.T.)

zão tem sussurrado algumas dúvidas, pois geralmente acontece de as pessoas declararem suas opiniões com maior ardor quando começam a hesitar; lutando para afastar suas próprias dúvidas por convencer o oponente, eles ficam agressivos quando aquelas dúvidas corrosivas são jogadas para consumirem a si mesmas.

O fato é que os homens esperam da educação, o que a educação não pode dar. Um pai ou uma mãe sagaz, ou um tutor, podem fortalecer o corpo e afiar os instrumentos pelos quais as crianças irão reunir o conhecimento; mas o mel deve ser a recompensa da indústria do próprio indivíduo. É quase um absurdo tentar fazer um jovem ser sábio pela experiência do outro, como se fosse esperar o corpo crescer forte pelo exercício que é apenas falado ou visto.[258] Muitas dessas crianças, cuja conduta tem sido observada de forma mais estreita, tornam-se os homens mais fracos, porque seus instrutores somente instilam certas noções em suas mentes, que não têm nenhum outro fundamento do que sua autoridade; e se eles forem amados e respeitados, a mente é restringida em suas exerções e vacilante em seus avanços. O negócio da educação, neste caso, é apenas para conduzir as gavinhas a um suporte apropriado; ainda depois de colocar preceitos sobre preceitos, sem permitir que a criança adquira julgamento próprio, os pais esperam que ela aja da mesma forma por esta luz falaciosa e emprestada, como se ela tivesse iluminado a si mesma; e que seja, quando entra na vida, o que seus pais são ao fim dela. Eles não consideram que a árvore, e até o corpo humano, não fortalece suas fibras até que tenha alcançado seu crescimento completo.

Parece acontecer algo análogo na mente. Os sentidos e a imaginação dão a forma ao caráter, durante a infância e a juventude; e o entendimento, à medida que a vida avança, dá firmeza aos primeiros propósitos justos da sensibilidade – até que a virtude, originando-se mais pela clara convicção da razão do que do impulso do coração, moral é feita para se apoiar em uma pedra contra a qual as tempestades da paixão deparam em vão.

Eu espero não ser mal compreendida quando digo que a religião não terá esta energia condensadora, a menos que seja fundada na razão. Se for meramente o refúgio da fraqueza ou do fanatismo selvagem, e

---

258 "Um não enxerga nada quando está satisfeito em apenas contemplar; é necessário agir para que este seja capaz de ver como os outros agem." Rousseau. (N.E.)

não um princípio governador da conduta, proveniente do autoconhecimento, e a opinião racional a respeito dos atributos de Deus, o que pode ser esperado produzir? A religião que consiste em aquecer os afetos e exaltar a imaginação, é apenas a parte poética, e pode arcar com o prazer individual sem torná-lo um ser mais moral. Pode ser um substituto às buscas mundanas; embora estreita, em vez de engrandecer o coração: mas a virtude deve ser amada por si própria, sublime e excelente, e não pelas vantagens que obtém ou pelos males que evita, se qualquer grau de excelência é esperado. Os homens não se tornarão morais enquanto construírem somente castelos de ar em um mundo futuro, para compensar os desapontamentos que se defrontaram neste mundo; se eles desviarem seus pensamentos dos deveres relativos para devaneios religiosos.

A maioria dos prospectos da vida são prejudicados pela sabedoria mundana e instável dos homens que, esquecendo-se de que não podem servir a Deus e a Mâmon,[259] esforçam-se para misturar coisas contraditórias. – Se você deseja fazer seu filho rico, busque um caminho – se apenas está ansioso para torná-lo virtuoso, você deve tomar outro; mas não imagine que você possa pular de uma estrada para a outra sem perder o seu caminho.[260]

---

259 Referência a Mateus 6:24, "Ninguém pode servir a dois senhores; pois odiará um e amará o outro, ou será leal a um e desprezará o outro. Não podeis servir a Deus e a Mâmon. Descanso na providência divina"; e Lucas 16:13.

260 Veja uma excelente redação sobre este assunto pela Sra. Barbauld, em *Miscellaneous Pieces in Prose*. (N.E.) Ver J. e A.L. Aikin, *Miscellaneous Pieces in Prose* (1773), 59, *Against Inconsistency in Our Expectations*. Sem tradução para o Português. (N.T.)

*capítulo* VI

# O EFEITO QUE UMA ASSOCIAÇÃO PREMATURA DE IDEIAS TEM SOBRE O CARÁTER

Educadas no estilo enfraquecido recomendado pelos escritores, de quem eu tenho sido censurada; e não tendo uma chance, de seus lugares subordinados na sociedade, de recuperar o espaço perdido por elas, é surpreendente que as mulheres em todos os lugares aparentam ser um defeito na natureza? É surpreendente, quando consideramos o efeito determinante que uma associação prematura de ideias tem no caráter, a ponto de elas negligenciarem seu entendimento, e voltarem toda a sua atenção para as suas pessoas?

As grandes vantagens que naturalmente resultam de armazenar a mente com conhecimento são óbvias, se advindas das seguintes considerações. A associação de nossas ideias é ou habitual ou instantânea; e o último modo parece depender mais da temperatura original da mente do que da vontade. Quando as ideias, e as questões de fato, são absorvidas, elas ali ficam para o uso, até que alguma circunstância fortuita faz a informação ser lançada para dentro da mente com força ilustrativa, que foi recebida em períodos diferentes de nossa vida. Como a luz do relâmpago, são muitas as lembranças; uma ideia assimilando e explicando outra, com rapidez surpreendente. Eu não aludo, agora, àquela rápida percepção da verdade, que é tão intuitiva que confunde a pesquisa, e nos faz confusos para determinarmos se é uma reminiscência ou um raciocínio, perdido de vista em sua celeridade, que abre a nuvem escura. Sobre estas associações instantâneas temos pouco poder; pois uma vez a mente engrandecida por voos errantes, ou pela profunda reflexão, a matéria crua irá se organizar em algum grau. O entendimento, é verdade, pode nos impedir de sair do desenho[261] quando agrupamos nossos pensamentos, ou transcrever da imaginação os esboços calorosos da fantasia; mas o espírito animal, o caráter individual, dá a cor. Sobre este fluido elétrico sutil,[262] quão pouco poder nós possuímos, e sobre ele quão pouco poder a razão pode obter! Estes espíritos teimosos e admiráveis parecem ser a essência do caráter, e, irradiando o feixe de luz de seu olho de águia, produz no grau mais eminente a energia feliz da associação do pensamento que surpreende, encanta e instrui. Estas são as mentes brilhantes que concentram conjunturas para seus semelhantes; forçando-os a ver com interesse os objetos refletidos da imaginação fervorosa, que eles repassam para natureza.

Permitam-me explicar. A generalidade das pessoas não pode ver ou sentir poeticamente, elas querem fantasia, e então voam da solidão em busca de objetos sensíveis; mas, quando um autor as empresta seus olhos, elas conseguem ver como ele, e se divertem com imagens que não podem selecionar, mesmo estando diante delas.

Assim, a educação apenas supre o homem de caráter com conhecimento para dar variedade e contraste a suas associações; contudo, há uma associação habitual de ideias, que cresce "com o nosso crescimento",[263] que tem um grande efeito no caráter moral da humanidade; e pelo qual uma reviravolta é dada à mente, que com frequência permanece por toda a vida. Tão dúctil é o entendimento, e ainda tão teimoso, que as associações que dependem de circunstâncias adventícias, durante o período que o corpo leva para chegar à maturidade, raramente podem ser desentrelaçadas da razão. Uma ideia chama a outra, sua associação antiga, e a memória, fiéis à primeira impressão, particularmente quando

---

261 No original: *going out of drawing*.

262 Eu tenho, às vezes, quando propensa a rir dos materialistas, perguntado se, como os mais poderosos efeitos na natureza são aparentemente produzidos por fluidos ([por exemplo:] o magnético etc.), as paixões não podem ser fluidos voláteis puros que abraçaram a humanidade, mantendo os elementos mais refratários juntos – ou se são simplesmente um fogo líquido que penetrou os materiais mais preguiçosos, dando a eles vida e calor? (N.E.) A escritora se refere aos trabalhos de René Descarte (1596-1650), Pierre Gassendi (1592-1655), e Thomas Hobbes (1588-1679), que levaram ao estabelecimento da teoria clássica, em que a realidade física é inteiramente composta por partículas de matéria em movimento; no século 18, a teoria foi desenvolvida por Julien Offroy de la Mettrie (1709-51), Paul, o barão de Holbach (1723-89), e David Hartley (1705-57). (N.T.)

263 Referência ao trecho do livro *"Ensaio sobre o homem"* (1733-4), ii, 136, de Alexander Pope. *Cresce com seu crescimento, fortalece com sua força.* Tradução livre.

os poderes intelectuais não são empregados para resfriar as nossas sensações, voltam a elas com precisão mecânica.

Esta escravidão habitual, à primeira impressão, tem um efeito mais prejudicial ao caráter feminino do que masculino, porque os negócios e outros empregos brutos do entendimento tendem a enfraquecer os sentimentos e quebrar associações que violentam a razão. Contudo, fêmeas, que são feitas mulheres ainda quando são meras crianças, e trazidas de volta à infância quando deveriam deixar o andador para sempre, não têm força de mente suficiente para apagar as superinduções da arte que amaciaram a natureza.

Todas as coisas que veem ou escutam servem para fixar impressões, estimular emoções e associar ideias que dão um caráter sexual à mente. Falsas noções de beleza e delicadeza param o crescimento de seus membros e produzem um enrijecimento doentio em vez da delicadeza dos órgãos; e, enfraquecidas dessa forma ao serem empregadas em desdobrar em vez de examinar as primeiras associações, forçadas nelas por cada objeto a sua volta, como podem adquirir o vigor necessário para permiti-las jogar fora este caráter fatídico? – Onde achar força para recorrer à razão e se elevar acima de um sistema de opressão que bombardeia as lindas promessas da primavera? Esta cruel associação de ideias, à qual cada coisa conspira para desviar todos os seus hábitos de pensar ou para falar com mais precisão dos sentimentos, recebe novas forças quando [elas] começam a agir um pouco por si mesmas; pois elas, então, percebem que é somente por meio de excitar emoções nos homens, que o prazer e o poder são obtidos. Além disso, os livros pretensamente escritos para a sua instrução, que fazem a primeira impressão em suas mentes, inculcam as mesmas opiniões. Educadas então no que seria pior que a sujeição Egípcia,[264] não é razoável, assim como não é benévolo, encher sua cabeça com fraquezas que raramente podem ser evitadas, a menos que um grau de vigor nativo seja suposto, que recai na maioria de pouquíssimas entre a humanidade.

Por exemplo, os sarcasmos mais severos têm sido equiparados contra o sexo, e elas têm sido ridicularizadas por repetirem "um conjunto de frases aprendidas pela rotina",[265] quando nada poderia ser mais natu-

---

264 Possível referência à sujeição das mulheres mulçumanas; ou ao fato de que, do século 16 ao século 19, o Egito estava sob a sujeição do Império turco.

265 Ver Jonathan Swift, *Works* (1735),ii, *The furniture of a woman's mind*, 1.1.

## 170 | REIVINDICAÇÃO DOS DIREITOS DAS MULHERES

ral, considerando a educação que receberam, e que seu "maior louvor é obedecer, sem argumentar"[266] – à vontade do homem. Se elas não forem permitidas a ter razão suficiente para governar sua própria conduta – porque, tudo o que aprendem, deve ser aprendido pela rotina! E quando toda a sua ingenuidade é chamada à frente para ajustar seu vestido, "uma paixão por casacos escarlate"[267] é tão natural, que nunca me surpreende; e permitindo que o resumo de Pope sobre o caráter delas seja justo, "que toda mulher é, de coração, libertina",[268] por que elas deveriam ser amargamente censuradas por buscarem uma mente congenial, e preferirem a libertinagem a um homem de senso?

Os libertinos sabem trabalhar sua sensibilidade, enquanto o mérito modesto de homens razoáveis tem, é claro, menos efeito em seus sentimentos, e eles não podem alcançar o coração por meio do entendimento, pois eles têm poucos sentimentos em comum.

Parece-me um pouco absurdo esperar que as mulheres sejam mais razoáveis que os homens em seus *gostos*, e ainda negar a elas o uso incontrolável da razão. Quando os homens se *apaixonam* pelo sentido? Quando eles, com seus poderes superiores e vantagens, viram [suas atenções] da pessoa para a mente? E então, como podem esperar que as mulheres, que são apenas ensinadas a observar o comportamento e adquirir maneiras em vez de moral, desprezem o que elas trabalharam a vida inteira para adquirir? Onde elas, de repente, encontrarão discernimento suficiente para pesar pacientemente o senso de um homem virtuoso e deselegante, quando as maneiras do homem, das quais elas são juízas críticas, são repulsivas, e sua conversa fria e enfadonha, porque não consiste de lindas réplicas ou de elogios bem direcionados? Para admirar ou estimar qualquer coisa continuadamente, nós devemos ao menos ter a nossa curiosidade estimulada para conhecer, em algum grau, o que admiramos; pois somos incapazes de estimar o valor das qualidades e das virtudes, que estão acima de nossa compreensão. Tal respeito, quando é sentido, pode ser muito sublime; e a consciência

---

266 Referência aos versos de *Paraíso Perdido* (1667), Canto IV, de John Milton, quando Eva se dirige a Adão: "Eu te obedeço/Princípio e árbitro meu; aceito pronta/ O teu convite que de Deus emana./ É Deus a tua lei, e tu a minha:/ Da mulher este dogma constitui/ A honra a mais nobre, a mais ditosa ciência".

267 Ver Jonathan Swift, *Works* (1735), ii, *The furniture of a woman's mind*, 1.2.

268 Referência ao trecho do livro *Ensaio sobre o caráter da mulher*, 1, p. 216, de Alexander Pope: "Mas toda mulher é de coração, libertina".

confusa da humildade pode tornar a criatura dependente em um objeto interessante, em alguns pontos de vista; porém o amor humano deve ter ingredientes mais brutos; e a pessoa muito naturalmente irá buscar sua parcela – e uma ampla parcela terá!

O amor é, em grande grau, uma paixão arbitrária, e irá reinar, da mesma forma que qualquer outra injúria que espreita, por sua própria autoridade, sem condescender à razão; e também poderá ser facilmente distinguido da estima, o fundamento da amizade, porque é frequentemente estimulado pelas belezas e graças evanescentes, embora, para dar uma energia ao sentimento, algo mais sólido deve aprofundar a impressão delas e colocar a imaginação para funcionar, para fazer a mais formosa – o primeiro bem.

As paixões comuns são estimuladas por qualidades comuns. – Os homens buscam a beleza e o sorriso da docilidade bem-humorada: as mulheres são cativadas pelas maneiras simples, despreocupadas; um homem do tipo gentil raramente falha em agradá-las, e seus ouvidos sedentos ansiosamente bebem o vazio insinuante da polidez, enquanto elas se viram para longe dos sons ininteligíveis do sedutor – a razão, nunca tão sábia. A respeito de conquistas superficiais, a pessoa libertina certamente tem vantagem; e com relação às fêmeas pode formar uma opinião, pois é a sua própria base. Tornadas alegres e levianas por todo o conteúdo de suas vidas, o próprio aspecto da sabedoria, ou as graças severas da virtude, devem ter uma aparência lúgubre a elas; e produzem um tipo de restrição da qual elas e o amor, alegre criança, naturalmente se revoltam. Sem gosto, exceto pelo tipo mais fácil, pois o gosto é o fruto do julgamento, como elas podem descobrir que a verdadeira beleza e graça devem surgir da ação da mente? E como podem esperar que elas apreciem em um amante o que elas mesmas não possuem, ou possuem de maneira imperfeita? A simpatia que une corações e convida para a confidência, nelas é tão enfraquecida que não pode pegar fogo e acender a paixão. Não, eu repito, o amor apreciado por tais mentes deve ter um combustível mais bruto!

A inferência é obvia; até que as mulheres sejam levadas a exercitar seu entendimento, elas não devem ser satirizadas por sua afinidade com os libertinos; ou até por serem libertinas de coração, quando parece ser a consequência inevitável de sua educação. Aqueles que vivem para agradar – devem achar seu divertimento, sua felicidade, no prazer! É trivial, embora notável, que não fazemos nenhuma coisa muito bem, a menos que a amemos por sua própria finalidade.

Supondo, no entanto, por um momento, que as mulheres se tornassem, em alguma revolução no tempo futuro, o que eu sinceramente desejo que se tornem, até o amor adquiriria uma dignidade mais séria, e se purificaria em seu próprio fogo; e a virtude daria a verdadeira delicadeza às suas afeições, elas se virariam com nojo de um libertino. Raciocinando então, assim como sentindo, o único domínio da mulher atualmente, é que ela pode facilmente se proteger contra as graças exteriores, e rapidamente aprender a desprezar a sensibilidade a que foi estimulada e abusada em seu caminho, cujo negócio é o vício; e os encantamentos, ares devassos. Elas relembrariam que a chama, expressões apropriadas devem ser usadas, que desejam acender, foram exauridas pela luxúria, e que o apetite saciado, que perde todo o sabor por prazeres simples e puros, apenas pode ser incitado por artes licenciosas ou variedades. Que satisfação poderia uma mulher de delicadeza prometer a si mesma a uma união com tal homem, quando a própria ausência de arte de sua afeição pareça ser insípida? Assim, Dryden descreve a situação,

> – Onde amor é dever, no lado feminino,
>
> Em suas rajadas meramente sensuais, e buscado
>
> com orgulho certo.[269]

Mas uma grande verdade as mulheres ainda têm que aprender, embora importe muito a elas que ajam de acordo. Na escolha de um marido, elas não devem ser desencaminhadas pelas qualidades de um amante – como amante, o marido, mesmo supondo ser sábio e virtuoso, não pode continuar sendo.

Se as mulheres fossem educadas mais racionalmente, poderiam ter uma visão mais abrangente das coisas, elas estariam contentes em amar apenas uma vez em sua vida, e depois do casamento calmamente deixariam que a paixão se sossegasse em amizade – nesta tenra intimidade, que é o melhor refúgio do cuidado; mais ainda, que [o amor] fosse construído de afeições puras e calmas, e que aquele ciúme indolente não fosse permitido a atrapalhar a execução de deveres sóbrios da vida, ou de engrossar os pensamentos que devem de outra forma ser empregados.

---

269 Tradução livre do trecho de *Palamon and Arcite*, iii, 231-2, em *Fables Ancient and Modern; Translate into Verse* (1700), de John Dryden.

Este é um estado em que muitos homens vivem; porém, de poucas, muito poucas mulheres. A diferença pode facilmente ser justificada, sem recorrer ao caráter sexual. Os homens, para quem nos dizem que as mulheres foram feitas, têm ocupado em demasia os pensamentos das mulheres; e esta associação tem envolvido o amor em todos os seus motivos de ação; para repetir um pouco do mesmo assunto, tendo sido unicamente empregadas para se preparar a incitar amor, ou para colocar de fato os seus ensinamentos em prática, elas não podem viver sem amor. Porém, quando o senso de dever ou o medo da vergonha, obrigam-nas a restringir seus desejos mimados de agradar além de certa extensão, longe demais da delicadeza, é verdade, embora longe da criminalidade, elas obstinadamente se determinam a amar, eu falo da paixão, seus maridos até o fim – e então, agindo de acordo com seus papéis, em que elas tolamente necessitam de seus amantes, elas se tornam galanteadoras abjetas e escravas afetuosas.

Homens de inteligência e imaginação são geralmente libertinos; e a imaginação é o alimento do amor. Tais homens inspirarão paixão. A metade do sexo, em seu estado infantil atual, definharia por um Lovelace;[270] um homem tão engenhoso, tão gracioso e tão valente: e podem elas *merecer* a culpa por agirem de acordo com os princípios tão constantemente inculcados? Elas querem um amante e um protetor; e vê-lo ajoelhando-se diante delas – a bravura prostrada pela beleza! As virtudes de um marido são assim jogadas pelo amor ao segundo plano, e esperanças alegres, ou emoções vívidas, banem a reflexão até o dia que a avaliação chegue, e chegar certamente irá, para tornar o amante vivaz em um tirano carrancudo e desconfiado, que desdenhosamente insulta a fraqueza que ele próprio nutriu. Ou, supondo que o libertino se reforme, ele não pode se livrar rapidamente de velhos hábitos. Quando um homem de habilidades é primeiro levado por suas paixões, é necessário que o sentimento e o gosto disfarcem as enormidades do vício, e deem um sabor às brutais indulgências; mas quando o brilho da novidade se desgasta, e o prazer se torna insípido sobre o sentido, a lascividade mostra o seu rosto, e o divertimento [torna-se] o único esforço desesperado da fraqueza para voar para longe da reflexão como se de uma legião de demônios. Oh! virtude, vós não sois um nome vazio! Tudo que a vida pode dar – vós destes!

---

270 Libertino que estupra a heroína virtuosa no livro *Clarissa* (1747-8), de Samuel Richardson.

Se muito conforto não pode ser esperado da amizade de um libertino reformado que tem habilidades superiores, qual é a consequência quando falta nele senso, assim como princípios? Em verdade, miséria, em sua forma mais horrível. Quando o hábito de pessoas fracas é consolidado pelo tempo, uma reforma é quase impossível; e, em verdade, torna os seres, que não têm intelecto suficiente para ser entretido pelo prazer inocente, miseráveis; como o comerciante que se aposenta da correria dos negócios e a natureza apresenta a eles [sic] apenas um vácuo universal, sem cor, sem formas;[271] e os pensamentos inquietos afligem os espíritos amortecidos.[272] Sua reabilitação, assim como a aposentadoria do comerciante, na verdade, fazem-nas desprezíveis porque as privam de todas as funções, por extinguir as esperanças e os medos que colocam em movimento suas mentes preguiçosas.

Se tal é a força do hábito; se tal é a ligação com a insensatez, quão cuidadosas devemos ser para proteger a mente do armazenamento de associações viciosas; e igualmente cuidadosas necessitamos ser para cultivar o entendimento, para salvar o pobre indivíduo até do estado fraco e dependente da ignorância mais inofensiva. Pois é o uso correto da razão sozinha que nos torna independentes de todas as coisas – exceto a Razão limpa e clara – "cujo serviço é a liberdade perfeita".[273]

---

271 Trecho de *Paraíso Perdido* (1667), Canto III, de John Milton.

272 Eu tenho frequentemente visto esse exemplo em caso de mulheres em que a beleza não podia mais ser reparada. Elas se aposentaram das cenas barulhentas da devassidão; mas, a menos que elas se tornem metodistas, a solidão da sociedade seleta de suas conexões familiares ou dos conhecidos tem apresentado a elas apenas um vazio temeroso; e consequentemente reclamações irritadas, e todo o trem cheio de vapor do ócio, tornam-nas tão inúteis e muito mais infelizes do que quando estavam junto da multidão inconstante. (N.E.)

273 Tradução livre de trecho retirado do *Livro da Oração Comum*, Ordem para a Oração Matutina, Coleta pela Paz, da versão inglesa de 1549. O trecho originalmente se refere a Deus, não à Razão.

*capítulo VII*

# A MODÉSTIA – CONSIDERADA DE FORMA ABRANGENTE, E NÃO COMO UMA VIRTUDE SEXUAL

A modéstia! O fruto sagrado da sensibilidade e da razão! – A verdadeira delicadeza da mente! – Permitam-me sem culpa, ousar investigar vossa natureza, e seguir até seu esconderijo, o charme indulgente que suaviza cada elemento áspero do caráter, torna o que, de outra forma, apenas inspiraria uma fria admiração – encantadora! – Aquela que suaviza as rugas da sabedoria e amacia o tom das virtudes mais sublimes até que todas tenham derretido na humanidade –; aquela que espalha a nuvem etérea que, envolvendo o amor, fortifica cada beleza, em meio a penumbras, respirando o modesto perfume que rouba o coração e encanta os sentidos – module para mim a linguagem da razão persuasiva, até que eu desperte meu sexo da cama florida, sob a qual elas indolentemente dormiram toda a sua vida![274]

Falando da associação de nossas ideias, eu tenho percebido dois modos distintos. E, ao definir a modéstia, parece-me igualmente apropriado discriminar a pureza do intelecto, que é o efeito da castidade, da simplicidade do caráter que nos leva a formar uma opinião justa de nós mesmas, igualmente distante da vaidade ou da presunção, embora, de forma nenhuma, incompatível com a consciência imponente da nossa própria dignidade. A modéstia, neste último significado do termo, é aquela sobriedade da mente que ensina o homem a não pensar mais do que deveria de si mesmo, e deve ser distinguido da humildade, porque humildade é um tipo de autodegradação.

---

274  Ver *Paraíso Perdido* (1667), Canto III, de John Milton.

Um homem modesto frequentemente concebe um grande plano e tenazmente adere a ele, consciente de sua própria força, até que o sucesso o dê uma sanção que determine o seu caráter. Milton não foi arrogante quando ele recebeu e deixou escapar uma sugestão de julgamento que se provou uma profecia;[275] nem foi o General Washington quando aceitou o comando das forças americanas.[276] O último sempre foi caracterizado como um homem modesto; mas fosse ele meramente humilde, ele provavelmente teria recuado irresoluto, com medo de confiar a si mesmo a direção da empreitada, da qual tanto se dependia.

Um homem modesto é estável, um homem humilde, tímido, e um vaidoso, presunçoso: – este é o julgamento que a observação de muitos personagens me levou a formar. Jesus Cristo era modesto, Moisés, humilde e Pedro, vaidoso.

Assim, discriminando a modéstia da humildade em um caso, não é minha intenção confundi-la com a timidez no outro. A timidez, de fato, é tão distinta da modéstia, que a moça mais tímida, ou o homem rural mais desajeitado, frequentemente se tornam os mais sem-vergonhas; pois a sua timidez é meramente o acanhamento por ignorância, o costume logo a muda para torná-la afirmação.[277]

O comportamento desavergonhado das prostitutas, que infestam as ruas desta metrópole, e incitam emoções alternadas de pena e nojo, pode servir para ilustrar esta observação. Elas pisam na timidez virgem com um tipo de bravata, e se glorificam em sua vergonha, tornam-se mais audaciosas em sua lascívidão do que os homens (independente do quão

---

275 Milton indica sua fama futura em *Ad Patrem* (?1632) e em *Poems of Mr. John Milton: Both Latin and English* (1645).

276 George Washington (1732-99) foi promovido a comandante-em-chefe do Exército Continental durante a Guerra da Independência dos Estados Unidos, contra os ingleses.

277 "Tal é o medo da dama do campo,
quando primeiramente um casaco vermelho está à vista;
atrás das portas ela esconde seu rosto;
da próxima vez à distância olhará a condecoração:
Ela agora pode suportar todos os terrores dele;
ou de seu apertão ela tirar a mão.
Ela se finge familiar nos braços dele,
E todos os soldados tiveram os seus charmes;
De tenda em tenda ela espalha a sua chama;
Pois o costume vence o medo e a vergonha". (N.E.)
Gay
John Gay, *Fables* (1727), XIII, *The Tame Stag*. Tradução livre. (N.T.)

depravados), a quem esta qualidade sexual não foi cedida gratuitamente, e jamais poderia ser. Porém, estes pobres e ignorantes diabos nunca tiveram nenhuma modéstia para perder quando elas se consignaram à infâmia; pois a modéstia é uma virtude, não uma qualidade. Não, elas foram apenas tímidas, inocentes com rostos envergonhados; e perdendo sua inocência, estes rostos foram brutalmente arrancados fora; uma virtude teria deixado alguns vestígios na mente, se fosse sacrificada para a paixão, para nos fazer respeitar o grande estrago.

A pureza da mente, ou aquela delicadeza genuína, que é o único apoio virtuoso da castidade, é semelhante àquele refinamento da humanidade, que nunca reside em ninguém, a não ser nos intelectos cultivados. É algo mais nobre do que a inocência, é a delicadeza da reflexão e não o acanhamento da ignorância. A discrição da razão, que, como o asseio habitual, é raramente vista em qualquer grau, a menos que a alma seja ativa, pode facilmente ser distinta da vergonha rústica ou da inconstância libertina; e, bem longe de ser incompatível com o conhecimento, é o fruto mais justo. Que ideia mais bruta da modéstia teve o escritor da seguinte passagem!

> "A dama que fez a pergunta: se as mulheres podem ser instruídas no sistema moderno de botânica, sendo [ainda] consistente com a delicadeza feminina? –, foi acusada de prudência ridícula. – Todavia, se ela tivesse feito a pergunta para mim, eu certamente teria dito: – elas não podem".[278]

Assim, o livro justo do conhecimento é para ser fechado com um lacre perpétuo! Lendo passagens similares, eu tenho reverencialmente elevado meus olhos e coração a Ele, que vive para sempre, e digo, Ó meu pai, Tu tens, pela própria constituição da natureza dela, proibido Tua filha a buscá-lo nos justos braços da verdade? E sua alma pode ser manchada pelo conhecimento que a chama muito para Ti?

Eu, então, filosoficamente segui estas reflexões até inferir que as mulheres que mais melhoraram sua razão devem ter a maior modéstia – apesar da calma digna do comportamento poder ser sucedida da timidez brincalhona e encantadora da juventude.[279]

---

278  Trecho de *A volume of letters to his son at the university* (1790), i. 34, p. 307, de John Berkenhout. Tradução livre.

279  A modéstia é a virtude graciosa e calma da maturidade; a timidez, o charme da juventude vivaz. (N.E.)

E assim eu tenho argumentado. Para tornar a castidade a virtude à qual a modéstia sem sofisticação irá naturalmente seguir, a atenção deve ser retirada das funções que apenas exercitam a sensibilidade; e o coração feito para contar o tempo humano, em vez de pulsar com amor. A mulher que tem dedicado porção considerável de seu tempo em buscas puramente intelectuais, e cujas afeições têm sido exercidas através de planos humanos de utilidade, deve ter mais pureza de mente, como uma consequência natural, do que os seres ignorantes cujo tempo e pensamentos têm sido ocupados com prazeres festeiros ou esquemas para a conquista de corações.[280] A regulação do comportamento não é modéstia, embora aquelas que estudam as regras de decoro são, em geral, chamadas de mulheres modestas. Torne o coração limpo, deixe-o expandir e sentir tudo que é humano, em vez de limitá-lo por meio de paixões egoístas; e deixe a mente frequentemente contemplar assuntos que exercitem o entendimento, sem aquecer a imaginação, e a arte simples da modéstia dará os toques finais à pintura.

Aquela que pode discernir o amanhecer da imortalidade, nos raios que disparam transversalmente à noite nebulosa da ignorância, prometendo um dia de sol, irá respeitar, como um templo sagrado, o corpo que é o altar de tal alma improvável. O amor verdadeiro, da mesma forma, espalha este tipo de santidade misteriosa em volta do objeto amado, tornando o amante mais modesto quando em sua presença.[281] Tão reservado é o afeto que, recebendo ou devolvendo carícias, ele deseja não apenas evitar os olhos humanos, como sendo um tipo de profanação; mas difundir uma obscuridade nebulosa e envolvente para excluir até mesmo os raios de sol brilhantes e vivos. No entanto, o afeto não merece o epíteto da castidade, que não recebe a escuridão sublime da terna melancolia, que permite que, por um momento, a mente se levante e

---

280 Eu tenho conversado, como de homem para homem, com médicos, sobre assuntos anatômicos; e comparado as proporções do corpo humano com artistas – mesmo me encontrando com tal modéstia, eu nunca fui lembrada por uma palavra ou aspecto do meu sexo, das regras absurdas que fazem a modéstia um manto hipócrita da fraqueza. E estou persuadida de que, nesta busca pelo conhecimento, as mulheres nunca seriam insultadas por homens sensíveis e raramente por outros homens com qualquer descrição, se eles, por falsa modéstia, não as lembrasse que são mulheres: acionadas pelo mesmo espírito das senhoritas portuguesas, que pensavam que os seus charmes são insultados, se, quando deixadas sozinhas com um homem, ele não, ao menos, tentasse ser grosseiramente familiar com suas pessoas. Os homens nem sempre são homens na presença das mulheres, nem elas deveriam sempre lembrar que são mulheres, se elas fossem permitidas a adquirir mais entendimento. (N.E.)

281 Masculino ou feminino; pois o mundo contém muitos homens modestos. (N.E.)

aproveite a presente satisfação, quando a consciência da presença Divina é sentida – pois isto deve ser eternamente o alimento da alegria!

Como eu sempre gostei de traçar na natureza a origem de qualquer costume prevalente, eu frequentemente pensei que isso era um sentimento de afeição por qualquer coisa que tocou a pessoa com amigos ausentes ou perdidos, dando origem ao respeito pelas relíquias, [respeito esse que é] tão abusado por padres egoístas. A devoção, ou o amor, podem ser permitidos a consagrar as vestes assim como a pessoa; pois o amante deve querer gostar daquele que não tem nenhum tipo de respeito sagrado pelas luvas ou pelos chinelos de sua senhora. Ele não poderia confundi-los com coisas vulgares do mesmo tipo. Este sentimento fino, talvez, não suportaria ser analisado pelo filósofo experimental – mas de tais coisas o êxtase humano é feito! – Um fantasma assombrado voa diante de nós, obscurecendo todos os outros objetos; porém, quando esta nuvem macia é alcançada, sua forma se derrete no ar comum, deixando um vazio solitário, ou um perfume doce, roubado da violeta, a que a memória se apega com carinho. Contudo, eu tenho tropeçado sem querer em chão imaginário, sentindo a ventania amena da primavera passar desapercebidamente por mim, embora novembro me olhe com desaprovação.

Como sexo, as mulheres são mais castas que os homens, e como a modéstia é efeito da castidade, elas devem merecer ter esta virtude designada a elas de uma maneira mais apropriada; ainda sim, devo ser permitida a adicionar um hesitante "se": – pois tenho minhas dúvidas se a castidade irá produzir a modéstia, apesar de poder produzir a obediência da conduta, quando ela é meramente um respeito pela opinião do mundo,[282] e quando a coqueteria e as histórias de pessoas perdidas de amor dos romancistas se utilizam destes pensamentos. Não, baseada na experiência, e na razão, eu sou levada a esperar encontrar mais modéstia entre os homens do que entre as mulheres, simplesmente porque os homens exercitam seu entendimento mais que as mulheres.

Todavia, a respeito da propriedade do comportamento, exceto para uma classe de fêmeas, as mulheres têm evidentemente a vantagem. O que poderia ser mais nojento do que a impudência suja da galantaria, vista como tão máscula, que faz com que vários homens encarem,

---

282 O comportamento imodesto de muitas mulheres casadas, que são, no entanto, fiéis à cama de seus maridos, irá ilustrar esta observação. (N.E.)

insultuosamente, todas as mulheres que encontram? Isto pode ser chamado de respeito ao sexo? Não, este comportamento solto demonstra tal habitual depravação, e tal fraqueza da mente, que é em vão esperar muito da virtude pública ou privada, até que ambos, homens e mulheres, cresçam mais modestos – até que os homens, controlando o seu gosto sensual pelo sexo, ou [controlando] uma afetação como garantia da masculinidade, mais propriamente falando, impudência, tratem uns aos outros com respeito – a menos que o apetite ou a paixão dê um tom, particular a ele, ao seu comportamento. Refiro-me até ao respeito pessoal – o respeito modesto da humanidade e ao seus semelhantes – não o libidinoso escárnio da galantaria, nem a condescendência insolente da proteção.

Para levar a observação ainda mais longe, a modéstia deve cordialmente negar e se recusar a conviver com a devassidão da mente, que leva um homem a apresentar friamente, sem hesitação, alusões indecentes, ou graças obscenas, na presença de um semelhante; as mulheres estão nesse sentido fora de questão, pois senão seria uma brutalidade. O respeito aos homens, como homens, é a fundação de cada sentimento nobre. Quão mais modesto é o libertino que obedece o chamado do apetite ou da imaginação, do que o curinga lascivo que põe a mesa num rugido?

Esta é uma das muitas instâncias em que a distinção sexual a respeito da modéstia provou ser fatal para a virtude e para a felicidade. É, contudo, levado ainda mais longe, e as mulheres (fracas mulheres!), feitas por sua educação as escravas da sensibilidade, são demandadas, nas situações mais tentadoras, a resistirem a essa sensibilidade. "Pode qualquer coisa", diz Knox, "ser mais absurda do que manter as mulheres em um estado de ignorância, e ainda insistir tão veementemente na sua tentação de resistir?"[283] – Assim, quando a virtude ou a honra fazem com que seja apropriado a coibição da paixão, o fardo é jogado nos ombros mais fracos, contraria à razão e à verdadeira modéstia, as quais, ao menos, deveriam tornar a autonegação mútua, para não dizer nada da generosidade da bravura, que se supõe ser uma virtude masculina.

Na mesma linha estão os conselhos de Rousseau e do Dr. Gregory a respeito da modéstia, chamada assim erroneamente! Pois ambos desejam que a esposa deixe na dúvida se foi a sensibilidade ou a fraqueza que a levou para os braços de seu marido. – A mulher é imodesta quando

---

283 Trecho de *Essay: Moral and Literacy* (edição expandida de 1782), i. 34, p. 154. Tradução livre.

pode deixar a sombra de tal dúvida permanecer na mente de seu marido por um momento.

Contudo, para declarar o assunto em uma luz diferente. – A vontade da modéstia, que eu sobretudo lamento como subversiva à moral, origina-se do estado de guerra tão ativamente apoiado por homens voluptuosos como a própria essência da modéstia, todavia, de fato, é veneno; porque é um refinamento na luxúria, que os homens caem quando não têm virtude suficiente para saborear os prazeres inocentes do amor. Um homem de delicadeza carrega as suas noções de modéstia ainda mais longe, pois nem a fraqueza nem a sensibilidade irão gratificá-lo – ele busca a afeição.

Novamente: os homens ostentam os seus triunfos sobre as mulheres, o que eles realmente ostentam? Na verdade, a criatura com sensibilidade foi surpreendida por sua sensibilidade tornada em tolice – em vício;[284] e o terrível reconhecimento [de suas ações] recai sob sua própria mente fraca, quando a razão desperta. Pois onde tu estás para achar conforto, ser abandonada e desconsolada? Aquele que devia ter direcionado tua razão, e apoiado tua fraqueza, traiu-te! Em um sonho apaixonado tu, consentida a vagar pelos gramados floridos, e descuidadamente pisando em cima do precipício cujo teu guia, em vez de te proteger, te atraiu, tu acordas de teu sonho apenas para encarar um mundo irônico e sombrio e para se achar sozinha no lixo, pois aquele que triunfou em tua fraqueza está agora perseguindo novas conquistas; mas para tu – não há redenção deste lado da cova! – E que recurso tens tu, com uma mente debilitada, para salvar um coração que se afunda?

Mas, se os sexos fossem realmente feitos para viver em um estado de guerra, se a natureza já apontou isso, deixe-os atuar nobremente, ou deixe que o orgulho sussurre para eles que a vitória é má quando meramente domina a sensibilidade. A real conquista é sobre o afeto conquistado sem surpresa – quando, como Heloisa,[285] uma mulher desiste do mundo, deliberadamente, por amor. Eu, nesse momento, não questiono a sabedoria ou a virtude de tal sacrifício, eu apenas contento que foi um sacrifício para o afeto, e não meramente para a sensibilidade, apesar de ela ter tido a sua parcela. – E eu devo ser permitida a chamá-la de mulher modesta, antes de eu terminar esta parte do assunto, dizendo,

---

284 A pobre mariposa batendo as asas em volta da vela, as queima. (N.E.)

285 Ver nota 167.

que até que os homens sejam mais castos, as mulheres serão imodestas. Onde, de fato, poderiam mulheres modestas achar maridos de quem elas não se afastariam constantemente com desgosto? A modéstia deve ser cultivada igualmente por ambos os sexos, ou irá permanecer uma planta doente dentro de uma estufa, enquanto a afetação por ela, a folha da figueira emprestada pela devassidão, possa temperar os divertimentos voluptuosos.

Os homens provavelmente irão ainda insistir que a mulher deva ter mais modéstia que o homem; mas não são os pensadores imparciais que irão mais seriamente se opor à minha opinião. Não, eles são os homens de imaginação, os favoritos do sexo, que, por fora, respeitam e, por dentro, desprezam as criaturas fracas a quem eles, assim, zombam. Eles não podem se submeter a renunciar a gratificação sensual mais alta, nem mesmo a saborear o epicurismo da virtude – a autonegação.

Para ter outro ponto de vista do assunto, limitando minhas observações às mulheres.

As falsidades ridículas[286] que são contadas às crianças, de noções equivocadas de modéstia, tendem a inflamar sua imaginação e colocar suas pequenas mentes para trabalhar muito cedo, a respeito de assuntos cuja natureza nunca teve intenção de fazê-los pensar até que o corpo chegasse a algum grau de maturidade; quando as paixões naturalmente começam a tomar parte dos sentidos, como instrumentos para desdobrar o entendimento e formar o caráter moral.

As maternidades e os internatos, eu temo, são os primeiros lugares onde as meninas são mimadas; particularmente na primeira. Um número de meninas dorme no mesmo quarto e se arruma junto. E, embora eu deva lamentar a contaminação da mente de uma inocente criatura pela instilação de uma falsa delicadeza, ou aquelas noções melindrosas e indecentes, cujo cuidado precoce é naturalmente engendrado a respeito

---

286 As crianças desde muito cedo veem as gatas com seus gatinhos, os pássaros com os seus filhotes etc. Por que, então, elas não são ensinadas que suas mães as carregam e as nutrem da mesma forma? De forma a não haver nenhum ar de mistério e, assim, elas não pensariam mais no assunto. A verdade sempre pode ser dita às crianças, se for dita de forma solene; mas é a imodéstia da modéstia presunçosa que presta todo o desserviço; e esta fumaça aquece a imaginação por esforços vãos para escurecer certos objetos. Se, de fato, as crianças pudessem ser mantidas separadas inteiramente de companhias impróprias, nós nunca aludiríamos a quaisquer destes assuntos; mas como isso é impossível, é melhor dizer-lhes a verdade, principalmente se tais informações, não as interessando, não causarão impressões em suas imaginações. (N.E.)

de outro sexo, eu devo ficar muito aflita para prevenir a sua aquisição de hábitos sórdidos e imodestos; e como muitas meninas têm aprendido manobras sujas, de servos ignorantes, misturá-las, assim, indiscriminadamente juntas, é muito impróprio.

Para dizer a verdade, as mulheres são, no geral, íntimas demais entre elas, o que leva àquele grau grosseiro de familiaridade que tão frequentemente torna o casamento infeliz. Por que, em nome da decência, as irmãs, fêmeas íntimas, ou as damas e suas criadas, são tão íntimas a ponto de esquecer o respeito que a criatura humana deve ter uma com a outra? Esta delicadeza melindrosa, que é extraída da função mais nojenta, quando a afeição[287] e [o senso de] humanidade nos levam a olhar o travesseiro de um doente, é desprezível. Contudo, porque as mulheres com saúde deveriam ser mais íntimas entre si do que seriam os homens, quando elas ostentam a sua delicadeza superior, é um solecismo de maneira que eu nunca poderei explicar.

Para preservar a saúde e a beleza, eu devo, seriamente recomendar abluções frequentes, para tornar digno o meu conselho que não poderá ofender os ouvidos difíceis de contentar; e, por meio do exemplo, as meninas devem ser ensinadas a se lavarem e a se vestirem sozinhas, sem nenhuma distinção de classe; e se o costume fizer com que elas necessitem de alguma assistência, não as deixem requerê-la até que aquela parte dos negócios esteja findada, a qual nunca deverá ser feita diante de qualquer semelhante; porque é um insulto à majestade da raça humana. Não por conta da modéstia, mas da decência; pois o cuidado que algumas mulheres modestas têm, e que ao mesmo tempo fazem questão de mostrar, de não deixar que suas pernas sejam vistas, é tão infantil quanto imodesto.[288]

Eu poderia proceder ainda mais longe, até criticar alguns costumes ainda mais repugnantes, que os homens nunca se defrontam. Os segredos são ditos – onde o silêncio deveria reinar; e a este respeito, a limpeza, que algumas seitas religiosas têm, talvez, levado longe demais,

---

287 A afeição faria o sujeito escolher a executar estas funções, a aliviar a delicadeza de um amigo, por ainda manter um véu sobre ele, pois a inutilidade pessoal, produzida pela doença, é de natureza humilde. (N.E.)

288 Eu lembro de ter deparado com uma frase, em um livro de educação, que me fez sorrir: "Seria desnecessário te pedir cuidado para não colocar a mão, por acaso, sob o seu lenço de pescoço; pois uma mulher modesta nunca o faria!". (N.E.)

especialmente os Essênios,[289] entre os judeus, tornando isso um insulto a Deus, o que na verdade é apenas um insulto à humanidade, é violada de maneira bestial. Como mulheres *delicadas* intrometem-se em observar a parte animal da economia, a qual é tão repulsiva? E, não é bastante racional concluir que as mulheres que não foram ensinadas a respeitarem a natureza humana de seu próprio sexo, com relação a esses aspectos, não respeitarão por muito tempo a mera diferença de sexo em seus maridos? Depois que sua timidez virginal é perdida, eu, de fato, tenho observado com frequência, que as mulheres voltam aos seus velhos hábitos; e tratam seus maridos como faziam com suas irmãs ou conhecidas femininas.

Além disso, as mulheres, por causa da necessidade e porque suas mentes não são cultivadas, recorrem muito frequentemente ao que eu familiarmente chamo de vontade do corpo; e suas intimidades são do mesmo tipo. Em resumo, a respeito da mente e do corpo, elas são íntimas demais. Aquela discrição decente e pessoal, que é a fundação da dignidade do caráter, deve ser mantida entre as mulheres, ou suas mentes nunca irão ganhar força ou modéstia.

Sobre isso também, eu me oponho às muitas mulheres sendo fechadas juntas na maternidade, escolas ou conventos. Eu não consigo me lembrar sem indignação das piadas e brincadeiras impetuosas que grupos de jovens mulheres se deliciavam ouvindo, quando na minha juventude, um acidente me jogou, de forma rústica e desajeitada, no caminho delas. Elas estavam quase no mesmo nível dos sentidos duplos que abalam a mesa de convivência quando a taça circula livremente. Contudo, é inútil tentar manter o coração puro, a menos que a cabeça seja mobiliada com ideias e colocada para trabalhar para compará-las, para adquirir julgamento, generalizando as mais simples; e a modéstia, fazendo com que o entendimento sufoque a sensibilidade.

Pode ser dito que eu presto a atenção demais na discrição pessoal; mas esta será sempre a criada da modéstia. Então, se fosse para eu nomear as graças que deveriam adornar a beleza, eu devo instantaneamente exclamar: a limpeza, a ordem e a discrição pessoal. É obvio, eu suponho, que a discrição a que me refiro, não se relaciona com nada sexual, e que eu acho *igualmente* necessário em ambos os sexos. Tão necessário, de fato, é esta discrição e limpeza, que as mulheres indolentes negligenciam

---

289 Eles praticavam um elaborado ritual de banho para a purificação.

muito frequentemente, que eu me aventurarei a afirmar que, quando duas ou três mulheres vivem na mesma casa, uma será mais respeitada pela parte masculina da família, que reside com elas, deixando o amor inteiramente fora da questão, por parte de quem dá este tipo de respeito habitual à sua pessoa.

Quando amigos domésticos se encontram de manhã, naturalmente irá prevalecer uma seriedade afetuosa, especialmente, se cada um tiver a intenção de executar os deveres diários; e pode ser considerado fantasioso, mas este sentimento frequentemente aparece de forma espontânea em minha mente, eu me sinto satisfeita de, após respirar o ar matinal doce e estimulante, ver o mesmo tipo de frescor nos rostos de quem eu particularmente amo; eu tive a felicidade de vê-los fortes, como de fato eram, prontos para o dia e para correr o seu caminho com o sol. Os comprimentos de afeto matinais são, por estes meios, mais respeitosos do que a ternura familiar que frequentemente prolonga a conversa no fim da tarde. Não, eu tenho frequentemente me sentido magoada, para não dizer enojada, quando uma amiga, que eu vi na noite anterior bem vestida, aparece com as roupas amassadas porque escolheu se deliciar na cama até o último momento.

A afeição doméstica apenas pode ser mantida viva por estas atenções negligenciadas; ainda mais, se os homens e mulheres gastassem a metade do tempo que usam se enfeitando, ou, em vez disso, desconfigurando suas pessoas, com o asseio habitual de suas vestimentas, muito seria feito em direção ao alcance da pureza da mente. Contudo, as mulheres só se vestem para gratificar os homens de galanteio; pois o amante está sempre mais satisfeito com o traje simples que veste justo à forma do corpo. Há uma impertinência nos ornamentos que repulsa a afeição; porque o amor está sempre conectado à ideia de lar.

Como sexo, as mulheres são habitualmente indolentes; e tudo tende a fazê-las assim. Eu não esqueço dos surtos de atividade que a sensibilidade produz; mas como esta revoada de sentimentos só aumenta a maldade, não podem ser confundidos com a vagarosa e ordenada caminhada da razão. Tão grandiosa, na realidade, é a sua indolência mental e corpórea que, até que seu corpo seja fortalecido e o seu entendimento estendido pelo empenho ativo, há poucos motivos para esperar que a modéstia tomará o lugar da timidez. Elas podem achar prudente assumir essa semelhança; mas o véu da justeza só será usado em dias de gala.

Talvez não exista uma virtude que misture tão gentilmente com as outras como a modéstia. – É o pálido feixe de luz lunar que torna mais interessante cada virtude que amacia, dando uma grandeza moderada ao horizonte encurtado. Nada pode ser mais bonito do que a ficção poética, que faz Diana da crescente prateada,[290] ser a deusa da castidade. Eu, algumas vezes, pensei que ao vaguear com o passo sedado em algum intervalo solitário, uma senhora modesta da antiguidade deve ter sentido um brilho de consciência digna quando, depois de contemplar a paisagem macia e sombria, convidou com fervor plácido a reflexão moderada do olhar alegre de sua irmã para voltar-se ao seu pensamento casto.

Uma cristã tem motivos ainda mais nobres que a incita a preservar sua castidade e adquirir modéstia, pois o seu corpo tem sido chamado de santuário do Deus vivo;[291] do Deus que requer mais do que a modéstia na aparência. Seus olhos buscaram o coração; e deixe-a lembrar, que se ela espera achar um benefício às vistas da pureza em si, sua castidade deve ser fundada na modéstia, e não na prudência mundana; ou, em verdade, uma boa reputação será para ela a única recompensa; pois este intercurso horrível, esta comunicação sagrada, que a virtude estabelece entre o homem e o seu Criador, deve dar origem ao desejo de ser puro assim como ele é puro!

Depois das observações precedentes, é quase supérfluo adicionar que eu considero todos esses ares femininos da maturidade, que sucede a timidez, onde a verdade é sacrificada para assegurar o coração de um marido, ou, em vez disso, para forçá-lo a ser ainda um amante quando a natureza, se ela não fosse interrompida em sua operação, faria o amor dar lugar à amizade, como imodestos. A ternura que um homem irá sentir pela mãe de seus filhos é um substituto excelente para o ardor da paixão insatisfeita; mas para prolongar este ardor é indelicado, para não dizer imodesto, para as mulheres fingirem uma frieza não natural da constituição. As mulheres, assim como os homens, devem ter os mesmos apetites e paixões de sua natureza, estas só são brutais quando não conferidas pela razão: mas a obrigação de conferi-las é o dever da humanidade, não um dever sexual. A natureza, neste respeito, pode seguramente ser deixada sozinha; deixe que as mulheres adquiram

---

290 Deusa da Lua e da caça na mitologia romana.

291 Referência ao versículo 2 Coríntios 6:15, "Somos santuário do Deus vivo".

conhecimento e humanidade, e o amor as ensinará a modéstia.[292] Não há necessidade para falsidades, nojentas assim como fúteis, pois as regras estudadas do comportamento apenas se impõem em observadores rasos; um homem de sentido logo as enxerga, e despreza a afetação.

O comportamento de jovens, entre eles, como homens e mulheres, é a última coisa que deveria ser pensada na educação. De fato, o comportamento na maior parte das circunstâncias tem sido tão pensado, que a simplicidade do caráter é raramente vista: se os homens estivessem preocupados em cultivar cada virtude, e deixá-las ter raízes firmes na mente, a graça que resultaria disso, sua marca exterior natural, logo despiria a afetação de suas plumas esvoaçantes; porque, falacioso assim como instável, é a conduta que não é fundada na verdade!

Se vós, ó minhas irmãs, realmente possuirdes modéstia, vós deveis lembrar que a possessão da virtude, de qualquer denominação, é incompatível com a ignorância e a vaidade! Vós deveis adquirir aquela sobriedade da mente, que o exercício do dever e a busca pelo conhecimento, sozinhos inspiram, ou vós ainda permaneceis em uma situação dependente e duvidosa, e apenas sereis amada enquanto sois formosa! O olho triste, as bochechas rosadas, a graça aposentada, são todas apropriadas em sua estação; mas a modéstia, sendo filha da razão, não pode existir por muito tempo com a sensibilidade que não é equilibrada pela reflexão. Além disso, quando o amor, até o amor inocente, é a função completa de sua vida, seu coração será muito mole para aguentar a modéstia, o recanto da tranquilidade, onde ela se delicia em duelar, em união bem próxima com a humanidade.

---

292 O comportamento de muitas mulheres recém-casadas tem frequentemente me enojado. Elas parecem ansiosas para nunca deixar que seus maridos esqueçam o privilégio do casamento e para não achar prazer no círculo social deles a menos que estes estejam atuando como amantes. Curto, de fato, deve ser o reino do amor, quando a chama é, assim, constantemente assoprada, quando não recebe qualquer combustível sólido. (N.E.)

_capítulo VIII_

# A MORALIDADE MINADA PELAS NOÇÕES SEXUAIS DA IMPORTÂNCIA DE UMA BOA REPUTAÇÃO

Faz tempo que me ocorreu que os conselhos a respeito do comportamento e todos os modos variados para preservar uma boa reputação, que têm sido tão vigorosamente inculcado no mundo feminino, são venenos ilusórios, esta moralidade incrustante destrói pouco a pouco a substância. E que a medição destas sombras produziu um cálculo falso, pois a sua extensão depende muito da altura do sol, e de outras circunstâncias adventícias.

De onde se origina o comportamento fácil e falacioso do cortesão? De sua situação, sem dúvida: por estar em uma posição de necessidade por dependentes, ele é obrigado a aprender a arte de negar sem ser ofensivo, e de evasivamente adicionar a esperança ao alimento do camaleão:[293] assim, a polidez, de fato, torna-se camarada à verdade e, destruindo pouco a pouco a sinceridade e a humanidade natural do homem, produz senhores finos.

As mulheres da mesma forma adquirem, de uma suposta necessidade, um modo igualmente artificial de comportamento. Mas, brincar com a verdade não se faz sem impunidade, pois a prática da dissimulação, no final, engana-se com a sua própria arte, perdendo aquela sagacidade, que, com propriedade, tem sido denominada senso comum; ou seja, uma percepção rápida de verdades comuns: as quais são constantemente recebidas como tal pelas mentes não sofisticadas, embora talvez não tenham tido energia suficiente para descobri-las por si só, quando

---

293 O cameleão era popularmente conhecido por viver somente de ar.

obscurecidas por preconceitos locais. A maioria das pessoas adquire suas opiniões por meio da confiança para evitar o trabalho de exercitar sua própria mente, e estes seres indolentes naturalmente aderem ao pé da letra, em vez de ao espírito da lei, divino ou humano. "As mulheres", diz algum autor, eu não me lembro qual, "não prestam atenção ao que somente o céu vê." Por que, de fato, elas deveriam? É o olho do homem que elas foram ensinadas a temer – e se elas podem embalar seus Argos para dormir,[294] elas raramente pensam sobre o céu ou nelas mesmas, porque sua reputação está a salvo; e é a reputação, não a castidade e toda sua bagagem, que elas devem manter livre das manchas, não como uma virtude, mas para preservar a sua posição no mundo.

Para provar a verdade desta observação, eu preciso apenas aludir às intrigas das mulheres casadas, particularmente na alta esfera da vida, e nos países onde as mulheres são casadas de acordo com a sua posição na sociedade por seus pais. Se uma menina inocente se torna uma presa do amor, ela está degradada para sempre, apesar de sua mente não ter sido poluída pelas artes que as mulheres casadas, sob o conveniente disfarce do casamento, praticam, nem ela violou qualquer dever – mas o dever de respeitar a si mesma. A mulher casada, ao contrário, quebra o compromisso mais sagrado e se torna uma mãe cruel, quando ela é uma esposa falsa e infiel. Se o seu marido tiver ainda uma afeição por ela, as artes que ela deve praticar para enganá-lo vão torná-la o ser humano mais desprezível; e, de qualquer modo, os artifícios necessários para manter as aparências, manterão a sua mente naquele tumulto infantil ou vicioso, que destrói toda a sua energia. Além disso, com o tempo, como aquelas pessoas que habitualmente bebem tônicos para elevar seus espíritos, ela irá querer uma intriga para dar vida aos seus pensamentos, tendo perdido todo o gosto pelos prazeres que não são altamente temperados pela esperança ou pelo medo.

Às vezes, mulheres casadas podem agir ainda mais audaciosamente; eu mencionarei um exemplo.

Uma mulher de qualidade, notória por seus galanteios, embora ainda morasse com seu marido (ninguém escolheu colocá-la em seu devido

---

294 De acordo com a mitologia grega, Zeus, o rei dos deuses, apaixonou-se por Io, uma sacerdotisa de sua esposa Hera. Para proteger a amada da esposa ciumenta, Zeus transformou Io em uma novilha branca, contudo, Hera percebeu e colocou Io sob a guarda de Argos, o gigante de cem olhos que nunca dormia. Hermes, encarregado por Zeus para libertar sua amada, usou sua flauta para fazer Argos dormir; em seguida, decapitou-o, assim libertando Io.

lugar), chegou a tratar com o desprezo mais ofensivo uma criatura pobre e tímida, após se sentir envergonhada pelo percepção de sua própria fraqueza no passado, a quem um cavalheiro vizinho tinha seduzido e depois se casado. Esta mulher tinha, na verdade, confundido a virtude com a reputação; e, creio eu, que ela se valorizou [baseada] na decência de seu comportamento pré-casamento, embora, uma vez estabelecida e causando satisfação para sua família, ela e o seu mestre eram igualmente infiéis. – Então o herdeiro moribundo de um estado imenso veio de deus sabe onde!

Para ver este assunto sob outra luz.

Eu conheci numerosas mulheres que, se não amassem seus maridos, não amariam a mais ninguém, [e] que se entregaram inteiramente à vaidade e ao desregramento, negligenciando cada dever doméstico; não só isso, mesmo esbanjando todo o dinheiro que deveria ser guardado para seus jovens filhos desamparados, gabaram-se de suas reputações imaculadas, como se todo o compasso de seus deveres como esposas e mães fosse apenas para preservá-la. Enquanto outras mulheres indolentes, negligenciando todo dever pessoal, pensaram que mereciam os afetos de seus maridos, porque, certamente, elas agiram a este respeito com decência.

As mentes fracas sempre gostam de descansar nas cerimônias do dever, mas a moralidade oferece motivos muito mais simples; e seria desejável que os moralistas superficiais tivessem dito menos a respeito do comportamento e as aparências exteriores, pois a menos que a virtude, de qualquer tipo, seja construída no conhecimento, ela somente irá produzir um tipo insípido de decência. O respeito pela opinião do mundo, tem sido, no entanto, denominado o principal dever da mulher na mais expressa palavra; Rousseau declara,

> "Que a reputação não é menos indispensável que a castidade".[295] "O homem, comportando-se bem, só depende de si mesmo e pode desafiar a opinião pública; mas a mulher, quando se comporta bem, só cumpriu metade do seu dever, e o que pensam dela não lhes interessa menos que o que ela efetivamente é. Daí se segue que o sistema da sua educação

---

295 Ver *Emílio*, v. 2, Livro V, p. 189, de Rousseau: "A honra delas não reside unicamente no seu comportamento, mas na sua reputação, e não é possível que aquela que consente em passar por infame possa alguma vez vir a ser honesta".

deverá ser, a este respeito, oposto ao da nossa: a opinião é o túmulo da virtude entre os homens, e o seu trono entre as mulheres".[296]

É estritamente lógico inferir que a virtude, que jaz na opinião, é meramente mundana, e que é a virtude de um ser cuja razão foi negada. Contudo, até mesmo a respeito da opinião do mundo, eu estou convencida que esta classe de pensadores está equivocada.

Esta consideração pela reputação, independente de ser uma das recompensas da virtude, entretanto, originou-se de uma causa que eu já lastimei como a grande fonte da depravação feminina, devido à impossibilidade de restituir sua respeitabilidade pela retomada da virtude, embora os homens conseguissem preservar a sua durante a indulgência do vício. Era natural para as mulheres, portanto, esforçarem-se para preservar o que uma vez perdido – perdido para sempre, até que este cuidado engolisse todos os outros cuidados, a reputação em troca da castidade, tornou-se indispensável para o sexo. Mas vã é a escrupulosidade da ignorância, pois nem a religião, nem a virtude, quando estas residem no coração, necessitam prestar tal atenção pueril em meras cerimônias, porque o comportamento deve, no todo, ser apropriado, quando o motivo é puro.

Para apoiar a minha opinião, eu posso produzir uma autoridade muito respeitável; e a autoridade de um pensador frio deve ter peso para reforçar a consideração, embora não para estabelecer um sentimento. Falando das leis gerais da moralidade, o Dr. Smith observa:

> "Que por alguma circunstância muito extraordinária e azarenta, um bom homem pode ser o suspeito de um crime o qual ele era inteiramente incapaz [de cometer], e sob esta acusação, ser injustamente exposto pelo resto de sua vida ao horror e à aversão da humanidade. Por meio de um acidente deste tipo pode ser dito que ele perdeu tudo, não obstante sua integridade e justiça, da mesma maneira do homem precavido, não obstante o tamanho de sua circunspecção, podendo ser arruinado por um terremoto ou uma inundação. Acidentes do primeiro tipo, no entanto, são talvez ainda mais raros, e ainda mais contrários ao curso comum das coisas do que aqueles do segundo tipo; e continua sendo verdade que a prática da verdade, da justiça e da humanidade, é um método certo e quase infalível para adquirir o que essas

---

296 Ibid, p. 189-90.

virtudes sobretudo objetivam, a confiança e o amor daqueles que vivem conosco. Uma pessoa pode com facilidade ser representada equivocadamente em relação a uma ação em particular; mas é pouco possível que ela o deveria ser em consideração ao tom geral de sua conduta. É possível acreditar que um homem inocente tenha feito algo errado: isto, contudo, raramente acontecerá. Ao contrário, a opinião estabelecida da inocência de suas maneiras frequentemente nos levará a absolvê-lo no que ele realmente estava em falta, não obstante às presunções muito fortes".[297]

Eu coincido perfeitamente em opinião com este escritor, pois eu acredito fortemente que poucos de qualquer um dos sexos foram alguma vez desprezados por determinados vícios sem merecerem ser desprezados. Eu não falo da calúnia do momento, que paira acima do caráter, como uma das densas manhãs de névoa de novembro, acima desta metrópole, até que gradualmente diminui diante da luz comum do dia, eu apenas contento que a conduta diária da maioria prevalece para marcar seu caráter com a impressão da verdade. Silenciosamente, a luz transparente, brilhando dia após dia, refuta a conjetura ignorante ou os contos maliciosos que jogaram sujeira no caráter puro. Uma falsa luz distorce, por um curto tempo, sua sombra – a reputação; mas ela raramente falha em se tornar justa quando a nuvem que produziu o equívoco na visão é dispersada.

Muitas pessoas, sem dúvida, em vários aspectos, recebem uma reputação melhor do que, estritamente falando, mereceriam; pois a indústria incessante irá alcançar seu objetivo em todas as raças. Aqueles que apenas se esforçam por este prêmio vil, como os Fariseus, que rezavam nas esquinas das ruas ao verem os homens,[298] verdadeiramente obtêm a recompensa que buscam; pois o coração do homem não pode ser lido pelo homem! Ainda, a fama justa que é um reflexo natural das boas ações, quando o homem está apenas empregado a direcionar seus passos corretamente, não importando os observadores, é, em geral, não só mais verdadeiro, mas também mais correto.

---

297 Tradução livre do trecho do livro *The Theory of Moral Sentiments* (baseada na edição de 1790), I iii 5., p. 416-17, de Adam Smith.

298 Referência ao versículo de Mateus 6:5, "E, quando orardes, não sejais como os hipócritas, pois que apreciam orar em pé nas sinagogas e nas esquinas das ruas, para serem admirados pelos outros".

Há, é verdade, acusações em que o bom homem deve apelar a Deus por causa das injustiças do homem; e entre a integridade chorosa ou as vaias invejosas, ergue-se um pavilhão em sua própria mente para aposentar-se até que o rumor passe; ainda mais, os dardos da censura desmerecida podem penetrar um peito tenro e inocente causando muitas mágoas; mas estas são todas exceções à regra geral. E, é de acordo com a *common law*[299] que o comportamento humano deve ser regulado. A órbita excêntrica do cometa nunca influencia os cálculos astronômicos a respeito da ordem invariável estabelecida pelo movimento dos principais corpos do sistema solar.

Então, aventuro-me a afirmar que, depois que um homem chega à maturidade, o perfil geral de seu caráter no mundo é justo, permitindo que os mencionados anteriormente sejam exceções à regra. Eu não digo que um homem prudente e conhecedor do mundo, com somente virtudes e qualidades negativas, não pode, às vezes, obter uma reputação mais afável do que um homem mais sábio e melhor. Bem longe disso, estou apta a concluir pela minha experiência, que a virtude de duas pessoas é quase igual, o caráter mais negativo será mais apreciado pelo mundo em geral, enquanto o outro pode ter mais amigos na vida privada. Contudo, os morros e vales, as nuvens e o brilho do sol, evidentes nas virtudes de grandes homens, realçam umas as outras; e embora eles possibilitem que a fraqueza invejosa tenha um alvo para acertar em cheio, o caráter real continuará a seguir em direção à luz, apesar de ofendido pela afeição débil, ou pela malícia engenhosa.[300]

A respeito desta ansiedade para preservar uma reputação pouco merecida, que leva as pessoas sagazes a analisá-la, eu não devo fazer o comentário óbvio; mas eu temo que a moralidade esteja sendo perigosamente minada, no mundo feminino, pela atenção voltada às aparências em vez da substância. Uma coisa simples é então tornada estranhamente complicada; não apenas isto, mas, por vezes, a virtude e suas sombras são determinadas nas suas variâncias. Nós possivelmente não teríamos nunca ouvido falar da Lucrécia,[301] se ela tivesse morrido para preservar

---

299 Base do sistema jurídico da Inglaterra. Emprega uma forma de raciocínio baseado em casos concretos.

300 Eu me refiro a muitos escritos bibliográficos, mas particularmente à *Vida de Johnson,* por Boswell. (N.E.)

301 Lendária dama romana (509 a.C.) que, após ser estuprada por Sexto, filho de rei Tarquínio, suicidou-se e fez que seu pai e marido jurassem vingança.

a sua castidade em vez da sua reputação. Se nós realmente merecemos a nossa própria opinião positiva nós deveríamos ser, de forma geral, respeitados no mundo; mas, se nós almejamos melhorias ainda maiores e conquistas mais elevadas, não é suficiente nos vermos como nós supomos que somos vistos pelos outros, embora isso tenha sido argumentado de forma perigosa como a fundamentação dos nossos sentimentos morais.[302] Porque cada observador pode ter seus próprios preconceitos, além dos preconceitos de sua idade ou país. Nós deveríamos nos esforçar para nos ver como supomos que o Ser nos vê, a quem vê cada pensamento amadurecido em ação, e a quem o julgamento nunca desvia da eterna lei do direito. Justos são todos os seus julgamentos – assim como misericordiosos!

A mente humilde, que busca achar o benefício sob Seus olhos, e calmamente examina sua conduta quando a Sua presença é sentida, raramente irá formar uma opinião demasiada equivocada de suas próprias virtudes. Durante a hora silenciosa do controle de suas próprias faculdades a fronte irada da justiça ofendida será pavorosamente deprecada, ou o elo que leva o homem à Divindade será reconhecido no puro sentimento da adoração reverente, que infla o coração sem excitar nenhuma emoção tumultuosa. Nestes momentos solenes, o homem descobre o germe desses vícios, os quais, como a árvore de Java[303] libera um vapor pestilento em sua volta – a morte está nas sombras! E ele a percebe sem aversão, porque ele se sente atraído por algum cordão do amor a todos os seus semelhantes, cujas tolices ele está ansioso para descobrir todas as atenuações de sua natureza – em si mesmo. Se eu, ele pode assim argumentar, que exercito a minha própria mente, e que fui aperfeiçoada pelo sofrimento, achar o ovo da serpente[304] em alguma dobra do meu coração, e esmagá-lo com dificuldade, eu não devo ter pena daqueles que pisaram nele com menos vigor, ou que nutriram de forma negligente e perigosa o réptil até que este envenenou a corrente vital de onde vinha se alimentando? Posso eu, consciente de meus pecados secretos, jogar fora meus semelhantes e calmamente vê-los cair no abismo da perdição, que se abre para recebê-los. Não! Não! O coração agoniado chorará com

---

302  Smith. (N.E.) *The Theory of Moral Sentiments* (baseada na edição 1790), I iii 2, p. 285, de Adam Smith. (N.T.)

303  No século 18, acreditava-se que o jamelão era venenoso.

304  Referência à peça Júlio Cesar, de Shakespeare, ato II, cana 1, p. 36. Tradução de Ridendo Castigat Mores.

impaciência sufocante – Eu também sou um homem! E tenho vícios, escondidos, talvez, do olho humano, que me fazem ajoelhar na imundície diante de Deus, e em voz alta me diz, quando tudo se emudece, que somos formados da mesma terra e respiramos o mesmo elemento. A humanidade assim se eleva naturalmente da humildade, e torce as cordas do amor que em várias convoluções embaraçam o coração.

Esta simpatia se estende ainda mais, até que um homem bem satisfeito observa a força de argumentos que não carrega a convicção em seu próprio peito, e ele contentemente os coloca sob a luz mais justa, para si mesmo, o espetáculo da razão que levou outros a se perderem, regojizando-se ao achar alguma razão em todos os erros do homem; embora antes convencido de que aqueles que governam o dia, fazem com que o sol brilhe para todos. Ainda, cumprimentando, assim, como se apertando as mãos com a corrupção, um pé na terra, e o outro com passos largos e corajosos se eleva rumo ao céu, e se declara familiar com as naturezas superiores. As virtudes, não observadas pelo homem, gotejam a sua fragrância balsâmica nesta hora tranquila, e a terra sedenta, refrescada pelos córregos puros do conforto que, de repente, esguicham, é abarrotada com o sorridente verde das plantas; este é o verde vivaz, o qual aquele olho deve olhar com complacência e que é muito puro para enxergar a injustiça!

Mas meu ânimo sinaliza; e eu devo silenciosamente indultar o devaneio que estas reflexões nos levam, incapazes de descrever os sentimentos, que têm acalmado minha alma quando assistindo ao sol nascer, um garoar macio caindo entre as folhas das árvores vizinhas, parece cair no meu espírito lânguido, embora tranquilo, para resfriar o coração que havia sido aquecido pelas paixões cuja razão trabalhou para domar.

Os principais princípios que correm através de todas as minhas investigações, tornariam desnecessário estender este assunto, caso uma atenção constante para manter o disfarce longe do caráter puro, e em boa condição, não fosse frequentemente inculcada como a soma total dos deveres femininos; e se as regras para regular o comportamento e para preservar a reputação não se sobrepusessem frequentemente às obrigações morais. Mas a respeito da reputação, a atenção é confinada a uma única virtude – a castidade. Se a honra de uma mulher, como é absurdamente chamada, está segura, ela pode negligenciar todos os deveres sociais; mais ainda, pode estragar sua família com seus jogos e sua extravagância; embora ainda se faça presente a face desavergonhada – pois ela é verdadeiramente uma mulher honrável!

A sra. Macaulay observou corretamente, que "há apenas uma falha cuja mulher honrada não poderia cometer impunemente"[305]. Ela então adiciona justa e humanamente – "Isto tem originado a observação que é muito usada e tola, que a primeira falha contra a castidade tem na mulher um poder radical de depravar o caráter. Contudo, tal criatura frágil não sai assim das mãos da natureza. A mente humana é construída de materiais mais nobres do que aqueles que podem facilmente ser corrompidos; e com todas as suas desvantagens da situação e da educação, as mulheres raramente ficam por total abandonadas até que sejam jogadas em um estado de desespero, pelo rancor venenoso de seu próprio sexo"[306].

Contudo, na proporção em que esta observação pela reputação da castidade é valorizada pelas mulheres, ela é desprezada pelos homens: e os dois extremos são igualmente destrutivos para a moralidade.

Os homens estão certamente mais sob a influência de seus apetites do que as mulheres; e seus apetites são mais depravados pela indulgência desenfreada e ideias obstinadas de saciedade. A luxúria introduziu um refinamento no ato de comer, que destrói a constituição [física]; e, um grau de glutonaria que lhe é tão bestial, que a percepção de decência do comportamento deve ser desgastada antes que um ser possa comer sem moderação na presença de outro, e depois reclamar da opressão que sua intemperança naturalmente produziu. Algumas mulheres, particularmente as francesas, também perderam o senso de decência neste aspecto; pois elas irão falar calmamente de uma indigestão. Seria de se desejar que a preguiça não fosse permitida a produzir no espesso solo da riqueza, aquela multidão de insetos necrófagos, pois, então, não nos enojaríamos quando víssemos tais excesso brutos.

Há uma regra relativa ao comportamento que, eu acho, deve regular todas as outras; e ela é simplesmente estimar o respeito habitual pela humanidade de forma a poder nos impedir de repugnar um semelhante por causa de uma indulgência presente. A indolência vergonhosa de

---

305 Trecho de "*Letters on Education*" (1790), p. 210 "Faça-a apenas ter cuidado para não se envolver em uma intriga amorosa, e ela pode mentir, ela pode enganar, ela pode difamar, ela pode arruinar sua família com jogos, e com a paz de 20 outros com sua coqueteria, e ainda preservar ambas sua reputação e sua paz". Tradução livre.

306 Ibid, p. 212.

muitas mulheres casadas, e de outras um pouco mais avançadas na vida, frequentemente as leva a pecar contra a delicadeza. Pois, apesar de convencida de que a pessoa é o elo da união entre os sexos, ainda, quão frequente elas, por pura indolência, ou para desfrutar de alguma indulgência insignificante, repugnam?

A depravação do apetite que traz os sexos juntos tem tido um efeito ainda mais fatal. A natureza deve sempre ser o padrão do gosto, a medida do apetite – porém, o quão brutalmente a natureza é insultada pela volúpia. Deixando o refinamento do amor fora da questão; a natureza, ao fazer a gratificação de um apetite, neste respeito, assim como em todos os outros, uma lei natural e imperiosa para preservar a espécie, exalta o apetite, e mistura um pouco de intelecto e afeição com um sopro sensual. Os sentimentos de um dos pais se misturando com um instinto meramente animal, dá a eles dignidade; e o homem e a mulher frequentemente se encontrando por causa da criança, um interesse mútuo e afeição é estimulado pelo exercício da simpatia em comum. As mulheres então tendo necessariamente algum dever para executar, mais nobre do que adornar a si próprias, não estariam contente em ser as escravas da luxúria casual; que é agora a situação de um número muito considerável que são, literalmente falando, refeições a que cada comilão pode ter acesso.

Pode me ser dito que, por maior que essa enormidade seja, ela apenas afeta uma parte devota do sexo – devota a salvação do resto. Porém, por mais falsa que cada afirmação possa ser provada, isto recomenda a sanção de um pequeno mal para produzir o bem geral; o prejuízo não para aqui, pois o caráter moral, e a paz da mente, da parte decente do sexo, é prejudicada pela conduta das mesmas mulheres a quem elas não permitem nenhuma fuga da culpa: a quem elas inexoravelmente consignam ao exercício das artes que atrai seus maridos para longe delas, debocham de seus filhos, e as forçam, não deixe que as mulheres modestas comecem, a assumir, em algum grau, o mesmo caráter delas mesmos. Pois, eu me aventuro a afirmar que todas as causas da fraqueza feminina, assim como a depravação, que eu já tratei [aqui], nascem de uma grande causa – o desejo de castidade no homem.

Esta intemperança, tão prevalente, deprava o apetite em tal grau que um estímulo devasso é necessário para instigá-lo; mas o desenho paternal da natureza é esquecido, e a mera pessoa por um momento, engrossa sozinha os pensamentos. Tão voluptuoso, de fato, cresce o

CAPÍTULO VIII | **199**

vagabundo lascivo geralmente, que ele o refina na suavidade feminina. Alguma coisa mais suave do que a mulher é então buscado; até que, na Itália e em Portugal, os homens frequentam as assembleias de seres ambíguos,[307] para desejarem mais do que o langor feminino.

Para satisfazer este gênero de homens, as mulheres são tornadas sistematicamente voluptuosas, e apesar de nem todas carregarem sua libertinagem a mesma altura, este intercurso cruel com o sexo, que elas se permitem, deprava ambos os sexos, porque o gosto do homem é viciado; e as mulheres, de todas as classes, naturalmente moldam o seu comportamento para agradar o gosto por meio do qual elas obtêm prazer e poder. As mulheres se tornando, consequentemente, mais fracas no corpo e na mente do que elas deveriam ser, se um dos grandes objetivos de sua existência a ser levado em consideração fosse o de parir e nutrir as crianças, [elas] não teriam força o suficiente para executar o primeiro dever de uma mãe; e sacrificando para lascívia a afeição paternal, que enobrece o instinto, ou destruiriam o embrião no ventre, ou o jogariam fora quando nascessem. A natureza em todas as coisas exige respeito, e aqueles que violam suas leis raramente a violam com impunidade. As mulheres fracas e debilitadas que, em particular, chamam a atenção dos libertinos, não são aptas a serem mães, apesar de serem capazes de conceber; assim quando um rico sensualista, que provocou distúrbios entre as mulheres, espalhando a depravação e a miséria, deseja perpetuar o seu nome, recebe de sua mulher apenas um ser formado pela metade, que herda as fraquezas tanto do seu pai quanto da sua mãe.

Contrastando a humanidade da era presente com o barbarismo da antiguidade, muita ênfase tem sido colocada no costume selvagem de expor as crianças cujos pais não podiam manter; enquanto o homem de sensibilidade, que assim, talvez, reclame, por meio de seu galanteio promíscuo, produz a mais destrutiva esterilidade e infâmia contagiosa das maneiras. Certamente, a natureza nunca teve a intenção de que as mulheres deveriam, satisfazendo um apetite, frustrar o próprio propósito pelo qual foi este implantado?

Eu anteriormente coloquei que os homens deveriam manter as mulheres a quem seduziram; essa seria uma forma de reformar as maneiras

---

307 Eventos/locais destinados para encontros e relações homossexuais. Em Londres, de acordo com Ned Ward, em *A compleat and humourous account of all the remarkable clubs and societies in the Cities of London and Westminster* (1749), também havia tais eventos/locais.

femininas, e de parar o abuso que tem um efeito igualmente fatal na população e na moral. Outra [forma], não tão óbvia, seria desviar a atenção da mulher para a real virtude da castidade; pois muito pouco respeito pode pedir essa mulher, com relação à modéstia, apesar de sua reputação ser branca como a neve que cai,[308] que sorri para os libertinos enquanto ela rejeita as vítimas de seu apetite desregrado e a sua própria tolice.

Além disso, ela carrega uma marca da mesma tolice, por mais pura que estime a si mesma, quando ela, de forma estudada, adorna sua pessoa apenas para ser vista pelos homens, para estimular olhares respeitosos, e todas as homenagens inúteis do que é chamado de galantaria inocente. Se as mulheres realmente respeitassem a virtude por sua própria finalidade, elas não buscariam uma compensação na vaidade, ou praticariam a autonegação para preservar a sua reputação, nem se associariam aos homens que desafiam a sua reputação.

Os dois sexos se corrompem e se melhoram mutuamente. Isto eu acredito ser uma verdade indisputável, estendendo a cada virtude. A castidade, a modéstia, o espírito do público e todo o nobre trem das virtudes, sob o qual a virtude social e a felicidade são construídas, deviam ser entendidos e cultivados pela humanidade, ou eles serão cultivados para pequenos efeitos. E, em vez de fornecerem aos vícios ou à preguiça um pretexto para violar algum dever sagrado, denominando-o sexual, seria mais sábio mostrar que a natureza não fez uma diferenciação, pois o homem não casto duvidosamente derrota o propósito da natureza, tornando as mulheres inférteis, e destruindo sua própria constituição, apesar de ele evitar a vergonha que segue o crime no outro sexo. Estas são as consequências físicas, as morais são ainda mais alarmantes; pois a virtude é apenas uma distinção nominal, quando os deveres dos cidadãos, maridos, esposas, pais, mães e diretores de famílias tornam-se meramente os laços egoístas da conveniência.

Por que, então, os filósofos procuram pelo espírito do público? Este espírito público deve ser nutrido por uma virtude privada, ou vai se parecer com o sentimento fatídico que fazem as mulheres terem o cuidado de preservar a sua reputação, e os homens, a sua honra. Um sentimento que frequentemente existe sem o apoio da virtude, sem o apoio da moralidade sublime que causa a violação habitual de um dever, uma violação de toda a lei moral.

---

308  A escritora se refere a uma frase tradicional: *pure as the driven snow.*

_capítulo IX_

# DOS EFEITOS PERNICIOSOS QUE SE ORIGINAM DAS DISTINÇÕES NÃO NATURAIS ESTABELECIDAS NA SOCIEDADE

Do respeito dado à obediência[309] segue, assim como uma fonte envenenada, a maioria dos males e vícios que tornam este mundo uma cena tão sombria para a mente contemplativa. Pois, é na sociedade mais polida que répteis fétidos e serpentes venenosas espreitam sob a ervagem espessa, e há uma voluptuosidade empanturrada pelo ar parado e sufocante, que relaxa cada boa disposição antes desta amadurecer em virtude.

Uma classe pressiona a outra, pois todos objetivam a obtenção de respeito em razão de seu decoro: e o decoro, uma vez ganho, irá obter o respeito apenas devido ao talento e à virtude. Os homens negligenciam os deveres incumbidos ao homem, e ainda são tratados como semideuses; a religião é também separada da moralidade por um véu cerimonial, e, ainda assim, os homens se questionam se o mundo é, falando quase literalmente, um covil de trapaceiros ou opressores.

Há um provérbio familiar que diz uma verdade inteligente: todo aquele que o diabo encontre ocioso, ele o irá empregar. E o que, a não ser a preguiça habitual, poderia produzir as riquezas e títulos hereditários? Pois, o homem é constituído de tal forma que ele só pode alcançar o uso apropriado de suas faculdades, exercendo-as, e não as irá exercer a não ser que a necessidade, de qualquer tipo, dê o primeiro empurrão para colocar suas rodas em movimento. A virtude, da mesma forma, somente pode ser adquirida pela execução dos deveres relativos, mas a importância destes deveres sagrados raramente será sentida pelo ser que

---

309 No original: _propriety_.

é induzido a desistir de sua humanidade pela bajulação de sicofantas. Deve haver mais igualdade na sociedade, ou a moralidade nunca irá ganhar terreno, e esta igualdade virtuosa não irá descansar firmemente, mesmo se fundada em uma rocha, se metade da humanidade for acorrentada ao fundo, pelo destino, pois isto irá continuamente miná-la, pela ignorância ou orgulho.

É em vão esperar virtude das mulheres até que elas sejam, em algum grau, independente dos homens, mais ainda, é em vão esperar a força da afeição natural, que poderia fazer delas boas esposas e mães. Enquanto elas são absolutamente dependentes de seus maridos, elas serão astutas, más e egoístas, e os homens, que são gratos por um tipo de bajulação e carinho servil, não têm muita delicadeza, pois o amor não é para ser comprado, em qualquer sentido das palavras, suas asas sedosas são instantaneamente recolhidas quando qualquer coisa de retorno além da bondade é buscada. Contudo, enquanto a riqueza enfraquecer o homem; e as mulheres viverem, como se fosse, por meio de seus charmes pessoais, como podemos esperar que elas executem aqueles deveres enobrecedores que requerem igualmente empenho e autonegação. A propriedade hereditária sofistica o intelecto, e suas vítimas infelizes, se assim eu puder me expressar, arrancadas em seu nascimento, raramente executam a faculdade locomotiva da mente e do corpo; e assim, vendo todas as coisas por um só meio, e este um meio falso, eles são incapazes de discernir em que o mérito verdadeiro e a felicidade consistem. Falso, de fato, deve ser a luz quando a roupagem da situação esconde o homem, e faz ele se aproximar, silenciosamente, disfarçado, arrastando-se de uma cena de devassidão para a outra, com seus membros abatidos, estes pendurados com estúpida desatenção, e virando os olhos desocupados, que claramente nos fala que não há intelecto nessa casa.

Eu quero, então, inferir que a sociedade não está organizada direito, se não compelir os homens e mulheres a executarem seus deveres respectivos, tornando-os o único caminho para adquirir a aprovação de seus semelhantes, que todo ser humano deseja de alguma forma obter. O respeito, consequentemente, que é dado para a riqueza e para os charmes meramente pessoais, é uma verdadeira ventania provinda do nordeste, que infesta de pragas as tenras flores da virtude e da afeição. A natureza sabiamente ligou a afeição às virtudes, para adoçar o trabalho pesado, e para dar este vigor ao esforço da razão que só o coração pode dar. Contudo, a afeição que é colocada meramente porque é a insígnia apropriada de um certo caráter, quando seus deveres não são executados, é um dos elogios vazios que o vício e a tolice são obrigados a prestar à virtude e à real natureza das coisas.

Para ilustrar a minha opinião, eu preciso apenas observar, que quando a mulher é admirada por sua beleza, e se deixa ficar tão intoxicada pela admiração que recebe, a ponto de negligenciar a execução do dever indispensável de uma mãe, ela peca contra si mesmo, pois negligencia o cultivo de uma afeição que tenderia a fazê-la tanto útil quanto feliz. A verdadeira felicidade, eu me refiro a todo o contentamento e satisfação virtuosa, que pode ser arrancada desse estado imperfeito, deve originar-se das afeições bem reguladas; e uma afeição inclui um dever. Os homens não são cientes da miséria que causam, e a fraqueza viciosa que apreciam, por apenas incitarem as mulheres a se tornarem agradáveis; eles não consideram que fazem, dessa forma, com que os deveres naturais e artificiais se choquem, sacrificando o conforto e a respeitabilidade da vida da mulher para noções voluptuosas da beleza, quando na natureza elas todas se harmonizam.

Frio seria o coração de um marido, caso ele não fosse tornado artificial devido ao deboche precoce, que não sentiu mais encanto ao ver seu filho ser amamentado por sua mãe, do que aquele suscitado pelos truques libertinos mais astutos; no entanto, esta forma natural de cimentar o laço matrimonial e entrelaçar a estima com lembranças carinhosas, a riqueza leva as mulheres a recusá-la com desprezo.[310] Para preservarem a sua beleza, e usarem a coroa florida do dia, que dá a elas um tipo de direito a reinar por um curto período acima do sexo, elas negligenciam [e falham] em deixar impressões no coração de seus maridos, que seriam lembradas com mais ternura quando a neve da cabeça começasse a resfriar o peito, mais ainda do que seus virgens charmes. A solicitude maternal de uma mulher razoável e afeiçoada é muito interessante, e a dignidade purificada com que uma mãe retribui as carícias que ela e seu filho/a recebem do pai, que cumpriu os deveres sérios de sua posição, não é apenas respeitável, mas uma bela visão. Tão singular, de fato, são os meus sentimentos, e eu tenho me esforçado para não capturar os sentimentos artificiais, depois de ficar fatigada com a visão da grandeza insípida e das cerimônias escravocratas que, com suas pompas incômo-

---

310 Na Inglaterra, durante o século 18, era comum o emprego de amas-de-leite.

das, suprem o lugar das afeições domésticas, eu tenho me voltado para outra cena para aliviar os meus olhos, descansando-os no refrescante verde espalhado por todos os lugares pela natureza. Eu tenho, então, visto com prazer uma mulher amamentando seus filhos, e executando os deveres de sua posição com, talvez, apenas uma criada para tirar de suas mãos a parte servil dos afazeres domésticos. Eu a tenho visto preparar a si e as crianças, com apenas a luxúria da limpeza, para receber o seu marido que, voltando cansado para casa, no fim da tarde, encontra bebês sorridentes e um lar limpo. Meu coração tem se demorado no meio do grupo, e até batido com emoção simpática, quando os passos do pé bem conhecido começam um tumulto agradável.

Enquanto a minha benevolência é gratificada pela contemplação desta cena sincera, eu acredito que o casal desta descrição, igualmente necessários e independentes de si próprios, porque cada um supriu os respectivos deveres de sua posição, possuem tudo o que a vida poderia dar. – Criados suficientemente acima da pobreza abjeta para não serem obrigados a pesar as consequências de cada centavo que gastam, e tendo o suficiente para prevenir que façam parte do sistema frígido da economia, que estreita tanto o coração quanto a mente. Eu declaro, tão vulgares são os meus conceitos, que eu não sei o que é preciso para tornar esta situação a mais feliz de todas, assim como também a mais respeitável no mundo, mas um gosto pela literatura, para dar um pouco de variedade e interesse na conversa social, e um dinheiro supérfluo para dar aos necessitados e para comprar livros. Pois, não é agradável, quando o coração é aberto pela compaixão e a cabeça ativa no arranjo dos planos de utilidade, ter uma reação espinhosa e irritadiça continuamente puxando o cotovelo para impedir a mão de tirar uma carteira quase vazia, sussurrando ao mesmo tempo alguma máxima sensata sobre a prioridade da justiça.

Embora as riquezas e as honras herdadas sejam destruidoras para o caráter humano, as mulheres são porém mais rebaixadas e paralisadas, se possível, por elas do que os homens, porque os homens podem ainda, em algum grau, desenvolver as suas faculdades ao se tornarem soldados e homens de estado.

Como soldados, eu garanto, eles atualmente podem apenas juntar, em sua maioria, louros gloriosos em vão, enquanto eles se ajustam exatamente ao equilíbrio europeu, tomando cuidado especial para que

CAPÍTULO IX | **205**

nenhum peixe[311] que cante ou ressoe, incline o estibordo.[312] Mas os dias de heroísmo verdadeiro acabaram, quando um cidadão lutava pelo seu país como um Fabrício ou um Washington,[313] e então voltava para a sua fazenda para deixar que a sua febre virtuosa corresse em um córrego mais plácido, mas não menos salutar. Não, os nossos heróis britânicos são com mais frequência provenientes das mesas de jogo do que da terra arada; e suas paixões têm sido mais inflamadas por estarem em um suspense mudo na jogada dos dados, do que sublimados por ofegarem em busca da marcha aventurosa da virtude na página da história.

O político, é verdade, pode com mais propriedade desistir do jogo Faro Bank,[314] ou da mesa de cartas, para guiar o leme, pois ele só tem que embaralhar e trapacear. Todo o sistema da política britânica, se de "sistema" podemos cordialmente chamá-lo, consiste em multiplicar os dependentes e inventar impostos que oprimem os pobres para mimar os ricos; assim, uma guerra, ou procurar uma agulha no palheiro,[315] é, como o uso vulgar do termo, uma reviravolta de sorte da patronagem para o ministro, cujo principal mérito é a arte de se manter no seu lugar. Não é necessário que ele tenha qualquer compaixão pelos pobres, pois assim ele pode garantir para a sua família a trapaça casual. Ou que alguma amostra de respeito, a que é classificado com ostentação ignorante de "direitos naturais" do homem inglês, seja conveniente para enganar o rude mastim que ele tem de guiar pelo faro, ele pode fazer uma aparição vazia, de forma bem segura, emprestando unicamente a sua voz, e permitindo que sua leve sombra se vá na outra direção. E quando uma questão de humanidade é debatida, ele pode molhar o pão no leite da bondade humana,[316] para silenciar Cérbero,[317] e falar do interesse que

---

311 No original: *bleak*. Peixe fluvial presente na Europa.

312 Referência às investidas da Inglaterra para conter a Revolução Francesa. Em 1792, os países do norte da Europa e a Rússia ainda não tinham se unido à Inglaterra.

313 Fabrício foi personagem importante para conquistas e enriquecimento do Império Romano. Viveu e morreu na pobreza, embora pudesse ter se aproveitado de sua função como embaixador. George Washington cresceu em uma fazenda, para qual retornou depois de seu sucesso militar em 1755, e após encerrar suas atividades de vida pública em 1796.

314 Jogo de cartas com apostas comum na corte de Luís XIV.

315 No original: *wild goose chase*. Expressão comumente usada no idioma inglês, que se refere à busca de algo inatingível ou inexistente.

316 Referência a *Macbeth*, ato I, cena V, de Shakespeare.

317 Cão de três cabeças da mitologia grega que vigia a entrada do inferno.

seu coração guarda, em uma tentativa de fazer a terra não mais chorar por vingança enquanto suga o sangue de suas crianças, embora sua mão fria pode, nesse exato momento, estar prestes a firmar suas correntes, ao sancionar o tráfico abominável.[318] Um ministro não é mais um ministro, enquanto ele não puder defender um ponto, que esteja determinado a defender. – Todavia, não é necessário que um ministro deva se sentir como homem, quando um empurrão abrupto mexer com o seu assento.

Contudo, tendo acabado com essas observações episódicas, deixe--me voltar para a escravidão mais especiosa que acorrenta a alma da mulher, mantendo-a para sempre sob a sujeição da ignorância.

As distinções irracionais da posição, que tornaram a civilização uma maldição, ao dividir o mundo entre tiranos voluptuosos e dependentes astutos e invejosos, corruptos, quase que igualmente, todas as classes de pessoas, porque a respeitabilidade não é atrelada à execução dos deveres relativos à vida, mas ao cargo, e quando os deveres não são cumpridos as afeições não podem ganhar força suficiente para fortificar a virtude, a qual é a recompensa natural. Ainda há algumas brechas de onde o homem pode sair rastejando, e ousar pensar e agir por si só; mas para a mulher isto é uma tarefa herculana, porque ela tem dificuldades específicas ao seu sexo para superar, que requer poderes quase super-humanos.

Um legislador verdadeiramente benevolente sempre se esforça para fazer com que o interesse de cada indivíduo seja virtuoso, e assim a virtude privada se torna a base da felicidade pública, um todo organizado é consolidado pela tendência de todas as partes direcionadas a um centro comum. Contudo, a virtude pública ou privada da mulher é muito problemática; Rousseau e uma lista numerosa de escritores masculinos insistem que ela deve toda a sua vida ser sujeitada a uma repressão severa, a da obediência às normas e costumes[319]. Por que sujeitá-la a essa obediência – obediência cega, se ela é capaz de agir a partir de uma fonte mais nobre, se ela for a herdeira da imortalidade? É para o açúcar sempre ser produzido do sangue vital? É para a metade da espécie humana, como os pobres escravos africanos, ser sujeitada aos preconceitos que a brutaliza, quando os princípios são uma proteção mais certa, apenas para adocicar a xícara do homem? Isto não é indiretamente

---

318 Referência ao tráfico de escravos.

319 No original: *propriety.*

negá-la do direito da razão? Pois uma dádiva é o escárnio se ele não é próprio para o seu uso.

As mulheres são, em comum com os homens, tornadas fracas e luxuosas pelos prazeres relaxantes que a riqueza produz; mas, adicionado a isso, elas são feitas escravas de suas próprias pessoas e devem tornar-se sedutoras para que o homem lhes empreste sua razão para guiar e corrigir seus passos cambaleantes. Ou, se forem ambiciosas, elas devem governar seus tiranos por meio de truques sinistros, pois sem direitos não pode haver qualquer dever incumbente. As leis a respeito das mulheres, que eu desejo discutir em uma parte futura, consideram a absurda unidade de um homem e a sua esposa; e então, pela fácil transição de considerar ele o responsável, ela é reduzida à uma mera nulidade.[320]

O ser que executa os deveres de seu cargo [social] é independente; e falando de mulheres no geral, o seu primeiro dever é para com elas próprias como seres racionais, e depois, em ponto de importância, como cidadãs, é, que inclui tantos outros, o de mãe. A posição na vida que elas dispensam executando este dever, necessariamente as degrada tornando-as meras bonecas. Ou elas deveriam se voltar para algo mais importante do que meramente ajustar as roupas em cima de um bloco liso, sua mente é apenas ocupada por alguma conexão platônica tenra; ou a gestão real de uma intriga pode manter a mente em movimento; pois, quando elas negligenciam as tarefas domésticas, elas não têm sob o seu poder o campo [de batalha], e a marcha e contramarcha como os soldados, nem a disputa no senado para preservar suas faculdades da ferrugem.

Eu sei que, como prova da inferioridade do sexo, Rousseau tem exclamado exultantemente: como podem elas deixar a maternidade para o campo [de batalha]![321] – E o campo, tem sido chamado por alguns moralistas como a escola das virtudes mais heroicas; embora, eu acho, isso intrigaria um sofista aguçado para provar a razoabilidade do grande número de guerras que tem intitulado heróis. Não é a minha intenção

---

320 Ver William Blackstone, *Commentaries on the Laws of England* (1965), I. xv. 430: "Através do casamento, o marido e a esposa são uma só pessoa perante a lei: ou seja, o próprio ser ou a existência legal da mulher são suspensos durante o matrimônio, ou pelo menos, eles são incorporados e consolidados nos do marido: debaixo da asa dele, protegida e coberta, ela faz tudo". Tradução livre.

321 Referência a *Emílio*, v. 2, Livro V, p. 187, de Rousseau: "Seria ela hoje nutriz e amanhã guerreira?".

considerar esta questão criticamente; porque, tendo frequentemente visto estes monstros da ambição como o primeiro modo natural da civilização, quando o chão deve ser detonado por canhões, e as matas limpas pelo fogo e pela espada, eu decido não chamá-los de pestes; mas certamente o sistema atual da guerra tem pouca conexão com a virtude de qualquer denominação, sendo mais a escola da *finesse* e da afeminação do que da força moral.

Ainda, se a guerra defensiva, a única guerra justificável, no presente estado avançado da sociedade, em que a virtude pode mostrar seu rosto e amadurecer em meio aos rigores que purificam o ar do topo da montanha, fosse somente adotada quando justa e gloriosa, o verdadeiro heroísmo da antiguidade poderia novamente animar a afeição da mulher. – Contudo, justa e suavemente, gentil leitor, masculino ou feminino, não te faças alarme, pois embora eu tenha comparado o caráter de um soldado moderno com aquele da mulher civilizada, e eu não as aconselharei a transformar o seu fuso para fiar em mosquete, apesar de eu desejar sinceramente ver a baioneta convertida em foice. Eu somente recriei uma imaginação, fatigada pela contemplação dos vícios e tolices, todos estes procedentes de um fluxo feculento da riqueza que suja de lama o puro córrego do afeto natural, ao supor que a sociedade irá, em algum momento, ser constituída de tal maneira que o homem deva necessariamente cumprir os deveres de um cidadão ou ser desprezado, e que, enquanto ele for empregado em qualquer departamento da vida civil, sua esposa, também uma cidadã ativa, deve igualmente pretender gerir a sua família, educar seus filhos e assistir seus vizinhos.

Contudo, para torná-la realmente virtuosa e útil, ela não deve, caso execute seus deveres civis, querer a proteção das leis civis para sua pessoa; ela não deve ser dependente da generosidade do seu marido para sua subsistência durante a vida dele, ou de pensão após a sua morte – pois como pode uma criatura ser generosa quando nada possui? Ou virtuosa, quando não livre? A esposa, no estado atual das coisas, que é fiel ao seu marido, e não amamenta nem educa os seus filhos, dificilmente merece ser chamada de esposa, e não tem direitos como cidadã. Pois tirando os direitos naturais, os deveres se tornam nulos.

As mulheres, então, devem ser consideradas unicamente como o consolo libertino dos homens, quando se tornam tão fracas no intelecto e no corpo, que não podem esforçar-se, a menos que para buscar um prazer fútil, ou para inventar uma moda frívola. O que pode ser uma cena mais melancólica para uma mente pensante do que olhar dentro das numerosas carruagens, que transitam confusamente nesta metrópole em uma manhã, cheia de criaturas com rostos pálidos que fogem de si mesmas. Eu tenho frequentemente desejado, junto com o Dr. Johnson, colocá-las em uma pequena instalação com meia dúzia de crianças olhando para as suas feições lânguidas pedindo assistência. Eu estou muito equivocada, se algum vigor latente logo não daria saúde ao espírito de seus olhos, e algumas marcas de expressão colocadas pelo exercício da razão nas bochechas inexpressivas, que antes eram apenas onduladas por covinhas, poderia restaurar a dignidade perdida ao caráter, ou, pelo menos, permiti-la a alcançar a verdadeira dignidade da natureza. A virtude não é para ser adquirida nem pela especulação, [ou] muito menos pela inércia negativa que a riqueza naturalmente gera.

Além disso, quando a pobreza é mais vergonhosa do que até mesmo o vício, a moralidade não magoa profundamente?[322] Ainda, para evitar uma explanação equivocada, apesar de considerar que as mulheres, nas caminhadas usuais da vida, são chamadas para cumprir os deveres de esposa e mãe, pela religião e pela razão, eu não posso evitar de lamentar que as mulheres de casta superior não tenham uma estrada aberta pela qual elas possam buscar planos mais extensivos de utilidade e independência. Eu posso estimular a risada, por deixar uma pista do que eu intenciono perseguir, em um tempo futuro, pois eu realmente penso que as mulheres devem ter representantes, em vez de serem arbitrariamente governadas sem ter nenhuma parcela direta permitida a elas nas deliberações do governo.

Contudo, a forma como todo o sistema representativo neste país é, apenas um pretexto para o despotismo, elas não precisam reclamar, pois elas estão tão bem representadas como uma numerosa classe de duros trabalhadores mecânicos, que pagam pela assistência da realeza quando eles escassamente podem calar a boca de seus filhos com pão. Como são eles representados, a quem o próprio suor apoia o garanhão esplêndido de um herdeiro, ou lustra a carruagem de alguma queridinha [da corte] que olha para baixo com vergonha? Impostos sobre as necessidades

---

322 No original: *cut to the quick*. Expressão que significa ferir alguém profundamente, geralmente no sentido emocional.

## 210 | REIVINDICAÇÃO DOS DIREITOS DAS MULHERES

básicas da vida, permite uma tribo infinita de príncipes e princesas preguiçosos passar com pompa estúpida diante de uma multidão boquiaberta, que quase idolatra o próprio desfile a quem lhe custou tão caro. Isto é mera grandeza gótica, algo como exibição bárbara e inútil de sentinelas montadas a cavalo em Whitehall,[323] as quais eu não poderia ter olhado sem uma mistura de desprezo e indignação.

Que forma estranha de sofisticação a mente deve ter quando este tipo de situação é posta! Contudo, até que esses monumentos da insensatez sejam nivelados pela virtude, tolices similares irão impregnar toda a massa. Pois o mesmo caráter, em algum grau, irá prevalecer no agregado da sociedade: e o refinamento da luxúria, ou os lamentos viciosos da pobreza invejosa, irão igualmente banir a virtude da sociedade, considerada como a característica daquela sociedade, ou apenas permitir que apareça como uma listra do casaco de arlequim, usado pelo homem civilizado.

Nas posições superiores da vida, cada dever é cumprido por representantes, como se pudéssemos abrir mão dos deveres, e os prazeres em vão que a consequente preguiça força os ricos a perseguirem, parecem ser tão atraentes à próxima posição, que os que se arrastam pela riqueza sacrificam tudo para andar em seus saltos. As mais sagradas crenças são então consideradas sinecuras, porque foram obtidas pelo interesse, e apenas almejadas para permitir ao homem a manter uma *boa companhia*. As mulheres, em particular, todas querem ser damas. O que significa simplesmente não ter o que fazer, mas indiferentemente ir, pouco se importando para onde, pois elas não sabem dizer o que é.

Mas o que as mulheres têm para fazer na sociedade? Eu posso ser perguntada, mas para demorar-me com graça natural; certamente você não condenaria todas elas a criarem pascácios e provar cerveja![324] Não. As mulheres poderiam certamente estudar a arte da cura, e serem médicas assim como enfermeiras. E as parteiras, a decência parece atribuir a elas [tal função], embora eu receio que a palavra parteira, em nossos

---

323 Importante avenida de Londres, que serviu de moradia para a monarquia e hoje sedia vários órgãos do governo do Reino Unido.

324 Referência ao trecho da peça *Otelo*, ato II, cena 1, de Shakespeare, em que Iago descreve a atividade de uma mulher louvável.

dicionários, irá logo dar lugar a *accoucher*,[325] e uma prova da antiga delicadeza do sexo da linguagem será apagada.

Elas podem, também, estudar política, e estabelecer a sua benevolência em uma base mais ampla; pois a leitura da história dificilmente será mais útil do que a leitura atenta de romances, se lidas como meras biografias; se o personagem do momento, os melhoramentos políticos, artes etc. não forem observados. Em resumo, se não for considerado como a história do homem; e não de homens em particular, que tomaram suas posições no templo da fama, e que caíram no córrego negro do tempo, que silenciosamente varre tudo à sua frente, para dentro do vazio sem forma chamado eternidade. – Se de forma pode ser chamado, "se forma, não tinha nenhuma?"[326]

Negócios de vários tipos elas podem, da mesma forma, buscar, se fossem educadas de maneira mais ordenada, o que salvaria muitas da prostituição legal e comum. As mulheres então não se casariam pelo sustento, assim como os homens aceitam cargos no governo, e negligenciariam os deveres implícitos; nem uma tentativa de ganhar a própria subsistência, a mais louvável de todas!, afundaria tais mulheres quase ao nível daquelas pobres e abandonadas criaturas que vivem da prostituição. Pois as modistas de chapéu e costureiras de vestidos[327] não são consideradas a próxima classe? Os poucos empregos abertos às mulheres, longe demais de serem liberais, são servis; e quando uma educação superior as permitem encarregar-se da educação das crianças como governantas, elas não são tratadas como as tutoras dos filhos, apesar de até os tutores clérigos não serem tratados de forma a torná-los respeitáveis aos olhos de seus pupilos, isso para não dizer nada do conforto privado do indivíduo. Todavia, como as mulheres educadas de família nobre nunca são moldadas para a situação humilhante que a necessidade às vezes as força passar; essas situações são consideradas aos olhos da degradação; e elas sabem pouco do coração humano, e precisam ouvir que nada tão doloroso afia a sensibilidade mais que uma queda na vida.

---

325  Homem que realiza partos, parteiro.

326  No original: *that, shape hath none?*. Citação aos versos de *Paraíso Perdido* (1667), Canto II, de John Milton: *The other shape,/If shape it might be called that shape had none.* A tradução de António José de Lima Leitão, aqui utilizada, não se encaixa no contexto do texto de Wollstonecraft, nesse sentido optou-se por fazer uma tradução livre do trecho.

327  No original: *mantua-makers*.

Algumas dessas mulheres podem se deter em se casar por um espírito ou delicadeza apropriada, e outras podem não ter tido isso em seu poder para escapar dessa maneira penosa da servidão; não é que o governo seja muito defeituoso e muito desatento da felicidade de metade de seus membros, que não provê para as mulheres honestas e independentes, encorajando-as a ocupar posições respeitáveis? Contudo, para tornar a sua virtude privada um benefício público, elas devem ter uma existência civil no estado, casadas ou solteiras; ou então nós continuaremos a ver algumas mulheres merecedoras, cuja sensibilidade se tornou dolorosamente aguda pelo desprezo desmerecido, definhar como "o lírio quebrado pela relha de arado"[328].

É uma verdade melancólica; no entanto, tal é o efeito abençoado da civilização! [Que] as mulheres mais respeitáveis são as mais oprimidas; e, a menos que elas tenham um entendimento muito superior ao tipo comum, considerando ambos os sexos, elas devem, por serem tratadas como seres desprezíveis, tornar-se desprezíveis. Quantas mulheres assim desperdiçam a vida vítimas do descontentamento, que podiam talvez ter trabalhado como médicas, ordenadoras de fazenda, administradoras de lojas, e de cabeça erguida, apoiadas por seu próprio esforço,[329] em vez de se enforcarem sobrecarregadas com o orvalho da sensibilidade, que consome a beleza a quem primeiramente deu lustre; não só isso, eu duvido que a pena e o amor sejam tão aparentados como os poetas inventam, pois eu dificilmente tenho visto muita compaixão ser estimulada pelo desamparo das fêmeas, a menos que fosse justa; aí, talvez, a piedade seria a criada doce do amor, ou o precursor da luxúria.

O quão mais respeitável é a mulher que ganha seu próprio pão ao cumprir seus deveres, do que a beleza mais completa! – Beleza, disse eu? – tão sensível eu sou pela beleza moral dos valores, ou da obediência e decoro harmonioso, que afinam as paixões de um intelecto bem regulado, que eu enrubesço só de fazer a comparação; ainda, eu solto um suspiro quando penso quantas poucas mulheres almejam obter esta respeitabilidade retraindo-se do giro vertiginoso do prazer, ou da calma indolente que entorpece uma boa quantidade de mulheres que suga.

---

328 Trecho de *The adventures of Telemachus*, de Fénelon, I, p. 152: "Como um belo lírio no meio do campo, cortado desde a raiz pela relha do arado, deita-se e definha no chão". Tradução livre.

329 No original: *industry*.

Orgulhosas de sua fraqueza, porém, elas devem ser sempre prote-gidas, defendidas do cuidado e de todo o trabalho bruto que dignifica a mente. – Se isto for o decreto do destino, se elas forem se fazer insig-nificantes e desprezíveis, docemente para "desperdiçarem" a vida, que elas não esperem serem valoradas quando a sua beleza se esvair, pois é o destino das flores mais formosas serem admiradas e arrancadas em pedaços pela mão descuidada que as arrancou. Em quantas formas eu desejo, da mais pura benevolência, imprimir esta verdade no meu sexo; mas eu creio que elas não irão escutar a uma verdade que foi onerosa-mente obtida através da experiência, e levada à casa de muitos âmagos agitados, nem renunciarão por vontade própria aos privilégios da po-sição e do sexo pelos privilégios da humanidade, para os quais não há reivindicações àqueles que não executam seus deveres.

Esses escritores são particularmente úteis, em minha opinião, pois fazem o homem sentir pelo homem, independente da posição que ocupa ou da roupagem dos sentimentos factícios. Eu, então, de bom grado convenceria homens razoáveis da importância de algumas das minhas notas; e fazer prevalecer neles o peso desapaixonado do todo o conteúdo das minhas observações. Eu apelo para o seu entendimento e, como sua semelhante, reivindico, em nome do meu sexo, algum interesse em seu coração. Eu os suplico a apoiar a emancipação de suas companhias, para fazê-las uma *ajuda em direção* a eles!

Não iriam os homens generosamente arrebentar as nossas correntes e estar contentes com o companheirismo racional em vez da obediência servil, eles encontrariam filhas mais observadoras, irmãs mais afeiçoa-das, esposas fiéis e mães razoáveis – em uma palavra, melhores cidadãs. Nós então deveríamos amá-los com afeição pura, porque deveríamos aprender a nos respeitar; e a paz da mente de um homem merecedor não seria interrompida pela vaidade indolente de sua esposa, nem os bebês mandados a aninhar-se em um peito estranho, nunca tendo achado um lar no de suas mães.

*capítulo* X

# O AFETO PATERNAL

O afeto paternal é, talvez, a modificação mais cega do perverso amor próprio; pois não temos, como os franceses,[330] dois termos para distinguirmos a busca de um desejo natural e razoável, dos cálculos ignorantes da fraqueza. Os pais geralmente amam seus filhos da maneira mais brutal possível, e sacrificam todos os deveres que os concernem para promover o avanço de seus filhos no mundo. – Para promover, tal é a obstinação de preconceitos sem princípios, um futuro bem-estar dos próprios seres cuja presente existência é amargurada pela linha mais despótica de poder. O poder, de fato, é sempre verdadeiro ao seu princípio vital, pois em qualquer uma de suas formas reinaria sem controle ou

---

330 *L'amour propre. L'amour de soi même.* (N.E.) Ver *Discurso sobre a Origem e os Fundamentos da Desigualdade entre os Homens* (1754), I, nota 15: "É preciso não confundir o amor-próprio e o amor de si mesmo, duas paixões muito diferentes por sua natureza e por seus efeitos. O amor de si mesmo é um sentimento natural que leva todo animal a velar por sua própria conservação, e que, dirigido no homem pela razão e modificado pela piedade, produz a humanidade e a virtude. O amor-próprio é apenas um sentimento relativo, factício e nascido na sociedade, que leva cada indivíduo a fazer mais caso de si do que de qualquer outro, que inspira aos homens todos os males que se fazem mutuamente, e que é a verdadeira fonte da honra. Bem entendido isso, repito que, no nosso estado primitivo, no verdadeiro estado de natureza, o amor-próprio não existe; porque, cada homem em particular olhando a si mesmo como o único espectador que o observa, como o único ser no universo que toma interesse por ele, como o único juiz do seu próprio mérito, não é possível que um sentimento que teve origem em comparações que ele não é capaz de fazer possa germinar em sua alma. Pela mesma razão, esse homem não poderia ter ódio nem desejo de vingança, paixões que só podem nascer da opinião de alguma ofensa recebida. E, como é o desprezo ou a intenção de prejudicar, e não o mal, que constitui a ofensa, homens que não sabem se apreciar nem se comparar podem fazer-se muitas violências mútuas para tirar alguma vantagem, sem jamais se ofenderem reciprocamente. Em uma palavra, cada homem, vendo seus semelhantes apenas como veria os animais de outra espécie, pode arrebatar a presa ao mais fraco ou ceder a sua ao mais forte, sem encarar essas rapinagens senão como acontecimentos naturais, sem o menor movimento de insolência ou de despeito, e sem outra paixão que a dor ou a alegria de um bom ou mau sucesso". Tradução de Maria Lacerda de Moura. (N.T.)

questionamento. Seu trono é construído em frente a um abismo escuro, que nenhum olho deve se atrever a explorar, a menos que o grosseiro substrato[331] esteja cambaleando ao se encontrar sob investigação. A obediência, obediência incondicional, é o lema dos tiranos de todas as descrições, e para tornar "a segurança em dobro,"[332] um tipo de despotismo suporta o outro. Os tiranos teriam um motivo para tremer se a razão se tornasse a regra para [o desempenho d]os deveres em qualquer uma das relações da vida, pois a luz pode se espalhar até que o dia perfeito surja. E quando de fato surgir, como os homens iriam sorrir quando vissem os bichos-papões que os assustam durante a noite da ignorância ou durante o amanhecer do questionamento tímido.

A afeição parental, de fato, em muitas mentes, é apenas um pretexto para tiranizar, podendo-se fazer com impunidade, pois apenas os homens bons e sábios se satisfazem com o respeito que suporta a discussão. Convencidos de que eles têm o direito ao que insistem, eles não temem a razão ou receiam um punhado de assuntos que recorrem à justiça natural: porque eles firmemente acreditam que quanto mais iluminada a mente humana se torna, mais profunda a raiz dos princípios justos e simples será. Eles não descansam em expedientes, ou concedem que o que é metafisicamente verdade pode ser praticamente falso; mas desdenhando as mudanças do momento eles esperam calmamente até que seja a hora para, sancionando a inovação, silenciar as vaias ao egoísmo e à inveja.

Se o poder de refletir do passado, e o olhar determinado de contemplação para a futuro, for o grande privilégio do homem, deve ser concedido que algumas pessoas desfrutem desta prerrogativa em um grau bem limitado. Cada nova coisa aparece a eles, errado; e não apto a distinguir o possível do monstruoso, eles temem quando nenhum temor deveria ter lugar, fugindo da luz da razão, como se fosse um tição; ainda, os limites do possível nunca foram definidos para parar a mão vigorosa da inovação.

A mulher, no entanto, escrava em todas as situações de preconceito, raramente mostra um afeto maternal iluminado; pois ela, ou negligencia suas crianças, ou as mima com indulgência imprópria. Além disso,

---

331 Referência ao trecho de *A tempestade*, Ato 4, cena 1, de Shakespeare. Edição Ridendo Castigat Mores.

332 Referência ao trecho de *Macbeth*, Ato 4, cena 1, p. 88, de Shakespeare: "Contudo, quero a segurança em dobro segurar". Edição Ridendo Castigat Mores.

a afeição de algumas mulheres por seus filhos é, como já mencionei anteriormente, com frequência, muito animalesca; pois erradica cada brilho de humanidade. A justiça, a verdade, tudo é sacrificado por estas Rebecas,[333] e pelo bem de suas *próprias* crianças, elas violam os deveres mais sagrados, esquecendo da relação comum que une toda a família na terra. Contudo, a razão parece dizer, que aqueles que sofrem com um dever ou afeição, e engolem todo o resto, não têm coração ou intelecto suficiente para satisfazer este conscientemente. Perde-se, então, o aspecto venerável do dever, e assume a forma fantástica de um capricho.

Como o cuidado das crianças em sua infância é um dos grandes deveres anexados ao caráter feminino pela natureza, este dever renderia argumentos muito fortes para o fortalecimento do entendimento feminino; se este fosse considerado apropriadamente.

A formação da mente deve ser iniciada bem cedo, e o temperamento, em particular, requer uma atenção muito judiciosa – uma atenção que a mulher não pode prestar ao amar seus filhos apenas porque são seus filhos, e não buscar nada além para a fundação de seu dever, a não ser os sentimentos do momento. É essa vontade de razão em suas afeições que faz as mulheres muito frequentemente incorrerem em extremos e ser as mães mais afetuosas ou as mais descuidadas e não naturais.

Para ser uma boa mãe, uma mulher deve ter senso, e aquela independência de intelecto que poucas mulheres possuem quando ensinadas a depender inteiramente de seus maridos. Mães meigas são, em geral, mães tolas; querendo que seus filhos as amem mais do que aos outros, e que tomem parte com ela, secretamente, contra o pai, que é tido como um espantalho. Quando a punição violenta é necessária, apesar de terem ofendido a mãe, o pai deve infligir a punição; ele deve ser o juiz em todas as disputas: mas irei discutir isso mais detalhadamente quando tratar da educação privada,[334] agora tenho apenas a intenção em insistir que, a menos que o entendimento da mulher seja engrandecido, e o seu caráter tornado mais firme, ao ser permitida a governar a sua própria conduta, ela nunca terá senso ou comando suficiente sobre o seu temperamento para administrar suas crianças adequadamente. Sua afeição parental, de fato, pouco merece o nome, quando não a leva a amamentar os seus

---

333 Rebeca, a mãe de Esaú e Jacó, movida pelo amor a Jacó, aconselhou o caçula a se passar pelo irmão para receber as bênçãos de seu pai Isaac em seu leito de morte.

334 Ver capítulo XII.

filhos, uma vez que a execução deste dever é calculada para inspirar ambos o afeto maternal e filial: e é dever indispensável dos homens e das mulheres cumprir com os deveres que dão nascimento às afeições, que são as melhores defesas contra o vício. A afeição natural, como é chamada, parece-me ser uma ligação fraca, o afeto deve crescer a partir do exercício habitual da simpatia mútua, e que simpatia uma mãe exercita ao mandar o seu bebê para uma criada, e apenas tirar a criança da criada para mandá-la para a escola?

No exercício de seus sentimentos maternais, a providência supriu as mulheres com um substituto natural para o amor, quando o amante se torna apenas um amigo, e a confiança mútua toma o lugar da admiração exagerada – uma criança, então, gentilmente inverte a relação relaxada, e um cuidado mútuo produz um novo tipo de simpatia mútua. – Mas uma criança, apesar de ser um compromisso de afeto, não o inspirará, se ambos, pai e mãe, estiverem contentes em transferir a carga para os seus funcionários; pois aqueles que cumprem o seu dever por meio de substitutos não deveriam resmungar se eles perderem a recompensa do dever – o afeto parental produz o dever filial.

## capítulo XI

# O DEVER AOS PAIS

Parece haver uma propensão indolente no homem para fazer a prescrição sempre tomar o lugar da razão, e de colocar cada dever sobre fundações arbitrárias. Os direitos dos reis são deduzidos de uma linha direta do Rei dos reis; e os dos pais, do nosso primeiro pai.

Por que nós, assim, voltamos ao passado por princípios que deveriam sempre se apoiar na mesma base, e que têm o mesmo peso hoje que tinham há mil anos – e nem um tiquinho a mais? Se os pais executam os seus deveres, eles têm uma forte influência e uma reivindicação sagrada de gratidão de seus filhos; mas poucos pais estão dispostos a receber o afeto respeitoso de sua prole em tais termos. Eles exigem obediência cega, porque eles não valorizam um serviço justo: e para tornar estas demandas da fraqueza e da ignorância mais conectadas, uma santidade misteriosa é propagada nos princípios mais arbitrários; pois qual outro nome pode ser dado ao dever de obedecer cegamente seres viciados ou fracos meramente porque eles obedeciam a um instinto poderoso?

A definição simples de dever recíproco, que naturalmente subsiste entre pais e filhos, pode ser dada em algumas palavras: o pai que presta atenção apropriada à infância desamparada tem o direito de requerer a mesma atenção quando a debilidade da idade chegar. Contudo, subjugar um ser racional à mera vontade de outro, depois de ele estar com muita idade para responder à sociedade sobre sua própria conduta, é a mais cruel e inadequada extensão de poder; e talvez, tão injuriosa à moralidade como aqueles sistemas religiosos que não permitem que o certo e o errado tenham qualquer existência, apenas na vontade Divina.

Eu nunca soube de pais que tenham prestado mais atenção do que o comum às suas crianças, sem preocupações;[335] ao contrário, o hábito precoce de acreditar, quase que implicitamente, na opinião de seus respeitados pais é difícil de ser abalado, mesmo quando a razão amadurecida convence o filho de que seu pai não é o homem mais sábio do mundo. Esta fraqueza, pois é uma fraqueza de fato, embora o epíteto amável possa estar adicionado a ele, um homem razoável deve fortificar-se contra ela; pois o dever absurdo, muito frequentemente inculcado, de obedecer aos pais só por conta de serem os pais, acorrenta o intelecto e o prepara para uma submissão escrava a qualquer poder que não a razão.

Eu distingo entre o dever natural e acidental devido aos pais.

O pai ou mãe que laboriosamente se esforçam para formar o coração e engrandecer o entendimento de seu filho, deram esta dignidade à execução de um dever, comum a todo o mundo animal, que só a razão pode dar. Esta é a afeição parental da humanidade, e deixa o instintivo afeto natural bem atrás. Tais pais adquirem todos os direitos da mais sagrada amizade, e o seu conselho, até mesmo quando a sua criança está avançada na vida, demanda uma consideração séria.

A respeito do casamento, embora depois dos 21 um pai parece não ter direito a reter seu consentimento em nenhuma situação; ainda, 20 anos de solicitude chamam pelo retorno, e o filho deve, ao menos, prometer não se casar por dois ou três anos, se o objeto de sua decisão não se encontrar inteiramente com a aprovação de seu primeiro amigo.

Mas, o respeito pelo pai, é, no geral, um princípio muito mais degradante; é apenas um respeito egoísta pela propriedade. O pai cegamente obedecido, é obedecido pela fraqueza desviante, ou por motivos que degradam o caráter humano.

Uma grande proporção da miséria que vaga, em formas horríveis, ao redor do mundo, é permitida aumentar devido à negligência dos pais; e ainda, estas são as pessoas mais tenazes ao que eles chamam de direito natural, apesar de ser subversivo ao direito de nascimento do homem, o direito de agir de acordo com sua própria razão.

---

335 O Dr. Johnson faz a mesma observação. (N.E.) Ver periódico *The Rambler* (17 de agosto de 1751), número 148, de Samuel Johnson: "Ternura, uma vez provocada irá crescer constantemente através do contágio natural da felicidade, pela repercussão do prazer comunicado". Tradução livre. (N.T.)

Eu já tive frequentemente a chance de observar que as pessoas viciosas ou indolentes estão sempre ansiosas para lucrar infligindo privilégios arbitrários; e, geralmente, na mesma proporção que negligenciam o comprimento de deveres, que sozinhos tornam os privilégios razoáveis. Isto é, no fundo, um preceito do senso comum, ou o instinto de autodefesa, peculiar à fraqueza ignorante; parecendo com aquele instinto que faz que um peixe turve a água e nada para escapar de seu inimigo, em vez de encará-lo corajosamente na corrente cristalina.

Da corrente cristalina do argumento, de fato, os apoiadores da prescrição, de todas as denominações, voam; e se abrigando na escuridão, que, na linguagem da poesia sublime supostamente rodeia o trono da Onipotência, eles se atrevem a demandar aquele respeito implícito que é apenas devido aos Seus caminhos inalcançáveis. Contudo, não deixe que eu seja vista como presunçosa, a escuridão que esconde de nós o nosso Deus, apenas respeita as verdades especulativas – nunca obscurece as morais, elas brilham claramente, pois Deus é luz, e nunca, pela constituição da nossa natureza, requer o cumprimento de um dever, a razoabilidade que não irradia em nós quando abrimos os nossos olhos.

O pai ou mãe indolentes de posição alta [na sociedade] podem, é verdade, extorquir uma mostra de respeito de seu filho, e as fêmeas no continente são particularmente sujeitas aos pontos de vista de suas famílias, que nunca pensam em consultar a sua disposição, ou fornecer conforto às pobres vítimas de seu orgulho. A consequência é notória; estas filhas obedientes se tornam adúlteras e negligenciam a educação de seus filhos, de quem elas, em troca, extorquem o mesmo tipo de obediência.

As fêmeas, é verdade, em todos os países, estão demasiadamente sob o domínio de seus pais; e poucos pais pensam em dirigir suas crianças da seguinte maneira, apesar de parecer ser dessa forma razoável que o Céu controla toda a raça humana. É de seu interesse obedecer-me até que você possa julgar a si mesmo; e o Pai Todo Poderoso implantou uma afeição em mim para servir de seu guardião enquanto a sua razão se desenvolve; mas quando o seu intelecto chegar à maturidade, você deve apenas me obedecer, ou ao menos, respeitar as minhas opiniões, à medida que elas coincidam com a luz que está entrando em sua própria cabeça.

Um elo submisso aos pais limita cada faculdade do intelecto; e o Sr. Locke muito judicialmente observa que:

> "Se a mente for reprimida e tornada humilde demasiadamente nas crianças; se seus espíritos forem muito humilhados e quebrados por uma mão muito rígida sobre eles; eles perdem todo o seu vigor e diligência".[336]

Esta mão rigorosa pode, em algum grau, ser atribuída às fraquezas das mulheres; pois as meninas, por causas variadas, são mais rebaixadas por seus pais, em todos os sentidos da palavra, do que os meninos. O dever esperado delas é, como todos os deveres arbitrariamente impostos às mulheres, originado mais de um senso de obediência às normas e costumes, mais por respeito ao decoro, do que à razão; e assim ensinadas a se submeterem a seus pais com submissão, elas são preparadas para o casamento escravizador. Pode-me ser dito que numerosas mulheres não são escravas na condição do casamento. Verdade, mas então elas se tornam tiranas; pois não é uma liberdade racional, mas um tipo de poder sem leis parecida com a autoridade exercida pelos favoritos dos monarcas absolutos, que eles obtêm por meios degradantes. Eu não sonho, da mesma maneira, em insinuar que tanto meninos ou meninas sejam sempre escravos, eu apenas insisto que, quando são obrigados a se submeter cegamente à autoridade, suas faculdades são enfraquecidas, e seus temperamentos tornados imperiosos ou abjetos. Eu também lamento que os pais, que de forma indolente se aproveitam de um suposto benefício, apaguem o primeiro brilho tímido da razão, tornando ao mesmo tempo o dever, que estão tão ávidos a forçar, um nome vazio; porque eles não o permitem se apoiar na única base na qual o dever pode seguramente ficar: pois, a menos que seja fundado no conhecimento, ele não pode ganhar força suficiente para resistir às ventanias da paixão ou ao silencioso desgaste do amor-próprio. Contudo, não são os pais que deram a prova mais certa de sua afeição para as suas crianças, ou, para falar com mais propriedade, quem, cumprindo o seu dever, permitiram que uma afeição parental natural se enraizasse em seus corações, crianças de simpatia e razão exercitada, e não a prole presunçosa de orgulho egoísta, que mais veementemente insistem que suas crianças se submetam à sua vontade meramente porque é a sua vontade. Ao contrário, o pai ou mãe que colocam um bom exemplo, pacientemente deixam este exemplo funcionar; e raramente falham em produzir o seu efeito natural – a reverência filial.

---

336 Trecho de *Some thoughts concerning education* (1963), 45, p. 2, de John Locke. Tradução livre.

As crianças não podem ser ensinadas, prematuramente, a se submeterem à razão, a verdadeira definição desta necessidade, que Rousseau insistiu em mencionar, mas sem defini-la; pois, submeter-se a razão é submeter-se à natureza das coisas, e a Deus, que os formou assim, para promover o nosso real interesse.

Por que as mentes das crianças deveriam ser desvirtuadas logo que começam a se expandir, apenas para favorecer a indolência dos pais, que insistem em um privilégio sem estarem dispostos a pagar o preço fixado pela natureza? Eu já tive a chance de observar que um direito sempre inclui um dever, e acho que, da mesma forma, pode ser inferido com justiça que, têm os seus direitos confiscados, aqueles que não cumprem o seu dever.

É mais fácil, eu admito, comandar do que raciocinar; mas disso não segue que as crianças não possam compreender a razão por que são obrigadas a fazer certas coisas habitualmente: pois, de uma aderência constante a poucos princípios de conduta, segue o poder salutar que um pai ou mãe judiciosa ganham, de forma gradual, sobre a mente da criança. E este poder se torna forte de fato, se moderado por uma exposição equiparada de afeto levado de casa para o coração da criança. Pois, eu acredito, como uma regra geral, que deva ser permitido que a afeição à qual inspiramos sempre se assemelhe com a que cultivamos; para que as afeições naturais, que são supostamente quase sempre distintas da razão, possam ser vistas com uma ligação mais próxima do julgamento do que é comumente permitida. Ainda mais, como outra prova da necessidade de cultivar o entendimento feminino, é necessário apenas observar que as afeições parecem ter um tipo de capricho animal, quando do elas simplesmente residem no coração.

É o exercício irregular da autoridade paternal que primeiro prejudica a mente, e que a estas irregularidades as meninas estão mais sujeitas que os meninos. A vontade daqueles que nunca permitem que a sua vontade seja disputada, a menos que estejam de bom humor, quando relaxam na mesma medida, é quase sempre irracional. Para esquivar-se desta autoridade arbitrária, as meninas muito precocemente aprendem a lição que, posteriormente, praticam em seus maridos; eu tenho frequentemente visto senhoritas de pequenos rostos severos mandar em família inteiras, tirando quando uma vez ou outra a raiva da mamãe explode em uma nuvem acidental – ou o seu penteado estava mal feito,[337] ou ela perdeu mais dinheiro nas cartas na noite anterior do que estava disposta a dever ao seu marido; ou algum outro tipo de causa moral para [justificar a] raiva.

Depois de observar surtos de tais tipo, eu tenho sido dirigida por uma melancólica linha de reflexão a respeito das fêmeas, concluindo que, quando a sua primeira afeição as desviam do bom caminho, ou faz com que seus deveres se choquem até que restem a elas somente caprichos e costumes, pouco se pode esperar delas à medida que avançam na vida. Como pode, de fato, um professor remediar este mal? Pois, ensiná-las virtude em qualquer princípio sólido é ensiná-las a desprezar seus pais. As crianças não podem, e não devem, ser ensinadas a fazerem concessões às faltas de seus pais, porque cada concessão enfraquece a força da razão em suas mentes, e as tornam mais indulgentes a si mesmas. É uma das virtudes mais sublimes da maturidade que nos leva a ser severos a respeito de nós mesmos, e tolerantes com os outros; mas às crianças deviam ser ensinadas apenas as virtudes simples, pois se elas começam muito cedo a fazer concessões às paixões humanas e às maneiras, elas desgastam a fina lâmina do critério pelo qual elas deveriam regular as suas próprias, e se tornam injustas na mesma proporção em que crescem indulgentes.

A afeição das crianças e das pessoas fracas são sempre egoístas; elas amam seus parentes porque são amadas por eles, e não devido a suas virtudes. No entanto, até que a estima e o amor sejam misturados na primeira afeição, e a razão feita de fundação para o primeiro dever, a moralidade irá chocar-se em seu princípio. Contudo, até que a sociedade seja constituída de forma bem diferente, os pais, eu temo, continuarão insistindo em ser obedecidos, porque eles serão obedecidos, e constantemente se esforçarão para fundamentar este poder no direito Divino, [poder este] que não irá suportar a investigação da razão.

---

337 Eu mesma uma vez ouvi uma menina falar para um serviçal: "Minha mamãe tem me repreendido bastante esta manhã, porque o penteado dela não estava feito do jeito que ela gosta". Apesar desta observação ser insolente, foi também correta. E que respeito pode uma menina adquirir de tal mãe sem violentar a razão? (N.E.)

_capítulo XII_

# Da educação nacional

Os bons efeitos resultantes da atenção à educação privada serão sempre limitados, e o pai ou mãe que realmente trabalham com as suas próprias mãos, estarão sempre, em algum grau, desapontados, até que a educação se torne uma grande preocupação nacional. Um homem não pode aposentar-se em um deserto com o seu filho, e tornar-se o amigo de verdade e companheiro de brincadeira de um infante ou jovem. E quando as crianças são confinadas com a sociedade dos homens e das mulheres, elas cedo adquirem aquele tipo de virilidade precoce, que impede o crescimento de qualquer poder vigoroso, da mente ou do corpo. Para abrir suas faculdades, elas deveriam ser estimuladas a pensar por si próprias; e isto só pode ser feito misturando um número de crianças e fazendo-as perseguir, em conjunto, os mesmos objetivos.

Uma criança contrai desde de cedo uma indolência intelectual entorpecedora, que ela dificilmente tem vigor suficiente para derrubá-la uma vez instalada, quando ela apenas faz perguntas em vez de investigar a resposta, e então confia implicitamente na resposta que recebe. Com crianças da mesma idade este nunca poderia ser o caso, e os temas de inquisição, apesar de poderem ser influenciados, não estariam inteiramente sob a direção dos homens, que frequentemente desanimam, se não destroem, as habilidades, trazendo-as à frente de maneira muito precoce: e muito rápido elas infalivelmente serão trazidas à frente, se a criança for confinada na sociedade do homem, por mais sagaz que tal homem possa ser.

Além disso, na juventude as sementes de cada afeição devem ser semeadas, e a consideração respeitosa, que se sente pelo pai ou mãe, é muito diferente das afeições sociais que vão constituir a felicidade da vida à medida que esta avança. Dessa igualdade vem a base e um intercurso de sentimentos desobstruídos por esta seriedade observadora que previne a disputa, embora possa não reforçar a submissão. Deixe que a criança tenha sempre tal afeição por seus pais, ela sempre irá desejar brincar e tagarelar com as crianças; e o próprio respeito que ela sente, considerando que a estima filial sempre tem uma pequena porção de medo misturada a ela, irá, se não for ensinado a ela a malícia, ao menos preveni-la de confidenciar os pequenos segredos que abrem pela primeira vez o coração para a amizade e confiança, gradualmente levando a benevolência mais ampla. Adicionado a isso, ela nunca irá adquirir aquela ingenuidade franca do comportamento, a qual os jovens só podem obter ao estarem usualmente em uma sociedade onde eles ousem falar o que pensam; sem medo da reprovação por sua pressuposição, nem ridicularizados por sua tolice.

Violentamente impressionada pelas reflexões com que o ponto de vista das escolas, assim como são conduzidas no presente, naturalmente sugerem, eu anteriormente expressei minha opinião de forma um tanto calorosa a favor da educação privada; contudo, mais experiência me levou a ver o assunto sob uma luz diferente. Eu ainda, no entanto, penso nas escolas, da forma como estão regulamentadas, como estufas do vício e da insensatez, e o conhecimento da natureza humana, supostamente lá adquirido, como meramente astúcia e egoísmo.

Na escola, os meninos se tornam comilões e sujos, e em vez de cultivarem as afeições domésticas, muito precocemente correm para o libertinismo, destruindo a constituição antes que ela seja formada; endurecendo o coração ao mesmo tempo em que enfraquece o entendimento.

Eu deveria, na verdade, ser oposta aos internatos, se não fosse por nenhuma outra razão do que o estado inquieto da mente cuja expectativa das férias produz. Nestas, os pensamentos das crianças são fixados com uma esperança ansiosa e antecipada, por, ao menos, para falar com moderação, metade das vezes, e quando as férias chegam, estas são gastas em total dissipação e indulgência bestial.

Mas, ao contrário, quando são educadas em casa, apesar de seguirem um plano de estudo de maneira mais ordenado do que seria possível adotar quando quase um quarto do ano é, na verdade, gasto no ócio, e muito mais em arrependimento e antecipação; no entanto, lá elas adquirem uma opinião grande demais de sua própria importância, por serem permitidas a tiranizar os serviçais, e devido à ansiedade expressada pela maioria das mães, com relação às boas-maneiras, estas ansiosas para ensinar as habilidades dos cavalheiros, sufocam, em seu nascimento, as virtudes de um homem. Assim, ter as crianças como companhia quando elas deveriam ter uma função, e os meninos serem tratados como homens quando são ainda meninos, torna [as crianças] vaidosas e afeminadas.

CAPÍTULO XII | 227

A única forma de evitar os dois extremos [que são] igualmente prejudiciais à moralidade, seria inventar alguma forma de combinar a educação pública e a privada. Assim, para fazer dos homens cidadãos, dois passos naturais devem ser tomados, que aparentemente levam direto ao ponto desejado; pois as afeições domésticas, que primeiro abrem o coração às várias modificações da humanidade, seriam cultivadas, enquanto as crianças fossem, todavia, permitidas a passar grande parte de seu tempo, em termos de igualdade, com outras crianças.

Eu ainda me recordo, com prazer, do dia escolar no interior; onde um menino tinha que caminhar longos percursos de manhã, com chuva ou sol, levando os seus livros, e seu jantar, se fosse uma distância considerável; um serviçal não levava o mestre pela mão, pois, uma vez vestido com seu casaco e suas calças,[338] ele era permitido deslocar-se por si só, e retornar sozinho no fim da tarde para contar as festividades do dia aos joelhos dos pais. A casa de seu pai era o seu lar, e para sempre lembrada carinhosamente; mais que isso, eu apelo aos muitos homens superiores, que foram educados desta maneira, se a lembrança de uma das travessas sombrias onde eles matavam aula: ou, lembranças das escadarias, onde se sentavam fazendo pipas, ou remendando tacos, não fez com que gostassem mais de sua terra natal?

Contudo, que menino se lembra com prazer dos anos que passou em confinamento, em alguma academia perto de Londres? A menos que ele devesse se lembrar, por acaso, do grito assustado do pobre professor assistente,[339] a quem ele atormentava; ou do cozinheiro[340] de quem ele pegava bolo, para devorar com um apetite malicioso e egoísta. Nos internatos de qualquer descrição, o relaxamento dos estudantes mais moços é prejudicial; e o dos mais velhos, vicioso. Além disso, nas grandes escolas, o que pode ser mais prejudicial ao caráter moral do que o sistema de tirania e de escravidão abjeta que é estabelecida entre os meninos, para não falar nada da escravidão das formas, que faz a religião ser pior que a farsa? Pois, que bondade pode ser esperada de jovens que recebem o sacramento da Ceia do Senhor, para evitar que gaste meio guinéu, que ele provavelmente gastará depois com algo sensual? Metade das funções dos jovens é para eludir a necessidade de participar da adoração pública; e é bem provável que eles irão, pois tal repetição constante da mesma coisa deve ser uma repressão muito

---

338  No original: *breeches*. Modelo de calça usado no século 18.

339  No original: *usher*.

340  No original: *tartman*.

cansativa para suas vivacidades naturais. Como estas cerimônias têm um dos efeitos mais fatais em suas morais, e sendo um ritual realizado pelos lábios, quando o coração e a mente estão longes, não é usado atualmente por nossa igreja como se fosse um banco para atrair pagamento das pobres almas do purgatório, por que elas não deveriam ser abolidas?

Contudo, o medo da inovação, neste país, se estende a todas as coisas. – Este é apenas um medo encoberto, a timidez apreensiva de lesmas indolentes, que protegem seu habitat espalhando gosma por todo ele, que elas o consideram sob a luz do estado hereditário; e comem, bebem e se divertem, em vez de cumprir seus deveres, exceto algumas figuras vazias, aos quais foram dotadas. Estas são as pessoas que mais ativamente insistem que a vontade do fundador tem que ser observada, gritando contra todas as reformas, como se fosse uma violação da justiça. Eu agora me refiro especialmente às relíquias do papado mantidas em nossos colégios, quando os membros protestantes parecem ser grandes defensores da igreja estabelecida; mas o seu zelo nunca os faz perder de vista o espólio da ignorância, a quem padres vorazes de memórias supersticiosas têm colocado junto. Não, sábios em sua geração,[341] eles veneram o direito prescritivo da posse, como uma forte crença, e ainda deixam que o sino preguiçoso chegue às preces, assim como nos dias em que a elevação da hóstia tinha a intenção de reparar os pecados do povo, com receio de que uma reforma leve a outra, e que o espírito mate a letra. Esses costumes católicos têm o efeito mais prejudicial na moral de nossos cleros; pois o verme preguiçoso que duas ou três vezes por dia executa de maneira desleixada um serviço que pensam ser inútil, mas chamam de dever, logo perdem o senso de dever. No colégio, forçados a participar ou a evadir-se da veneração pública, eles adquirem um desprezo habitual pelo mesmo serviço, a execução que os permite viver no ócio. É cochichado às pessoas como se fosse uma relação de negócios, como um menino estúpido que repete sua tarefa e frequentemente a conversa acadêmica foge do pregador no momento posterior de ele ter deixado o púlpito, e mesmo enquanto ele está comendo o jantar que ganhou de forma tão desonesta.

Nada, de fato, pode ser mais irreverente do que a forma como atualmente o serviço da catedral é executado neste país, nem pode acomodar um conjunto de homens mais fracos do que aqueles que são escravos dessa rotina infantil. Um esqueleto nauseante deste último estado ainda é exibido; mas toda a solenidade que interessou à imaginação, se não purificou o coração,

---

341 Ver Lucas 16:8.

foi arrancada fora. A execução das missas solenes no continente devem impressionar toda e qualquer mente, onde um brilho de imaginação existe, com aquela terrível melancolia, aquela ternura sublime, tão próximas e similares à devoção. Eu não digo que estes sentimentos devotos sejam de maior utilidade, no sentido moral, do que qualquer outra emoção do gosto; mas eu me sinto contente que a pompa teatral que gratifica os nossos sentidos, seja preferida ao desfile frio que insulta o entendimento sem alcançar o coração.

Entre anotações sobre a educação nacional, tais observações não podem ser descontextualizadas, especialmente porque os apoiadores destes estabelecimentos, degenerados em puerilidades, se dizem os campeões da religião. – Religião, fonte pura de conforto neste vale de lágrimas! Como foi o vosso córrego transparente ser enlameado por diletantes, que têm presunçosamente se esforçado para limitar-te a um canal estreito, as vivas águas que para sempre correm em direção a Deus – o sublime oceano da existência! O que seria da vida sem aquela paz cujo amor por Deus, quando construído na humanidade, sozinho pode conceder? Cada afeição mundana se volta, em intervalos, para consumir o coração que o alimentou; e as efusões mais puras de benevolência, frequentemente abafadas de forma rude pelo homem, devem ascender como livre-arbítrio oferecido a Ele, que as deu nascimento, a quem a imagem iluminada elas refletem debilmente.

Em escolas públicas, no entanto, a religião, confundida com cerimônias enfadonhas e restrições irracionais, assume o aspecto menos gracioso: não o tom sóbrio e austero que comanda o respeito enquanto também inspira o medo; mas a aparência jocosa, que serve para fazer trocadilhos. Pois, na verdade, a maioria das boas histórias e das coisas inteligentes que dão vida aos espíritos que estão concentrados no silêncio, são manufaturadas em incidentes os quais os próprios homens trabalham para dar uma solução divertida que aprove o abuso de viver na patronagem.

Não há, talvez, no reino, um conjunto de homens mais dogmáticos ou luxuriosos, do que os tiranos pedantes que residem nos colégios ou presidem as escolas públicas. As férias são igualmente prejudiciais à moral do mestre e dos pupilos, e a relação, que o primeiro mantém com a nobreza, introduz a mesma vaidade e extravagância em suas famílias, que banem os deveres domésticos e as confortam na mansão senhoril, cuja condição é uma imitação desajeitada. Os meninos, que vivem à grande custa com os mestres e assistentes, nunca são domesticados, apesar de serem colocados lá para esse propósito; pois, após um jantar silencioso, eles bebem apressadamente uma taça de vinho e recolhem-se para planejar uma peça perniciosa, ou para ridicularizar a pessoa ou a maneira das mesmas pessoas que eles estavam havia pouco bajulando, e a quem devem considerar como os representantes de seus pais.

Seria então uma surpresa os meninos se tornarem egoístas e viciosos por serem, dessa maneira, excluídos da conversa social? Ou que a mitra frequentemente agrade a fronte de um destes pastores diligentes?

O desejo de viver com o mesmo estilo que as pessoas que estão em uma posição logo acima deles infecta cada indivíduo e cada classe de pessoas, e a mediocridade é o concomitante desta ambição ignóbil; mas estas profissões são ainda mais degradantes quando a sua progressão se dá pela patronagem; ainda, entre todas as profissões, a de tutor da juventude é, em geral, uma delas. Contudo, pode se esperar que inspirem sentimentos independentes, se a sua conduta deve ser regulada pela prudência cautelosa de quem está sempre atento a favoritismo?

Longe, no entanto, de pensar na moral dos meninos, eu tenho escutado vários mestres de escolas argumentarem que apenas se comprometeram a ensinar latim e grego; e que executaram o seu dever, pois mandaram alguns bons estudiosos para a faculdade.

Alguns bons estudiosos, eu admito, podem ter sido formados por emulação e disciplina; mas, para trazer à frente estes meninos espertos, a saúde e a moral de numerosos [meninos] têm sido sacrificada. Os filhos de nossa pequena nobreza e dos ricos cidadãos são educados majoritariamente nestes seminários, e alguém pretenderá afirmar que a sua maioria, fazendo todos os descontos, estavam sob a descrição de um estudioso tolerável?

Não é para benefício da sociedade que alguns poucos homens brilhantes devem ser trazidos à frente em detrimento da multidão. É verdade que grandes homens parecem começar, tanto quanto as grandes revoluções ocorrem, em intervalos apropriados, a restaurar a ordem, e soprar para longe as nuvens que se concentram em cima do rosto da verdade; mas permita que mais razão e virtude prevaleçam na sociedade, e estes fortes ventos se tornariam desnecessários. A educação pública, de toda as denominações, deveria ser direcionada para formar cidadãos; mas se você deseja formar bons cidadãos, deverá primeiramente exercitar a afeição entre um filho e um irmão. Este é o único caminho para expandir o coração; pois as afeições públicas, assim como as virtudes públicas, devem sempre crescer a partir do caráter privado, ou então seriam meramente meteoros que caem através do céu escuro, e desaparecem à medida que são vistos e admirados.

Poucos, eu acredito, tiveram muito afeto pela humanidade, que não amaram primeiramente seus pais, seus irmãos, irmãs, e até mesmo os brutos domésticos com quem primeiramente brincaram. O exercício das simpatias joviais formam a temperatura moral; e é a lembrança destas primeiras afeições e buscas que dá vida àqueles que estão posteriormente mais sob o direcionamento da razão. Na juventude, as amizades mais afetuosas são formadas, ao mesmo tempo em que o sumo da cordialidade crescem, e gentilmente se misturam; ou, em vez, o coração, temperado pela recepção da amizade, é acostumado a buscar o prazer em algum lugar mais nobre do que a grosseira gratificação do apetite.

Então, para inspirar amor ao lar e aos prazeres domésticos, as crianças devem ser educadas em casa, pois as férias descomedidas apenas fazem as crianças gostar de casa pela simples razão de ser sua casa. Além das férias, que não nutrem as afeições domésticas, continuamente atrapalharem o curso dos estudos, e tornarem qualquer plano de melhoramento abortivo, incluindo a temperança; mesmo assim, se fossem abolidas, as crianças seriam inteiramente separadas de seus pais, e eu questiono se eles se tornariam melhores cidadãos ao sacrificarem as afeições preparatórias, ao destruírem a força dos relacionamentos, que tornam o estado do casamento tanto necessário quanto respeitável. Contudo, se a educação privada produz presunção ou insula um homem em sua família, o mal é apenas deslocado, não remediado [sic].

Essa linha de raciocínio me traz de volta a um assunto, que eu pretendo enfrentar: a necessidade de estabelecer escolas diurnas[342] adequadas.

Contudo, estas devem ser instituições nacionais, pois enquanto os mestres escolares forem dependentes do capricho dos pais, pouco esforço pode ser esperado deles, além do necessário para agradar pessoas ignorantes. De fato, a necessidade do mestre em dar aos pais um exemplo das habilidades dos meninos, que durante as férias é mostrado para cada visitante,[343] é produtor de mais danos do que primeiramente seria suposto. Pois raramente é feito completamente, para falar com moderação, pela própria criança; dessa forma, o mestre encoraja falsidades ou acaba por colocar as pobres

---

342 Externatos.

343 Eu me refiro, agora, especialmente às numerosas academias dentro e nos arredores de Londres, e ao comportamento da parte comercial desta grande cidade. (N.E.)

máquinas a empenhos extraordinários, que prejudicam suas engrenagens, e impedem o progresso do melhoramento gradual. A memória é carregada com palavras ininteligíveis, para fazer uma exibição, sem que o entendimento adquira qualquer ideia distinta: mas a única educação que merece enfaticamente ser chamada de cultivo da mente, é aquela que ensina os jovens como começar a pensar. A imaginação não deve ser permitida a debochar do entendimento antes dele ganhar força, ou a vaidade se tornará a precursora do vício: pois todas as formas de exibir as aquisições de uma criança são prejudiciais ao seu caráter moral.

Quanto tempo é perdido ensinando-os a recitar o que não entendem? Enquanto isso, sentadas nos bancos, todas em seus melhores trajes, as mamães escutam com surpresa às balbucias de papagaio proferidas em cadências solenes, com toda a pompa da ignorância e da tolice. Tais exibições apenas servem para golpear as fibras de vaidade que se espalham através da mente; pois elas não ensinam as crianças a falar fluentemente, nem a se comportarem graciosamente. Bem longe disso, estas buscas frívolas podem ser chamadas, de forma abrangente, do estudo da afetação; nos dias de hoje, raramente, vemos um menino simples e tímido, embora poucas pessoas de gosto se sentiram enojadas por aquele acanhamento desajeitado tão natural à idade, que as escolas e uma introdução precoce na sociedade têm mudado para impudência e caretas simiescas.

Contudo, como podem estas coisas serem remediadas enquanto os professores da escola dependerem inteiramente dos pais para a subsistência? E, enquanto tantas escolas rivais expõem suas iscas, para atrair a atenção de pais e mães vaidosos, cuja afeição parental somente os leva a desejar que seus filhos brilhem mais que os de seus vizinhos?

Sem muita sorte, um homem consciente e sensível morreria de fome antes que pudesse gerenciar uma escola, caso ele não goste de alegrar pais enfraquecidos por meio da prática dos truques secretos de seu ofício.

Nas escolas mais bem reguladas, porém, onde uma multidão [de alunos] não é amontoada, muitos hábitos ruins são adquiridos; mas em escolas comuns, o corpo, o coração e o entendimento são igualmente impedidos, pois os pais com frequência estão apenas em busca de uma escola mais barata, e o professor não poderia viver, se ele não aceitasse mais alunos do que pudesse ele mesmo administrar; nem a esmola escassa, permitida para cada criança, o permitiria contratar professores-assistentes suficientes para ajudar na execução da parte mecânica do negócio.

Além disso, seja qual for a aparência que a casa e o jardim tenham, as crianças não aproveitam do conforto de nenhum deles, pois são continuamente lembradas, por restrições irritantes, que não estão em casa, e que os quartos,[344] o jardim etc. devem ser mantidos em ordem para o lazer dos pais; que, no domingo, visitam a escola, e ficam impressionados pela mesma pompa que torna a situação de seus filhos desconfortável.

Com que desgosto eu ouvi mulheres sensíveis, pois as meninas são mais reprimidas e intimidadas do que os meninos, falar do confinamento exaustivo que suportaram na escola. Não permitidas, possivelmente, a pisar para além do caminho principal, este cercado por um jardim soberbo, e obrigadas a caminharem de um lado ao outro estupidamente com a postura firme, segurando suas cabeças e girando para fora os seus dedos dos pés, com os ombros para trás, em vez de encurvadas, como a natureza as direciona para completar o seu próprio desenho, nas várias atitudes tão conducentes a saúde.[345] Os espíritos puramente animais, que fazem ambos, mente e corpo, atingirem e desdobrarem a florescência da esperança, são tornados azedos, e dão vazão a desejos vaidosos e anseios ousados, que limitam as faculdades e estragam o humor; além disso, crescem no cérebro e afiam o entendimento antes de ele ganhar força proporcional, produzindo aquela esperteza lamentável que desgraciosamente caracteriza a mente feminina – e eu temo que sempre irá caracterizá-la, enquanto as mulheres se mantiverem escravas do poder!

O pouco respeito prestado à castidade no mundo masculino é, estou persuadida, a grande fonte de vários males físicos e morais que atormentam a humanidade, assim como dos vícios e tolices que degradam e destroem as mulheres; ainda na escola, os meninos infalivelmente perdem esta timidez decente, que poderia amadurecer-se em direção à modéstia [caso estivesse] em casa.

---

344 No original: *staterooms*.

345 Lembro-me de uma circunstância que aconteceu sob a minha observação, e aumentou a minha indignação. Eu fui visitar um menino em uma escola onde pequenas crianças eram preparadas para a escola maior. O professor me levou à sala de aula etc., mas, enquanto eu caminhava em uma calçada larga e de pedregulhos, eu não pude evitar observar que a grama crescia muito luxuriosamente em ambos os lados. Eu imediatamente perguntei à criança algumas coisas e descobri que os pobres meninos não eram permitidos a sair fora da calçada, e que o professor, às vezes, permitia que as ovelhas fossem lá para aparar a grama não pisada. O tirano deste domínio costumava se sentar ao lado de uma janela que tinha vista para o pátio da prisão, e próximo dali, onde os bebês infelizes podiam se divertir livremente, ele fechou e o ocupou com uma plantação de batatas. A esposa, da mesma forma, igualmente se esforçava para manter as crianças em ordem, para que não sujassem ou rasgassem suas roupas. (N.E.)

E quais truques indecentes e sujos eles também não aprendem uns com os outros, quando um número deles se amontoa como porcos no mesmo quarto, sem falar dos vícios, que tornam o corpo fraco, enquanto eles efetivamente previnem a aquisição de qualquer delicadeza da mente.[346] A pouca atenção prestada ao cultivo da modéstia, entre os homens, produz grande depravação em todas as relações da sociedade; pois, não só o amor – amor que deve purificar o coração, e primeiro chamar à frente todos os poderes joviais, para preparar o homem para executar os deveres benevolentes da vida, é sacrificado por uma luxúria prematura; mas, todas as afeições sociais são amortecidas pelas gratificações egoístas, que muito prematuramente poluem a mente e secam os sumos generosos do coração. De que maneira pouco natural é frequentemente violada a inocência; e que consequências sérias sucedem-se ao tornar vícios privados uma peste pública. Além disso, um hábito de ordem pessoal, que tem mais efeito no caráter moral, do que é, em geral, suposto, somente pode ser adquirido em casa, onde essa reserva respeitável é mantida verificando a familiaridade que, ao se afundar em brutalidade, arruína a afeição que insulta.

Eu já critiquei os maus hábitos que as fêmeas adquirem ao serem trancadas juntas; e, eu penso, que a observação poderia ser tranquilamente estendida ao outro sexo, até que a inferência natural seja tirada do que eu tenho visto por toda a parte – que para melhorar ambos os sexos, eles devem, não apenas em famílias privadas, mas em escolas públicas, serem educados juntos. Se o casamento é o cimento da sociedade, a humanidade deveria ser educada com o mesmo modelo, ou a relação entre os sexos nunca merecerá o nome de companheirismo, nem as mulheres irão executar os deveres específicos de seu sexo, até que se tornem cidadãs iluminadas, até que se tornem livres, ao serem permitidas a ganhar para sua própria subsistência, independentemente dos homens; e, da mesma maneira, eu digo, para prevenir o equívoco, que um homem é independente do outro. Não apenas isso, o casamento nunca será tido como sagrado até que as mulheres, sendo criadas com os homens, sejam preparadas para serem suas companheiras em vez de suas amantes, pois os desdobramentos baixos da esperteza para sempre as tornarão desprezíveis, enquanto a opressão as tornará tímidas. Tão convencida estou

---

346 A masturbação era vista como maléfica tanto física como mentalmente. Ver *Onania or the heinous Sin of Self-Pollution, and all its Frightful Consequences in both Sexes Considered with Spiritual and Physical Advice to those who have Already Injured themselves by this Abominable Practise* (1710). Sem tradução para o português.

desta verdade, que me aventuro a prever que a virtude nunca prevalecerá na sociedade até que as virtudes de ambos os sexos sejam fundadas na razão; e até que as afeições comuns a ambos sejam permitidas a ganhar sua devida força por meio da execução dos deveres mútuos.

Se meninos e meninas fossem permitidos a buscar os mesmos estudos conjuntamente, aquelas decências graciosas poderiam ser inculcadas desde cedo, as quais produzem modéstia sem aquelas distinções sexuais que sujam a mente. As lições de polidez, e aquele formulário de decoro, que pisa nos saltos da falsidade, seriam tornadas inúteis pela decência[347] habitual do comportamento. Não, de fato, vestir-se para os visitantes com o robe palaciano da polidez, mas sim o efeito sóbrio do asseio da mente. Não seria esta simples elegância da sinceridade uma homenagem casta feita às afeições domésticas, passando longe dos elogios meritocráticos que brilham com falso lustre nas relações sem coração da vida que segue a moda? Contudo, até que mais entendimento prepondere na sociedade, sempre haverá uma vontade do coração e do gosto, e o *rouge* das prostitutas irá suprir o lugar daquele rubor celestial que apenas afeições virtuosas podem dar ao rosto. A galantaria e o que pode ser chamado de amor, podem subsistir sem simplicidade de caráter, mas os principais pilares da amizade, são o respeito e a confiança – a estima nunca é fundada sobre o que ela não pode dizer o que é!

Um gosto pelas finas artes requer grande cultivo; mas não mais do que um gosto pelas afeições virtuosas; e ambos supõem o engrandecimento da mente que abre tantas fontes de prazer mental. Por que as pessoas se apressam em direção às cenas barulhentas e multidões em círculo? Eu devo responder, porque querem atividade de intelecto, porque eles não apreciaram as virtudes do coração. Eles apenas, portanto, vêm e sentem por meio do inteiro, do geral, e continuamente desejam a variedade, achando tudo que é simples, insípido.

Este argumento pode ser levado mais longe do que os filósofos têm consciência, pois se a natureza destinou as mulheres, em particular, a executarem os deveres domésticos, ela as tornou suscetíveis às afeições vinculadas a eles em maior grau. Hoje em dia as mulheres notoriamente gostam de prazer; e naturalmente o devem assim ser de acordo com a minha definição, porque elas não podem entrar nas minúcias do gosto doméstico; faltando julgamento, o fundamento de todo o gosto. Pois o entendimento,

---

347 No original: *propriety*.

a despeito dos litigantes sensuais que questionam coisas triviais, reserva a si próprio o privilégio de carregar a alegria pura ao coração.

Com que bocejo lânguido eu já vi um admirável poema ser diminuído, para o qual um homem de gosto verdadeiro se volta, de novo e de novo com êxtase; e, enquanto a melodia quase suspendeu a respiração, uma senhora me perguntou onde eu comprei meu vestido. Eu vi também um olho observar friamente o quadro mais extraordinário, e descansar, brilhando de prazer, em uma caricatura rudemente desenhada; e enquanto algum traço impressionante na natureza espalhou uma sublime tranquilidade pela minha alma, tem sido o desejo [de outros] que eu observe os truques bonitinhos de um cachorro de colo, com o qual o meu destino perverso me forçou a viajar junto. É surpreendente que tal ser sem gosto prefira acariciar esse cachorro a seus filhos? Ou que ela deva preferir o discurso da bajulação à simples tonalidade da sinceridade?

Para ilustrar este comentário eu devo ser permitida observar que os homens de talentos especiais e de mentes mais cultivadas, aparentam ter o mais alto deleite pelas belezas simples da natureza; e eles devem ter sentido com força, o que tão bem descreveram, o charme cujas afeições naturais e os sentimentos simples espalhados ao redor do caráter humano. É este poder de olhar no coração e responsivamente vibrar com cada emoção, que permite ao poeta a personificar cada paixão, e ao pintor desenhar com o lápis de fogo.

O verdadeiro gosto é sempre o trabalho do entendimento empregado na observação dos efeitos naturais; e até que as mulheres tenham mais entendimento, é em vão esperar que elas possuam o gosto doméstico. Os seus sentidos intensos sempre estarão trabalhando para endurecer seus corações, e as emoções por elas sentidas continuarão sendo vívidas e transitórias, a menos que uma educação apropriada armazene suas mentes com conhecimento.

É a vontade do gosto doméstico, e não a aquisição do conhecimento, que tira as mulheres de suas famílias e arranca o sorridente bebê do seio que deveria prover sua nutrição. As mulheres têm sido possibilitadas a permanecerem na ignorância, e em uma dependência servil, por muitos e muitos anos, e ainda não ouvimos falar de nada além do apego pelo prazer e pelo controle, sua preferência por libertinos e soldados, sua fixação por brinquedos, e a vaidade que as fazem valorizar os elogios mais do que as virtudes.

A história traz à frente uma lista temorosa dos crimes que a sua astúcia produziu, quando os fracos escravos tinham discurso suficiente para enganar seus mestres. Na França, e em quantos outros países, têm os homens sido déspotas luxuriosos e as mulheres ministras astuciosas?[348] – Isto prova que a ignorância e a dependência as domesticam? Não é a sua tolice o provérbio dos libertinos, que relaxam em sua sociedade; e os homens de senso não lamentam continuamente que um gosto imoderado por vestidos e pela dissipação carrega a mãe de uma família para sempre longe de casa? Os seus corações não foram corrompidos pelo conhecimento, ou as suas mentes desviadas pela busca científica; ainda, elas não cumprem os deveres particulares que, como mulheres, são chamadas a cumprir pela natureza. Ao contrário, o estado de guerra que subsiste entre os sexos, as fazem empregar as astúcias que frequentemente frustram os mais abertos modelos da força.

Quando, portanto, eu chamo as mulheres de escravas, eu me refiro no sentido político e civil; pois, de forma indireta elas obtêm muito poder e são corrompidas por seus esforços para obter um controle ilícito.

Deixem então que uma nação[349] iluminada tente ver qual o efeito que a razão teria para trazê-las de volta à natureza, e aos seus deveres e, permitindo-as compartilhar as vantagens da educação e do governo com os homens, vejam se elas se tornarão melhores, a medida que se tornarem mais sábias e livres. Elas não podem ser prejudicadas pelo experimento; pois, não está sob o poder do homem torná-las mais insignificantes do que já o são.

Para tornar isto praticável, os externatos, para idades específicas, devem ser estabelecidos pelo governo, nos quais meninos e meninas possam ser educados juntos. A escola para as crianças mais novas, de cinco a nove anos de idade, devem ser absolutamente livres e abertas a todas as classes.[350] Um número suficiente de professores deveria também ser escolhido por um

---

348 Provavelmente a escritora se refere à Diane de Poitiers (1499-1566), que teve grande influência sobre seu amante Henry II durante seu reinado; Catherine de'Medici (1519-89), esposa de Henry II, foi quem efetivamente governou a França durante o reinado de seus três filhos, Francis II (1559-60), Charles IX (1560-74) e Henry III ( 1574-89); e Marie de' Medici (1573-1642), esposa de Henry IV, governou durante a minoridade de seu filho Louis XIII (1610-17), mesmo contra os desejos expressos do testamento de seu marido.

349 A França. (N.E.)

350 Para tratar desta parte do assunto, eu peguei emprestado algumas dicas de um panfleto bastante sensível, escrito pelo ex-bispo de Autun sobre a Educação Pública. (N.E.)

comitê selecionado, em cada paróquia, para o qual qualquer reclamação de negligência etc. deveria ser feita, se assinado por seis dos pais das crianças.

Os professores-assistentes seriam então desnecessários; pois eu acredito que a experiência irá sempre provar que este tipo de autoridade subordinada é particularmente prejudicial à moral dos jovens. O que, de fato, pode tender a depravar o caráter mais do que uma submissão aparente e o desprezo interior? Ainda mais, como podemos esperar que os meninos tratem um professor-assistente com respeito, quando o professor-mestre parece considerá-lo sob a luz de um serviçal, e quase encoraja a ridicularização que se torna o principal divertimento dos meninos durante as horas de recreio?

Contudo, nada deste tipo poderia acontecer em uma escola fundamental diurna, onde meninas e meninos, ricos e pobres, deveriam ser colocados juntos. E para prevenir quaisquer distinções da vaidade, eles deveriam ser vestidos da mesma forma, e todos obrigados a se submeter à mesma disciplina ou deixar a escola. As salas de aula deveriam ser rodeadas por um grande terreno, no qual as crianças poderiam ser utilmente exercitadas, pois nesta idade elas não devem ser contidas em nenhuma função sedentária por mais de uma hora por vez. Mas todos estes relaxamentos poderiam ser tornados uma parte da educação fundamental, pois muitas coisas melhoram e distraem os sentidos, quando introduzidos como um tipo de espetáculo, cujos princípios, secamente expostos, as crianças ignorariam. Por exemplo, a botânica, mecânica e astronomia. Leitura, escrita, aritmética, história natural e alguns experimentos simples em filosofia natural podem preencher o dia; mas estas buscas não devem nunca prejudicar as brincadeiras de educação física ao ar livre. Os elementos da religião, história, história do homem e política podem também ser ensinados por conversas, da forma socrática.

Após os nove anos de idade, meninas e meninos, intencionados às funções domésticas ou às operações mecânicas, devem ser movidos para outras escolas e devem receber instrução, em alguma medida apropriada ao destino de cada indivíduo, os dois sexos estando ainda juntos pela manhã; mas, pela tarde, as meninas deveriam comparecer a uma escola, onde os trabalhos da costura e da confecção de vestimentas e chapéus etc. seriam sua função.

Aos jovens de habilidades superiores, ou fortuna, poderiam agora serem ensinadas, em outra escola, as línguas mortas e vivas, os elementos da ciência e a continuação do estudo da história e da política, em uma escala mais extensiva, o que não excluiria a literatura polida.

Meninos e meninas ainda juntos? Eu escuto alguns leitores perguntarem: sim. E eu não temo qualquer outra consequência além do apego precoce que pode acontecer; que, apesar de ter o melhor efeito no caráter moral dos jovens, pode não concordar perfeitamente com os pontos de vista dos pais, pois levará um longo tempo, eu temo, antes que o mundo seja tão iluminado que os pais, apenas ansiosos para tornar seus filhos virtuosos, devam permitir que eles escolham suas companhias para a vida por eles mesmos.

Além disso, isso seria uma forma de promover casamentos precoces, e dos casamentos precoces decorrem, de forma natural, os efeitos físicos e morais mais salutares. Que caráter diferente um cidadão casado assume do janota egoísta, que vive somente para si mesmo, e que tem frequentemente medo de casar-se, a menos que ele não seja permitido viver em certo estilo. Excluindo as grandes emergências, que raramente aconteceriam em uma sociedade cuja igualdade é a base, um homem pode apenas ser preparado para executar os deveres da vida pública pela prática habitual daqueles [deveres] inferiores que formam o homem.

Neste plano de educação a constituição dos meninos não seria arruinada pelas devassidões precoces, que atualmente fazem o homem tão egoísta, ou as meninas tornadas fracas e vaidosas, pela indolência e pelas buscas frívolas. Mas, eu pressuponho que tal grau de igualdade deve ser estabelecido entre os sexos, pois isso acabaria com a galantaria e a coqueteria, e ainda permitiria que a amizade e o amor moderassem o coração para o cumprimento de deveres mais altos.

Estas seriam as escolas da moralidade – e a felicidade do homem, possibilitada a fluir do nascimento puro do dever e da afeição, que avanços a mente humana não poderá fazer? A sociedade pode apenas ser feliz e livre na proporção que é virtuosa; mas as distinções atuais estabelecidas na sociedade corroem toda a virtude privada e destroem toda a pública.

Eu já ataquei com palavras o costume de confinar as meninas à costura e excluí-las da participação em todas as funções políticas e civis; pois assim restringem suas mentes, tornando-as impróprias para satisfazer os deveres específicos que a natureza as designou.

Somente empregada nos pequenos incidentes do dia, elas necessariamente crescem astutas. Minha própria alma tem frequentemente se enojado pelos truques maliciosos praticados por mulheres para ganhar alguma coisa tola em que o seu coração bobo se ateve. Não possibilitada a disponibilizar de dinheiro, ou a chamar qualquer coisa de sua, elas aprendem a direcionar os bens; ou, se o marido ofender, ficando fora de casa, ou originando alguma emoção de ciúmes – um novo vestido, ou qualquer bibelô bonitinho, suaviza a expressão raivosa de Juno.[351]

Contudo, estas *miudezas* não degradariam seu caráter, se as mulheres fossem levadas a se respeitarem, se as questões políticas e morais fossem abertas a elas, e eu me aventuro a afirmar, que este é o único jeito para fazê-las atentas, de forma apropriada, aos seus deveres domésticos. – Uma mente ativa absorve o círculo inteiro dos deveres, e acha tempo suficiente para todos. Não é, eu afirmo, uma tentativa atrevida de rivalizar com as virtudes masculinas; não é o encantamento das buscas literárias, ou a constante investigação de assuntos científicos que levam as mulheres a se perderem dos deveres. Não, é a indolência e a vaidade – o amor pelo prazer e o amor pelo domínio,[352] que reinará soberanamente em uma mente vazia. Eu digo vazia, de maneira enfática, porque a educação que as mulheres recebem atualmente, pouco merece este nome. Pois o pouco conhecimento que elas são levadas a adquirir, durante os importantes anos da juventude, é apenas relativo às conquistas; e conquistas sem uma base, a não ser que o entendimento seja cultivado, todas as graças são superficiais e monótonas. Como os charmes de rostos maquiados, elas apenas atingem os sentidos [alheios] em meio à multidão; mas em casa, uma mente ávida, quer variedade. A consequência é obvia; em cenas alegres de devassidão nós encontramos mente e face artificiais, pois aqueles que fogem da solidão temem, depois da solidão, o círculo doméstico; não tendo isto sob seu poder para entreter ou se interessar, elas sentem a sua própria insignificância, ou não acham nada para se entreterem ou se interessarem.

Além disso, o que poderia ser mais indelicado do que *a saída* da menina para o mundo que segue a moda? O que, em outras palavras, significa levar ao mercado uma senhorita núbil, a quem é tirada de um lugar público para o outro, ricamente enfeitada. Ainda, misturando-se ao círculo vertiginoso sob opressão, estas borboletas anseiam por bater as asas livremente; pois a primeira afeição de suas almas é a sua própria pessoa, para a qual sua atenção foi chamada com o cuidado mais diligente enquanto eram preparadas para o período que decide o seu destino por toda a vida. Em vez de perseguir esta rotina indolente, suspirando em espetáculos insípidos,

---

351 A mulher de Júpiter, Juno, era popularmente vista como ranzinza.

352 Referência a *Of the Characters of Women*, 1, p. 210, de Alexander Pope.

e em estados insensíveis, com que dignidade ambos os sexos formariam conexões nas escolas que eu superficialmente apontei; na qual, à medida que a vida avança, a dança, a música e o desenho poderiam ser admitidos como um relaxamento, pois nestas escolas os jovens de fortuna deveriam remanescer até, mais ou menos, que sejam de idade. Aqueles que foram designados para profissões particulares, podem participar, três ou quatro manhãs na semana, das escolas apropriadas para a sua instrução imediata.

Eu apenas deixo estas observações aqui presentes, como dicas; mais, na verdade, do que um delineamento do plano, ou seja, do que um plano já estruturado; porém eu devo adicionar que eu aprovo fortemente uma das regulações mencionadas no panfleto[353] já aludido aqui, aquele sobre fazer as crianças e jovens independentes dos professores-mestres a respeito das punições. Estas devem ser tentadas pelos seus pares, que seria um método admirável de fixar princípios sãos de justiça na mente, e poderia ter efeito mais feliz no temperamento, o qual é precocemente azedado ou irritado pela tirania, até se tornar impertinentemente astuto ou ferozmente arrogante.

A minha imaginação é arremessada com ímpeto pelo fervor benevolente para saudar estes grupos amáveis e respeitáveis, a despeito do escárnio dos corações frios, que estão livres para pronunciar, com sua frígida presunção, o epíteto maldito – romântico; a força a qual eu devo me esforçar para enfraquecer repetindo as palavras de um moralista eloquente. – "Eu não sei se as alusões de um coração verdadeiramente humano, cujo zelo torna tudo fácil, não é preferível àquela razão rústica e repulsiva, que sempre acha uma indiferença pelo bem público, sendo esse o primeiro obstáculo a qualquer coisa que o promova."

Eu sei que os libertinos irão também exclamar que as mulheres seriam dessexualizadas ao adquirir força de corpo e de mente, e aquela beleza, suave e encantadora beleza!, não adornaria mais as filhas dos homens. Eu sou de uma opinião muito diferente, pois eu penso que, ao contrário, nós assim veríamos a beleza digna, e a verdadeira graça; para produzir muitas causas poderosas, físicas e morais, que coincidam. – Não a beleza relaxada, é verdade, ou as graças da impotência; mas tais como aparecem para nos fazer respeitar o corpo humano como uma penugem majestosa feita para receber o nobre habitante nas relíquias da antiguidade.

Eu não me esqueço da opinião popular de que as estátuas gregas não foram moldadas de acordo com a natureza. Quero dizer, não de acordo com

---

353  Do Bispo de Autun. (N.E.)

as proporções de um homem em particular; mas aqueles lindos membros e traços foram selecionados de vários corpos para formar um inteiro harmonioso. Isto pode, em algum grau, ser verdade. O quadro ideal e puro de uma imaginação exaltada pode ser superior aos materiais que o escultor encontra na natureza, e assim pode ser com propriedade chamado de modelo da humanidade em vez de modelo do homem. Não era, no entanto, a seleção mecânica de membros e traços; mas a ebulição de uma fantasia aquecida que se rompe, e os sentidos aguçados e o entendimento engrandecido do artista seleciona a matéria sólida, a qual ele coloca em seu foco incandescente.

Eu observei que não era mecânico, porque algo inteiro foi produzido – um modelo da grande simplicidade, das energias concomitantes, que detêm nossa atenção e demandam a nossa reverência. Pois só a beleza insípida e sem vida é produzida por uma cópia servil, mesmo quando da natureza bela. Ainda assim, independente destas observações, eu acredito que as formas humanas devem ter sido muito mais belas do que o são no presente, porque a indolência extrema, uniões bárbaras e muitas causas que forçosamente atuam no nosso estado luxurioso de sociedade, não retardaram a sua expansão, ou as tornaram deformadas. O exercício e o asseio aparentam ser não só os únicos meios de preservar a saúde, mas de promover a beleza, somente considerando as causas físicas aqui; contudo, não é suficiente, as [causas] morais devem coincidir, ou a beleza será apenas aquela do tipo rústica que desabrocha nos inocentes, inteiramente, no rosto de alguma pessoa do interior, cuja mente não foi exercitada. Para tornar a pessoa perfeita, a beleza física e moral deve ser alcançada ao mesmo tempo; cada uma emprestando e recebendo força por meio da sua combinação. O julgamento reside no brilho dos olhos da expressão, do afeto e da imaginação, e a humanidade na curva da bochecha, ou o vazio é o brilho dos olhos mais belos ou o acabamento elegante do traço mais formoso: enquanto em cada movimento que expõe os membros ativos e as articulações bem unidas, a graça e a modéstia devem aparecer. Mas este agregado formoso não pode ser trazido junto aleatoriamente; é a recompensa pelo empenho calculado para suportar um ao outro; pois a capacidade de julgamento pode apenas ser adquirida pela reflexão, a afeição, pela execução de deveres, e a humanidade, pelo exercício da compaixão a cada criatura viva.

A humanidade para com os animais deve ser particularmente inculcada como parte da educação nacional, pois não é, no presente, uma das nossas virtudes nacionais. Ternura por suas domésticas humildes e mudas, entre a classe mais baixa, é mais frequentemente encontrada em um selvagem do que em um civilizado. Pois a civilização previne esta relação que cria a afeição em uma barraca rústica, ou em uma cabana de chão batido, e leva as mentes não cultivadas, que são apenas depravadas pelos refinamentos que prevalecem na sociedade, onde [os mais pobres] são pisados sob os pés dos ricos, para tiranizá-los, para vingar-se dos insultos a que são obrigados a suportar de seus superiores.

Essa crueldade habitual é primeiro aprendida na escola, é um dos raros esportes dos meninos para atormentar os miseráveis brutos que cruzam seus caminhos. A transição, à medida que crescem, da barbárie para brutos, para tiranos domésticos sobre suas esposas, filhos, e serviçais, é muito fácil. A justiça, ou mesmo a benevolência, não será um desabrochar poderoso de ação, a menos que se estenda para toda a criação; não só isso, eu acredito que possa ser entregue como um axioma, que aqueles que podem ver a dor, imóvel, logo aprenderam a causá-la.

Os [seres] vulgares são dominados pelos sentimentos presentes, e pelos hábitos que, acidentalmente, adquiriram; mas em sentimentos parciais não se pode colocar muita dependência, embora eles possam ser justos; pois, quando não são revigorados pela reflexão, o costume os enfraquece, até que sejam minimamente perceptíveis. As simpatias de nossa natureza são fortalecidas pelas cogitações ponderadas, e mortas pelo uso irrefletido. O coração de Macbeth o feriu mais por um assassinato, o primeiro, do que pelos cem outros subsequentes, que eram necessários para suportá-lo. Contudo, quando eu usei o epíteto vulgar, eu não tive intenção de confinar a minha anotação aos pobres, pois a humanidade parcial, fundada em sensações presentes, ou caprichos, é um tanto quanto conspícua, se não mais, entre os ricos.

A senhora que chora por um passarinho morto de fome em uma armadilha, e condena os demônios em formato de homens, que incitam à loucura o pobre boi, ou que chicoteiam o burro paciente que cambaleia sob um fardo acima de sua força, irá, mesmo assim, manter o seu cocheiro e cavalos por horas inteiras esperando por ela, quando o frio afiado morde, ou a chuva bate contra as janelas bem fechadas, as quais não admitem um respiro de ar para falar a ela o quão violento os ventos sopram. E ela, que leva os seus cachorros para a cama, e cuida deles com uma exibição de sensibilidade, quando doentes, fará com que seus bebês sofram ao crescerem deformados em uma enfermaria. Essa ilustração do meu argumento é tirada da vida prática. A mulher a quem eu me refiro era bela, reconhecida como muito bela, por aqueles que não perdem a cabeça quando o rosto é gordo e formoso; mas o seu entendimento não foi direcionado pelos deveres femininos pela literatura, nem a sua inocência debochada pelo conhecimento. Não, ela era um tanto feminina, de acordo com a aceitação masculina da palavra; e, longe de amar os brutos mimados que tomam o lugar que seus filhos deveriam ocupar, ela somente balbucia uma mistura bonitinha de palavras sem sentido em francês e inglês, para agradar os homens que se amontoavam ao redor dela. A esposa, a mãe e a criatura humana, foram todas sugadas pelo caráter fatídico cuja educação imprópria e a vaidade egoísta da beleza produziram.

Eu não gosto de fazer uma distinção sem uma diferença, eu reconheço que fiquei desgostosa tanto pela bela senhora que levou seu cachorrinho ao peito, em vez de sua criança; quanto pela ferocidade de um homem que, batendo em seu cavalo, declarou saber da mesma forma quando errava, como quando estava agindo como um Cristão.

Esse bando de tolices mostra o quão equivocados eles são, caso eles permitam que as mulheres deixem seus haréns, quando eles não cultivaram o seu entendimento a fim de plantar virtudes em seus corações. Pois, se tivessem bom senso, elas poderiam adquirir aquele gosto doméstico que as levaria a amar com subordinação razoável toda a sua família, do seu marido ao cachorro da casa; nem elas insultariam a humanidade na pessoa do servente mais humilde ao prestar mais atenção ao conforto dos brutos, do que a seus semelhantes.

As minhas observações sobre a educação nacional são obviamente sugestões; mas eu desejo principalmente reforçar a necessidade de educar os sexos conjuntamente para aperfeiçoar ambos, e de fazer as crianças dormirem em casa para que possam aprender a amar o lar; mas, também, para dar apoio privado, em vez de abafar, as afeições públicas, elas devem ser mandadas à escola para se misturarem com um número de iguais, pois somente o choque da igualdade pode formar uma opinião justa de nós mesmos.

Para tornar a humanidade mais virtuosa, e mais feliz, é claro, ambos os sexos devem agir com o mesmo princípio; mas como isso pode ser esperado quando apenas a um deles é permitido ver a razoabilidade disto? Para tornar também o pacto social verdadeiramente igualitário, e com intuito de espalhar tais princípios iluminados, que sozinhos podem melhorar o destino do homem, as mulheres devem ser permitidas a fundamentarem a sua virtude no conhecimento, o que é quase impossível, a menos que sejam educadas pelas mesmas atividades dos homens.

CAPÍTULO XII | 245

Atualmente elas são feitas tão inferiores pela ignorância e pequenos desejos que não merecem ser posicionadas junto deles; ou, pelo contorcionismo astuto da serpente elas montam na árvore do conhecimento e adquirem apenas o suficiente para fazer os homens se perderem.

É evidente, considerando a história de todas as nações, que as mulheres não podem ser confinadas a buscas meramente domésticas, pois elas não irão cumprir os deveres familiares, a menos que suas mentes tenham uma amplitude mais larga, e enquanto são mantidas na ignorância, elas se tornam escravas do homem. Elas também não podem ser tiradas dos grandes empreendimentos, embora a estreiteza de suas mentes frequentemente as fazem desfigurar o que são incapazes de compreender.

O libertinismo, e até as virtudes de homens superiores, sempre darão às mulheres, as de alguma descrição, grande poder sobre eles; e estas fracas mulheres, sob a influência de paixões infantis e vaidade egoísta, jogarão uma falsa luz sobre os objetos que os próprios homens veem com seus olhos, estas que deveriam iluminar o seu julgamento. Os homens de imaginação, e aqueles personagens sanguíneos que, na maior parte das vezes seguram o elmo das relações humanas, em geral, relaxam na sociedade das mulheres; e eu certamente não preciso citar ao leitor mais superficial de história os numerosos exemplos de vício e opressão que as intrigas privadas das fêmeas favoritas produziram; isso para não debruçar sobre os danos que naturalmente foram criados da interposição desajeitada da tolice bem-intencionada. Pois, nas transações de negócios é muito melhor lidar com um safado do que com um tolo, porque um safado adere a algum plano; e qualquer plano da razão pode ser entendido mais rápido do que o voo repentino da insensatez. O poder que as mulheres baixas e tolas têm tido sobre homens sábios, que possuem sensibilidade, é notório; eu devo apenas mencionar um exemplo.

Quem desenhou um caráter feminino mais exaltado que Rousseau?[354] embora no conjunto ele constantemente se esforçou para degradar o sexo. E por que ele estava, assim, tão ansioso com isso? Na verdade, [foi] para justificar para si mesmo a afeição que a fraqueza e a virtude o fizeram estimar a tola da Teresa.[355] Ele não podia elevá-la para o nível comum do sexo dela; e, portanto, ele trabalhou para rebaixar as mulheres para o [nível] dela. Ele a achou uma companhia conveniente e humilde, e o orgulho o fez deter-

---

354 A escritora provavelmente se refere à Julia, do livro *Julia ou a nova Heloísa* (1761).

355 Marie Thérèse Le Vasseur (1721-1801), companheira de vida de Rousseau.

minar-se em achar alguma virtude superior no ser que ele escolheu para viver junto; mas a conduta dela durante a sua vida, e após a sua morte, não mostrou claramente como ele estava completamente equivocado, quando a chamou de inocente celestial[?].[356] Não apenas isso, na amargura de seu coração, ele mesmo se lamenta, as suas enfermidades corporais não mais o permitirem tratá-la como mulher, ela cessou de ter afeto por ele.[357] E foi bastante natural que ela o fizesse, pois como tinham tão poucos sentimentos em comum, quando o elo sexual foi quebrado, o que a seguraria? Para segurar a afeição dela, a quem a sensibilidade foi confinada a um sexo, mais que isso, a um só homem, é necessário senso para converter a sensibilidade na via ampla da humanidade; muitas mulheres não têm intelecto suficiente para sentirem afeto por outra mulher ou amizade por um homem. Mas a fraqueza sexual que faz a mulher dependente do homem para sua subsistência, produz um tipo de afeição felina que leva a esposa ronronar sobre o seu marido, da mesma forma que ronronaria sobre qualquer homem que a alimentasse e a acariciasse.

Os homens são, no entanto, geralmente satisfeitos com este tipo de amor, que é confinado de maneira bestial para si mesmos; mas se algum dia se tornarem mais virtuosos, eles desejarão conversar, ao lado da lareira, com uma amiga depois de cessarem de brincar com uma amante.

Além disso, o entendimento é necessário para dar variedade e interesse ao divertimento sensual, pois abaixo, de fato, na escala intelectual, está a mente que pode continuar a amar quando nem a virtude nem o bom senso dão uma aparência humana a um apetite animal. Mas o bom senso sempre irá preponderar; e se as mulheres não forem, em geral, trazidas mais para o nível dos homens, alguma mulher superior, como as cortesãs gregas, reunirá os homens de habilidade em volta dela, e tirará de suas famílias muitos cidadãos, que teriam ficado em casa, caso suas mulheres tivessem mais senso, ou graças, que resultassem do exercício do entendimento e da imaginação, os pais legítimos do gosto. Uma mulher de talentos, se ela não for absolutamente feia, irá sempre obter grandes poderes, aumentados pela fraqueza de seu

---

356  Ver *As confissões*, parte II (Neuchâtel, 1790), IV, VIII, p. 190. De acordo com rumores amplamente disseminados, Teresa era tanto simples quanto alcoólatra.

357  Ibid, II, VI, XIII, p. 123. Em 1762, Rousseau optou por abster-se de relações sexuais por uma série de motivos: sentia-se culpado por abandonar seus 5 filhos em um orfanato logo após seu nascimento, devido a dificuldades financeiras; receava ter de fazer o mesmo, caso Teresa engravidasse novamente; e, um defeito congênito no trato urinário. Em *As confissões*, ele diz: "Foi depois dessa época que eu percebi uma frieza em Teresa. Ela tinha por mim o mesmo afeto, mas por dever, não mais por amor". Tradução livre.

CAPÍTULO XII | **247**

sexo; e na mesma proporção que os homens adquirem virtude e delicadeza, pelo empenho da razão, eles irão procurar ambos nas mulheres, mas elas somente podem os adquirir da mesma maneira que os homens os fazem.

Na França ou Itália, as mulheres se confinaram à vida doméstica? Apesar de elas não terem tido, até o momento, uma existência política, ainda sim, elas não tiveram ilicitamente grande domínio? Corrompendo a si mesmas e aos homens com cujas paixões brincaram. Em resumo, de qualquer ângulo que eu vejo o assunto, a razão e a experiência me convencem que o único método de levar as mulheres a cumprirem seus deveres particulares, é libertando-as de qualquer opressão, permitindo--as a participar dos direitos inerentes dos homens.[358]

Faça-as livres, e elas rapidamente se tornarão sábias e virtuosas, assim como os homens se tornam; pois o melhoramento deve ser mútuo, ou a injustiça que metade da raça humana é obrigada a se submeter, em resposta a seus opressores, a virtude do homem será tomada pelos insetos que ele mantém sob seus pés.

Deixe que os homens façam suas escolhas, o homem e a mulher foram feitos um para o outro, embora não para se tornarem um só ser; e se eles não melhorarem as mulheres, eles irão depravá-las!

Eu falo do melhoramento e da emancipação de todo o sexo, pois eu sei que o comportamento de algumas mulheres, que, por acidente, ou seguindo uma forte inclinação da natureza, têm adquirido uma porção de conhecimento superior àquelas do resto de seu sexo, têm sido com frequência arrogantes; porém, tem havido exemplos de mulheres que, alcançando o conhecimento, não descartaram a modéstia, nem aparentaram desprezar sempre a ignorância pedantemente que trabalharam para dispersar em suas próprias mentes. A exclamação, então, que qualquer opinião sobre o aprendizado feminino, comumente produzida, especialmente pelas mulheres bonitas, parte frequentemente da inveja. Quando elas têm oportunidade de ver que até o lustre de seus olhos, e a alegria impertinente da coqueteria refinada nem sempre irão assegurá-las a atenção, durante uma tarde inteira, quando então uma mulher de entendimento mais cultivado se esforça para dar uma reviravolta racional à conversa, a fonte comum de consolação é que tais mulheres raramente conseguem maridos. Que artes eu já não vi mulheres bobas usarem para interromperem por meio do *flerte*, uma palavra muito

---

358 No original: *mankind.*

## 248 | REIVINDICAÇÃO DOS DIREITOS DAS MULHERES

significante para descrever tal manobra, uma conversa racional que fez os homens esquecerem que elas eram mulheres bonitas.

Mas, reconhecendo o que é bem natural ao homem, que a posse de habilidades raras é na verdade calculada para excitar o orgulho vaidoso, repugnante tanto nos homens quanto nas mulheres – em qual estado de inferioridade devem as faculdades femininas se enferrujarem quando uma porção tão pequena de conhecimento, como as que aquelas mulheres adquiriram, que ironicamente têm sido denominadas mulheres estudadas, podem ser excepcionais? – o suficiente para então inchar o ego de sua dona, e estimular a inveja em suas contemporâneas e em alguns do outro sexo. Não só isso, uma pequena racionalidade não expôs muitas mulheres à mais severa das censuras? Eu me refiro a fatos bem conhecidos, pois eu, com frequência, escuto sobre mulheres sendo ridicularizadas, e cada uma de suas pequenas fraquezas expostas, apenas porque adotaram o conselho de algum médico, e desviaram do caminho batido na forma de tratar seus infantes.[359] Eu, na verdade, escutei esta aversão bárbara à inovação ser levada ainda mais longe, e uma mulher sensível estigmatizada como sendo uma mãe não natural, que foi sabiamente cuidadosa a fim de preservar a saúde de seus filhos, quando no meio de seus cuidados ela perdeu um por alguma casualidade da infância, que nenhuma prudência poderia vigiar. Um conhecido seu observou que isto era consequência de noções modernas – as noções modernas de bem-estar e asseio. E aquelas que pretendem experimentar, embora há tempos aderirem aos preconceitos que tem, de acordo com a opinião dos médicos mais sagazes, enfraquecido a raça humana, quase se alegram diante do desastre depois de ele ter dado um tipo de sanção à prescrição.

De fato, mesmo se fosse apenas por causa disto, a educação nacional das mulheres ainda teria as consequências mais extremas, pois quantos sacrifícios humanos são feitos para este preconceito de moloch![360] E de quantas formas as crianças são destruídas pela lascívia do homem? A vontade da afeição natural em muitas mulheres, que são tiradas de seus deveres pela admiração dos homens e pela ignorância de outros, tornam a infância do homem um estado mais perigoso do que aquela dos brutos; mesmo assim, os homens não estão dispostos a colocar as mulheres

---

359 Referência às mulheres que amamentavam seus filhos; entre os médicos do século 18 que defendiam a amamentação estava Ben Lara, que escreveu *An essay on the injurious custos of mothers not suckling their own children* (1791), o qual Wollstonecraft revisou em *Analytical Review*, 10 (julho, 1791), p. 275-6; ver também *Works of Wollstonecraft*, VII, p. 386-6.

360 Deus para o qual os amonitas, uma das etnias de Canaã, sacrificavam suas crianças.

em situações apropriadas, para possibilitá-las a adquirir entendimento suficiente até para saber como alimentar seus bebês.

Com tanta força essa verdade me arrebata, que eu colocaria todas as inclinações do meu raciocínio sobre ela, pois, seja lá o que incapacite o caráter maternal, tira a mulher de sua esfera.

Contudo, é em vão esperar que a presente raça de mães fracas, seja para tomar conta razoavelmente do corpo de uma criança, que é necessário para estabelecer a fundação de uma boa constituição, supondo que ela não sofra com os pecados dos pais;[361] ou, para gerenciar o seu temperamento tão judicialmente que a criança não terá, à medida que cresce, que jogar fora tudo que sua mãe, sua primeira instrutora, a ensinou direta ou indiretamente; e a não ser que a mente tenha vigor incomum, tolices próprias de mulheres irão permanecer em seu caráter por toda a vida! A fraqueza da mãe estará hospedada nas crianças! E enquanto as mulheres forem educadas para confiar em seus maridos para o discernimento, esta deverá ser sempre a consequência, pois não há o melhoramento do entendimento pela metade, nem poderia nenhum ser agir sabiamente pela imitação, porque em todas as circunstâncias da vida há um tipo de individualidade, que requer o empenho do julgamento para modificar regras gerais. O ser que pode pensar com justiça em um caminho, logo estenderá o seu império intelectual; e aquela que tem julgamento suficiente para lidar com suas crianças, não se submeterá, certa ou errada, ao seu marido, ou de forma paciente às leis sociais que fazem da esposa uma pessoa sem importância.

Em escolas públicas às mulheres, para se protegerem contra os erros da ignorância, devem ser ensinados os elementos de anatomia e medicina, não apenas para possibilitar a elas ter os cuidados apropriados para sua própria saúde, mas para fazê-las enfermeiras racionais de seus infantes, pais e maridos; pois as listas da mortalidade[362] são inchadas pelas asneiras de velhas mulheres obstinadas, que dão remédios de fabricação caseira,[363] sem saber nada da constituição humana. É também apropriado, apenas do ponto de vista doméstico, fazer que as mulheres conheçam a anatomia da mente, ao permitir que os sexos se juntem em

---

361 Ver Êxodo 20:5, "Eu, o SENHOR teu Deus, sou um Deus ciumento, que puno a iniquidade dos pais sobre os filhos até a terceira e quarta geração dos que me odeiam". Ver também Êxodo 34:7; Números 14:18; Deuteronômio 5:9.

362 No original: *bills of mortality*. Registro dos óbitos da cidade de Londres.

363 No original: *nostrums*.

todas as buscas; direcionando-as para observar o progresso do entendimento humano na evolução das ciências e das artes; nunca esquecendo a ciência da moralidade ou o estudo da história política da humanidade.

O homem foi denominado um microcosmo; e cada família pode também ser chamada de estado. Os estados, é verdade, têm sido governados em sua maioria por artes que desgraçam o caráter do homem; e a vontade de uma constituição justa, e de leis igualitárias têm causado perplexidade às noções dos sábios mundanos, às quais eles mais que questionam a razoabilidade de sustentar os direitos da humanidade. Assim, a moralidade, poluída na reserva nacional, manda torrentes de vícios para corromper as partes constituintes do corpo político; mas se houvesse princípios mais nobres, ou melhor, mais justos para regular as leis que deveriam governar a sociedade, e não aqueles que os executam, o dever poderia tornar-se a regra da conduta privada.

Além disso, por meio do exercício de seus corpos e mentes, as mulheres adquiririam esta atividade mental tão necessária ao caráter materno, unidas à força moral que distingue a conduta estável da perversidade obstinada da fraqueza. Pois é perigoso aconselhar o indolente a ser estável, porque eles instantaneamente se tornam rigorosos, e para lhes poupar dos problemas, punem com severidade as faltas que a fortaleza paciente da razão poderia ter prevenido.

Porém, a força moral pressupõe força de intelecto; e a força do intelecto pode ser adquirida pela aquiescência indolente? [ou] pedindo conselho em vez de manifestar um julgamento? [ou] obedecendo por medo em vez de praticar a paciência, que todos nós precisamos para nós mesmos? – A conclusão que eu desejo tirar é obvia; faça das mulheres criaturas racionais, e cidadãs livres, e elas rapidamente se tornarão boas esposas e boas mães; isto é – se os homens não negligenciarem seus deveres de marido e pai.

Discutindo as vantagens que uma educação pública e privada quando combinadas, assim como eu delineei, podem racionalmente ser esperada a produzir, eu discuti majoritariamente relativo ao mundo feminino, pois eu acho que o mundo feminino é oprimido; ainda mais a gangrena, que os vícios engendrados pela opressão produziram, não é confinada à parte mórbida, mas penetra na sociedade amplamente: então, quando eu desejo ver o meu sexo tornar-se mais como agente moral, o meu coração bate com a antecipação da difusão geral deste sublime contentamento que apenas a moralidade pode difundir.

*capítulo* XIII

# ALGUMAS DAS INSTÂNCIAS DAS TOLICES QUE A IGNORÂNCIA DA MULHER GERA; COM REFLEXÕES FINAIS NO PROGRESSO MORAL QUE UMA REVOLUÇÃO NAS MANEIRAS FEMININAS PODERIA NATURALMENTE SER ESPERADA A PRODUZIR

Há muitas tolices, até certo ponto, específicas das mulheres: pecados contra a razão de missão assim como das omissões; mas todos fluindo da ignorância ou do preconceito, eu devo apenas apontá-los à medida que me parecem ser particularmente prejudiciais ao caráter moral. E, criticando--os, eu desejo especialmente provar que a fraqueza da mente e do corpo, que os homens se esforçam, impelidos por muitos motivos, para perpetuar, as impedem de executar os deveres específicos de seu sexo: pois quando a fraqueza do corpo não permite a elas nutrirem seus filhos, e a fraqueza de intelecto as faz mimar os seus humores – a mulher estará em um estado natural?

### Seção I
Um exemplo claro da fraqueza que procede da ignorância, primeiro demanda atenção, e [depois] chama por uma reprovação severa.

Nesta metrópole, um número de parasitas que fica à espreita, infamemente ganha a subsistência iludindo a credulidade das mulheres, fingindo prever horóscopos,[364] para usar a termo técnico; e muitas fêmeas que, orgulhosas de sua posição e fortuna, olham para baixo, para os vulgares com desprezo soberano, mostrado por esta credulidade que

---

364 No original: *nativities*.

a distinção é arbitrária, e que elas não cultivaram suficientemente suas mentes para elevá-las acima dos preconceitos vulgares. As mulheres, por não serem levadas a considerar o conhecimento de seus deveres como uma coisa necessária a se saber, ou, por viver o momento presente só executando-as, são muito ansiosas para espiar o futuro, para aprender o que devem esperar para tornar a vida interessante, e para quebrar o vazio da ignorância.

Permitam-me discutir seriamente com as senhoras que seguem estas invenções inúteis; pois senhoras, damas de família, não têm vergonha de dirigir suas próprias carruagens até a porta de homens astutos.[365] E se qualquer uma porventura ler esse trabalho, eu as suplico a responder a seus próprios corações as seguintes perguntas, sem esquecerem que estão na presença de Deus.

Você acredita que há apenas um Deus, e que ele é poderoso, sábio e bondoso?

Você acredita que todas as coisas foram criadas por ele, e que todos os seres são dependentes dele?

Você acredita em sua sabedoria, tão conspícua em suas obras, e em sua própria moldura, e está convencida de que Ele ordenou todas as coisas que vão além do reconhecimento por seus sentidos, na mesma harmonia perfeita, para cumprir seu projeto?

Você reconhece que o poder de olhar o futuro e ver as coisas que não estão lá, como se estivessem, é um atributo do Criador? E se ele, pela impressão nas mentes de suas criaturas, considerar coerente transmitir-lhes algum evento escondido nas sombras do tempo ainda não nascido, a quem o segredo seria revelado pela inspiração imediata? A opinião das eras irá responder essa pergunta – a respeitáveis anciões, a pessoas notáveis por sua piedade eminente.

Os oráculos dos velhos foram, deste modo, entregues a padres dedicados ao serviço de Deus, que deveria inspirá-los. O vislumbre da pompa mundana que rodeava estes impostores, e o respeito prestado a eles por políticos astutos, que sabiam como se aproveitar deste útil mecanismo para curvar o pescoço dos fortes ao domínio dos espertos, espalharam um misterioso e sagrado véu de santidade sobre suas mentiras e abominações.

---

365 Eu, uma vez, morei na vizinhança de um destes homens, um homem *bonito*, e vi com surpresa e indignação, mulheres, cuja aparência e apresentação indicavam para a posição onde as mulheres deveriam receber uma educação superior, congregarem-se sua porta. (N.E.)

Impressionados por tal desfile devocional e solene, uma senhora grega, ou romana pode ser desculpada, se ela demandou o oráculo, quando estava ansiosa para espreitar o futuro ou para investigar algum evento duvidoso: e suas questões, apesar de contrárias à razão, não poderiam ser consideradas como ímpias. – Mas, poderiam os professores da cristandade impedir esta imputação? Poderia um cristão supor que os favoritos do mais Alto, os mais grandemente favorecidos, seriam obrigados a espreitar-se disfarçadamente, e praticar os truques mais desonestos para enganar mulheres tolas pelo dinheiro – que os pobres choram para tê-lo, em vão?

Não diga que tais questões são um insulto ao senso comum – pois é a sua própria conduta, Ó mulheres tolas! que jogam ódio ao nosso sexo! E estas reflexões deveriam fazê-las estremecer perante a sua negligência e devoção irracional. – Pois eu não suponho que todas vocês deixaram de lado a sua religião, tal como é, quando entraram nestas casas misteriosa. Portanto, como eu durante todo o momento me imaginei conversando com mulheres ignorantes, pois ignorantes vocês são no sentido mais enfático da palavra, seria absurdo raciocinar com vocês na tolice odiosa de desejar saber o que a Sabedoria Suprema oculta.

Provavelmente você não me entenderia, se eu tentasse te mostrar que isso seria absolutamente inconsistente com o grande propósito da vida, este de tornar criaturas humanas sábias e virtuosas: e caso fosse sancionado por Deus, isso atrapalharia a ordem estabelecida na criação; e se não fosse sancionado por Deus, você esperaria escutar a verdade? Podem os eventos serem profetizados, eventos que ainda não assumiram um corpo para se tornarem sujeitos de inspeção moral, poderiam eles serem previstos por uma pessoa humana, que sacia seus apetites fazendo de presas os tolos?

Talvez, no entanto, você acredite devotamente no demônio, e imagine, para mudar a questão, que ele ajude seus adoradores; mas, se realmente respeitar o poder de tal ser, um inimigo da bondade e de Deus, como você pode ir a igreja depois de estar sob tal obrigação com ele?

Destas desilusões e até das decepções que seguem mais a moda, praticadas por toda a tribo de magnetizadores,[366] a transição é bastante

---

366 Curar e fazer magnetismo animal era muito comum no século 18. A prática baseava-se na noção de que corpos doentes podiam ser curados com a utilização de ímãs. Um dos principais divulgadores dessa controversa doutrina foi Friedrich Mesmer (1733-1815).

natural. A respeito deles, é igualmente apropriado fazer as mulheres algumas perguntas.

Você sabe alguma coisa sobre a construção da constituição humana? Se não, é apropriado que seja dito o que toda criança deve saber, que, quando a economia admirável é perturbada pela intemperança ou indolência, eu não falo de perturbações violentas, mas de doenças crônicas, é preciso trazê-la de volta a um estado saudável, mas a passos lentos, e se as funções da vida não foram prejudicadas materialmente, autocontrole, outra palavra para temperança, ar, exercício e alguns remédios, prescritos por pessoas que estudaram o corpo humano, são os únicos meios dos humanos, até agora descoberto, recuperarem aquela inestimável e abençoada saúde, que aguentará uma investigação.

Vocês então acreditam que estes magnetizadores, que, por truques de abracadabra, fingem fazer um milagre, sejam delegados por Deus, ou assistidos por aquele que resolve todos estes tipos de dificuldades – o demônio?

Eles, que afugentam, como é dito, distúrbios que deixaram perplexos os poderes da medicina, poderiam trabalhar em conformidade com a luz da razão? Ou eles fazem estas curas maravilhosas com uma ajuda sobrenatural?

Com uma palavra um adepto poderia responder, com o mundo dos espíritos. Um privilégio nobre, ele deve ser concedido. Alguns anciãos mencionam demônios familiares, que os protegeram do perigo com uma intimidação gentil, que não podemos adivinhar de que forma, quando qualquer perigo estava próximo; ou assinalado ao que deveriam se submeter. No entanto, os homens que aclamaram este privilégio, fora da ordem da natureza, insistiram que era a recompensa, ou consequência da suprema temperança e piedade. Contudo, estes produtores de maravilhas não estão acima de seus semelhantes por terem temperança ou santidade superior. Eles não curam por amor à Deus, mas por dinheiro. Estes são os padres charlatães, apesar de ser verdade que eles não têm os expedientes convenientes de vender missas para as almas do purgatório, ou igrejas onde possam exibir muletas, e modelos de membros feitos saudáveis pelo toque ou pela palavra.

Eu não estou familiarizada com os termos técnicos; ou iniciada pelos segredos ou mistérios, portanto, eu posso falar inapropriadamente; mas é evidente que homens que não se conformarem às leis da razão, para ganhar a subsistência de maneira honesta, gradualmente, são afortunados

CAPÍTULO XIII | **255**

em se tornarem familiarizados com tais espíritos úteis. Não podemos, na verdade, dar-lhes créditos por uma grande sagacidade ou bondade, do contrário teriam escolhido instrumentos mais nobres, quando desejassem se mostrar como amigos benevolentes do homem.

É, portanto, um pouco menos que blasfêmia fingir ter tais poderes!

De todo o teor da revelação da Providência, parece evidente a razão sóbria, que certos vícios produzem certos efeitos; e poderia alguém insultar tão brutalmente a sabedoria de Deus de forma a supor que um milagre que perturbasse suas leis gerais seria permitido, para restaurar a saúde da intemperança e dos vícios, meramente para possibilitá-los a seguir o mesmo curso com impunidade? Seja íntegro e não peque mais, disse Jesus.[367] E, milagres maiores podem ser executados por aqueles que não seguem os seus passos, que curaram o corpo para alcançar a mente?

Mencionar o nome de Cristo, depois de [falar sobre] impostores tão vis, pode desagradar alguns de meus leitores – eu respeito a sua cordialidade; mas não os deixem esquecer que os seguidores destas desilusões carregam o seu nome e professam ser seus discípulos, que disseram que por meio de seus trabalhos nós deveríamos saber quem eram as crianças de Deus ou os servos do pecado. Eu reconheço que seja mais fácil tocar o corpo de um santo, ou de ser magnetizado, do que restringir os nossos apetites ou governar as nossas paixões; mas a saúde do corpo ou da mente só pode ser recuperada por estes meios, ou faremos o Juízo Supremo parcial e vingativo.

Ele é um homem que deveria mudar, ou ser punido por causa de ressentimento? Ele – o pai comum [de todos], machuca, mas cura, diz a razão; as nossas irregularidades produzem certas consequências, a natureza dos vícios é forçosamente mostrada a nós; assim, aprendendo a distinguir o bem do mal, por experiência, podemos amar um e odiar o outro, em proporção à sabedoria que adquirimos. O veneno contém o antídoto; e, ou nós reformamos nossos maus hábitos e cessamos de pecar contra nossos próprios corpos, para usar a linguagem forçosa das escrituras, ou uma morte prematura, a punição do pecado, rompe a linha da vida.

Aqui um impedimento horrível é colocado em nossas inquirições. – Mas por que eu deveria esconder os meus sentimentos? Considerando

---

367 Referência ao versículo de João 5:14, "[...]Veja que já estás curado; não voltes a pecar, para que não te aconteça coisa pior".

os atributos de Deus, eu acredito que qualquer punição que haja, tenderá, como a angústia da doença, a mostrar a malignidade do vício, para o propósito da reformação. Punições positivas aparentam ser tão contrárias à natureza de Deus, detectável em todas as suas palavras, e na nossa própria razão, que eu preferia acreditar que a Divindade não prestou atenção à conduta dos homens, em vez de ele ter punido sem o projeto benevolente da reforma.

Supor que um Ser inteiramente sábio e poderoso, tão bom quanto grande, criaria um ser previdente, que somente depois de cinquenta ou sessenta anos de existência febril, seria lançado em uma aflição sem fim – é blasfêmia. Em que o verme irá se alimentar que nunca irá morrer? Na tolice, na ignorância, diga você – eu deveria corar indignadamente ao chegar à conclusão natural se eu a pudesse inserir, e desejasse me retirar da asa do meu Deus! Em tal suposição, eu falo com reverência, ele seria um fogo profundo. Nós deveríamos desejar, embora em vão, voar para longe de sua presença quando o medo absorver o amor, e a escuridão envolver todos os seus conselhos!

Eu sei que muitas pessoas devotas orgulham-se de se submeter à vontade de Deus cegamente, assim como a um cetro ou vara arbitrária, no mesmo princípio que os índios vangloriam o demônio. Em outras palavras, como pessoas com as usuais preocupações na vida, elas respeitam o poder e se encolhem de medo sob o pé que pode esmagá-los. A religião racional, ao contrário, é uma submissão à vontade de um ser tão perfeitamente sábio, que todos os seus desejos são direcionados pelo motivo certo – devendo ser razoável.

E, se assim respeitamos Deus, podemos dar crédito às insinuações misteriosas que insultam suas leis? Podemos acreditar, apesar disso deve estar estampado na nossa cara, que ele faria um milagre, permitindo a confusão ao sancionar um erro? Assim, devemos ou permitir estas conclusões ímpias, ou tratar com desprezo toda a promessa para restaurar a saúde em um corpo doente por meios sobrenaturais, ou prever os incidentes que só podem ser previstos por Deus.

### Seção II

Outra instância desta fraqueza de caráter feminina, muitas vezes produzida por uma educação confinada, é um toque romântico da mente, que têm sido apropriadamente chamado de *sentimental*.

As mulheres sujeitadas pela ignorância às suas sensações, e apenas ensinadas a buscar a felicidade no amor, se refinam nos sentimentos sensuais e adotam noções metafísicas a respeito desta paixão, que as levam vergonhosamente a negligenciar os deveres da vida, e frequentemente no meio destes sublimes refinamentos elas caem no vício verdadeiro.

Estas são as mulheres que se deleitam pelas fantasias dos romancistas estúpidos, que, conhecendo pouco sobre a natureza humana, criam narrativas velhas, e descrevem cenas de meretrício, todas recontadas em jargão sentimental, que igualmente tendem a corromper o gosto, e tirar o coração de seus deveres diários. Eu não menciono o entendimento, porque este nunca foi exercitado, como as partículas escondidas do fogo[368] que são supostamente universais na penetração da matéria.

As fêmeas, de fato, negadas de todos os seus privilégios políticos, e não permitidas, como mulheres casadas, exceto em casos criminais, a uma existência civil, têm a sua atenção naturalmente tirada dos interesses de toda a comunidade para as partes minúsculas, embora o dever privado de qualquer membro da sociedade ser executado de forma imperfeita quando não conectado com o bem geral. O imenso trabalho da vida feminina é para agradar, e restringidas de entrar em preocupações mais importantes por opressão política e civil, os sentimentos se tornam eventos e a reflexão aumenta, o que deveria e teria sido apagado, se o entendimento tivesse sido permitido tomar uma amplitude maior.

Mas confinada a empregos levianos, elas naturalmente absorvem opiniões inspiradas no único tipo de leitura calculado para interessar uma mente inocente e frívola. Incapazes de compreender qualquer coisa grandiosa, é surpreendente que elas achem a leitura sobre a história uma tarefa muito seca, e as investigações endereçadas ao entendimento intoleravelmente tediosas e quase ininteligíveis? Assim, elas são necessariamente dependentes do romancista para o divertimento. Contudo, quando eu me coloco contra romances, eu me refiro quanto em contraste com aqueles trabalhos que exercitam o entendimento e regulam a imaginação. – Pois qualquer tipo de leitura eu acredito ser melhor do que deixar uma página em branco vazia, porque a mente deve receber um grau de engrandecimento e obter um pouco de força pela leve exerção de seus poderes de pensamento; além disso, até as produções que

---

368 Flogístico, elemento inflamável de matéria misterioso, que foi descreditado como teoria por Lavoisier em 1790, mas que mesmo assim continuou sendo defendido por Joseph Priestley.

são apenas endereçadas à imaginação, elevam o leitor um pouco acima da grande gratificação de apetites, cuja mente não tem dado nem um tom de delicadeza.

Esta observação é resultado da [minha] experiência; pois eu já conheci várias mulheres notáveis, e uma em particular, que era uma mulher muito boa – tão boa quanto a sua mente estreita a permitia ser, que cuidou para que suas filhas (três, no total) nunca devessem ler um romance. Como ela era uma mulher de fortuna e da moda, elas tinham muitos professores-mestres para atendê-las e um tipo de educadora subalterna para vigiar seus passos. De seus mestres elas aprenderam como mesas, cadeiras etc. são chamadas em francês e italiano; mas como os poucos livros jogados em seus caminhos eram muito acima de sua capacidade, ou devoção, elas nem adquiriram ideias nem sentimentos, e passavam o seu tempo, quando não compelidas a repetirem *palavras*, em se vestir, disputando entre si, ou conversando com outras criadas de forma furtiva, até que fossem trazidas a sociedade preparadas para o casamento.

A mãe delas, uma viúva, enquanto isso, estava ocupada em manter as suas conexões, como ela chamava vários de seus conhecidos, para que suas meninas tivessem uma introdução apropriada ao grande mundo. E aquelas jovens senhoritas, com mentes vulgares em cada sentido da palavra, e com humores mimados, entraram na vida envaidecidas com noções de suas próprias consequências, e olhando com desprezo àqueles que não conseguiam competir com suas roupas e pompas.

A respeito do amor, natureza, ou suas criadas, tomaram cuidado para ensiná-las o sentido físico das palavras; e, como tinham poucos tópicos de conversar, e menos ainda refinamento dos sentimentos, elas expressavam seus desejos crus com frases nada delicadas, quando falavam livremente, conversando sobre matrimônio.

Essas meninas poderiam ter sido prejudicadas pela leitura atenta de romances? Eu quase me esqueci de uma diferença de caráter em uma delas; ela aparentava uma simplicidade beirando a tolice, e com um sorriso tímido soltava comentários e questões das mais imodestas, exatamente o que ela tinha aprendido enquanto reclusa do mundo, e temendo falar na presença de sua mãe, que governava com mão de ferro: elas foram todas educadas, como ela se orgulhava [em dizer], na maneira mais exemplar; e liam os seus capítulos e salmos antes do café da manhã, nunca encostando em um romance bobo.

Este é apenas um exemplo; mas eu me lembro de muitas outras mulheres que, não levadas pelos graus de estudos apropriados, e não permitidas a escolherem por si próprias, eram de fato crianças crescidas; ou que obtiveram, por se misturarem ao mundo, um pouco do que é chamado de senso comum: isto é, uma maneira distinta de ver ocorrências comuns, de acordo com a forma que se posicionam separadamente: mas o que merece o nome de intelecto, o poder de adquirir ideias gerais e abstratas, ou até mesmo intermediárias, estava fora de questão. Suas mentes eram mudas, e quando não eram estimuladas por objetos sensíveis e funções deste tipo, elas eram melancólicas, iriam chorar ou iriam para cama.

Quando, portanto, eu aconselho ao meu sexo a não ler tais trabalhos fúteis, é para induzi-las a ler algo superior; pois eu concordo com a opinião de um homem sagaz que, havendo uma filha e sobrinha sob seus cuidados, perseguia um plano diferente com cada uma delas.

A sobrinha, que tinha habilidades consideráveis, tinha, antes de ser deixada sob sua tutela, se entregado a leituras erráticas. Ela, ele se esforçava a direcionar, e a direcionou a ensaios históricos e morais; mas sua filha, a quem uma mãe fraca e carinhosa havia sido condescendente, e quem consequentemente era contrária a qualquer coisa com aplicabilidade, ele permitia que lesse romances: e costumava justificar sua conduta dizendo que, se ela algum dia adquirisse o gosto ao lê-los, ele teria alguma fundação sobre a qual trabalhar; e estas opiniões errôneas seriam melhor do que nenhuma.

Na realidade, a mente feminina tem sido tão fortemente negligenciada que o conhecimento só pôde ser adquirido desta fonte turva, até que a partir da leitura desses romances algumas mulheres de talentos superiores aprenderam a desprezá-los.

O melhor método, eu acredito, que pode ser adotado para corrigir o gosto por romances é o de ridicularizá-los: não indiscriminadamente, pois assim teria pouco efeito; mas, se uma pessoa judiciosa, com alguma inclinação para o humor, lesse vários deles para uma jovem menina, e apontasse a ela, por meio tanto de comparações aptas como de tom, os incidentes patéticos e caracteres heroicos das histórias, o quão estúpidas e ridículas são as caricaturas feitas da natureza humana, somente opiniões deveriam ser trocadas em vez de sentimentos românticos.

A respeito de uma coisa, entretanto, a maioria de ambos os sexos se assemelha, e igualmente mostra uma falta de gosto e modéstia. Mulheres ignorantes, forçadas a serem castas para preservar a sua reputação, permitem que sua imaginação festeje nas cenas não naturais e meretrícias esboçadas pelos escritores de romance atuais, reduzindo ao insípido a dignidade sóbria, e as graças matronais da história,[369] enquanto os homens carregam o mesmo gosto viciado em suas vidas, e fogem em busca de diversão libertina, fogem dos charmes não sofisticados da virtude, e da solene respeitabilidade do senso.

Além disso, a leitura dos romances faz as mulheres, e particularmente as damas da moda, gostarem muito de fortes expressões e superlativos em conversas; e, apesar da vida artificial e dissipada que levam, prevenir que elas estimem qualquer paixão forte e legítima, a linguagem da paixão em tons afetados desliza sempre de suas línguas pouco sinceras, e toda ninharia produz aquelas explosões fosfóricas que somente imitam no escuro as chamas da paixão.

## Seção III

A ignorância e a habilidade ardilosa equivocada que a natureza estimula em mentes fracas como um princípio de autopreservação, fazem as mulheres gostarem muito das aparências, e produzem toda a vaidade que se espera naturalmente ser gerada por tal gosto, da exclusão da emulação à magnanimidade.

Eu concordo com Rousseau que a parte física da arte de agradar consiste em ornamentos, e por esta mesma razão eu devo alertar as meninas contra o gosto contagioso pelas aparências de suas roupas tão comuns às mulheres fracas, que elas não podem permanecer na parte física. E mais, fracas são as mulheres que imaginam que podem continuar agradando sem a ajuda da mente ou, em outras palavras, sem a parte moral da arte do agrado. Mas a arte moral, se não é uma profanação usar a palavra arte, quando aludindo à graça que é um efeito da virtude, e não o motivo da ação, nunca será encontrada junto a ignorância; a alegria

---

369 Eu não estou me referindo, nesse momento, àquela superioridade da mente que leva à criação da beleza ideal, quando ele, questionado pelo olhar penetrante, aparenta estar em uma comédia trágica, na qual pouco pode ser visto para satisfazer o coração sem a ajuda da fantasia. (N.E.)

da inocência, tão agradável aos refinados libertinos de ambos os sexos, é largamente diferente em sua essência desta graça superior.

Uma inclinação forte por ornamentos externos sempre aparece em estados bárbaros, só os homens e não as mulheres se adornam; pois onde as mulheres são permitidas a estarem no mesmo nível que os homens, a sociedade avançou, pelo menos, um passo na civilização.

A atenção às aparências da roupa que tem sido pensada como uma propensão sexual, eu acho, portanto, natural à raça humana. Mas eu devo me expressar com mais precisão. Quando a mente não é suficientemente aberta para levar o prazer à reflexão, o corpo será adornado com cuidado diligente; e a ambição aparecerá tatuando-o ou pintando-o.

Essa inclinação é levada tão longe que até a infernal subjugação da escravidão não pode sufocar o desejo selvagem de admiração que os heróis negros herdam de ambos os pais, pois toda a renda com grande esforço poupada de um escravo é frequentemente gasta em um pequeno ornamento espalhafatoso. E eu raras vezes conheci um bom servente, homem ou mulher, que não gostasse particularmente dos ornamentos. Suas roupas eram as suas riquezas; e eu argumento, por analogia, que o gosto pela aparência, tão extravagante em fêmeas, origina-se da mesma causa – falta de cultivo da mente. Quando os homens se encontram, eles conversam sobre os negócios, política, literatura; mas, Swift diz "quão natural as mulheres colocam suas mãos nos babados e franzidos dos vestidos das outras".[370] E isso é muito natural – pois elas não têm nenhum negócio que as interesse, não têm gosto para literatura e acham a política seca, porque elas não adquiriram amor pela humanidade, não voltaram os seus pensamentos às grandes buscas que exaltam a raça humana e promovem felicidade geral.

Além disso, vários são os caminhos ao poder e à fama que, por acaso, ou por escolha os homens escolhem, e apesar de eles entrarem em conflito uns com os outros, pois homens da mesma profissão são raramente amigos, ainda assim há um número muito maior de seus semelhantes com quem eles nunca se chocam. Mas as mulheres estão posicionadas

---

370 Referência a *A letter to a Young Lady on her Marriage*, em *Miscellanies in Verse and Prose* (1727), ii., p. 330, de Jonathan Swift: "E quando vocês estão entre vocês, quão natural, depois dos primeiros comprimentos, as mulheres colocam as suas mãos nos babados e franzidos dos vestidos das outras, como se todas as preocupações de suas vidas e todas as questões públicas do mundo dependessem do corte ou cor de seus vestidos". Tradução livre.

de forma muito diferente com respeito umas as outras – pois elas são todas rivais.

Antes do casamento é sua função agradar aos homens; e depois, com poucas exceções, elas seguem o mesmo faro com toda a obstinação perseverante do instinto. Até as mulheres virtuosas nunca esquecem seu sexo quando acompanhadas, pois elas estão sempre tentando fazer-se *agradáveis*. Uma fêmea bonita e um macho talentoso aparentam estar igualmente ansiosos para tirar a atenção da companhia para si mesmos; e a animosidade dos juízos contemporâneos é proverbial.

É então surpreendente que quando a única ambição da mulher se foca na beleza, e o interesse dá à vaidade força adicional, a perpétua rivalidade aconteça? Elas estão todas correndo a mesma corrida, e se elevariam acima da virtude dos mortais se elas não vissem umas as outras com suspeita ou até olhos invejosos.

Um gosto imoderado pelas aparências, por prazer e por domínio,[371] são as paixões dos selvagens, as paixões que ocupam aqueles seres incivilizados que ainda não estenderam o domínio da mente, ou que nem aprenderam a pensar com a energia necessária para concatenar o trem abstrato do pensamento que produz princípios. E que as mulheres, com sua educação e o presente estado da vida civilizada, estão na mesma condição, não pode, eu creio, ser contestado. Rir delas então, ou satirizar as tolices de um ser que nunca será permitido a agir livremente à luz de sua própria razão, é tão absurdo quanto cruel; pois, aqueles que são ensinados a obedecer cegamente a autoridade, se esforçarão astuciosamente a eludi-la, isto é o mais natural e certo.

Contudo, sendo provado que elas devem obedecer aos homens implicitamente, e eu devo imediatamente concordar que é o dever da mulher cultivar o gosto pela aparência, para agradar, e uma propensão para ser astuta para a sua própria preservação.

As virtudes, no entanto, que são apoiadas pela ignorância serão sempre oscilantes – a casa construída na areia não poderia suportar uma tempestade. É quase desnecessário traçar as consequências – se as mulheres devem ser tornadas virtuosas por meio da autoridade, o que é uma contradição em si, deixem-nas presas em haréns e vigiadas com olhos ciumentos. – Não temam que o ferro adentre suas almas – pois as

---

371 Ver *Of the Character of Women*, l, p. 210, de Alexander Pope.

almas que conseguem suportar tal tratamento são feitas de material não resistente, apenas vivaz o suficiente para dar vida ao corpo.

> Um material muito maleável para carregar uma
>
> marca que perdure,
>
> E melhor distinguido por preto, marrom ou claro.[372]

As chagas mais cruéis irão, certamente, logo se curar, e elas poderão popular o mundo, e se ornamentar para agradar os homens – todos os propósitos que determinados escritores celebrados julgaram que elas foram criadas para satisfazer.

## SEÇÃO IV

As mulheres são supostamente possuidoras de mais sensibilidade, e até mais humanista, do que os homens, e seus laços fortes e emoções instantâneas de compaixão são dadas como provas; mas a pegajosa afeição pela ignorância tem raramente qualquer coisa de nobre nela, e pode na maioria das vezes ser explicada pelo egoísmo, assim como na afeição pelas crianças e brutos. Eu conheci muitas mulheres fracas cuja sensibilidade foi completamente absorvida pelos seus maridos; e quanto ao seu humanismo, que era bastante fraco de fato, ou melhor, era apenas uma emoção temporária de compaixão. O humanismo não consiste em "um ouvido sensível", diz o orador eminente. "Ele pertence à mente assim como aos nervos".

Mas este tipo de afeição exclusiva, apesar de degradar o individual, não deve ser trazida a frente como prova da inferioridade do sexo, porque é a consequência natural de pontos de vista confinados: pois até mulheres de senso superior, tendo a sua atenção voltada a pequenas funções e planos privados, raramente ascendem ao heroísmo, a menos que estimuladas pelo amor! E o amor, como uma paixão heroica, assim como o gênio, aparece somente uma vez em cada era. Eu portanto concordo com os moralistas que afirmam que "as mulheres raramente têm tanta generosidade quanto os homens";[373] e que suas afeições estreitas, cuja justiça e humanismo são frequentemente sacrificados, tornam o sexo aparentemente inferior, especialmente por serem comumente

---

372 Ibid, ll., p. 3-4. Tradução livre.

373 Trecho de *Moral Sentiments*, I. iv, p. 428, de Smith: "Humanismo é a virtude da mulher, generosidade, a do homem. O sexo frágil que, com frequência, é muito mais afetuoso que o nosso, raramente tem tanta generosidade". Tradução livre.

inspiradas pelos homens; mas eu acredito que o coração se expandiria na medida em que o entendimento ganhasse força, se as mulheres não fossem humilhadas desde seus berços.

Eu sei que um pouco de sensibilidade e uma grande fraqueza, irá produzir uma forte conexão sexual, e que a razão deve solidificar a amizade; consequentemente, eu entendo que mais amizade seja encontrada no mundo masculino do que no feminino, e que os homens têm um senso maior de justiça. As afeições exclusivas das mulheres parecem, na verdade, se assemelhar mais ao amor injusto de Catão por seu país. Ele desejava aniquilar Cartago[374], não para salvar Roma, mas para promover a sua vanglória; e, em geral, é por estes mesmos princípios que a humanidade é sacrificada, pois deveres genuínos apoiam uns aos outros.

Além disso, como as mulheres posem ser justas ou generosas quando são escravas da injustiça?

## Seção V

Como a criação das crianças, isto é, o estabelecimento de uma fundação de boa saúde de ambos corpo e mente na geração em formação, tem corretamente sido insistida como a destinação peculiar das mulheres, a ignorância que as incapacita deve ser contrária à ordem das coisas. E eu argumento que suas mentes aguentam muito mais, e devem fazê-la, ou nunca se tornarão mães sensíveis. Muitos homens que ajudam no nascimento dos cavalos, e inspecionam a administração do estábulo, são os mesmos que (estranha falta de senso e sentimento!) pensam ser degradante prestar alguma atenção ao cuidado para com as crianças; no entanto, quantas crianças são absolutamente assassinadas pela ignorância das mulheres! Mas quando elas [as mulheres] escapam, e não são destruídas pela negligência não natural nem pelo afeto cego, quão poucas são guiadas apropriadamente a respeito da mente infantil! Para então quebrar o espírito, são permitidas a se tornarem viciadas em casa, a criança é mandada para a escola; e os métodos administrados lá, que

---

374 Referência a Marco Pórcio Catão (234-149 a.C.), político romano, foi mandado a Cartago em 157 a.C. para arbitrar a relação entre os cartaginenses e os numidianos; ele acreditava que era preciso aniquilar Cartago, fazendo-o o maior defensor e impulsionador da guerra com Cartago. Ver *The Theory of Moral Sentiments*, II. Vi. 2, p. 97-8, de Smith: "Dizia-se que Catão, o Velho, falava sempre a mesma frase no final de cada discurso feito no senado, qualquer que fosse o tema: 'é de minha opinião que Cartago tem que ser destruída', era o patriotismo natural de uma mente forte, mas vulgar". Tradução livre.

devem ser executados para manter um número de crianças em ordem, espalham as sementes de quase todos os vícios na terra que então são tão difícil de serem arrancados.

Eu tenho algumas vezes comparado as lutas destas pobres crianças, que nunca deveriam ter sentido opressão, nem iriam sentir, se elas sempre tivessem sido seguradas por mãos equilibradas, aos mergulhos desesperados de uma potranca espirituosa que eu vi se quebrando na praia: seus pés afundando mais e mais profundamente na areia cada vez ela se esforçava para desestabilizar o seu cavaleiro, até que, enfim, sombriamente se submeteu.

Eu sempre achei os cavalos, animais aos quais sou ligada, muito atraentes quando tratados com humanidade e firmeza, então eu me pergunto se os violentos métodos utilizados para quebrá-los, não essencialmente os prejudiquem; eu estou, no entanto, certa de que uma criança nunca deveria ser forçosamente domada depois de ter sido, de foram imprudente, permitida a correr livremente; pois todas as violações da justiça e da razão, no tratamento das crianças, enfraquecem o seu raciocínio. E, tão cedo elas ganham caráter, que a base do caráter moral, a experiência me leva a inferir, é afixada antes do seu sétimo ano, período cujas mulheres são permitidas a administrarem as crianças exclusivamente. Depois dessa fase, é muito frequente que a metade da função da educação é para corrigir, e de forma muito imperfeita isso é feito, se feito apressadamente, as falhas, que elas nunca teriam adquirido se suas mães tivessem tido mais entendimento.

Um caso impressionante da tolice das mulheres não pode ser omitido. – A maneira como elas tratam os empregados na presença das crianças, permitindo-as supor que eles devem servi-las e suportar os seus humores. Uma criança sempre deve ser formada para receber a assistência de um homem ou mulher como um favor; e, como primeira lição de independência, elas devem ser praticamente ensinadas, pelo exemplo de suas mães, a não requerer esta assistência pessoal, que é um insulto à humanidade requerer, quando saudável; e em vez de ser levada a assumir uma atitude de importância, um senso de sua própria fraqueza deveria primeiro fazê-las sentir a igualdade natural dos homens. Contudo, quão frequentemente tenho indignadamente escutado empregados serem imperiosamente chamados para colocarem as crianças na cama e mandados embora várias vezes, porque o senhor ou a senhorita se penduraram na mamãe, para ficar um pouco mais. Sendo feitos a assistir servilmente o pequeno ídolo, todos estes humores nojentos que caracterizam uma criança mimada foram exibidos.

Em resumo, falando da maioria das mães, elas deixam suas crianças inteiramente aos cuidados de empregados; ou, porque são suas crianças as tratam como pequenos semideuses, embora eu tenha sempre observado que a mulher que idolatra suas crianças, raramente mostra a humanidade comum aos empregados, ou sentem o mínimo de ternura por qualquer criança que não seja a sua.

São, portanto, estas afeições exclusivas, e uma maneira individual de ver as coisas, produzida pela ignorância, que mantém as mulheres para sempre paradas, a respeito de melhorias, e fazem muitas delas dedicarem suas vidas aos seus filhos apenas para enfraquecer seus corpos e mimar seus temperamentos, frustrando também qualquer plano de educação que um pai mais racional poderia adotar; pois, a menos que a mãe concorde, o pai que restringe será sempre considerado um tirano.

Porém, satisfazendo os deveres de mãe, uma mulher com constituição sã, pode ainda manter a sua pessoa escrupulosamente arrumada, e ajudar a manter sua família, se necessário, ou através da leitura e conversa com ambos os sexos, indiscriminadamente, melhorar seu intelecto. De forma tão sábia a natureza ordenou as coisas, que se as mulheres amamentasse seus filhos, elas preservariam sua própria saúde, e haveria um intervalo entre o nascimento de cada criança, e nós raramente veríamos uma casa cheia de bebês. E se elas seguissem um plano de conduta, e não perdessem seu tempo nos caprichos da moda das aparências, a administração de sua casa e das crianças não as excluiriam da literatura, ou preveniria que elas se ligassem a uma ciência, com aquele olhar constante que fortalece a mente, ou praticando uma das finas artes que cultivam o gosto.

Contudo, as visitas para exibir a decoração vistosa, para jogar cartas e fazer bailes, sem mencionar o alvoroço indolente das feitura matinal dos bolos e doces, tiram as mulheres dos seus deveres para torná-las insignificantes, para torná-las agradáveis, de acordo com a presente aceitação da palavra, a todos os homens, mas não a seus maridos. Pois uma rotina de prazeres onde as afeições não são exercitadas, não se pode dizer que melhorem o entendimento, apesar de ser erroneamente chamados de ver o mundo; mesmo assim, o coração é tornado frio e avesso ao dever, por tal relacionamento sem sentido, que se torna necessário por hábito até mesmo quando parou de ser divertido.

Entretanto, nós não devemos ver mulheres afetuosas até que mais igualdade seja estabelecida na sociedade, até que as posições sejam misturadas e as mulheres libertas, nem devemos ver a felicidade doméstica dignificada, a simples grandeza a qual não pode ser saboreada por mentes ignorantes ou viciadas; nem a importante tarefa da educação será iniciada apropriadamente até que a pessoa da mulher não seja mais preferida do que sua mente. Pois, seria tão sábio esperar milho de tiririca, e figos de ervas daninhas,[375] quanto [esperar] uma mulher tola e ignorante ser uma boa mãe.

## SEÇÃO VI

Não é necessário informar ao leitor sagaz, agora eu entro nas minhas reflexões finais, que a discussão deste assunto consiste meramente na abertura de alguns princípios simples, e em tirar a sujeira que os obscureceu. Mas, como nem todos os leitores são sagazes, eu devo ser permitida a adicionar algumas notas explanatórias para trazer o assunto de volta à razão – a essa razão preguiçosa que indolentemente leva as opiniões sobre a confiança e obstinadamente as apoia para se poupar o trabalho de pensar.

Os moralistas concordaram unanimemente que a menos que a virtude seja alimentada pela liberdade, ela nunca alcançará a força devida – e o que eles dizem do homem, eu estendo para a humanidade, insistindo que em todos os casos a moral deve ser afixada em princípios imutáveis; e que o indivíduo não poderá ser chamado de racional ou virtuoso, se obedece a qualquer autoridade, que não a razão.

Para tornar as mulheres membros verdadeiramente úteis da sociedade, eu argumento que elas deveriam ser levadas, ao ter as suas incumbências cultivadas em grande escala, a adquirir uma afeição racional pelo seu país fundada no conhecimento, porque é obvio que estamos pouco interessados sobre o que não entendemos. E para dar a esse conhecimento a importância devida, eu procurei mostrar que os deveres privados nunca são realizados de forma apropriada a menos que o entendimento engrandeça o coração; e que a virtude pública é apenas uma agregada da privada. Contudo, as distinções estabelecidas na sociedade enfraquecem ambos, por atacar o

---

375 Referência aos versículos de Mateus 7:16 e Lucas 6:44.

sólido ouro da virtude, até que se torne apenas a bijuteria que cobre o vício; pois enquanto a riqueza torna o homem mais respeitável que a virtude; a riqueza será procurada antes da virtude; e enquanto a pessoa das mulheres for acariciada, quando um sorriso infantil mostrar a ausência de intelecto – o intelecto ficará sem cultivo. E mais, a verdadeira voluptuosidade deve proceder da mente – pois o que pode igualar as sensações produzidas pelo afeto mútuo, apoiado pelo respeito mútuo? O que são as carícias frias ou febris do apetite, se não o pecado abraçando a morte, comparado com as modestas inundações do coração puro e da imaginação exaltada? Sim, deixe-me falar ao libertino fantasioso que quando ele despreza o entendimento na mulher – que a mente, a qual ele desconsidera, dá vida ao afeto entusiástico do qual o êxtase, com vida curta nas circunstâncias atuais, pode fluir sozinho! E que, sem a virtude, uma conexão sexual deve expirar-se, como uma vela de sebo no candelabro, criando um desgosto intolerável. Para provar isso, eu preciso apenas observar que os homens que desperdiçaram grande parte de sua vida com mulheres, e com quem eles buscaram o prazer com sede ansiosa, apresentam a opinião mais cruel do sexo. – Virtude, a verdadeira depuradora da alegria! – Se os homens tolos vos amedrontasse da face da Terra, para dar liberdade a todos os seus apetites sem supervisão – alguma criatura sensual e de gosto escalaria os céus para vos convidar de volta, para dar sabor ao prazer!

Que as mulheres atualmente são tornadas, por ignorância, tolas ou viciosas, não é, penso eu, para ser disputado; e que os efeitos mais salutares que tendem a melhorar a humanidade podem ser esperados por meio de uma REVOLUÇÃO nas maneiras das mulheres, parece, ao menos, com uma chance de probabilidade, se originar da observação. Pois, se o casamento tem sido taxado como parente daquelas instituições de caridade cativantes, que tiram o homem do rebanho brutal, do intercurso corruptível que a riqueza, a preguiça e a tolice produzem entre os sexos, isso é mais universalmente prejudicial à moralidade do que todos os outros vícios da humanidade considerados coletivamente. Para a luxúria adúltera, os deveres mais sagrados são sacrificados, porque antes do casamento, os homens, por uma intimidade promíscua com as mulheres, aprenderam a considerar o amor como uma gratificação egoísta – aprenderam a separá-lo não apenas da estima, mas da afeição construída somente pelo hábito, que mistura um pouco de humanidade a ele. A justiça e a amizade são também desafiadas, e aquela pureza do gosto é adulterada, a qual naturalmente levaria o homem a gostar de uma manifestação de afeto sincera em

CAPÍTULO XIII | **269**

vez dos comportamentos afetados. Mas esta nobre simplicidade de afeto, que se atreve a aparecer sem adornos, é pouco atraente para os libertinos, apesar de ser o charme que, acimentando o elo matrimonial, assegura [sic] as promessas de uma paixão mais morna, necessária à atenção parental; pois as crianças nunca serão apropriadamente educadas até que a amizade subsista entre os pais. A virtude foge de uma casa dividida em si mesma – e uma legião inteira de demônios começa a morar lá.

A afeição entre maridos e esposas não pode ser pura quando eles têm tão poucos sentimentos em comum, e quando pouca confiança é estabelecida em casa, como é o caso quando suas buscas são tão diferentes. Esta intimidade da qual a ternura deveria seguir, não irá, não poderá, subsistir em meio aos vícios.

Argumentando, portanto, que a distinção sexual sobre a qual os homens tão calorosamente insistem é arbitrária, eu tenho me pautado em uma observação que vários homens sensíveis com os quais eu conversei sobre o assunto acharam ser bem fundamentada; e é simplesmente isto: que a pouca castidade encontrada entre os homens e a consequente desconsideração da modéstia, tendem a degradar ambos os sexos; e, mais ainda, que a modéstia das mulheres, caracterizada como tal, será com frequência apenas um disfarce astuto da devassidão em vez de ser a reflexão natural da pureza, até que a modéstia seja universalmente respeitada.

Da tirania do homem, eu acredito com firmeza, procede a maior parte das tolices femininas; e a astúcia, que admito fazer parte do caráter [feminino] na atualidade, eu tenho, do mesmo modo, repetidamente me esforçado a provar, é produzida pela opressão.

Os não conformistas, por exemplo, uma classe de pessoas de verdades limitadas, não eram caracterizados como astutos? E, eu não deveria colocar mais ênfase neste fato para provar que, quando qualquer poder que não a razão restringe o livre espírito dos homens a dissimulação é praticada, e as várias transformações na arte são naturalmente chamadas à frente? A grande atenção ao decoro, que levou a um nível de escrupulosidade, e todo este alvoroço pueril sobre ninharias e consequente solenidade, cuja caricatura de Butler do não conformista[376] traz à imaginação, moldou suas pessoas assim como suas mentes em formatos

---

376 Referência tanto ao pomposo cavalheiro puritano do protagonista homônimo de *Hudibras* (1662-3), de Samuel Butler, como ao *Hypocritical Nonconformist, The Genuine Remains in Verse and Prose* (1759), ii 35.

afetados de pequenez. Eu falo coletivamente, pois eu sei como muitos ornamentos da natureza humana têm sido inseridos entre os sectários; ainda mais, eu afirmo, que o mesmo preconceito estreito por sua seita, o qual as mulheres têm por suas famílias, prevaleceram na parte dos dissidente da comunidade, por mais merecedor que seja em outros aspectos; e também que a mesma prudência tímida, ou esforços teimosos, muitas vezes desgraçam os empenhos de ambos. A opressão então formou muitas das características de seus caracteres para coincidir perfeitamente com aquelas da metade oprimida da humanidade; não é notório que os não conformistas gostavam, como as mulheres, de deliberarem juntos, e de pedirem conselhos uns aos outros, até que por uma dificuldade devido a poucas ideias, pouca resolução foi feita ao final? Uma atenção similar para preservar a sua reputação era conspícua no mundo dissidente e feminino, e foi produzida por uma causa similar.

Declarando os direitos pelos quais as mulheres, em conjunto com os homens, devem lutar, eu não tentei extenuar suas falhas; mas provar que elas são uma consequência natural de sua educação e posição na sociedade. Neste caso, é razoável supor que elas irão mudar seus caracteres e corrigir seus vícios e tolices, quando elas forem permitidas a serem livres no sentido físico, moral e civil.[377]

Deixe que as mulheres compartilhem os direitos e elas irão emular as virtudes dos homens, pois elas devem desenvolver-se mais perfeitamente quando emancipadas, ou justifique a autoridade que acorrenta tal ser fraco ao seu dever. Caso o último, será oportuno abrir um novo comércio de chicotes com a Rússia,[378] um presente cujo pai deve sempre dar ao genro no dia do seu casamento, para que o marido mantenha toda a sua família em ordem pelos mesmos meios; e sem nenhuma violação do reino da justiça; manuseando o seu cetro, o único mestre de sua casa, porque ele é o único ser que lá habita que possui razão: – a mundana soberania divina, de forma indefensável soprada para dentro do homem pelo Mestre do universo. Permitindo essa posição, as

---

377 Eu me estendi mais profundamente nas vantagens que poderiam razoavelmente ser esperadas como resultado de um melhoramento nas maneiras femininas, em direção à reforma geral da sociedade; mas me pareceu que tais reflexões fechariam mais apropriadamente o último volume. (N.E.) Nenhum outro volume foi publicado. (N.T.)

378 Os russos eram notórios por baterem em suas mulheres e chicotearem campesinos e presidiários.

mulheres não teriam quaisquer direitos herdados a reivindicar; e, pela mesma regra, seus deveres desapareceriam, pois os deveres e direitos são inseparáveis.

Sejam justos, então, Oh vós homens de entendimento!, e não aumentem mais severamente as falhas das mulheres, do que os truques viciosos da égua ou do burro a quem vos provê de mantimentos – e as permitam os privilégios da ignorância, a quem vos nega os direitos da razão, ou vós sereis pior do que os capatazes egípcios, esperando a virtude quando a natureza não lhes deu entendimento!

Este livro foi impresso pela Gráfica Psi7
em fonte Minion Pro sobre papel Pólen Bold 70 g/m²
para a Edipro.